グレイディ・ヘンドリクス
原島文世 訳

吸血鬼ハンターたちの読書会

早川書房

吸血鬼ハンターたちの読書会

THE SOUTHERN BOOK CLUB'S GUIDE TO
SLAYING VAMPIRES
by
Grady Hendrix

Translated by
Fumiyo Harashima
First published in English by Quirk Books,
Philadelphia, Pennsylvania.
First published 2022 in Japan by
Hayakawa Publishing, Inc.
This book is published in Japan by
arrangement with
Quirk Productions, Inc. doing business as Quirk Books
through Japan Uni Agency, Inc., Tokyo.

装幀／岩郷重力＋A.T
装画／緒賀岳志

アマンダへ
きみのすべての欠片《かけら》がどこにあろうとも……

著者による註記

数年前、私は『いちばんの親友の悪魔祓《ばら》い』（*My Best Friend's Exorcism*〔未訳〕）という本を書いた。一九八八年のサウスカロライナ州チャールストンで、悪魔騒動のまっただなかにいる十代の女の子ふたりを描いた作品だ。どちらもお互いが悪魔《サタン》に取り憑《つ》かれたと信じ込んだ結果、厄介な事態になっていく。

その小説は十代の視点で書いたものだったので、親たちはひどい連中に見えた。ティーンエイジャーにとって親とはそう見えるものだからだ。しかし、その話には親の立場から語る別の視点がある。自分の子どもが危険にさらされたとき、どれほど無力に感じるかというものだ。私はその親たちについて書きたかったので、『吸血鬼ハンターたちの読書会』が生まれた。『いちばんの親友の悪魔祓い』の続篇ではないが、数年後の同じ地域、私が育った場所が舞台になっている。

子どものころ、私は母の言うことを真剣に受け止めなかった。母は読書会に入っている主婦で、母もその友人たちも、雑用をしたり車の相乗りをしたり、私たちに意味のないルールを守らせたりしているばかりだった。つまらない人物の集まりにしか見えなかった。私はまったく気づいていなかったが、どんなに多くの事柄に対処していたか、いまになって思い至る。私たちが気づかずに通り抜けていけるよう、母たちが痛手を引き受けてくれていたのだ。そういう取り決めだから――親として、子どもが耐え忍ぶことがないよう苦痛を引き受けることになっているから。

これは吸血鬼についての本でもある。吸血鬼とは、あの象徴的な、アメリカにおけるさまよう男の典型だ。過去もしがらみもなく、デニム姿で町から町へと放浪する男。ジャック・ケルアックやシェーン、ウディ・ガスリーのことを考えてみるといい。テッド・バンディのことを。

吸血鬼は私たちを人間たらしめるすべてをはぎとられた、連続殺人犯の原型なので――彼らには友人も身内もなく、ルーツも子どももない。持っているのは渇望のみだ。食べに食べ、決して満たされることがない。私はこの本で、欲求以外のあらゆる義務から解放された男と、終わることのない義務によって人生をかたちづくられた女たちを対抗させたかった。ドラキュラを私の母と戦わせたかったのだ。

読めばわかるように、それは公正な戦いではない。

プロローグ

この物語は流血で終わる。

あらゆる物語は流血で始まるものだ――粘液と母親の血半リットルにまみれ、金切《かなき》り声をあげて子宮からひっぱりだされる赤ん坊。しかし最近では、流血で終わる物語はさほど多くない。たいていは家の私道で心臓発作を起こしたり、裏口で脳卒中に見舞われたり、肺がんでゆっくりと衰えたりしたあと、病院へ戻って機械に囲まれ、血の流れない静かな死を迎える。

この物語は五人の幼い少女から始まる。めいめい母親の血しぶきの中で生まれ、きれいに体をぬぐわれた少女たちは、やがて上品な若いレディになり、妻にふさわしい技術を教え込まれた。完璧な伴侶にして責任ある親となるために、宿題を手伝って洗濯をこなし、教会の花の会やサイコロゲーム《バンコ》のクラブに参加して、子どもをデビュタントの舞踏会《コティリオン》や私立の名門校に送る母となるために。

こうした女性を見たことがあるだろう。昼食に集まっては、レストランにいる全員に聞こえるほど大声で笑う。グラス一杯のワインでぽうっとなる。きわどい生き方をするというのが、クリスマス用の光るイヤリングを買うことだったりする。デザートを注文すべきかどうかでひたすら悩む。

きちんとした人物であれば、その名が新聞に載るのは三回だけだ――生まれたとき、結婚したとき、死んだとき。客がくれば愛想よくもてなす。恵まれない人々には寛容にふるまう。夫をうやまい、子どもを育てる。普段使いの瀬戸物の大切さを、曾祖母の銀器を受け継ぐ責任を、上質なリネン製品の価値を理解している。

　そして、この物語が終わるまでに、五人とも血にまみれることになる。

　一部はみずからの、一部は他者の血だ。しかし、いずれにせよ血みどろになる。血の池に浸《つ》かり、血の海に沈むだろう。

主婦　Housewife（名詞）——軽薄で役に立たない女性または少女

——オックスフォード英語辞典　小型版　一九七一年

叫べ、愛する国よ

1988年11月

第一章

一九八八年、ジョージ・H・W・ブッシュは〝私の唇を読んでくれ〟と人々に呼びかけて大統領選挙に勝利し、マイケル・デュカキスは戦車に乗って敗北した。ドクター・ハクスタブルはアメリカのパパ、『ケイト&アリー』はアメリカのママたち、『ゴールデン・ガールズ』はアメリカのおばあちゃんたちで、マクドナルドがソビエト連邦に一号店を出すと発表し、誰もがスティーヴン・ホーキングの『ホーキング、宇宙を語る』[*1]を買いながらも読むことはなく、ブロードウェイで『オペラ座の怪人』の公演が開始して、パトリシア・キャンベルは死のうとしていた。

　パトリシアは髪にスプレーをしてイヤリングをつけ、口紅を直したが、鏡で見ると、映っているのは子どもがふたりいて明るい未来がひらけている三十九歳の主婦ではなく、死人だった。戦争が勃発するか海面が上昇するか、地球が太陽に落ちるかしないかぎり、今晩はマウントプレザント文学会の月例会があるというのに、今月の本を読んでいない。しかも自分が討議者なのだ。つまり、九十分もたたないうちに、女性がぎっしりつめかけた室内で人の前に立ち、読んでもいない本についての会話に引き入れなければならない。

『叫べ、愛する国よ』[*2]を読むつもりはあった――本当に――だが、本をとりあげて〝イコオポーから山々へと、ひとすじの美しい道がつづいている（アラン・ペイトン『叫べ、愛する国よ』村岡花子訳、聖文舎）〟と読むたびに、コーレイがあれこれしでかすのだ。速く漕げば水を渡れると考えて桟橋の端から自転車を乗り出したり、どのくらいマッチを近づければ火が移るか試そうとして弟の髪を燃やしたり、週末のあいだ電話をかけてきた人全員に、うちのママは死んじゃって出られないの、と伝えたりという具合に。最後の件をパトリシアが知ったのは、お悔やみ料理を持って玄関に現れる人たちが出てきてからだった。

イコオポーからの道がどうしてそんなに美しいのか見つける前に、サンルームの窓からブルーが素っ裸で走っていくのを見てしまうし、家がやけにしんとしているのはブルーを市内の図書館に置いてきてしまったからだと思い出してボルボに飛び乗り、変な人に誘拐されていませんようにと祈りながら大急ぎで橋を逆戻りすることになるし、ブルーが静かなのは鼻にいくつレーズンをつめこめるか（二十四個だ）確かめようとしたからだと気づくはめになる。イコオポーが正確にはどこなのかささえついにわからなかったのは、義母のミス・メアリーがやってきて六週間滞在することになり、ガレージルームにきれいなタオルを置いて客用ベッドのシーツを毎日換えなければならなかったからだ。バスタブから出るのが困難なミス・メアリーのため、手すりを設置する人手も探さなければいけない。子どもたちの洗濯物を処理したり、カーターのシャツにアイロンをかけたりする必要もある。コーレイは誰もが持っているので新しいサッカー用スパイクシューズをほしがっているが、すぐには買う余裕がない。ブルーは白い食べ物しか口にしないので、毎晩夕食に米を炊くことになる。こうして、イコオポーへの道はパトリシア抜きで山々へと続いていくのだ。

マウントプレザント文学会に参加するのは、当時はいい考えだという気がした。カーターの上司との夕食で、身を乗り出して上司のステーキを切ってやりながら、この家を出て新しい人と会うべきだと悟ったのだ。本、とくにミステリを読むのは好きだから、読書会に入るのは道理にかなっている。きみがそう思うのは、全世界をミステリみたいに受け止めて生きているからじゃないか、とカーターは言い、パトリシアは反論しなかった。『パトリシア・キャンベルと正気を失わずに一日三回、週七日料理する秘密』。『パトリシア・キャンベルと他人にかみつき続ける五歳児の事件』。『パトリシア・キャンベルと新聞を読むだけの時間を見つける謎――子どもふたりと義母をかかえ、全員の服の洗濯と食事の用意と家の掃除をする必要があり、犬には犬糸状虫《フィラリア》の薬を与えなければならず、なぜホームレスのように見えるのか娘に訊《き》かれないよう自分の髪を二、三日ごとに洗うべきだという状況下においてⅠ』。それとなく調べてみたところ、マージョリー・フレットウェルの家での文学会創立総会に招待してもらえた。

マウントプレザント文学会は、その年の本を実に民主的な手続きで選んだ――私がふさわしいと考えた十三冊のリストから十一冊本を選んでくださいな、とマージョリー・フレットウェルが呼びかけたのだ。ほかに推薦する本がある人はいるかしら、と問われたものの、慢性の空気が読めない病らしいスリック・ペイリー以外はみんな、本気で訊いているわけではないとわかっていた。

「『死へ向かう子羊のようにおとなしく――あなたの子どもとオカルト』を推薦したいわ」スリックは言った。「コールマン大通り《ブールバード》にはあのパワーストーンのお店があるし、《タイム》誌の表紙に出たシャーリー・マクレーンは前世の話をしてたし、私たちには警告が必要なんじゃないかしら」[3]

「その本はぜんぜん聞いたことがないけれど」マージョリー・フレットウェルは応じた。「つまり、西洋社会の偉大な本を読もうという私たちの務めから外れるんじゃないかしらね。ほかに誰か？」

「でも――」スリックは抗議した。

「ほかに誰か？」マージョリーは繰り返した。

みんなはマージョリーがリストに挙げた本を選び、一冊ずつマージョリーが最適と思った月に割り当て、マージョリーがもっともふさわしいと考えた討議者を選んだ。討議者は会の冒頭で二十分間本について発表し、その背景や著者の人生を語り、グループでの討論を主導する。マウントプレザント文学会はおふざけの会ではないのだから、討議者がキャンセルしたり、ほかの人と本を交換したりすると、きびしい罰金が科される。

『叫べ、愛する国よ』を読み終えるのは無理だということがはっきりしたとき、パトリシアはマージョリーに電話をかけた。

「マージョリー」炊いている米に蓋をかぶせて沸騰《ふっとう》しないように火を弱めながら、電話越しに声をかける。「パトリシア・キャンベルだけど。『叫べ、愛する国よ』のことで話があるの」

「本当に力強い作品よねえ」とマージョリー。

「そうね」とパトリシア。

「あなたならきっと正当に評価できますよ」とマージョリー。

「できるだけのことはするわ」パトリシアは答え、言うべき台詞《せりふ》と正反対の言葉を口にしてしまったことに気がついた。

「時期的にいまの南アフリカの状況とぴったりですものね」マージョリーが言った。

冷たい戦慄《せんりつ》が走り抜ける。いまの南アフリカの状況とは？

電話を切ったあと、パトリシアは意気地なしのまぬけと自分を罵《ののし》り、図書館へ行って『世界文学要覧』で『叫べ、愛する国よ』を調べようと誓ったが、コーレイのサッカーチームにおやつを用意する必要があり、ベビーシッターが伝染性単核球症にかかり、急にコロンビアへ出張が入ったカーターの荷造りを手伝わなければならず、続いてガレージルームのトイレから蛇が出てきたため熊手で打ち殺したあと、ブルーが修正液を一本分飲んでしまったのを医者へ連れていって死なないか確認するはめになった（死なないようだ）。著者のアラン・ペイトンを『ワールドブック百科事典』で調べようとしたが、Pの巻が抜けていた。新しい百科事典が必要だと心に留めておく。

玄関の呼び鈴が鳴った。

「マーーーマ！」コーレイが下の玄関ホールで呼びかけた。「ピザがきた！」

これ以上先送りにはできない。マージョリーに立ち向かうときだ。

マージョリーはプリントを用意していた。

「これはただ、現在南アフリカで起こっているできごとの記事をいくつか集めただけですよ、バンデルビルパークでの最近のごたごたも含めてね」と言う。「でも、パトリシアがミスター・アラン・ペイトンの『叫べ、愛する国よ』を論じる中で、きちんと私たちのために要約してくれると思いますから」

全員が首をめぐらし、マージョリーの巨大なピンクと白のソファに腰かけているパトリシアを見つめた。マージョリーの家のインテリアを知らなかったので、花柄のワンピースを着てきてしまった。みんなには頭と手だけが宙に浮かんでいるように見えているのではないだろうか。出ている部分もワンピースに押し込んで、完全に消えてしまえたらいいのに。魂が体から抜け出て、天井のあたりでふわふわしている気がした。

「でも、始める前に」マージョリーが言い、一同はそろってそちらへ視線を戻した。「ミスター・アラン・ペイトンのために少し黙禱《もくとう》しましょう。今年亡くなったことで私も動揺したけれど、文学界も震撼《しんかん》しましたからね」

頭がぐるぐるまわっている。著者が死んでいた？　最近？　新聞ではなにも見ていない。なにが言える？　どうやって死んだのだろう。殺されたのだろうか。野犬に八つ裂きにされて？　心臓発作で？

「アーメン」とマージョリー。「パトリシア？」

つきあってもいられないとばかりに、パトリシアの魂は本人を置いて昇天してしまった。もはや周囲の女性たちの思いのままに翻弄《ほんろう》されるだけだ。その中のひとり、グレイス・キャバノーは、二軒おいた先に住んでいたが、一度しか会ったことがなかった。その一度というのは、グレイスが家の呼び鈴を鳴らして「お忙しいところごめんなさいね、でも、もう六か月もこちらにお住まいでしょう、どうしてもお訊きしたくて。お宅の庭、わざといいこういうふうに見えるようにしてらっしゃるの？」とたずねてきたときだった。

スリック・ペイリーはせわしなくまばたきすると、狐めいた細面とちっぽけな目をパトリシアにすえ、ノートの上でペンを構えた。ルイーズ・ギブスが咳払いした。カフィー・ウィリアムズはティッシュでゆっくりと鼻をかんだ。サディー・フンチェはチーズストロー（パイ生地で作ったチーズ味の細長いビスケット）をかじりながら身を乗り出し、パトリシアを凝視した。こちらを見ていないのは、コーヒーテーブルの中央に置いてある、誰もあける勇気のなかったワインボトルに視線を向けているキティ・スクラッグスだけだ。

「ええと……」パトリシアは言い出した。「わたしたちみんな、『叫べ、愛する国よ』をすごく気に入ったんじゃない？」

サディー、スリック、カフィーがうなずいた。パトリシアは腕時計を見やり、七秒経過したのを確認した。時間稼ぎができそうだ。誰かが割り込んでなにか言ってくれないかと期待しつつ、沈黙を長引かせたものの、その長い間《ま》は、マージョリーに「パトリシア？」と言わせただけだった。

「アラン・ペイトンが働き盛りで命を失って、『叫べ、愛する国よ』みたいな小説をもっと書けなかったのはとても残念ね」パトリシアはほかの女性たちがうなずくのを手がかりに、ひとことひとこと手探りで話を進めた。「この本はこんなにもタイムリーでいまのわたしたちに関係のある事柄を語りかけてきているのに。とくにバンデル……バンデルビル……南アフリカでのおそろしいできごとのあとでは」

うなずきに力が加わった。パトリシアは魂がおりてきて体に戻るのを感じた。しっかりと先を続ける。

「わたしはアラン・ペイトンの人生について、なにもかも話したかったの。作者がこの本を書いた理由についてもね。ただ、そういう事実を全部並べても、この物語がどんなに力強いか、どれだけわたしの心を動かしたか、読んだときどれほど激しい怒りをおぼえたかは言いつくせないわ。これは頭ではなく心で読む本よ。ほかにもこんなふうに感じた人がいた？」

リビングじゅうでみんながうなずいていた。

「その通りよ」スリック・ペイリーが首を縦にふった。「ええ」

「わたしは南アフリカのことにとても関心があるの」と言ってから、メアリー・ブラシントンの夫は銀行員だし、ジョアニー・ウィーターの夫は証券取引所関係のなにかをしていたはずで、もしかしたら南アフリカで投資しているかもしれないと思い出した。「でも、この問題にたくさんの側面があるのは知ってるわ。別の見解を示したい人もいるかもしれない。ミスター・ペイトンの本の精神からすれば、この討論は演説じゃなくて会話であるべきだもの」

誰もがうなずいている。魂がまた体に落ち着いた。やってのけたのだ。なんとか生きのびた。マージョリーが咳《せき》払いした。

「パトリシア」と問いかける。「ネルソン・マンデラに関するこの本の意見をどう思います？」

「心をゆさぶられたわ」パトリシアは答えた。「実際はちょっと触れているだけなのに、すべてを圧倒してて」

「そんなことはないと思うけれど」マージョリーが言い、スリック・ペイリーがうなずくのをやめた。

「どこでマンデラに触れていたのかしら？　どのページで？」

パトリシアの魂はふたたび光の中へ昇りはじめた。（さよなら）と言い残して。（さよなら、パトリシア。さあ、自力でがんばって……）

「マンデラの自由の精神は？」パトリシアは言った。「あれがどのページにも行き渡ってるんじゃない？」

「この本が書かれたとき」とマージョリー。「ネルソン・マンデラはまだ法科の学生で、アフリカ民族会議の青年メンバーでしたよ。この本のどこだろうと、その精神がどうやって入ったのかわかりませんね、ましてどのページにも行き渡るなんて」

アイスピック並みの視線でパトリシアの顔を突き刺してくる。

「その」しゃがれ声が出たのは、もはや死んでいるからだ。どうやら死ぬと喉がからからになるらしい。「マンデラが将来おこなうことよ。それが高まってくるのが感じられるの。ここで。わたしたちが読んだ、この本の中で」

「パトリシア」とマージョリー。「あなた、本を読まなかったんでしょう？」

時が止まった。誰も動かなかった。パトリシアは嘘をつきたかったが、生まれてからずっとレディになるよう育てられてきたのだ。

「ちょっぴり読んだわ」と答える。

マージョリーは心の底から、いつまでも続くような溜め息を吐き出した。

「どこまで読んだの？」とたずねる。

「最初のページ？」パトリシアは言ってから、ぺらぺらしゃべりはじめた。「ごめんなさい、がっかりさせたのはわかってるけど、ベビーシッターが伝染性単核球症にかかって、カーターの母が泊まりにきてて、トイレから蛇が出てきて、今月はもうなにもかもたいへんだったの。本当になんて言ったらいいかわからないけど、とにかくごめんなさい」

視野の端に黒い色がしのびこんできた。右耳の奥で甲高い音がきんきん鳴り出す。

「まあ」とマージョリー。「世界文学でいちばんすばらしい作品のひとつかもしれない本を読む機会を逃して、損をしたのはあなたのほうですよ。それに私たち全員があなたの独特な視点を知る機会も奪ったわけね。でも、済んだことはしかたがないでしょう。ほかに討論を主導してくれる人はいますか？」

サディー・フンチェが亀よろしくローラアシュレイのワンピースの中に縮こまり、ナンシー・フォックスはマージョリーが言い終わりもしないうちに首をふりはじめ、カフィー・ウィリアムズは肉食獣に出くわした獲物さながらに凍りついた。

「誰か今月の本を実際に読んだ人がいるのかしら？」マージョリーが問いかけた。

沈黙。

「こんなことは信じられないわ」とマージョリー。「十一か月前、西洋社会の偉大な本を読みましょうとみんな同意したのに、いま、一年足らずでこうなってしまうなんて。あなたたち全員に心からがっかりしましたよ。自分を向上させ、マウントプレザントの外の思想や考え方にさらされることを求めていたと思っていたのに。男はみんな『女の子がりこうなのはあんまりりこうじゃない』なんて言って笑い飛ばすし、女性が髪のことしか考えていないと思っているのよ。男がよこすのは料理本だけ、頭の中ではこちらをばかにして、なにも知らないまぬけだと考えているんですからね。あなたたちはたったいま、その通りだと証明したんですよ」

息を継ごうと言葉を切る。パトリシアはその眉に汗が光っていることに気づいた。マージョリーは続けた。

「みんな家に帰って、来月『日陰者ジュード』[*4]を読むのに参加したいかどうか考えてみるといいと思いますよ――」

グレイス・キャバノーが立ちあがり、ハンドバッグを一方の肩にひっかけた。

「グレイス？」マージョリーが訊いた。「残らないの？」

「約束があるのをいま思い出して」とグレイス。「すっかり忘れていたものですから」

「まあ」マージョリーは気勢をそがれて言った。「お引き留めはしませんよ」

「もちろんですとも」とグレイス。

そして、そう言い残すと、背が高く優雅な若白髪のグレイスは、悠然と部屋を出ていった。

会合は勢いを失って解散した。マージョリーはキッチンにひきこもり、心配したサディー・フンチェが追っていった。意気消沈した女性たちの一団は、キッチンにひきこもり、デザートテーブルのまわりに残って世間話をした。パトリシアは誰にも見られていないと思われるまで自分の椅子にとどまってから、さっと家の外へ飛び出した。

マージョリーの家の前庭を横切っていたとき、〝ねえ〟というような音が聞こえた。パトリシアは立ち止まって音源を探した。

「ねえ」キティ・スクラッグスが繰り返した。

キティはマージョリー宅の私道にとめた車の列の後ろにひそんでいた。頭上に青い煙がもくもくと漂っており、指に細長い煙草をはさんでいる。隣にはメアリエレン・なんとかがやはり煙草を吸いながら立っていた。キティは片手でこちらに手をふってよこした。

メアリエレンはマサチューセッツ州からきた北部の人で、自分はフェミニストだと誰にでも言っているらしい。キティのほうはよくいる大柄な女性で、ひいきめに見て〝おもしろい〟と言われるようないでたち――色とりどりの手形がついたぶかぶかのセーターや、大きなプラスチックの装身具――をしている。こういう女性たちとかかわりを持つというのは、危険な道への第一歩だ。最終的には、クリスマスにフェルト製のトナカイの角をつけたり、シタデルモールの外に立って請願に署名してくれと人々に頼んだりするはめになるのではないかという気がしたので、パトリシアは用心深く近づいた。

「中であんたがやったことは気に入ったよ」キティが言った。

「あの本を読む暇を見つけるべきだったんだけど」とパトリシアは伝えた。

「なんで？」とキティはたずねた。「あれ、つまんなかったよ。第一章も読み終わらなかった」

「マージョリーに手紙を書かないと」とパトリシア。「謝罪の」

メアリエレンが煙越しに眉根を寄せ、煙草を吸い込んだ。

「マージョリーは当然の報いを受けただけだから」と息を吐き出しながら言う。

「あのさ」キティは自分の体でさえぎり、マージョリー宅の正面玄関からこちらが見えないようにした。マージョリーが見ていて唇を読むことができるとまずいからだ。「何人かに本を読んでもらって、来月うちに集まって話をするつもりなんだけど。メアリエレンもいるから」

「読書会ふたつに参加する時間はいくらなんでもとれないわ」パトリシアは言った。

「言っとくけど」とキティ。「今日のあとじゃ、マージョリーの読書会はおしまいだよ」

「なんの本を読んでるの？」パトリシアは断る理由を探そうとしてたずねた。

キティはデニムのショルダーバッグに手をつっこみ、ドラッグストアで売っているような安いペーパーバックをひっぱりだした。

「『愛の証拠──本当に起こった郊外における情熱と死の物語』[*5]」と言う。

パトリシアは意表をつかれた。例の低俗な犯罪ノンフィクション本のひとつだ。とはいえ、あきらかにキティは読んでいる最中らしいし、たとえ事実だとしても、他人の本の趣味を低俗と言うのは失礼だ。

「わたしの好みの本かどうかわからないし」と言ってみる。

「ここに出てくる女ふたりは親友同士で、斧でお互いを叩き切ったんだから」とキティ。「どういう事件だったか知りたくないふりなんてしないでよ」

「ジュードが日陰者なのには理由があるんだよね」メアリエレンがうなった。

「くるのはあなたたちふたりだけ？」パトリシアは問いかけた。

背後から高い声がかけられた。

「ちょっとみんな」スリック・ペイリーが言う。「ここでなにを話してるの？」

第二章

　アルベマール・アカデミーのどこか奥まったところで、一日の最後のチャイムが鳴った。両開きの扉があいて、背骨がまがりそうにふくれあがったスクールバッグを背負った小さい子どもたちの群れを吐き出す。三穴バインダーや社会科の本の重みで前かがみになった子どもたちは、年取った小人《ノーム》のようによたよたと車の相乗りエリアに向かった。パトリシアはコーレイを見つけてクラクションを鳴らした。コーレイが顔をあげてゆっくりと駆けてくる様子に、胸が痛んだ。娘は助手席にすべりこみ、スクールバッグを膝に載せた。

「シートベルト」パトリシアはうながし、コーレイがカチッと締めた。

「どうして迎えにきてるの?」コーレイはたずねた。

「フットロッカー（シューズ・スポーツ用品を扱う米国の大手小売チェーン）に寄ってスパイクシューズを見てもいいと思ったの」とパトリシア。「新しいのがほしいって言ってなかった?　そのあとでＴＣＢＹ（米国のフローズンヨーグルト専門店）に行きたい気分」

　娘の顔が輝きはじめたのがわかった。ウエストアシュリーブリッジを車で渡っているあいだ、コーレイはほかの女の子たちのさまざまなスパイクシューズについて残らず説明した。ブレード型のスパイクシューズが必要だし、芝の上でサッカーをするのにソフトグラウンドではなくハードグラウンドのタイプでなければいけないのは、ハードグラウンドのほうが速く走れるからだ。娘が息を継ごうと言葉を切ったとき、パトリシアは言った。「休み時間になにがあったか聞いたわ」

コーレイの瞳から一気に光が消え、パトリシアは口をひらいたことを後悔した。しかし、なにか言わなければならなかったのだ。それが母親のすることではないだろうか？

「どうしてチェルシーがクラスのみんなの前であなたのズボンをおろしたのかわからないけど」パトリシアは続けた。「そんなのは卑怯で最低の行動よ。家についたらすぐあの子のお母さんに電話するから」

「だめ！」とコーレイ。「お願い、お願い、お願いだから、なんでもなかったの。たいしたことじゃないから。お願い、ママ」

パトリシア自身の母親は、どんなことでも味方になってくれたためしがなかった。その行動は罰ではなくいいことなのだとわかってほしかったが、コーレイはフットロッカーに行くのを拒み、フローズンヨーグルトなどほしくないとぶつぶつ言った。いい母親になろうとしているだけなのに、なぜかそのせいで〝西の悪い魔女〟にされてしまうのは、実に不公平だ。ハンドルをがっちり握りしめて自宅の私道に入るころには、私道をふさぐ小型ポートサイズの白いキャデラックや、玄関前の階段に立つキティ・スクラッグスを見たい気分ではなくなっていた。

「こんちはー」キティの言い方を耳にしたとたん、苛立《いらだ》ちがこみあげた。

「コーレイ、こちらはミセス・スクラッグスよ」なんとか笑顔を作って紹介する。

「はじめまして」コーレイがもごもごとつぶやいた。

「あんたがコーレイ？」キティはたずねた。「ねえ、今日学校で、ドナ・フェルプスの娘があんたになにをしたか聞いたけどさ」

コーレイは地面に視線を向け、たれさがった髪で顔を隠した。そんなことを言えばよけい事態が悪化する、とパトリシアは言ってやりたかった。

「今度チェルシー・フェルプスがそんな真似をしたら」キティは突き進んだ。「みんなになるべく大声で言ってやりなよ、『チェルシー・フェルプスは先月メリット・スクラッグスの家に泊まって、寝袋におねしょしたのを犬のせいにした』ってさ」

信じられなかった。親というものは、よその子どもに関してそんなことを口にしたりしない。耳を貸さないで、と言おうとしてコーレイをふりかえったが、娘は目をまんまるくして口をぽかんとあけたまま、恐れ入ったまなざしでキティを見つめていた。

「ほんと？」コーレイが問いかける。

「テーブルで口笛も吹いたんだよ」とキティ。「しかもそっちはうちの四つの子のせいにしようとしたし」

凍りついたような長い一瞬、パトリシアはなんと言ったらいいかわからなかった。それからコーレイがくすくす笑い出した。笑いすぎて玄関の階段に座り込み、横に倒れて、しゃっくりが出るまでぜいぜいあえぐ。

「中に入っておばあちゃんにただいまって言っておいで」パトリシアは声をかけ、急にキティに感謝したい気持ちになった。

「あのぐらいの年の子どもって、ほんとに扱いに困らない？」コーレイが立ち去るのを見ながらキティが言った。

「独特なのよ」とパトリシア。

「扱いにくいよ」とキティ。「とんでもなく扱いにくくて、縛りあげて袋につめこんで、十八になったら出してやるべきだね。ほら、これ持ってきたよ」

『愛の証拠』のつやつやと真新しいペーパーバックを渡してよこす。

「こんな本くだらないって思ってるのは知ってるけどね」キティは言った。「でも、ここには情熱も愛情も憎しみも恋愛も暴力も刺激もつまってる。トマス・ハーディとぜんぜん変わらないよ、ただペーパーバックで、中に写真が八ページ分入ってるだけ」

「どうしよう」パトリシアは言った。「あんまり時間がなくて……」

だが、キティはすでに自分の車へ戻りかけていた。このミステリは『パトリシア・キャンベルと断る力の欠如』という題にするべきだろう。

驚いたことに、その本は三日で読破した。

もう少しで読書会に間に合わないところだった。出かける直前、コーレイがそばかすをとろうとレモン汁で顔を洗い、両目に入ってしまって金切り声をあげながら廊下に走り出したかと思うと、そこでドアの取っ手に顔面からぶつかったのだ。パトリシアは娘の目を水で洗い流し、たんこぶに冷凍豆の袋をあてて、ママもその年には同じくらいか、もっと多いぐらいそばかすがあったのよ、と話してやったあと、ミス・メアリーと『コスビー・ショー』を見ておいで、とソファに座らせた。読書会には十分遅れで到着した。

キティはシーウィー農場に住んでいる。ブーンホール・プランテーション（米国サウスカロライナ州マウントプレザントにある大農園）の一部で、ずっと昔に誰か農園主の結婚祝いとして分配された二百エーカーの土地だった。偶発事故と判断ミスがあいまってキティの義祖母の手に渡ることになり、その偉大な老婦人がしめやかに墓へ入ったとき、お気に入りの孫息子であるキティの夫のホースに遺したのだ。

シーウィー農場は水田と入り組んだ松林に囲まれた辺鄙《へんぴ》な場所にあり、あたりには蛇しか棲《す》んでいないぼろぼろの納屋が点在している。農場の中心となっているのは、チョコレートブラウンに塗ったおそろしく見苦しい母屋だ。周囲をたわんだポーチや腐りかけた円柱が取り巻き、屋根裏にはアライグマ、壁の中にはフクロネズミがいる。チャールストンの上流社会の誰もが所有する、風流に朽《く》ちていく大邸宅とはまさにこういうものだろうとパトリシアは思った。

広々とした玄関ポーチの向こうにある巨大な両開きのドアの前に立ち、呼び鈴を押してみたが、なにも起こらなかった。もう一度試してみる。

「パトリシア！」キティの声がした。

パトリシアはふりかえり、続いて上を見た。キティが二階の窓から身を乗り出していた。

「脇にまわって」キティが叫んだ。「そのドアの鍵はずっと前から見つからなくてさ」

勝手口でキティに行き合った。

「入って」とキティ。「猫は気にしないで」

どこにも猫は見えなかったが、心躍《おど》る光景が見えた。キティのキッチンは惨憺《さんたん》たる状態だったのだ。からになったピザの箱、教科書、いらない郵便物、濡れた水着などがあらゆる平面を占拠している。《サザンリビング》誌のバックナンバーが椅子からすべりおちていた。キッチンテーブルの上は分解したエンジンでいっぱいだ。これに比べれば、パトリシアの家は雑誌に載っている写真並みに完璧だった。

「五人子どもがいるってこんな感じ」キティが肩越しに言った。「よく考えたほうがいいよ、パトリシア。ふたりでやめときな」

玄関ホールは『風と共に去りぬ』から出てきたように見えたものの、弧を描く階段とオーク材の床は、なだれおちたヴァイオリンケース、まるめたスポーツ用の靴下、剝製のリス、暗闇で光るフリスビー、駐車違反切符の束、折りたたみ式の譜面台、サッカーボール、ラクロスのスティック、野球のバットがぎっしりつまった傘立てひとつ、それに象の脚を切った形の植木鉢にはまっている高さ五フィートの枯れたゴムノキに埋もれていた。

キティは惨状のあいだをぬってパトリシアを居間へ案内した。そこにはスリック・ペイリーとメアリエレン・なんとかがいて、五百個はありそうな装飾用クッションに覆われたソファのへりにちょこんと腰かけていた。その向かいでは、グレイス・キャバノーが背筋をぴんとのばしてピアノの椅子に座っている。ピアノは見あたらなかった。

「よし」キティが大瓶からワインをついで切り出した。「斧殺人の話をしよう！」

「まず会の名前がいるんじゃない？」スリックがたずねた。「それから一年分の本を選ぶとか」

「これは読書会ではないでしょう」グレイスが言った。

「どういう意味、これは読書会じゃないって？」メアリエレンが訊き返す。

「私たちはただ、たまたま全員が読んだペーパーバックの本の話をしに集まっているだけですもの」とグレイス。「本物の本というわけではないでしょう」

「なんでもいいけどさ、グレイス」と言いながら、キティはワインを入れたマグカップをみんなの手に押しつけた。「この家には五人子どもがいて、いちばん上が出てくまでに八年はあるんだから。今晩大人の会話ができなかったら、あたしは自分の頭を撃ち抜いてやるね」

「いいぞいいぞ」とメアリエレン。「女の子三人、七歳と五歳と四歳」

「四歳なんてかわいい盛りね」スリックが甘い声を出した。

「そう？」メアリエレンはきゅっと目を細めて問いかけた。

「じゃ、これは読書会？」パトリシアは訊いた。現状を把握したかったのだ。

「読書会でも読書会じゃなくても、どうだっていいよ」とキティ。「あたしが知りたいのは、なんでベティ・ゴアが斧を持って親友のキャンディ・モンゴメリーの家に行ったのか、いったいどうして反対に切り刻まれるはめになったのかってこと」

パトリシアはほかの女性たちがどう考えているか確認しようと周囲を見まわした。ドライクリーニングしたブルージーンズをはいて髪にシュシュをつけ、ニューイングランド風のきつい声を出すメアリエレン。尖った歯ときらきら光る小さなまるい目で、ひときわ熱心なネズミのように見える小柄なスリック。前面にゴールドのスパンコールの音符を撒《ま》き散らしたデニムのブラウスに、冬眠から起きたばかりの熊のようなぼさぼさ頭で、マグカップからずるずるワインをすすっているキティ。そして最後に、襟もとにラッフルボウタイをつけ、まっすぐに座って膝の上できっちりと手を重ねているグレイス。その目は大きなフレームの眼鏡の奥でゆっくりとまばたき、フクロウさながらに全員を観察している。

この人たちは自分と違いすぎる。パトリシアはこの場に属していないのだ。

「思うに」グレイスが言うと、みんな座ったまま背筋をのばした。「ここで示されているのは、ベティの側に驚くほど計画性がなかったことでしょうね。いちばんの親友を斧で殺すつもりなら、自分がなにをしているのかきちんと把握していないと」

それがきっかけとなって会話が始まり、気がつくとパトリシアは無意識に加わっていた。二時間たって車まで歩いていくときにも、みんなまだ本について話していた。

翌月は『ミシガン連続殺人――実話・イプシランティ切り裂き魔の恐怖時代[6]』を読み、次は『ケイナンの死――ニューイングランドの小さな町における善悪の典型例[7]』、それから『苦き血――南部の家族の誇りと狂気、複数殺人の実話[8]』になった――どれもキティのお薦めだった。

翌年の本はみんなで一緒に選んだ。犯罪現場の不鮮明な白黒写真や、事件が起きた夜の分刻みの時系列表が全部ごっちゃになりはじめたとき、グレイスが犯罪ノンフィクションと小説を交互に読むことを思いついたので、ある月には『羊たちの沈黙[9]』を、次の月には『第四のジャック――多重人格殺人犯の肖像[10]』を読んだ。ダーシイ・オブライエンの『丘腹の絞殺魔[11]』を読み、そのあとに子どもたちをパイにして母親に食べさせる場面のあるシェイクスピアの『タイタス・アンドロニカス[12]』が続いた

（「この問題点は」とグレイスは指摘した。「子どもをふたり入れるなら、ものすごく大きなパイになるということでしょうね、たとえミンチにしても」）

パトリシアはこれが気に入った。一緒に読まないかとカーターに訊いてみたが、一日じゅういかれた患者に対応してきたのに、帰宅してまでいかれた連中の話を読むのなどまっぴらだ、と言い渡された。パトリシアは気にしなかった。〝必ずしも読書会ではない会〟は、遅効性の毒を使う犯人や雇われ殺人犯や死の天使たちも全部ひっくるめて、人生に新たな視点を与えてくれたのだ。

パトリシアとカーターは去年オールドビレッジに引っ越してきた。どこか静かで広々とした、そしてなによりも安全なところに住みたかったからだ。ただの地区ではなく、自分の家庭にある種の価値観が取り入れられるような地域社会《コミュニティ》を求めていた。外の世界の混乱とたえまない変化から守られるような、見張りなしでも子どもたちが夕食に呼ばれるまで一日じゅう外で遊べるような場所を。

オールドビレッジはマウントプレザントの郊外にあり、チャールストン市内からクーパー川を渡ったすぐ向かいだが、チャールストンが堅苦しく洗練されていて、マウントプレザントがその田舎版なら、オールドビレッジは生き方そのものだ。少なくとも住人はそう信じている。そして、住む家だけでなく生き方まで手に入れる余裕ができるように、カーターは長時間せっせと働いてきた。

こうした生き方を切り取っているのが、ライブオークの木立や、コールマンブールバードとチャールストン港のあいだに並ぶ風流な家々だ。ここではいまでもみんなが通りすぎる車に手をふるし、誰も時速二十五マイルを超えて車を走らせたりしない。

ここでカーターはコーレイとブルーに桟橋で蟹《かに》捕りを教えている。鶏の生首を長い糸に結びつけて濁った港の水にたらし、意地悪そうな目の蟹をひっぱりあげて網ですくうのだ。夜にはじりじり音をたてるコールマンのランタンの白い光が照らすなか、ふたりを小海老捕りに連れていく。一家は牡蠣《かき》を焼くパーティーに行き、日曜学校に通い、アルハンブラホールでの結婚披露宴に出席し、スチュア葬儀場で葬式に参列する。毎年クリスマスにはピアレイトクルーズのブロックパーティー（地域の祭り、大規模な野外パーティー）に参加し、大晦日《おおみそか》にはワイルドデューンズでシャグを踊る。コーレイとブルーは港の反対側にあるアルベマール・アカデミーに通学しており、友だちを作って泊まりに行くし、パトリシアは送り迎えのとき申し合わせて車に相乗りする。誰も玄関に鍵をかけず、町から出るときにはスペアキーをどこに置いていくかみんなが知っている。窓をあけたまま一日出かけても、起こりうる最悪のことといえば、よその飼い猫がキッチンのカウンターで寝ているのを見つける程度のものだろう。ここは子どもを育てるのにふさわしい。家族を持つには最高だ。静かでおだやかで、平和で安全だから。

だが、ときどきパトリシアは挑戦を受けたくなった。自分の実力を確かめたくてたまらなくなった。カーターと結婚する前は看護婦だったことを思い出し、まだ傷口を探って指で動脈をふさぐことができるだろうか、子どもの瞼《まぶた》から釣り針を外す勇気があるだろうか、と考えることもあった。ささやかな危険を求めずにはいられなかった。だから読書会に行っていたのだ。

一九九一年の秋、キティは大好きなミネソタ・ツインズがワールドシリーズに出場したので、夫のホースに前庭の松の木を二本チェーンソーで切り倒させ、水漆喰《みずしっくい》で野球のダイヤモンドの小型版を配置した。〝必ずしも読書会ではない会〟のメンバー全員が夫同伴で招待され、一緒に試合をしないかと誘われた。

「みんな」試合の前の最後の集まりでスリックが言った。「私、白状しなくちゃいけないことがあるの」

「まったくもう」メアリエレンがあきれた顔をした。「ほらきた」

「知りもしないことに口をつっこまないで」スリックが言い返した。「ねえみんな、私も悪いことをしてほしいって頼むのはいやなんだけど――」

「野球が悪いことだって言うんなら、あたしは地獄行きだよ」とキティ。

「うちの人、あの人って……その」スリックはキティを無視して言った。「リーランドはね、なんで私たちが読書会であんなぞっとする本を読んでるのか、わかってくれないと思うの――」

「読書会ではないでしょう」とグレイス。

「――それに私も心配させたくないし」スリックは強引に続けた。「だから、聖書研究の集まりだって言っちゃったのよ」

たっぷり十五秒間、誰もなにも言わなかった。とうとうメアリエレンが口をひらいた。「あんた、わたしたちが聖書を読んでるって旦那に言ったわけ?」

「一生勉強する価値のあることだし」とスリック。

沈黙がさらに続き、みんな信じられないという顔で目を見交わしてから、いっせいに笑い出した。

「まじめに言ってるのよ、みんな」とスリック。「知られたらここにくるのを止められちゃうわ」

スリックはまじめに言っているのだ、と誰もが気づいた。

「スリック」キティが真剣に言った。「約束する。土曜日にはあたしたちみんな、神の御言葉に心の底から敬意を払ってるって、きっぱり言うからさ」

そして土曜日には、みんなその通りにした。

週末の無精ひげを生やし、クレムソン大学のロゴをつけたポロシャツをストーンウォッシュジーンズの短パンに押し込んだ夫たちは、キティの家の前庭にもたもたと集まり、握手して冗談を言い合った。キティは夫婦を別々にしてチームを分けたが、パトリシアはコーレイも参加させてくれるよう主張した。

「ほかの子たちはみんな桟橋のところで泳いでるよ」とキティ。

「あの子は野球のほうがいいの」とパトリシア。

「子どもだからって下手投げしたりしないからね」キティは言い渡した。

「大丈夫よ」パトリシアは答えた。

キティのスイングは力強く、マウンドでは剛速球を投げた。スリックとメアリエレンの夫エドが三振に打ち取られるのをコーレイはじっと見ていた。それからバッターボックスに立った。

「ママ」と言う。「打ちそこねたらどうする？」

「それなら全力をつくしたってことよ」パトリシアは告げた。

「このうちの窓を割っちゃったら？」コーレイはたずねた。

「そうしたら帰りにフローズンヨーグルトを買ってあげる」とパトリシア。

しかし、コーレイがホームベースまで歩いていくとき、内心に不安が走り抜けた。コーレイは居心地悪そうにバットを構え、先端が空中でふるえていた。脚は細すぎるし、腕は弱すぎるように見える。まだほんの子どもなのに。娘をなぐさめ、せいいっぱいがんばったね、と言ってやる心構えをしておいた。キティは申し訳なさそうにこちらへ肩をすくめてみせてから、右腕をふりかぶり、コーレイに向かって投げた。速球がうなりをあげてまっすぐ飛んでいく。

カーンと音が響いたかと思うと、ボールはいきなり方向を逆に変え、高い弧を描いてキティの家のほうへ飛んでいった。最後の瞬間、ふわりと上昇して屋根を越え、家を飛び越えてどこか森の奥へ落ちていく。全員が、コーレイでさえ、凍りついたように見守っていた。

「行って、コーレイ！」パトリシアは沈黙を破って金切り声をあげた。「走って！」

コーレイはベースを一周し、そちらのチームが六対四で試合に勝った。コーレイはその得点のすべてで打席に立っていた。

六か月後、もはやミス・メアリーがひとりで暮らせないことがあきらかになった。カーターと兄ふたりは四か月ずつかわるがわる母親を滞在させることで合意し、末っ子のカーターが最初に引き受けた。

そのあと、車で母親を迎えにくるはずだった前日になって、次兄のサンディが電話してきた。「うちの子どもたちは小さすぎて、お母さんがあんなふうに混乱してるときにそばにいさせるのは無理だよ。前みたいなお母さんの姿を憶えててほしいんだ」

カーターは長兄に電話したが、ボビーは言った。「母さんはバージニア州じゃ居心地が悪いだろ。こっちは寒すぎるからな」

きつい言葉が交わされ、そのあとカーターはふたりのベッドの端に腰をおろし、親指で携帯電話の通話終了ボタンを強く押すと、長いあいだそのまま持っていてから口をひらいた。

「母さんはここにいさせる」

「いつまで?」

「ずっとだ」とカーター。

「でも、カーター……」パトリシアは言いかけた。

「僕にどうしろっていうんだ、パティ?」カーターは問いかけた。「道端に追い出せって? 施設になんて入れられるか」

パトリシアはたちまち軟化した。カーターの父親は幼いころに亡くなり、母親がひとりで末息子を育てたのだ。次兄は八歳年上なので、母親とふたりきりだった。ミス・メアリーがカーターのために払った犠牲は家族の伝説になっている。

「そうよね」パトリシアは言った。「ガレージルームがあるもの。なんとかうまくいくようにしましょう」

「ありがとう」長い間をおいて、カーターは言った。本気で感謝しているという声音だったので、正しい決断をしたことがわかった。

だが、コーレイは中学生になったところだし、ブルーはまだ四年生なのに算数に集中できず、家庭教師が必要だ。カーターの母親は自分が考えていることをいつでも口にできるわけではなく、しかも日ごとに悪化していった。

苛立ちのあまりミス・メアリーの人格は悪化した。かつては孫たちをとてもかわいがっていたのに。いまでは、ブルーがうっかり祖母のバターミルクをひっくり返すと、その腕を青黒いあざが残るほど強くつねった。夕食にレバーがないとわかると、パトリシアの向こうずねを蹴った。しょっちゅうバス停に連れていけと要求してくる。一連の事件によって、義母をひとりで家に残していってはいけないとパトリシアは学んだ。

ミス・メアリーがシリアルの器《うつわ》を床に投げつけたあと、トイレットペーパーを一ロールまるごとつっこんでガレージルームのトイレをつまらせた日、午後の早い時間にグレイスが立ち寄った。

「スポレート・フェスティバルの最終日の夜、ゲストとして招待したかったのだけれど」グレイスは告げた。「あなたとキティとメアリエレンとスリックの分のチケットがあるの。みんなで文化的なことをしてもすてきじゃないかしらと思って」

パトリシアは行きたくてたまらなかった。スポレート・フェスティバルの最終日の夜は、野外のミドルトンプレイスでおこなわれる。湖に面した丘にシートを敷いてピクニックを楽しみながら、チャールストン交響楽団が演奏するクラシック音楽に耳をかたむけ、最後は花火でしめくくるのだ。そのとき犬のラグタグが家族コーナー《デン》でキャンと鳴き、ミス・メアリーがなにかいやなことを言ったのが聞こえた。

「ごめんね、行けないの」パトリシアは言った。

「私になにかできて?」グレイスはたずねた。

そこでなにもかもぶちまけてしまった。ミス・メアリーが同居していることでどんなにおびえているか、子どもたちと夕食の席につくのがどんなにたいへんか、自分とカーターにとってどんなに負担になっているか。

「でも、愚痴《ぐち》を言いたいわけじゃないの」パトリシアは言った。「カーターのためにあれほど力をつくしてくれたんだもの」

スポレート・フェスティバルに行けないのは残念ね、とグレイスは言い、立ち去った。パトリシアは話しすぎてしまったと自分を呪った。

翌日、家の私道にキティのピックアップトラックが入ってきた。後部にはキティの息子たちとともに携帯トイレと歩行器、病人用おまる、洗面器、持ち手が大きいプラスチックのカトラリー、割れない皿をつめた箱などが載せてあった。キティが運転席から出てきた。

「ホースの母親が一緒に暮らしてたとき、最終的にこのがらくた全部を手に入れるはめになってさ」と言う。「あした病院用ベッドを持ってくる。ただ、持ちあげるのにあと少し人手をかき集めないと」

グレイスがキティに電話して状況を伝えたに違いない、とパトリシアは気づいた。グレイスに電話をかけてありがとうと言う前に、また呼び鈴が鳴った。背の低い黒人の女性が玄関ポーチに立っていた。ぽっちゃりしているが目つきは鋭く、ヘルメットのようなかっちりした古くさい髪形で、白いスラックスをはき、紫のカーディガンの下には白い看護衣を着ている。

「ミセス・キャバノーのお話で、お手伝いが必要かもしれないということだったんで」女性は言った。

「あたしはアーシュラ・グリーンです。お年寄りの面倒を見てます」

「とてもご親切ですけど」パトリシアは言いはじめた。「でも――」

「追加料金なしで子どもたちの世話もしますよ」ミセス・グリーンは言った。「ベビーシッターじゃありませんけど、ときどき外出することもあるだろうってミセス・キャバノーがおっしゃってましたから。料金は一時間十一ドル、夜は一時間十三ドルです。子どもたちに食事を作ってもいいですけど、習慣になってほしくはないですね」

パトリシアの予想より安かったが、進んでミス・メアリーの相手をする人がいるとは思えなかった。「決める前に」と言う。「主人の母を紹介させてください」

ふたりでサンルームに入っていくと、ミス・メアリーが座ってテレビを見ていた。邪魔が入ったのでにらみつけてくる。

「それは誰？」ミス・メアリーはぴしゃりと言った。

「こちらはミセス・グリーン」とパトリシア。「ミセス・グリーン、紹介しますね――」

「その人、ここでなにしてるの？」とミス・メアリー。

「あなたの髪をとかしたり爪を切ったりしにきたんですよ」ミセス・グリーンが言った。「それにあとでなにか食べるものを作ったりね」

「どうしてこの人がやらないのよ？」ミス・メアリーは問いかけ、節《ふし》くれだった指をパトリシアに突きつけた。

「どうしてかっていうと、その人はもうがまんの限界だからですよ」ミセス・グリーンが答えた。「もし一息つかせてあげなかったら、屋根からほうりだされますよ」

ミス・メアリーは少しそのことを考えてから言った。「どこの屋根からだろうと、私をほうりだす人なんていうるもんですか」

「いつまでもそんな態度をとってたら、あたしが手を貸すかもしれませんよ」とミセス・グリーン。

三週間後、パトリシアはミドルトンプレイスで緑の格子柄のシートに腰をおろし、チャールストン交響楽団が奏でるヘンデルの『王宮の花火の音楽』に耳をすましていた。頭上で最初の花火が広がっていき、やがて燃え立つ緑のタンポポのように空を覆いつくした。もとから花火には心を動かされたものだ。きちんと作るのにあれほど時間と手間がかかるのに、またたく間に終わってしまい、こんなに少ない人数しか楽しめないのだから。

花火の明かりのもと、まわりに座っている女性たちをながめる。ローンチェアの上で目を閉じ、音楽に聴き入っているグレイス。あおむけで寝ているキティの片手では、プラスチックのワイングラスがあぶなっかしくかたむいている。オーバーオール姿で両脚を前にのばし、チャールストンの最高の演奏を味わうメアリエレン。そして、正座で首をかしげ、宿題でもやっているように音楽を聴いているスリック。

これが四年間、毎月顔を合わせてきた人たちなのだ。自分の結婚生活や子どもたちについて語ったり、いらいらさせられたり、議論を交わしたりしてきた相手。どこかの時点で、全員の泣く姿を見ている。惨殺された共学の学校の女子学生や小さな町の衝撃的な秘密、行方不明の子どもたちなど、アメリカを永久に変えた事件の実話をさんざん読んできたが、いつのまにかふたつのことを学んでいた。この五人はみんな仲間だということ、それから、万が一夫に生命保険をかけられたらたいへんだということを。

ヘルター・スケルター

1993年5月

第三章

「でも、カーターのお母さんと一緒に食べるとき、ブルーが食卓につかないのを許しちゃったら」パトリシアは読書会のみんなに言った。「コーレイもこなくなるでしょう。それでなくても食べ物の好みがうるさくなってるし。十代の例の問題じゃないかって心配なんだけど」

「もう？」キティがたずねた。

「うちの子、十四よ」とパトリシア。

「ティーンエイジャーって数字で決まるんじゃないよ」とメアリエレン。「子どもが好きになれなくなる年のことだから」

「お嬢さんたちのこと、好きじゃないの？」パトリシアは訊いた。

「自分の子が好きな人なんていないよ」とメアリエレン。「死ぬほど大切だけど、好きじゃない」

「うちの子たちはいつもありがたい存在よ」とスリック。

「いいかげんにしてよ、スリック」キティが言い、チーズストローにかみついて、ぱらぱらと膝に落ちたくずをグレイスのカーペットの上に払い落とした。

グレイスが身をすくめるのが見えた。

「あなたが子どもたちをとてもかわいがっているのはみんなわかっていてよ、スリック」とグレイス。

「私もベン・ジュニアが大事ですもの。でもあの子が大学に行って、ようやくこの家で落ち着ける日がきたらうれしいでしょうね」

「食べないのは雑誌に載ってるもののせいだと思うけど」とスリック。「〝ヘロイン・シック〟（一九九〇年代に流行したファッション用語でやせて顔色の悪い華奢な女性を指す）って呼んでるのよ、想像がつく？　私はグリーアに雑誌を渡す前に広告を切り取ってるの」

「それ、冗談だよね？」メアリエレンがたずねる。

「そんな暇がどこにあるわけ？」キティが問いかけ、チーズストローを半分に折って、グレイスのカーペットにまたもやくずを散らした。

グレイスは自分を抑えきれなくなった。キティに皿を一枚持ってくる。

「ああ、いらない」キティは手をふって断った。「大丈夫だから」

名なしの〝必ずしも読書会ではない会〟の面々は、グレイスの居間に腰を落ち着けていた。毛足の長いカーペットが敷いてあり、ランプの光がおだやかにあたりを照らしている。暖炉の上には額装されたオーデュボンの複製画がかけられ、室内を彩る植民地時代の淡い色合い――くすんだ薄桃色《ローリー・ピーチ》と灰白色《ブルートン・ホワイト》――を反射していた。隅にあるピアノはひっそりと黒く光っている。グレイスの家のすべてが完璧に見えた。初期のアメリカンウィンザーチェアや栗材のエンドテーブル、中国製磁器のランプのかさなど、どれも最初からここにあって、そのまわりに家が育ったかのようにパトリシアの目には映った。

「十代の子ってうんざりするよ」キティが言った。「しかもどんどん悪くなる一方。朝ごはん、洗濯、家の掃除、夕食、宿題、同じことをくる日もくる日も。なにかほんのちょっとでも変わると怒って大騒ぎするし。ほんとにさ、パトリシア、力を抜きなよ。喧嘩は選んで。毎回テーブルについて食事しなくたって誰も死なないよ。一日ぐらいきれいな下着がなくてもね」

「その日に車に轢《ひ》かれたらどうなってしまうの？」グレイスがたずねた。

「ベン・ジュニアが車に轢かれたら、パンツの状態よりもっと大きな問題があると思うけど」とメアリエレン。

「そうとはかぎらないわ」とグレイス。

「私、サンドイッチを冷凍するの」スリックが口走った。

「なにをするって？」キティが問い返す。

「時間の節約に」スリックは早口で言った。「子どもたちのお昼用のサンドイッチを全部作ってるの、一日三個、週五日。月に六十個。月の最初の月曜日にまとめて作って冷凍して、毎朝冷凍庫から出してバッグにぽんと入れるのよ。お昼どきにはとけてるわ」

「わたしもそれ試してみなくちゃ」すばらしい思いつきに聞こえたので、パトリシアは言いかけたが、その意見はキティとメアリエレンの笑い声にまぎれてしまった。

「時間の節約になるのよ」スリックは弁解するように言った。

「サンドイッチなんか冷凍できないよ」とキティ。「調味料はどうなる？」

「子どもたちは文句を言わないもの」とスリック。

「そりゃ、食べないからでしょ」メアリエレンが教えた。「ごみ箱に捨ててるか、ばかな連中ととりかえっこしてるかだね。金を賭けてもいいけど、あんたの冷凍焼けスペシャルなんかひとつも食べてやしないって」

「うちの子は私のお弁当が大好きなの」とスリック。「嘘なんかつくはずないわ」

「それ、新しいイヤリングかしら、パトリシア？」グレイスが話題を転換してたずねた。

「そう」パトリシアは答え、光を受けるように首をめぐらした。

「いくらしたの？」スリックが問いかけ、全員がわずかに身を縮めるのが見えた。神について自慢するより悪趣味なのは、値段をたずねることしかない。

「カーターが誕生日にくれたの」パトリシアは言った。

「高そうねえ」スリックは気まずい質問をさらに続けた。「どこで買ったかぜひ知りたいわ」

カーターはふつう誕生日にドラッグストアで買ったものをよこすが、今年はこのパールのスタッドイヤリングをくれた。今晩つけたのは、本物の贈り物をもらって誇らしかったからだ。いまや見せびらかしてしまったのではないかと不安になり、話を変えた。

「サワコメネズミに困ってない？」とグレイスにたずねる。「今週、うちの裏のテラスに二匹いたの」

「ベネットは外で座るときいつもペレット銃を持っているから、私はかかわったことがなくて」とグレイス。「まともな時間にここを出るつもりなら、本の話を始めないと。スリック、あなたが最初に話したがっていたわね？」

　スリックは背筋をのばして座り直し、メモをかきまぜて咳払いした。

「ヴィンセント・ブリオシの『ヘルター・スケルター』[*13]が今月の本よ」と口をひらく。「この本は、いわゆるサマー・オブ・ラブ（一九六七年に米国を中心に起こったヒッピーの社会現象）を、アメリカが本来の道を失った十年とみなす告発として完璧だと思うわ」

　今年、〝必ずしも読書会ではない会〟は古典的作品を読んでいた――『ヘルター・スケルター』、『冷血』[*14]、『ゾディアック』[*15]、アン・ルールの『テッド・バンディ――「アメリカの模範青年」の血塗られた闇』[*16]、そして、著者と題材の確執について読者に最新情報を伝えるエピローグをさらにまた追加した『危険な幻想』[*17]の新版。一九八八年以前に犯罪ノンフィクションをよく読んでいたのはキティだけだったので、みんな必須の作品をたくさん読みそこねていた。そこで今年はそうした隙間を埋めようと決意していたのだ。

「ブリオシはあの事件の審理をまるっきり間違えたよね」メアリエレンが言った。夫のエドがノースチャールストンの警察で働いているので、いつも事件をどう処理するかについて意見を持っているのだ。「あんなに証拠をいいかげんに扱わなければ、物的証拠に基づいて立件できたし、ブリオシのヘルター・スケルター戦略で身動きがとれなくならずにすんだのに。裁判官が有利な判決をしてくれて運がよかった」

「ほかにどうやってマンソンを告発するっていうの？」スリックがたずねた。「マンソンは被害者たちが殺されたときに事件現場にいなかったのに。自分では誰も刺さなかったのよ」

「ゲイリー・ヒンマンとラビアンカ夫妻以外はね」とメアリエレン。

「その二件じゃ終身刑にはならなかったわ」とスリック。「共同謀議の戦略が効いたのよ。私が街をうろついてほしくないのはマンソンね。にせ預言者を警戒せよ」

「聖書が法廷戦略の土台として最適だとはとても思えないけど」とメアリエレン。

キティが身を乗り出し、もう一本チーズストローをつかんで下に落としてしまい、カーペットから拾いあげてかじりついた。グレイスが目をそらした。

「あの第一章でね、みんな」キティはもぐもぐ口を動かしながら言った。「ローズマリー・ラビアンカは四十一回刺されたんだよ。どんなふうに感じると思う？　つまりさ、あたしはひと刺しひと刺し全部感じたと思うんだけど、どう？」

「あんたたち全員、警報器をつける必要があるんじゃないの」とメアリエレン。「うちのは警察に直接つながってるし、マウントプレザント警察は三分で応答してくれるよ」

「それでもその三分間で四十一回刺されることはあると思うね」とキティ。

「あんな見苦しいステッカーをうちの窓にべたべた貼ったりするものですか」とグレイス。

「自分の家のすてきな外観をだいなしにするぐらいなら、四十一回刺されたほうがいいって？」メアリエレンがたずねた。

「ええ」とグレイス。

「いろんなライフスタイルをこんなにたくさん見るのって、すごくおもしろいと思ったわ」パトリシアはまたもや巧妙に話題を移した。「わたしは看護学校にいたから、ずっとヒッピー運動を見逃したって気がしてたの」

「あんなのくだらないだけだって」とキティ。「あたしは六九年に大学にいたけど、はっきり言ってサマー・オブ・ラブはサウスカロライナを完全にすっとばしたよ。あの自由恋愛ってやつはみんなカリフォルニアでやってたんだから」

「わたしのサマー・オブ・ラブはプリンストンの生きた標本を扱う研究所で働いてたことだよ」とメアリエレン。「自分で学費を稼がなくちゃならない人だっているんだからね、ありがたいことに」

「六〇年代のことで私が憶えてるのは、ダグ・ミッチェルが戦争から帰ってきたとき、ものすごくひどい扱いを受けたことよ」とスリック。「復員軍人援護法でプリンストン大学に行こうとしたのに、みんな唾を吐きかけて何人赤ん坊を殺したんだって訊くだけだったのよ。だから結局デューウエストに戻って、お父さんの工具店で働いたの。技術者になりたかったのに、ヒッピーが邪魔したのよ」

「ヒッピーってとってもわくわくするってずっと思ってたの」パトリシアは言った。「看護婦の休憩室で《ライフ》に載ってたあのロングドレスの女の子たちの写真を見て、そう、人生が通りすぎていっちゃう気がしたわ。でも『ヘルター・スケルター』の中では、なにもかもあんまりきたならしく見えて。あんな蠅《はえ》だらけの牧場に住んでたんだし、しょっちゅう服を着てなかったし、いつも汚れてたし」

「誰もシャワーを浴びないんだったら、自由恋愛なんてなにがいいのかな？」メアリエレンが問いかけた。

「自分がいくつだか信じられる？」とキティ。「みんなヒッピーなんて百万年前のことだと思ってるけど、あたしたちみんなヒッピーだったかもしれないんだよ」

「みんなではないわね」とグレイス。

「ヒッピーはまだいるわ」とスリック。「今日の新聞見た？　ウェーコの話？　あの女の子たちがマンソンのことを信じ込んでたみたいに、テキサスであのカルト教団のリーダーの言うなりになってたんだって。そういうにせ預言者が町に入り込んできて、人の心をつかんで、破滅に誘い込むんだから。信仰がなければ人は甘い言葉にだまされるのよ」

「わたしにはそんなこと起きないな」とメアリエレン。「うちの近所に誰か新しく引っ越してきたら、グレイスに教えてもらったようにするからね。パイを焼いて持っていくんだよ。そうすると、帰るころには出身も連れ合いの職業も、その家に何人住んでるかまでわかるってわけ」

「そんなことは教えていなくてよ」とグレイス。

「お手本を見て覚えたの」とメアリエレン。

「私はただ歓迎されていると思ってほしいだけですもの」とグレイス。「それに、個人的なことを訊くのは興味があるからよ」

「あんたは人を探ってるんだって」とメアリエレン。

「しかたないよ」とキティ。「新しい人がこんなに引っ越してくるんだから。前はゲームコックス（サウスカロライナ大のスポーツ代表チーム）かクレムソン大かサウスカロライナ軍事大学《シタデル》のバンパーステッカーしか見かけなかったのに。いまじゃアラバマ大とかバージニア大のステッカーをつけて走りまわってる車がいるんだよ。あのうちの誰だって、ひょっとしたら連続殺人犯かもしれないし」

「私がしていることはね」とグレイス。「近所に見慣れない車がいたら、ナンバープレートの番号を控えておくのよ」

「どうして?」パトリシアは訊いた。

「あとでなにか起きたら」とグレイス。「ナンバープレートの番号と日付と車の型式があるから、証拠として使えるでしょう」

「じゃ、ミセス・サヴェージの家の前にある、あの大きなバンは誰の?」キティがたずねた。「三か月もあそこにあるけど」

年取ったミセス・サヴェージはミドル通《ストリート》りを半マイル行った先に住んでおり、実に不愉快な女性ではあったが、パトリシアはその家が大好きだった。下見板張りの壁はイースターエッグのような黄色に塗装され、飾り枠は真っ白で、玄関ポーチにブランコがつるしてある。ミス・メアリーにどれだけいやな態度をとられていようが、成長するにつれてコーレイと遠ざかったように感じていようが、車で通りすぎるたび、完璧に釣り合いのとれたあの小さな家をながめ、中の椅子にまるくなってミステリの山を読みふけっている自分を想像していた。だが、バンには気づいていなかった。

「どのバン?」と訊いてみる。

「色のついた窓ガラスの白いバン」とメアリエレン。「子どもを誘拐するやつが乗ってるような車」

「私はラグタグのおかげで気がついたけれど」とグレイス。「あの車、ラグタグのお気に入りなのよ」

「はあ?」自分の至らない点のひとつがこれから暴露されるのではないか、という悪い予感に襲われつつ、パトリシアは問い返した。

「あの犬、あたしが今晩車で通りかかったとき、ミセス・サヴェージの前庭で用を足してたよ」キティが言い、声をたてて笑い出した。

「あそこの生ごみ入れにもぐりこんでいたわね」とグレイス。「何度も」

「わたしも一度、あのバンのタイヤに向かって脚をあげてるのを見たことがある」メアリエレンがつけたす。「あの下で寝てないときにね」

誰もが笑い出し、パトリシアは首筋がほてって赤みが上ってくるのを感じた。

「ちょっとみんな、笑いごとじゃないんだから」

「ラグタグをつないでおかないとだめよ」とスリック。

「でも、そんな必要があったことないのに」とパトリシア。「オールドビレッジで犬をつないでる人なんていないわ」

「いまは九〇年代だよ」とメアリエレン。「新しくきた連中は犬に吠えられただけで訴えるからね。ヴァン・ドーステンのうちではレディを安楽死させるはめになったんだよ、例の裁判官に吠えたからって」

「オールドビレッジは変わりつつあるのよ、パトリシア」とグレイス。「アン・サヴェージが野犬捕獲業者に電話した動物が三匹はいるのを知ってますもの」

「ラグタグをつなぐなんて――」パトリシアはふさわしい言葉を探した。「――残酷な気がするわ。自由に駆けまわるのに慣れてるのに」

「あのバンはアンの甥御《おいご》さんのものよ」とグレイス。「アンが病気で寝ついているから、世話をするのに家族が送ってよこしたらしいわね」

「なるほどね」とメアリエレン。「なにを持っていったの？　ピーカンパイ？　キーライムパイ？」

グレイスはその問いに答える価値がないとみなした。

「あそこに行って、なにかラグタグのことを言ってくるべき？」パトリシアはたずねた。

キティがチーズストローをもう一本とりあげて半分に割った。

「心配しなさんな」と言う。「アン・サヴェージに文句があれば、向こうからくるよ」

第四章

二時間後、四人はグレイスの家をぞろぞろと出ながら、なおもビートルズのアルバムに隠されたメッセージだの、ロンドンでのジョエル・ピューの自殺はマンソンが関与した未解決の殺人事件なのかどうかだの、シャロン・テート事件の犯行現場に飛び散っていた血のパターンだのについて話していた。ほかのみんなが前庭を横切って車へ向かっているとき、パトリシアはグレイス宅の苔むした煉瓦《れんが》の階段で足を止め、正面玄関の両側に整然と並んでいるツバキの茂みの香りを吸い込んだ。

「これだけ昂奮したあとで、家に帰ってあしたのお昼をつめるのは本当にきついわ」と言う。

グレイスは外に踏み出し、後ろ手に玄関のドアを途中までしめて、形だけエアコンの空調を保とうと試みた。それでパトリシアは思い出した。エアコンの修理の人を呼ばないと、と心に留めておく。

「あの混乱ぶりと散らかりよう」グレイスは悲しげに頭をふって言った。「家事に戻るのが待ちきれないわね」

「でも、この辺でなにかわくわくするようなことが起こってほしいって思わない？」パトリシアはたずねた。「一回だけでも？」

グレイスはこちらに向かって眉をあげてみせた。

「あなた、これ以上お弁当を作りたくないからといって、体を洗っていないヒッピーの集団に、自宅に押し入って家族を殺して、人の血で〝豚どもに死を〟って書いてもらいたいのかしら？」

「まあ、そういうふうに言われると違うけど」とパトリシア。「ここのツバキはみごとね」

「今週は一年生の植物を植えて過ごしたのよ」とグレイス。「あのツルニチニチソウと、マリーゴールドと、それに家の脇にはツツジがあって、もう花が咲きかけているの。明るいときに裏に植えたノワゼットローズをお見せするわ。今年の夏はすばらしくいい香りがするでしょうね」

ふたりはおやすみと言い合い、パトリシアがピアレイトクルーズへ足を踏み入れると、背後でグレイスの家のドアが静かに閉じた。ピアレイトクルーズは、オールドビレッジのミドルストリートからつながっている馬蹄形をした未舗装の通りだ。そこに住んでいる十四家族は、死んでも舗装するまいと決意していた。パトリシアの足の下で道の砂利がざくざく鳴り、薄い靴底越しに感触が伝わってきた。蒸し暑い夕方の空気が周囲からじわじわと迫ってくる。聞こえるものといえば、自分の足が地面に砂利をこすりつける響きと、まわりじゅうの暗がりでやかましく鳴いているコオロギやキリギリスの鳴き声だけだった。

非の打ちどころのないグレイスの前庭をあとにして自分の家に近づくにつれ、読書会の昂揚感が体から抜けていった。自宅の周囲はぼうぼうに茂った林で、自生した竹と蔦《つた》のからむ節くれだった木々が密生している。家に近づくと、私道の端にごみ入れがないのが見えた。ごみを外に出すのはブルーの仕事だったが、日が沈んだあと、車輪つきのごみ入れが置いてある家の脇は真っ暗になるので、ブルーはなんとしても避けようとするのだ。暗くなる前にごみ入れを玄関の階段まで転がしていったらどう、とパトリシアは提案してみた。懐中電灯も渡した。とりにいくあいだ玄関ポーチに立ってるから、とも申し出た。ところがブルーは、ごみを集めるのをぎりぎりまでひきのばしたあげく、ごみ入れやごみ袋をまとめて玄関のドアのところに置くと、五分で捨ててくるよ、ただこのワードリーワイズ（語彙力をつける学習教材）のクロスワードパズルだか割り算の筆算のワークシートだかを終わらせてからね、と言ってくる。そして姿を消してしまうのだ。

寝る前に見つけることができれば、ごみ入れをとってきて通りに出すよう言いつけられるが、今夜はだめだった。ブルーの暗い寝室の入口に立つと、目をぎゅっとつぶってベッドカバーの下に横たわった姿を、廊下の明かりがななめに切り取っていた。腹の上で《ナショナルジオグラフィック・ワールド》の表紙が上下している。

パトリシアは寝室のドアを半分しめてから、コーレイの部屋のドアの外で立ち止まり、電話で話している娘の声が高く低く流れてくるのに耳をすました。ちくりと嫉妬を感じる。自分は高校で人気がなかったが、コーレイはチームのすべてでキャプテンか副キャプテンを務めており、年下の女の子たちが試合のとき声援を送りにきていた。どういうわけかスポーツ好きの女の子に人気がある。パトリシアの高校時代、スポーツ好きの少女たちと話すのはやはりスポーツが好きな少女だけだったが、コーレイの友人は数え切れないほどいるようだった。そして結局、二本目の電話を引くことになった。カーターが電話するとき、五秒ごとに通話中着信が入るのを防ぐために。

ミス・メアリーの様子を見るため、重い足取りで一階へ向かった。家族コーナーから三段おりて改装したガレージルームに入り、常夜灯のオレンジ色の光に目を慣らす。やせてしぼんだ老女は、病院用ベッドのシーツの下で薄暗い明かりに目を光らせ、天井を見つめていた。

「ミス・メアリー？」パトリシアはそっと義母に声をかけた。「なにかほしいものでも？」

「フクロウがいるの」ミス・メアリーはしゃがれ声を出した。

「わたしにはフクロウは見えないけど」とパトリシア。「少し休んだほうがいいですよ」

ミス・メアリーは天井をながめた。瞳からあふれた涙がこめかみを伝ってまばらな髪に流れ込んだ。

「あんたがどう思おうと」と言う。「フクロウがいるのよ」

ミス・メアリーの行動は夜に悪化するとはいえ、もはや昼間でも会話の活発なやりとりについていけないことが多かった。混乱をごまかそうとして、誰も知らない自分の過去の人々の話を長々と語ることにパトリシアは気づいていた。カーターでさえ三分の二は特定できないのだが、いつも耳をかたむけてやり、決してさえぎらないのは立派だった。

ベッドの脇に置いてある蓋つきコップに飲み水が入っているかどうか確かめてから、ごみを出しに行った。懐中電灯を持っていったのは、ブルーが間違っていないからだ――家の脇へまわっていくのはこわい。

玄関ポーチからの光が届かなくなる真っ暗な部分を横切っていくと、蒸し暑い夜の空気の中で虫がブンブンうなっていた。家の脇を覆う濃い暗闇にきびきびと足を踏み入れ、勇気を奮い起こして三歩進んでから、カチッと懐中電灯をつける。最初に見えたのは、地面に落ちているミス・メアリーの青い尿漏れ防止パッドだった。家の側面から短い柵が突き出ており、通りから車輪つきごみ入れを隠していたが、ここからでさえ容器がふたつともひっくり返っているのがわかった。苛立ちがこみあげ、いままでの緊張感が消え失せる。本当はブルーがこれを片付けるべきなのだ。

柵の後ろで、ふくらんだ白いごみ袋が両方の容器からこぼれてふたつの山になっていた。あぶられるような空気は、コーヒーかすの湿った土くさい香りとミス・メアリーの大人用おむつのにおいがした。耳もとで蚊がブーンと音をたてる。

パトリシアは懐中電灯で被害をざっと調べた。ナプキン、コーヒーフィルター、リンゴの芯、トースター・シュトルーデル（フルーツなどを巻いた焼き菓子シュトルーデルをトースターで簡単に焼けるようにした商品）の箱、まるめたティッシュ、折りたたんだ青い尿漏れ防止パッド。アライグマかばかでかいサワコメネズミがごみに入り込んで、なにもかもずたずたに引き裂いたらしい。

いちばん大きな白い袋はせまい路地にひきずりこまれている。パトリシアの家の殺風景な煉瓦の壁と、背後に建つクラーク家の敷地を示す竹の茂みにはさまれた小道だ。懐中電灯をひょいと袋に向けると、誰かがゼリーをずるずるとすする音が聞こえた。

袋と思ったのは布だった。白ではなく淡いピンク色で、バラのつぼみに覆われている。そこから汚れた素足がのびていて、懐中電灯の光線があたったとき、顔が光のほうを向いた。

「えっ！」パトリシアは言った。

強烈な白い光があらゆる細部を容赦なくくっきりと照らし出す。ピンク色のネグリジェをまとった老女の頬は赤いジャムで汚れ、唇には黒い剛毛が密生しており、透明な粘液に覆われた顎がふるえていた。膝に載せたなにか黒いものの上にかがみこんでいる。ちぎれかけたアライグマの頭が膝から逆さまにぶらさがり、むきだした牙のあいだから舌が突き出ているのが見えた。老女はぱっくりひらいたアライグマの腹に血まみれの片手をつっこみ、半透明のはらわたをすくいあげた。獣の脂で光っているその手を口に持っていくと、懐中電灯の光線に目を細めながら、薄いラベンダー色の細長い腸にかじりつく。

「なにかお手伝いしましょうか？」パトリシアはたずねた。ほかになんと言えばいいのかわからなかったのだ。

老女はかじる速度をゆるめて動物のように空気を嗅いだ。新しい糞のきついにおいと撒き散らされたごみの息がつまるような悪臭、アライグマの血の金《かな》くさい臭気が鼻に侵入してくる。吐き気をもよおしてあとずさると、踵《かかと》がなにかやわらかいものを踏んだ。パトリシアはいきなり油っぽい白い袋の山に座り込み、立ちあがろうと奮闘し、懐中電灯の光を老女に向けたままにしておこうとした。老女が見えるかぎり安全だからだ。しかし相手はすでに這《は》いつくばって近づいてくる途中だった。こぼれたごみをかきわけ、アライグマの頭部で忘れられた胴体をひきずって、あまりにもすばやく進んでくる。

「いや、だめ、だめ、だめ、だめ、だめ」パトリシアは繰り返した。

一本の手が脛《すね》を握った。ズボン越しに熱が伝わってくる。もう一方の手がアライグマを離してパトリシアの腰をつかんだ。老女が全体重をかけてきて、下に押しつけられ、右の腎臓あたりになにかが食い込んだ。後ろや上に身をもがいて逃れようとしたものの、力が足りず、ごみ袋の山にどんどんめりこんでいく。

老女がかっと口をひらき、パトリシアの体にのしかかった。唾液の筋がきらめく糸のようにゆれ、みひらいた目は鳥を思わせて大きく空虚だった。アライグマの血糊で粘ついてべとべとに汚れた手の片方が襟の中にもぐりこみ、首の脇をわしづかみにする。なめくじのように生温かくやわらかい体が、体の前面にずるりと覆いかぶさった。

後ろでひとつに縛った長い白髪、華奢《きゃしゃ》な首、そして片方の手首に巻いた不恰好なデジタル腕時計が目にとまり、なにかがカチッとはまった。

「ミセス・サヴェージ？」パトリシアは声をかけた。「ミセス・サヴェージ！」

上からのしかかってくるこの顔、心を喪失して飢えによだれをたらしている顔は、何年も近所の悩みの種だった女性のものだ。アライグマの毛がはさまった白い歯を見せてぽっかりとひらいた口は、自宅の前庭で美しいアジサイを育て、キャンバス地のチューリップハットをかぶり、キャンディの包み紙を突き刺すため先端に鋲《びょう》をつけた杖を携えて、真昼の熱気のなかオールドビレッジをパトロールしてまわる女性のものなのだ。

いまやミセス・サヴェージが気にしているのは、ひらいた口でパトリシアの顔にかぶりつくことだけだった。上に乗っているので重力が相手の有利に働き、アライグマの毛がごっそりはさまった血だらけの白い歯が視界いっぱいに広がる。なにかが顔をくすぐっているのを感じ、アライグマの死骸からはねおりたノミだと気づいた。

パニックに駆られたパトリシアは、背中をこすって痛い目に遭いながらも、ミセス・サヴェージの手首をつかんでくるりと横に回転した。相手は体勢を崩して木の柵にずしんと衝突し、ドンとうつろな音をたてて顔をぶつけた。身をよじってごみ袋のあいだを後ろに進み、身を起こす。地面に転がった懐中電灯は、まっすぐにはらわたを抜かれたアライグマを照らしていた。

袋に囲まれてのたうつミセス・サヴェージのそばで途方にくれていると、老婦人は立ちあがってとびかかってきた。パトリシアは家の脇の庭を包む真っ暗闇を走り抜け、前庭へ向かった。ポーチの明かりに照らされた前庭は、いままでと変わらず静かで平穏だった。その光の中に飛び込むと、片足の下に濡れた草の感触があった。靴を片方なくしたことに気づき、悲鳴をあげようと口をひらく。

助けを求めて叫ぶというのは、本当に窮地に立ったらできるはずだといつでも思っていたことのひとつだった。ところがいま、周囲の人々がすでに寝ているか寝る支度をしている木曜の夜十時には、声を出すことさえできなかった。

かわりに玄関のドアへ駆け寄った。中に入って鍵をかけ、警察に通報しよう。ミセス・サヴェージに腰をつかまれたのはそのときだった。老婦人は背後から体によじのぼろうと試み、引き倒されて足が崩れたパトリシアは、芝生に痛いほど膝をぶつけた。老女が這いあがってきたので、手をつかざるを得なかった。よだれで熱く濡れた口が耳にじかに触れる。

（わたしは車の相乗りをしてる）パトリシアの心はぺらぺら口走った。（読書会に参加してる。ええと、本当は読書会じゃないけど、本質的には読書会だし。どうしてわたし、うちの前庭でおばあさんと取っ組み合ってるの？）

なにひとつ整合しない。まるで辻褄《つじつま》が合わない。パトリシアはミセス・サヴェージの下から体を引き出そうとしたものの、側頭部をすさまじい痛みに襲われ、心の中で考えた。（耳にかみついてる。二年前に自宅の庭でアルハンブラ・プライド賞を獲ったミセス・サヴェージが、わたしの耳にかみついてる）

老婦人の小さな鋭い歯がいっそう強く食い込み、視野が白く染まった——それから、顔にぱっとまばゆい光が射し、一台の車がのろのろと、ひどく緩慢《かんまん》な速度で私道に入ってきて、ふたりをヘッドライトで照らし出した。ドアがカチャッとあいた。

「パティ？」カーターがアイドリングしているエンジンの音越しに声をかけた。

パトリシアは泣き声をもらした。

カーターが走り寄ってきてミセス・サヴェージを背後からひきはがしたが、体を持ちあげたときになにかがうまくいかず、パトリシアの頭が勢いよくそりかえって焼けつくような痛みが走った。ミセス・サヴェージが離そうとしないのだ、と気がつく。頭蓋骨の奥にかみくだく音が響き、続いてブチッと音がして、側頭部全体が灼熱したストーブに押しつけられた。

パトリシアが悲鳴をあげたのはその瞬間だった。


傷口をふさぐのに十一針縫い、破傷風の予防注射を受けなければならなかったが、耳たぶをつけなおすことはできなかった。ミセス・サヴェージがのみこんでしまったからだ。さいわいミセス・サヴェージもアライグマも狂犬病ではないと思われたものの、確認するにはもっと検査が必要で、それもありがたく待つはめになった。

家まで車で帰るあいだ、パトリシアは鎮痛剤のせいで体がだるく、カーターになにを言うのもおそろしかったが、とうとう口をひらかざるを得なくなった。

「カーター？」と問いかける。

「話すなよ、パティ」カーターはクーパーリバーブリッジに入りながら言った。「まだかなりぼうっとしてるんだ」

「あの人の排便を観察する必要があるんだって」パトリシアは言い、ヘッドレストにもたせかけた頭を左右に動かした。

「誰の？」カーターは訊き、加速して橋の二番目の坂を上った。

「アン・サヴェージの」と悲しみに打ちひしがれて言う。「あの人、わたしの耳たぶをのみこんで、それで、それであなたがくれたイヤリング……あれが出てくるだろうから、たぶん向こうで洗ってくれると思うし……」

　パトリシアは泣き出した。

「楽にして、パティ」とカーター。「もうあれをつけることはないよ」

「でも、あなたが買ってくれたのに」パトリシアは泣きながら訴えた。「それなのになくしちゃった」

「うちの患者のひとりがコスチュームジュエリーを売ってるんだ」とカーター。「あれはその人からただでもらったんだよ。もう片方をごみ箱に捨てろよ、そうすればピットストリート・ファーマシー（米国のドラッグストア）でなにか買ってやるから」

　おそらく鎮痛剤のせいだろうが、この台詞でパトリシアはいっそう激しく泣いた。

第五章

翌朝目を覚ますと、顔の側面全体が腫れてほてっていた。バスルームの鏡の前に立ち、頭の左側を覆って顎の下から額のまわりまで包んでいる大きな白い包帯をながめる。悲しさが胸にこみあげた。生まれてからずっと左の耳たぶがついていたのに、とつぜんなくなってしまった。友人が亡くなったような気がした。

しかしそのとき、なじみ深い考えが釣り針のように頭に食い込み、体を動かした。

(子どもたちが大丈夫かどうか確認しないと)と言ってくる。(こわい思いをさせちゃだめよ)

そこでパトリシアは包帯の上からできるだけうまく髪をとかし、一階の家族コーナーへ行ってトースター・シュトルーデルを作った。ブルーとコーレイが続けておりてきて、カウンターの反対側にある椅子にそれぞれ腰をおろしたときには、顔がこわばっているように感じたものの、なるべく上手に笑顔を作ってたずねた。「これ、見たい?」

「見ていい?」コーレイが問い返す。

パトリシアは後頭部にあるガーゼの先端を見つけてテープをとり、額のまわりから顎の下、頭の上まで、延々と巻き取っていく作業を開始した。やがて最後のカット綿までたどりつくと、こわごわひっぱって外しはじめる。「ブルーも見たい?」と問いかけた。

息子がうなずいたので、四角い保護ガーゼをはがすと、汗ばんだ敏感な組織に涼しい空気があたるのが感じられた。

コーレイがひゅっと息を吸い込んだ。

「でこぼこしてる」と言う。「痛かった？」

「いい気持ちじゃなかったわ」とパトリシア。

コーレイがカウンターをまわってきて、髪が肩をかすめるほど近くに立った。パトリシアはハーバルエッセンスのシャンプーの香りを吸い、娘とこんなに近づいたのはひさしぶりだと気がついた。昔はリクライニングチェアにふたりでおさまって、サンルームで一緒に映画を見たものだが、コーレイとはいまやほとんど背丈が変わらなかった。

「歯形が見えるよ、ブルー、ほら」コーレイに声をかけられ、弟はキッチンのスツールをひきずってきてその上に立つと、片手を姉の肩に置いてバランスをとりながら、ふたりで母親の耳をよく調べた。

「ママがどんな味か、別の人が知ってるってことだね」ブルーが言った。

前にそんなふうに思ったことはなかったが、その考えに不安になった。コーレイが学校まで乗せていってもらうために走っていき、ブルーの相乗りしていく車がクラクションを鳴らしたので、パトリシアは玄関まで息子についていった。

「ブルー」と言う。「メアリーおばあちゃんはこんなことしないって知ってるでしょう」

立ち止まってこちらを見た様子で、まさに息子がそう考えていたのだと気づく。

「なんで？」ブルーは訊いた。

「あの女の人は心の病気だったのよ」パトリシアは答えた。

「メアリーおばあちゃんみたいにね」ブルーが言い、パトリシアはミス・メアリーが引っ越してきたとき、認知症をそういうふうに息子に説明したのを思い出した。

「それは違う病気」と言う。「でも、わかってほしいんだけど、もしあなたやお姉ちゃんが安全じゃなくなるとしたら、メアリーおばあちゃんをここに住ませたりしないわ。あなたたちふたりを危険にさらすようなことは絶対にしない」

ブルーはこの発言についてあれこれ考えているようだったが、そのとき相乗りの車のクラクションが再度鳴ったので、ドアの外へ駆け出した。パトリシアは自分の心が伝わっているようにと願った。祖父母のせめてひとりぐらい、子どもたちにいい思い出を残してくれることは本当に大切だ。

「パティ」カーターが片手にペイズリー柄のネクタイ、もう一方に赤いストライプのネクタイを持って、階段の上から呼びかけてきた。「どっちをつけるかな？　こっちなら楽しくて独創的な雰囲気だが、赤いほうは強そうだ」

「どんな機会なの？」パトリシアはたずねた。

「ヘイリーを昼飯に連れていくんだよ」

「ペイズリーね」と答える。「どうしてヘイリー先生をお昼に連れていくの？」

カーターは階段をおりながら赤いネクタイをつけはじめた。

「立候補するつもりなんだ」と言い、ネクタイを首に巻いて結び目をこしらえた。「順番を待つのにはあきあきした」

廊下の鏡の前に立つ。

「精神科長にはなりたくないって言ってたと思ったけど」パトリシアは言った。

カーターは鏡でネクタイをきゅっと締めた。

「うちにはもっと金が必要だ」

「今年の夏はブルーと過ごしたがってたのに」パトリシアが言うと、カーターはふりかえった。

「両方やる方法を見つけ出さないとな」と言う。「朝の診察には全部出る必要があるし、もっと回診に時間を使って、もっと助成金を受けはじめないと――この仕事は僕のものだ、パトリシア。ただ自分のものを求めているだけさ」

「まあ」とパトリシア。「もしそうしたいんだったら……」

「ほんの二、三か月だろうから」カーターは言ってから、口をつぐんでパトリシアの左耳に向かって首をかしげた。「包帯をとったのか？」

「ただコーレイとブルーに見せるためによ」と答える。

「そんなにひどくは見えないと思う」と言うと、カーターはパトリシアの顎に親指をあて、頭を横にかたむけさせて耳を観察した。「包帯はとったままでいい。きちんと治るさ」

別れのキスをされたが、本物のキスらしい感じだった。

（まあね）と考える。（精神科長になろうとしてこういう効果があるんなら、大賛成だけど）

パトリシアは廊下の鏡で自分の姿を見た。やわらかな皮膚の上で、黒い縫い目は虫の脚めいて見えたが、包帯より目立たずにすむ気がした。包帯は外したままにしておこう。ラグタグが玄関ホールにカタカタと入ってきて、外に行きたいとドアの前に立った。一瞬、紐につなごうかと考えてから、アン・サヴェージが病院にいることを思い出した。

「行きなさい、ほら」ドアをあけながら声をかける。「あのいやなおばあちゃんのごみを蹴散らしておいで」

ラグタグは私道を走り去っていき、見送ったパトリシアはドアに鍵をかけた。これまで一度もかけたことがなかったが、自宅の庭で隣人に襲われたこともなかったのだ。

煉瓦の階段を三段おりてガレージルームへ行くと、病院用ベッドの側面の留め金を外した。

「よく眠れましたか、ミス・メアリー？」と問いかける。

「フクロウにかまれたわ」ミス・メアリーは言った。

「あらまあ」パトリシアは応じると、ミス・メアリーを助け起こして座った姿勢をとらせ、両脚をベッドからおろしてやった。

　時間をかけてゆっくりと部屋着を着せてやり、それから安楽椅子に連れていって、最後に食物繊維のサプリメント《メタムシル》をまぜたオレンジジュースを一杯持ってきたとき、ちょうどミセス・グリーンが義母に朝食を作ろうとやってきた。

　たいていの小学校教師と同様、ミス・メアリーは中年期の終わりごろから年をとらなくなるタイプだった。若い姿で思い出すわけではないが、百五十マイルほど離れた州の北部のカーショー郡付近でひとり暮らしをするぐらい元気だったときのことは憶えている。ミス・メアリーが家の裏に作っていた半エーカーの菜園のこともだ。戦時中爆弾製造工場で働いていて、化学薬品で髪が赤くなった話や、みんなが自分の夢のことを話しにきて、賭けごとのラッキーナンバーを教えてやった話を聞いたこともある。

　ミス・メアリーはコーヒーのかすを読んで天気を予見できた。実に正確な予想なので、手紙をとりにハスカー・アーリーの店に立ち寄ったときには、いつも地元の綿農家にコーヒーを一杯おごってもらっていた。裏庭の桃の木になった実がどんなにおいしそうに見えても、悲しいとき植えたせいで実が苦いからと言い、誰にも食べさせなかった。パトリシアが一度食べてみるとやわらかくて甘かったが、そう伝えるとカーターが怒ったので二度と食べなかった。

　ミス・メアリーはそらでアメリカ地図を描くことができ、周期表をまるごと暗記していて、教室がひとつだけの校舎で教えたことがあった。ヒーリングティーを淹《い》れ、フィットネスパウダーと名付けたものをずっと売り続けてきた。少しずつお金を貯めて息子たちを大学に行かせ、そのあとカーターに医大を卒業させた。それなのにいまやおむつをつけ、《ザ・ポスト・アンド・クーリエ》紙でガーデニングの話を読むこともできなくなっているのだ。

保護ガーゼをつけた耳がずきずき脈打ったので、パトリシアは解熱鎮痛剤《タイレノール》をとりに二階へ行った。三錠のみこんだとき、電話が鳴った。午前九時二分ちょうどだった。九時前に人の家に電話することなど考えられないが、だからといってあまり焦っているようにも見られたくないものだ。

「パトリシア？」グレイスの声だった。「グレイス・キャバノーよ。具合はいかが？」

どういうわけか、グレイスはいつも電話をかけてくるたびに自己紹介するのだ。

「悲しいわ」パトリシアは言った。「耳たぶが食いちぎられてのみこまれちゃったんだもの」

「そうでしょうね」とグレイス。「悲しいと感じるのは嘆きの一段階ですもの」

「わたしのイヤリングものみこまれちゃったの」とパトリシア。「ゆうべつけてた新しいのよ」

「それは残念ね」とグレイス。

「あれ、カーターが患者さんからただでもらったんですって」とパトリシア。「買ってすらいなかったのよ」

「だったらどうせいらなかったでしょう」とグレイス。「今朝ベンと話したの。アン・サヴェージはサウスカロライナ医科大学《MUSC》に入院して集中治療室にいるんですって。もっとなにかわかったら電話するわね」

午前中いっぱい電話が鳴り続けた。事件は朝刊には載らなかったが、そんなことは関係なかった。CNN、NPR、CBS――ニュースを取材するどんな組織だろうと、オールドビレッジの女性陣にはかなわない。

「もうみんな警報器に殺到してる」とキティ。「ホースが買おうとして電話したら、家を見にくるだけでも三週間かかるって言われたみたい。三週間もどうやって生きのびたらいいかわかんないね。銃があるから安全だってホースは言うけど、あのねえ、あたしは一緒にハトを狩りに行ったことがあるんだから。あの人、ろくに空も撃てないくせにさ」

次の電話はスリックだった。

「午前中ずっとあなたのために祈ってたの」

「ありがとう、スリック」パトリシアは答えた。

「ミセス・サヴェージの甥御さんが北部のどこかからここに引っ越してきたって聞いたの」スリックは言った。それ以上具体的に話す必要はなかった。北部はどこでも似たようなものだというのは周知の事実だ——無法状態で、相対的に野蛮で、いい美術館や自由の女神像はあっても、人を道端で死なせるほどお互いのことを気にしていない。「リーランドが言ってたわ、不動産屋が何人かきて、ミセス・サヴェージの家を売りに出させようとしたんだけど、甥御さんは売ろうとしなかったって。その業者は誰もあの家でミセス・サヴェージを見かけなかったみたいよ。具合が悪くてベッドから起きられないって言われたらしいわ。耳はどう?」

「一部をのみこまれちゃったわ」とパトリシア。

「本当に残念ね」とスリック。「すてきなイヤリングだったのに」

その日の午後、グレイスがふたたび電話してきて、最新のニュースを教えてくれた。

「パトリシア」と声をかけてくる。「グレイス・キャバノーよ。たったいまベンから聞いたの。ミセス・サヴェージが一時間前に亡くなったんですって」

急に光が薄れたように感じた。家族コーナーが暗くくすんで見える。黄色いリノリウムは使い古されているようで、明かりのスイッチを囲む壁に汚れた手の跡が残っているのがひとつひとつ目についた。

「どうして?」と問いかける。

「狂犬病ではなくてよ、そのことを心配しているのなら」とグレイス。「なにかの敗血症ですって。栄養不足で脱水状態で、体じゅう感染した切り傷や爛《ただ》れだらけだったそうよ。ベンの話では、こんなに長くもったのが不思議だと医者が驚いていたらしいわね。こんなことまで言っていたのよ——」ここでグレイスは声を低めた。「──内股に注射痕があったんですって。たぶん痛み止めになにか打っていたんでしょうね。身内はそのことを誰にも知られたくないと思うけれど」

「今回の件については、ただみじめな気分なの」パトリシアは言った。

「それはまたあのイヤリングのこと？」グレイスがたずねた。「たとえあの人にのみこまれたものが戻ってきたところで、つける気になれるかしら？　どこにあったかわかっているのに？」

「なにかお悔やみの品を持っていくべきだって気がするんだけど」とパトリシア。

「なにか持っていくですって、その甥に？」グレイスは問い返した。声がはねあがり、甥のところではっきり高くなって、信じられないという意思を示す。

「おばさんが亡くなったんだし」とパトリシア。「なにかしないと」

「どうして？」グレイスが問いかけた。

「花を持っていくべきだと思う？　それとも食べ物？」パトリシアは訊いた。

電話の向こう側で長い間があり、やがてグレイスはきっぱりと告げた。

「自分の耳を食いちぎった女性の家族にどんな行動をとることがふさわしいのかわからないけれど、あなたがどうしてもという気に駆られているとして、私なら間違いなく食べ物は持っていかないわね」

メアリエレンは土曜日に電話してきて、それでパトリシアの行動は決まった。

「知らせておくべきだと思って」メアリエレンは電話越しに言った。「きのうアン・サヴェージを火葬したから」末娘が一年生になってから、メアリエレンはスチュア葬儀場で経理事務の仕事についていた。マウントプレザントのあらゆる死の詳細を心得ているのだ。

「告別式とか寄付について知ってる？」パトリシアはたずねた。「なにか送りたいんだけど」

「あの甥は直葬にしたよ」とメアリエレン。「花も告別式も、新聞の死亡広告もなし。どこか別のところで手に入れてないかぎり、骨壺にも入れてないと思う。あの無関心ぶりじゃ、穴に遺灰を投げ込んでおしまいじゃないの」

その台詞が内心でくすぶっていたのは、ラグタグをつないでいなかったことがどこかでアン・サヴェージの死を引き起こしたのではないか、と疑っていたからだけではない。いつか自分もアン・サヴェージやミス・メアリーと同じ年になるだろう。コーレイとブルーはカーターの兄たちのようにふるまって、いらないフルーツケーキのように母親をたらいまわしにするだろうか？　誰に押しつけるかで言い争うだろうか？　カーターが死んだら、この家やパトリシアの本や家具を売り払い、利益をふたりで分けて、自分のものはなにひとつ残らないのだろうか？

顔をあげてミス・メアリーを見るたび、外出する恰好で片腕にハンドバッグをかけて、次になにが起こるかもわかっていない様子でじっと視線をそそいでくる姿を見るたびに、そこからほんの少し進めば、家の脇の庭にしゃがみこみ、口にアライグマの生肉をつめこむことになるのではないか、という気がした。

女性がひとり死んだ。なにかお悔やみの品を持っていかなければ。グレイスの言う通りだ。まったく意味のないふるまいだが、時として人は、賢明な行動だからではなく、自分がそうするからというだけで行動するものなのだ。

第六章

　金曜日は一日じゅう友人や親戚が家に立ち寄って、花束六つ、《サザンリビング》二冊、《レッドブック》一冊、キャセロールを三つ（コーンとタコスとホウレンソウ）、コーヒー一ポンド、ワイン一本、パイ二個（ボストンクリーム、ピーチ）を持ってきた。状況を考えると、キャセロールをひとつおすそ分けするのは適切だ、とパトリシアは決め、解凍するためにタコスのキャセロールをとりだした。

　カーターは週末なのに早い時間に病院へ出ていった。パトリシアはミセス・グリーンとミス・メアリーが裏のテラスにいるのを見つけた。その朝はおだやかで暖かく、ミセス・グリーンが《ファミリーサークル》の雑誌をぱらぱらめくっているあいだ、ミス・メアリーは、例によってリスが群がっている鳥の餌台をながめていた。

「日の光が気持ちいいですか、ミス・メアリー？」パトリシアはたずねた。

　ミス・メアリーはうるんだ目をこちらに向けて顔をしかめた。

「ホイト・ピケンズがゆうべ寄ったのよ」と言う。

「前より耳がよくなったみたいですね」とミセス・グリーン。

「ありがとう」パトリシアは答えた。

ミス・メアリーの足もとに横たわっていたラグタグが耳をそばだてた。太った黒いサワコメネズミがさっと茂みから出てきて芝生を駆け抜けたので、パトリシアはとびあがり、リスが三匹おびえて逃げ去った。サワコメネズミはこの地所と隣のラング家を隔てている柵の端をすばやくまわり、出てきたときと同様、あっという間に姿を消した。ラグタグはまた頭をおろした。

「毒を仕掛けるべきですね」ミセス・グリーンが言った。

害虫駆除業者に電話して殺鼠剤《さっそ》があるかどうか訊こう、とパトリシアは心に留めておいた。

「ちょっと通りの先まで行ってキャセロールを置いてくるから」と声をかける。

「そろそろお昼にしようとしてたんですよ」とミセス・グリーン。「お昼はどうしますか、ミス・メアリー？」

「ホイト」とミス・メアリー。「あいつの名前はなんだったかしら、あのホイトの？」

パトリシアは手早くメモを書き（〝このたびは心よりお悔やみ申し上げます、キャンベル〟）、タコスのキャセロールにかぶせたアルミ箔にテープで留めると、冷たいキャセロールを体の前にかかえ、温度が上昇してきた街路を歩いてアン・サヴェージの小さな家へ向かった。

暑い日になりかけていたので、道路からミセス・サヴェージの土の庭に入るころには、少し肌がてかてかしていた。芝生の日陰に白いバンがとまっていたので、例の甥は在宅しているに違いない。その車はオールドビレッジでは浮いていた。メアリエレンが指摘したように、子どもをさらう連中が運転するようなしろものに見えたからだ。

パトリシアは玄関ポーチまで木の段を上り、指の節で網戸を叩いた。一分たってからまたノックしたものの、聞こえたのはそのノックが家の中に反響するうつろな音と、ミセス・サヴェージの庭と隣のジョンソン家を隔てている溜め池でやかましく鳴きたてるセミの声だけだった。

パトリシアはもう一度ノックして待ち、通りの向かいを見やった。かつてこのうえなく美しいスレート屋根があったショートリッジ家を、開発業者が取り壊してしまったところだった。その場所に、よその町からきた誰かが仰々しい小規模な館を建てている。オールドビレッジじゅうにこの手の目ざわりなものがどんどん出現しているのだ。敷地の端から端まで広がって庭の余地を残さない、重たくばかでかい建物が。

キャセロールを置いていきたかったが、わざわざここまできておいて、甥と話さずに帰るつもりはなかった。パトリシアは正面玄関を試してみることにした。メモをつけてキッチンのカウンターに残しておくだけだから、と自分に言い聞かせる。網戸をあけて、ドアの取っ手をまわした。一瞬ひっかかってから、ドアは勢いよくあいた。

「あのう？」薄暗い内部に呼びかける。

誰も答えなかった。パトリシアは中に足を踏み入れた。ブラインドが全部おりている。空気は暑く埃《ほこり》っぽかった。

「こんにちは？」と呼びかける。「ピアレイトクルーズのパトリシア・キャンベルですが？」

反応はない。以前アン・サヴェージの家の中に入ったことはなかった。古びた家具がずっしりと居間を埋めつくしている。酒屋の箱と不要な郵便物の紙袋が床を覆っていた。チラシやカタログ、まるまった古い《モールトリー・ニュース》紙があらゆる椅子のシートからなだれおちている。埃だらけで古ぼけたサムソナイトのスーツケースが四個、壁際に並んでいた。玄関のドアを囲む作りつけの本棚には、水を吸ったロマンス小説がぎっしりつまっている。リサイクルショップ《グッドウィル》の店内のようなにおいがした。

左手のドアは暗いキッチンに通じており、右手のドアは家の奥へ続いていた。頭上で天井ファンが力なく動いている。パトリシアは廊下をのぞいた。奥のつきあたりに半分ひらいたドアがあり、寝室らしき部屋につながっていた。そこから窓用エアコンの低いうなりが聞こえてきた。まさかエアコンをつけっぱなしで出かけたわけではないだろう。

息をひそめて慎重に廊下を進むと、寝室のドアを押して全部あけはなった。

「もしもし?」と声をかける。

ベッドに横たわった男は死んでいた。

作業用ブーツを履いたまま、キルトの上に寝そべっている。身につけているのはブルージーンズと白いボタンアップシャツだ。両手は脇にのびていた。とても大柄で六フィートをはるかに超えており、両足がベッドの端からぶらさがっている。しかし、その体格にもかかわらず、飢えているように見えた。皮膚が骨格にぴったりとはりついている。血色の悪い顔の肌はひきつって細かな皺《しわ》が寄っていた。金髪は薄くてもろそうに見える。

「すみません?」パトリシアはかすれた声をふるわせて問いかけた。

むりやり部屋の中まで入っていき、キャセロール皿をベッドの端に置くと、男の手首をとりあげる。肌はひんやりしていた。脈がない。

パトリシアはじっとその顔を観察した。唇は薄く、口は大きく、頬骨が高い。ハンサムときれいの中間といった容貌だ。念のため肩をゆさぶってみた。

「あの?」かすれた声を出す。「あの?」

手の下で男の体はほとんど動かなかった。人差し指の裏側を鼻孔の下へかざす——なにも感じない。看護婦としての本能がとってかわった。

片手で男の顎をひきおろし、もう片方の手で上唇をめくる。一本の指で口の中を探った。舌は乾いた感触だった。気道をふさいでいるものはない。顔の上に身を乗り出して、肘の内側の血管がむずむずするのを感じながら、夫以外の男とここまで近づいたのは十九年ぶりだと気がついた。それから、乾いた唇を男の荒れた唇に押しあて、空気がもれないように封じる。そして相手の鼻をつまんで閉じると、気管に三回強く息を吹き込んだ。続いて三回、力を入れて胸部圧迫をおこなう。

なにも起こらない。二度目を試みようとかがみこみ、唇をぴったり合わせ、口に一回、二回、息を吹き込むと、喉に勢いよく空気が入ってきて、自分の気管が逆向きに振動した。咳《せ》き込みながらのけぞったとき、男がぱっと起きあがり、その額がうつろな音をたててこちらの側頭部に激突した。パトリシアは後ろによろめいて壁にぶつかり、肺から息が残らず押し出された。脚から力が抜け、床にへたりこんでどんと尻をつく。そのあいだに男は目を血走らせて勢いよく立ちあがり、キャセロール皿をガタンと床にすっとばした。

「なんなんだ、畜生！」とわめく。

荒々しく室内を見まわした男は、足もとの床にいるパトリシアを見つけた。胸を波打たせ、口をぽかんとひらいたまま、薄暗い中でこちらに目をこらす。

「どうやって入ってきた？」と叫ぶ。「おまえは誰だ？」

パトリシアはなんとか呼吸を静め、かぼそい声を出した。「ピアレイトクルーズのパトリシア・キャンベルです」

「なんだと？」相手はどなった。

「あなたが死んでると思ったんです」

「なんだと？」またどなられた。

「心肺蘇生法をしたんです」とパトリシア。「息をしてなかったので」

「なんだと？」男はさらに一度吼《ほ》えた。

「わたしは近所の者なんです」パトリシアは縮こまった。「ピアレイトクルーズの？」

男は廊下のドアに目をやった。ベッドに視線を戻す。パトリシアを見おろした。

「畜生」とふたたび言い、肩を落とす。

「キャセロールをお持ちしたんです」パトリシアは言い、逆さまになったキャセロール皿を指さした。

男の胸の動きがやや遅くなった。

「俺にキャセロールを持ってきたって？」と問いかけてくる。

「このたびは心よりお悔やみ申し上げます」パトリシアは言った。「わたし……お宅の大おばさまがうちの庭で見つかりまして。状況がちょっと荒っぽくなったのもあって。ひょっとしてうちの犬をごらんになったことがあるんじゃ？　コッカースパニエルのミックス犬で、あの子、その……もしかしたら、見たことがないほうがいいかもしれませんね。それで……あの、うちで起きたことでおばさまの具合が悪くなったのでなければいいんですが、本当に」

「おばが死んだから俺にキャセロールを持ってきたのか」男は自分に説明しているかのように言った。

「玄関に人が出てこなくて」と答える。「でも、車が外にあるのを見たので、入ってみたんです」

「それから廊下を通って」と男。「俺の寝室に入ってきた」

パトリシアは自分がばかになった気がした。

「このあたりではみんな、そんなことなんとも思わないんです」と説明する。「オールドビレッジですから。あなた、息をしてなかったんですよ」

男は二、三度目をあけたり閉じたりして、わずかにふらついた。

「ものすごく疲れてる」と言う。

助け起こしてもらえないことを悟ったので、パトリシアは自力で床から立ちあがった。

「これを片付けさせてください」と言って、キャセロール皿に手をのばす。「本当にばかみたい」

「いや」男は言った。「出ていってくれ」

その体がぐらりとかしぎ、頭が何度もがくがくと縦横にゆれる。

「一分で済みますから」とパトリシア。

「頼むから」と男。「頼むからこのまま帰ってくれ。ひとりになりたいんだ」

寝室のドアからパトリシアを押し出す。

「布を持ってきて、しみが残らないようにできますから」パトリシアは男に押されて廊下を歩きながら言った。「紹介されていないのにずかずか入り込んで最低だったと思います。でも息をしていないのが見てわかったし、わたしは看護婦だったんです――いまでも看護婦です――それにあなたが病気だって確信してたし。ばかみたい」

話しているあいだに散らかった居間へ押し込まれる。男が玄関のドアをあけ、その後ろに立って涙をぼろぼろこぼしながら目をきゅっと細めたので、出ていってほしがっているのがわかった。

「お願いです」網戸の取っ手を握って立ち、声をかける。「本当にごめんなさい。こんなふうにお邪魔するつもりじゃなくて」

「俺はベッドに戻らないと」男は言った。背中のくぼみに手があてがわれたかと思うと、パトリシアは網戸を通って玄関ポーチに立ち、暑い陽射しを浴びていた。目の前でドアがきっちりと閉じる。中に入ったところを誰にも見られていなければいいのだが。こんなばかな行為を知られたら死んでしまう。

向きを変えたパトリシアは、前庭を進んできた黄褐色の大型セダンの正面部分がすぐそばに迫っていたのでとびあがった。フロントガラスに照り返す日光の後ろに、アン・サヴェージの家事を引き受けている女性、フランシーンが見えた。パトリシアより年上で、干しリンゴのような顔をしている。気難しい性格なので、いまでもオールドビレッジでフランシーンを雇っている人はあまりいなかった。

ふたりはガラス越しに目を見交わした。パトリシアは片手をあげてほんの形ばかりのあいさつをすると、首をすくめ、全速力で通りを走っていった。内心でフランシーンがこのことをしゃべりそうな相手を数えあげながら。

第七章

家までずっと、アン・サヴェージの甥の味が唇に残っていた。粉っぽいスパイス、革、なじみのない肌。思い出すと全身の血が泡立った。そのあと罪悪感に駆られ、パトリシアは歯を二回みがいたうえ、廊下のクローゼットからリステリンが半分入った古いボトルを見つけて、唇が人工的なペパーミントの香料のような味になるまでうがいした。

その日の残りは、誰かが寄ってアン・サヴェージの家でなにをしていたのか訊いてくるのではないか、とびくびくしながら過ごした。スーパーのピグリーウィグリーに行ったときには、ミセス・フランシーンに出くわさないかとおびえていた。電話が鳴るたびにとびあがり、眠っている男性に心肺蘇生法をおこなおうとしたって聞いたけれど、と言いにかけてきたグレイスかもしれないと考えた。

だが、夜がきても誰もなにも言ってこなかったし、たとえ夕食のときカーターと目を合わせられなかったとしても、寝るころには甥の唇がどんな味だったか忘れていた。翌朝になると、今週いっぱいコーレイをどこでおろして拾うか割り出したり、ブルーがアドルフ・ヒトラーについて読むのではなく、国と地元の歴史のテストの勉強をしているかどうか確認したりしているあいだに、いつのまにかフランシーンのことは忘れた。

コーレイとブルーが確実にサマーキャンプ（コーレイはサッカー、ブルーは科学のデイキャンプ）

に登録されるようにはからい、エアコンを見てもらえる業者の電話番号を訊くためグレイスに連絡し、食料品を買い、弁当をつめ、図書館の本を返してきて、通知表にサインし（ありがたいことに今年は夏期講習がない）、毎朝玄関からとびだしていくカーターとろくに顔も合わせないまま（「約束するよ、これが終わりしだい海へ行こう」と言われた）、ふと気がつくと一週間が経過しており、パトリシアは夕食の席について、コーレイがまるで興味を持てないことに関して愚痴をこぼすのを聞き流していた。

「そもそもあたしの言うことを聞いてるわけ？」コーレイがたずねた。

「ごめん、なに？」パトリシアは会話に戻って問い返した。

「どうしてまたコーヒーがなくなりそうなのか理解できないな」カーターがテーブルの向こう側から言った。「子どもたちが食べてるのか？」

「ヒトラーはカフェインが毒だって言ってたよ」とブルー。

「あたしが言ったのは」コーレイは繰り返した。「ブルーの部屋の外には水があって、窓をあければそよ風が入ってくるでしょ。しかも天井ファンがあるし。そんなのずるいよ。なんであたしの部屋には天井ファンをつけてくれないの？　でなきゃエアコンが直るまでローリーの家に泊まるとかさ？」

「ローリーの家には泊まらせません」パトリシアは言った。

「いったいぜんたいなぜギブソン家に泊まりたいんだ？」カーターがたずねた。

少なくとも、子どもたちがまるっきりわけのわからないことを言うときには、カーターと認識が一致している。

「だってエアコンが壊れてるんだもん」コーレイは言い、皿に載った鶏の胸肉をフォークでつつきまわした。

「壊れてないわ」とパトリシア。「ただあんまりよく動かないだけ」

「エアコンの修理業者には連絡したか？」カーターが問いかけた。

パトリシアはさっと視線を送り、子育ての暗号で（子どもたちの前ではわたしと同じことを言ってよ、そのことはあとで話しましょう）と伝えた。

「連絡してないんだろう？」とカーター。「コーレイの言う通りだ、暑すぎるよ」

あきらかにカーターはパトリシアと共通する子育ての暗号を使っていないらしい。

「写真があるのよ」ミス・メアリーが言った。

「なんだって、母さん？」カーターが訊いた。

カーターはなるべく頻繁《ひんぱん》に家族と食べることが母親にとって大切だと考えていた。たとえそうするとブルーを食卓につかせるのがたいへんだとしてもだ。ミス・メアリーは口に入れるのと同じぐらいの食べ物を膝に落とすし、水のコップは飲む前にのみこむのを忘れた食べ物で濁っていた。

「その写真を見れば、あの男が……」ミス・メアリーは言った。「あれは男よ」

「そうだね、母さん」とカーター。

天井からミス・メアリーの水のコップにゴキブリが落ちてきたのは、そのときだった。

「ママ！」コーレイが金切り声をあげ、自分の席からとびのいた。

「ゴキブリ！」ブルーが同時に叫び、もっといないかと天井をながめた。

「いたぞ！」シャンデリアの上にもう一匹見つけたカーターが言い、パトリシアの上等なリネンのナプキンを一枚持って手をのばした。

パトリシアはがっくりした。自分がどんなひどい家事をしているか、この件が家族の語り草になるのがすでに見えるようだ。「憶えてる？」ともっと大きくなったときに問いかけ合うだろう。「ママの家が汚すぎて、天井から落ちてきたゴキブリがメアリーおばあちゃんのコップに入ったの、憶えてる？　あのこと憶えてるよね？」

「ママ、あれ気持ち悪い！」とコーレイ。「ママ！　おばあちゃんに飲ませないで！」

はっとわれに返ると、ゴキブリが濁った水の中でもがいているコップをミス・メアリーがとりあげ、一口すすろうとしているのが見えた。パトリシアは椅子からとびだし、ミス・メアリーの手からコップをひったくって流しに中身を捨てた。蛇口から水を出して、ゴキブリと食べ物のかけらを排水口に洗い流してから、ディスポーザーのスイッチを入れる。

そのとき、玄関の呼び鈴が鳴った。

まだコーレイがダイニングで騒いでいる音が耳に入ったので、その様子を見ないですむように「わたしが出るから」と声をあげ、家族コーナーを通り抜けて暗く静かな玄関ホールへと歩いていった。そこからでもまだコーレイがわめいているのが聞こえた。玄関のドアをあけると、恥ずかしさでいたたまれなくなった――アン・サヴェージの甥が玄関灯の下に立っていたのだ。

「お邪魔ではないといいんですが」相手は言った。「お宅のキャセロール皿を返しにきました」

これが同じ男だとは信じられなかった。まだ蒼《あお》ざめていたが、肌はすべすべで皺がない。髪は左側で分けてあり、ふさふさとゆたかだった。カーキ色のワークシャツを新しいブルージーンズにたくしこみ、袖を肘までまくりあげ、分厚い前腕をむきだしにしている。ふたりだけの冗談を共有しているかのように、薄い唇の両端にほのかな笑みをたたえていた。パトリシアは自分の口もぴくっと動いて笑顔を返すのを感じた。大きな手の一方はガラスのキャセロール皿を持っている。一点のくもりもなかった。

「おうちに入り込んで本当にごめんなさい」パトリシアは言い、片手をあげて口を覆った。

「パトリシア・キャンベル」男が言う。「あなたの名前を思い出して電話帳で調べたんです。食べ物を置いていって二度と皿が戻ってこないことがよくあるのは知ってますから」

「わざわざ返してくださらなくてもよかったのに」と答えて皿に手をのばす。男は持ったままでいた。

「この前の態度を謝罪させていただきたくて」と言う。

「いえ、こちらがすみませんでした」パトリシアは応じ、どの程度まで強くひっぱってみれば、失礼に見えない範囲でこの手から皿を取り返せるだろう、と考えた。「ばかだと思ってらっしゃるでしょう、お昼寝を邪魔したりして、わたし……わたし本当に思ったんです、あなたが……以前は看護婦だったんですが。どうしてあんなばかばかしい勘違いをしたのかわかりません。心からお詫びします」

男は額に皺を寄せ、眉を途中まであげて、真剣に気遣っているように見えた。

「ずいぶん謝りますね」

「ごめんなさい」パトリシアはすばやく答えた。

たちまち自分の言ったことに気づき、うろたえてかたまる。次にどうしていいかわからなかったので、うっかり続けた。「謝らないのはサイコパスだけですよ」

それが口から出た瞬間、なにも言わなければよかったと思った。男は一瞬こちらをながめてから言った。「そう聞いて残念です」

その台詞を受け止めているあいだ、ふたりはつかのま向かい合って立ちつくした。それから、パトリシアは思わず噴き出した。一拍おいて、相手も笑い出す。男がキャセロール皿を離したので、体に引き寄せて楯のように腹の前にかかえた。

「またごめんなさいって言ったりしないので」と告げる。「もう一度やりなおしません？」

男は大きな手を片方さしだした。「ジェイムズ・ハリスです」

パトリシアは握手した。ひんやりとして力強い感触だった。

「パトリシア・キャンベルです」

「それのことは本当に申し訳ないと思ってますよ」例の左耳を示して男は言った。

ちぎれた耳を思い出し、パトリシアはわずかに左を向いて、さっと傷痕《きずあと》の上に髪をかけた。

「まあ」と言う。「だから耳がふたつあるんでしょうね」

今回、男の笑い声は短く唐突だった。

「自分の耳に関して、そんなに気前のいい人はあまりいないでしょうね」

「どうするか選ばせてもらった記憶はないもの」と言ってから、冗談だと知らせるためににっこりする。

男はほほえみ返した。

「おふたりは仲がよかったんですか？」とたずねてみる。「あなたとミセス・サヴェージって？」

「うちの親戚はみんな親しくはない」という返事だった。「だが、身内が困れば行くものだから」

パトリシアはドアをしめてポーチに立ち、この男性と本物の大人の会話をしたかった。あんなにおびえた相手だが、友好的でおもしろい人だったし、見られていると意識させる視線を向けてくる。甲高い声が家から流れてきた。ばつの悪い思いでほほえんでから、ここに残ってもらう方法がひとつあるのに気づいた。

「うちの家族にお会いになります？」とたずねる。

「食事の邪魔はしたくないので」男は答えた。

「会っていただけたらわたしはうれしいですけど」

男はほんの一瞬、無表情でこちらをながめて判断を下し、笑顔を返してきた。

「本気で招いてくれるなら」

「招かれたと思ってくださいな」パトリシアは言い、脇によけた。少し間をおいて、男は敷居をまたぎ、暗い玄関ホールに入った。

「ミスター・ハリス？」パトリシアは声をかけた。「なにも言いませんよね——」両手で持ったキャセロール皿を示す。「——このことについては？」

相手は真顔になった。

「ふたりの秘密ですよ」

「ありがとう」と返す。

明るく照らされたダイニングに男を連れていくと、全員が話を中断した。

「カーター」パトリシアは言った。「こちらはジェイムズ・ハリスさん。アン・サヴェージさんの大甥にあたる方よ。ジェイムズ、これが主人のドクター・カーター・キャンベルです」

カーターが立ちあがり、機械的に握手した。まるで妻の耳を食いちぎった女性の大甥に毎日会っているかのようだ。一方、ブルーとコーレイは、ぞっとした顔つきで母親からこのばかでかいよそ者へと視線を移し、なぜこの家に入れたのかと思っている様子だった。

「これは息子のカーター・ジュニア、もっとも、みんなブルーって呼んでますけど。それに娘のコーレイです」パトリシアは紹介した。

ジェイムズがブルーと握手し、テーブルをまわってコーレイと握手しているとき、パトリシアはその目を通して自分の家族を見た――ぶしつけにじろじろながめているブルー。バハパーカーとサッカー用ショートパンツという姿で自分の椅子の後ろに立ち、動物園の動物でも見るかのようにぽかんと口をあけてみとれているコーレイ。ミス・メアリーは口がからなのにひたすらもぐもぐしている。

「これがミス・メアリー・キャンベル、主人の母で、一緒に暮らしているんです」

ジェイムズ・ハリスは、塩コショウ入れをじっと見つめながら唇を吸っているミス・メアリーに手をさしだした。

「はじめまして」

ミス・メアリーはその顔にうるんだ目を向け、顎をふるわせてしばらく観察してから、また塩コショウに視線を落とした。

「写真があるのよ」と言う。

「お食事の邪魔はしたくないので」ジェイムズ・ハリスは言い、手をひっこめた。「ただ皿を返しにきただけです」

「一緒にデザートをいかが？」パトリシアはたずねた。

「いや、そんな……」ジェイムズ・ハリスは言いはじめた。

「ブルー、テーブルを片付けて」とパトリシア。「コーレイ、深皿を持ってきて」

「実は甘いものが好きで」ブルーが汚れた皿の山を運んで脇を通りすぎたとき、ジェイムズ・ハリスは言った。

「ここに座れますよ」パトリシアは言い、左側の空席に向かってうなずいた。ジェイムズ・ハリスがそっと腰をおろすと椅子はぎしぎしと不穏な音をたてた。深皿が現れ、半ガロンサイズのブレイヤーズのアイスクリームがカーターの前に運ばれる。カーターは大きなスプーンで冷凍庫焼けしたアイスクリームの表面をかきとった。

「お仕事はなにを？」と問いかける。

「なんでもやります」ジェイムズはコーレイがアイスの山を父親の前に置いているあいだに答えた。

「しかしいまは、投資用に少し金を貯めています」

パトリシアは考え直した。この男は金持ちなのだろうか？

「なにに投資を？」表層をけずり、白くまるまった細長いアイスクリームを全員の深皿に入れながら、カーターがたずねた。「株と債券ですか？　小企業？　マイクロチップ？」

「もっと地元のものを考えていて」ジェイムズ・ハリスは言った。「不動産とか」

カーターはテーブル越しに手をのばし、アイスクリームの入った深皿をジェイムズの前に置くと、持ち手の大きなスプーンを母親の手に握らせ、正面のバニラアイスの深皿に導いた。

「専門外だな」興味を失って言う。

「あの」パトリシアは口を出した。「読書会にいるわたしの友だちのスリック・ペイリーなんですけど。ご主人のリーランドと不動産を扱ってるんです。このあたりの状況をなにか教えられるかもしれません」

「読書会に入っているんですか？」ジェイムズが問い返した。「俺は読書が大好きでね」

「誰を読みます？」パトリシアがたずねる一方で、カーターはふたりを無視して母親に食べさせ、ブルーとコーレイはまじまじと見つめ続けていた。

「アイン・ランドの大ファンです」ジェイムズ・ハリスは言った。「ケン・キージー、アレン・ギンズバーグ、ジャック・ケルアック。『禅とオートバイ修理技術』[*18]は読みましたか？」

「おじさんヒッピーなの？」コーレイが訊いた。

ジェイムズ・ハリスが娘の質問を黙殺してくれたので、パトリシアは涙が出るほどありがたく感じた。

「新しいメンバーを探しているんですか？」ジェイムズは続けた。

「うええ」とコーレイ。「ワインを飲みながら座ってだらだらしてるおばさんたちだよ。ほんとは本を読んでもいないんだから」

こんな発言はいったいどこからきたのだろう。コーレイがティーンエイジャーになりつつあるからだ、と判断するところだが、メアリエレンによれば、ティーンエイジャーになるのは自分の子が好きになれなくなるときのはずだ。パトリシアはまだ娘のことが好きだった。

「そちらはどんな本を読みますか？」コーレイを無視したまま、ジェイムズがたずねた。

「いろいろと」とパトリシア。「ちょうどみんな、一九七〇年代のガイアナの小さな町での生活を書いたすばらしい本を読みました」

それが『人民寺院――ジム・ジョーンズとガイアナの大虐殺』*19だということには触れなかった。

「みんな映画を借りてくるんだよ」とコーレイ。「それで本を読んでるふりをするんだから」

「この本には映画はないのよ」パトリシアはむりやり笑顔を作った。

ジェイムズ・ハリスは聞いていなかった。コーレイに視線をそそいでいる。

「お母さんに生意気なことを言う理由があるのか？」とたずねた。

「いつもはこんなふうじゃないんです」パトリシアは言った。「かまいませんから」

「文学を使って人生を理解する人もいる」ジェイムズ・ハリスはなおも凝視しながら続けた。コーレイはその鋭いまなざしを受けてもじもじした。「きみはなにを読んでいる？」

「『ハムレット』」とコーレイ。「シェイクスピアが書いたやつ」

「課題の読書だろう」とジェイムズ・ハリス。「俺が言っているのは、他人に選んでもらっていない本はなにを読んでいるか、だ」

「だらだら本を読んでる時間なんかないもん」とコーレイ。「あたしはほんとに学校に行ってて、サッカーチームとバレーチームのキャプテンなの」

「読書家はたくさんの人生を送る」とジェイムズ・ハリス。「本を読まない人間にはひとつの人生しかない。だが、きみが言われたことだけして、他人が読むべきだと考えるものしか読まずに満足しているのなら、別に止めないね。残念だと思うだけだ」

「あたし……」コーレイは言いはじめ、口をぱくぱくさせた。それからやめる。誰かに自分のことを残念だなどと言われたのははじめてだったのだ。「どうでもいいし」と言い、ぐったりと椅子の背にもたれかかった。

怒るべきだろうか、とパトリシアは悩んだ。こういう状況ははじめてだ。

「みんななんの本の話をしているんだ？」カーターが母親の口にもっとアイスを入れてやりながら問

いかけた。

「奥さんの読書会のことですよ」とジェイムズ・ハリス。「たぶん俺は読書家に肩入れするんですね。軍人の子どもとして育って、どこへ行っても本が友だちだった」

「本物の友だちがいなかったからでしょ」コーレイがぼそっとつぶやいた。

ミス・メアリーが顔をあげ、まっすぐジェイムズ・ハリスを見た。その瞳が相手を拡大している音が聞こえるようだった。

「私のお金を返しなさい」ミス・メアリーは憤然と言った。「おまえが借りてるのは父さんのお金よ」

食卓に沈黙が落ちた。

「なんだって、母さん？」カーターがたずねた。

「こそこそ戻ってきたのね、おまえは」とミス・メアリー。「でも私は見ているのよ」

ふわふわした灰色の眉を寄せ、口もとのたるんだ皮膚を腹立たしげにひきしめて、ジェイムズ・ハリスをにらみつける。ふりかえったパトリシアは、本気でなにかを解明しようと頭をひねっているジェイムズ・ハリスを目にした。

「昔知っていた誰かだと思っているんですよ」カーターが説明した。「現在と過去を行ったりきたりするもので」

ミス・メアリーの椅子が耳ざわりなキーッという音とともに後ろへひきずられた。

「母さん」カーターが腕をとって声をかけた。「食べ終わった？　手伝うよ」

ミス・メアリーは腕をカーターからもぎはなして立ちあがった。目はジェイムズ・ハリスにくぎづけだ。

「おまえはつまらない母親の七番目の息子」と言い、一歩近づく。顎の下にたれさがった脂肪がふるえた。「真夏がきたら、みんなでおまえの目玉に釘を打ち込んでやるわ」
た。
腕をのばしてテーブルに手をつき、身を支える。その体がジェイムズ・ハリスの上でふらりとゆれ

「母さん」とカーター。「落ち着いて」

「誰もおまえのことなどわからないと思ったんでしょう」とミス・メアリー。「でも私はおまえの写真を持っているわ。ホイト」

ジェイムズ・ハリスはみじろぎもせずミス・メアリーを見あげた。まばたきひとつしていない。

「ホイト・ピケンズ」ミス・メアリーは言った。そして唾を吐いた。田舎の行商人のように、ぴしゃりと勢いよく地面に叩きつけるつもりだったのだろうが、そのかわり、チキンのかけらが入りまじり、バニラアイスで粘ついた白い唾液のかたまりが下唇からあふれ、顎を伝ってミス・メアリーの服の前面にびちゃっとかかった。

「母さん！」カーターが声を出した。
ブルーがえずくのが見え、パトリシアは息子の顔の下半分にさっとナプキンをあてた。コーレイは祖母から離れようと椅子に背を押しつけ、カーターがナプキンを広げて母親に手をのばす。

「本当にすみません」パトリシアは立ちあがりながらジェイムズ・ハリスに言った。

「おまえが誰なのか知っているのよ」ミス・メアリーがジェイムズ・ハリスに叫ぶ。「あのアイスクリームのスーツを着てね」
その瞬間、パトリシアはミス・メアリーを憎んだ。本について話せる興味深い人がこの家を訪れたのに、それさえ奪われるとは。
少々乱暴になろうがかまわず、ミス・メアリーの脇の下をつかむなり、急いでダイニングから押し出す。背後でジェイムズ・ハリスが腰をあげ、カーターとコーレイがふたりいっぺんに話し出したの

がわかった。戻ってきたとき、まだここにいてくれればいいのだが。ミス・メアリーをガレージルームまでひっぱっていき、椅子に座らせてプラスチックのボウルに入れた水と歯ブラシを渡してから、ダイニングに戻った。その場に残っていたのは、深皿の上にかがみこんでアイスクリームをすくっているカーターだけだった。

「あの人、まだいるの？」パトリシアはたずねた。

「帰ったよ」カーターはバニラを口につめこんだまま答えた。「今晩の母さんは変だったと思わないか？」

スプーンが深皿の底にカチッとあたった。パトリシアが片付けるよう、深皿をランチョンマットの上に残してカーターは席を立った。こちらが言いたいことを聞くために待つそぶりもなく。その刹那《せつな》、パトリシアは家族が憎らしくてたまらなくなった。そして、どうしてもまたジェイムズ・ハリスに会いたくなった。

第八章

そういうわけで、気がつくと翌日の正午を過ぎたころ、アン・サヴェージの黄色と白の小さな家のポーチに立っていた。

網戸をノックして待つ。通りの向かいに建つ新しい大邸宅の前では、ミキサー車が私道用に灰色のどろどろを木枠の中へ流し込んでいる。ジェイムズ・ハリスの白いバンはひっそりと前庭にとまっており、色のついたフロントガラスに陽射しが鋭く反射して、パトリシアは目を細めた。

ピシッと大きな音とともに、日の光で温まってべとついたペンキから玄関のドアが離れた。大きすぎるサングラスをかけたジェイムズ・ハリスが汗をかきながらそこに立っていた。

「起こしてないといいんですけど」パトリシアは言った。「ゆうべの義母《はは》の態度を謝りたくて」

「早く入って」相手は答え、物陰にひっこんだ。

通りじゅうのあらゆる窓から人々の視線がこちらをうかがっている気がした。もう一度この家に入るわけにはいかない。フランシーンはどこだろう？　人目にさらされているようでいたたまれない。こんなことをしたらどうなるか、ちゃんと考えてみなかった。

「外で話しましょう」暗い戸口に向かって話しかける。視界に入るのは、ドアのへりにかけた大きな青白い手だけだ。「陽射しがとっても気持ちいいし」

「頼むから」と言った声はりつめていた。「持病があるんだ」

本当に苦痛を感じているのは聞けばわかったが、それでも中に入る気になれなかった。

「入らないなら帰ってくれ」と言った声は苛立ちに尖っていた。「俺は日光を受けられないんだよ」

通りの端から端まで見渡してから、パトリシアはすばやくドアの中にすべりこんだ。

玄関のドアをしめるために押しのけられたので、部屋の中央へ進まざるを得なくなった。驚いたことにそこはすっきりしていた。家具は古いスーツケースやがらくたの入った袋、ダンボール箱などと一緒に壁際に押しつけられている。後ろでジェイムズ・ハリスが玄関に鍵をかけ、ドアによりかかった。

「きのうよりずっといい感じですね」パトリシアは話題を作ろうと言った。「フランシーンが大活躍したのね」

「誰だって？」と訊かれる。

「このあいだ、出ていく途中で見かけたんです」と答えた。「ここのお掃除をしている人」

ジェイムズ・ハリスは大きなサングラス越しにまったくの無表情でこちらを見つめた。もう失礼しますと、と言おうとしたとき、相手の膝が崩れて床にずるずると座り込んだ。

「助けてくれ」

踵がむなしく床板を押し、両手からすっかり力が抜けている。看護婦の本能が動き出し、パトリシアはそばに寄ると、足を大きくひらいて踏ん張り、両脇の下に手をかけて助け起こした。重くがっちりとしていて、さわるとひどく冷たい。間近で大柄な体が持ちあがると、物理的な存在感に圧倒された。湿った手のひらから前腕までぞくぞくした感覚が走り抜ける。

支えた体がぐったりと前のめりになり、肩に全体重がかかった。ぴったり接触しているせいで頭がくらくらしてくる。壁に押しつけられたロッキングチェアまで連れていってやると、ずしんと座り込んだ。その重みから解放されて、急に体が空気より軽くなったようだった。足が床についていない気がする。

「どうしたんです？」パトリシアはたずねた。

「狼にかまれた」という返事だった。

「ここで？」と訊き返す。

腿の筋肉がぎゅっと締まってからゆるむのが見え、相手は無意識に椅子を前後にゆすりはじめた。

「もっと若いころだ」と言い、白い歯をひらめかせて苦しそうにほほえむ。「ひょっとすると、実は野犬だったが、狼だと美化したのかもしれない」

「お気の毒に」とパトリシア。「痛かった？」

「みんな俺は死ぬだろうと思った」とジェイムズ・ハリス。「何日か熱が出て、回復したときには脳にいくらか障害が残った——軽い損傷だが、眼球の運動制御がそこなわれた」

だんだん話が見えてきて、パトリシアはほっとした。

「それはたいへんでしょうね」

「俺の虹彩はうまく拡張しない」相手は説明した。「だから昼の光がおそろしくつらい。おかげで体内時計がすっかり狂っている」

困り果てた様子で、なにもかも壁際に積みあげられている室内をぐるっと示した。

「やることは山ほどあるのに、どうすればいいかさっぱりわからない」と言う。「途方にくれているんだ」

パトリシアは壁に並んでいる酒屋の箱だの袋だのを見やった。古着やノート、スリッパ、医薬品、刺繍枠《ししゅうわく》、黄ばんだ《TVガイド》のバックナンバーなどがぎゅうぎゅうにつめこまれている。衣類の入ったビニール袋、ワイヤーハンガーの束、埃だらけのフレームに収まった写真、アフガン織の山、しけて波打っているグリーンバックス・スタンプ（スーパーマーケットの景品引換券）の冊子、輪ゴムでとめた使用済みビンゴカードの束、ガラスの灰皿とボウル、真ん中にスカシカシパン（ウニ綱タコノマクラ目に属する棘皮動物）を閉じ込めたガラス玉。

「整理するものがずいぶん多いのね」パトリシアは言った。「誰か手伝いにきてくれないんですか？　家族とか？　兄弟？　いとこ？　奥さんは？」

　相手は首をふった。

「わたしがここに残ってフランシーンと話をしましょうか？」

「フランシーンはやめた」とジェイムズ・ハリス。

「あの人らしくないけど」とパトリシア。

「俺はここを出ていくしかなさそうだ」ジェイムズ・ハリスは言い、額の汗をぬぐった。「残ろうかと思っていたが、持病のせいできつすぎる。すでに電車が動き出してしまって、どれだけ必死に走っても追いつけない気分だ」

　パトリシアにはその感覚がわかったが、同時にグレイスのことも考えた。グレイスだったら、見たところ健康で顔もよく、単身オールドビレッジにきた妻も子もいない男性について、訊き出せることはなんでも探り出すまで居座るに違いない。この年齢の独身男性で、なんらかの事情のない相手には会ったことがなかった。おそらく拍子抜けするほどたいしたことのない話だろうが、あまりに刺激に飢えていたので、手に入るならどんな謎でもかまわなかった。

「一緒になんとかできないか考えてみましょう」と声をかける。「いちばん困っていることはなに？」

　ジェイムズ・ハリスは隣にあるクロスストレッチャー（テーブルや椅子の脚に使われるX型の補強材）の朝食用テーブルから、五百ポンドもの重量があるかのように郵便物の束を持ちあげた。

「これをどうしたらいい?」と問いかける。

パトリシアは手紙をくまなく調べた。背中と上唇が汗でちくちくする。家の中の空気はこもってむっとしていた。

「でも、これは簡単よ」手紙をおろして言う。「遺言検認裁判所からきたこの手紙はわからないけど、バディ・バーに電話してみるわ。ほとんど引退してるけど、うちの教会の人だし、不動産弁護士なの。水道局は通りの先だから、五分で行って名義変更ができるし。サウスカロライナ・エレクトリック&ガス・カンパニーはすぐ近くにオフィスがあるから、そこで電気の請求を自分の名義にできるわ」

「どれも直接行って手続きしないといけない」とジェイムズ・ハリス。「しかもオフィスはみんな昼間にしかあいていないし、その時間は車を運転できないんだ。目のせいで」

「ああ」とパトリシア。

「もし乗せていってくれる人がいれば……」ジェイムズ・ハリスは言いかけた。

すぐさまなにを求められているのか悟ったパトリシアは、またもや別の責任が押しつけられつつあるのを感じた。

「ふだんなら喜んで引き受けるんだけど」すばやく言う。「いまは学校の最後の週だから、本当にたくさん用事があって……」

「五分しかかからないと言ったじゃないか」

一瞬、その機嫌をとるような口調に反発を感じたものの、すぐに卑怯者になった気がした。手を貸すと約束したのだ。この人のことをもっと知りたい。まさか最初の障害であきらめるつもりではないだろう。

「その通りね」と言う。「車を持ってくるから、近くに置かせて。できるだけ玄関のそばにとめるようにするから」

「俺のバンで行けないか？」とたずねられた。

パトリシアは尻込みした。他人の車を運転するのは無理だ。しかも前にバンを運転したことがなかった。

「あの――」と口をひらく。

「窓ガラスに色がついてるんだ」

そうだった。ほかにどうしようもなく、パトリシアはうなずいた。

「それと、もうこんなにいろいろしてくれたのに迷惑をかけたくないんだが……」ジェイムズ・ハリスが言いはじめる。

心が沈んだものの、たちまち自分勝手だという気分になった。この男性はゆうべ家にきて娘に生意気な口をきかれ、義母に唾を吐かれた。助けを求めている人間なのだ。もちろんできるだけのことをしてあげよう。

「どうしたの？」なるべく心のこもったやさしい声で問いかける。

ロッキングチェアのゆれが止まった。

「財布を盗まれてしまって、出生証明書やそういったものはみんな故郷のトランクルームにあるんだ」と言う。「探し出してもらうにも、どれだけかかるかわからない。どの手続きにしろ、身分証明がなければどうやってできる？」

ぱっと浮かんだのは、にせギプスを腕につけ、ブレンダ・ボールに車まで本を運ぶのを手伝ってくれと頼んでいるテッド・バンディの姿だった。ばかばかしい、とパトリシアはその光景を頭からふりはらった。

「身元確認の問題は、あの遺言検認裁判所の手紙があれば解決するわ」と言う。「水道局で必要なのはそれだけだし、そこにいるあいだにあなたの名前とこの住所で請求書を出してもらって、電気会社に見せればいいもの。キーをちょうだい、車を持ってくるから」

色のついた窓ガラスはバンの前の座席を薄暗い紫色に染めていたが、シートがしみや鉤裂《かぎざ》きだらけだったので、そう悪いことではなかった。気に入らなかったのは後部だ。完全に暗くするため、ねじで後部の窓ガラスに板が留めてある。そんなふうに背後が真っ暗な状況で運転するのは緊張した。

水道局につくと、ジェイムズ・ハリスが財布を家に置いてきてしまったことが発覚した。平謝りされたが、保証金として百ドルの小切手を書くのは別にかまわなかった。家に帰りしだい払うと約束してもらった。サウスカロライナ・エレクトリック＆ガスでは二百五十ドルの保証金を要求され、さすがに躊躇《ちゅうちょ》した。

「こんなことを頼むべきじゃなかった」ジェイムズ・ハリスは言った。

そちらを見ると、すでに顔は日焼けで赤らんでおり、サングラスの下から流れ出る液体で頬がびしょびしょだった。同情する気持ちと、カーターが小切手帳の収支を合わせるときに言われそうなことを天秤にかける。だが、これはパトリシアの金でもあるのではないだろうか。銀行口座がほしいと頼むたびにカーターはそう言っている――この金はふたりのものだと。大人の女性なのだから、どんな用途だろうと、ふさわしいと思うように使っていいはずだ。たとえほかの男性を助けるためだとしても。

パトリシアは二度目の小切手を書き、気が変わらないうちにさっと手首を返して破り取った。自分が有能になり、問題を解決して目的を達成したという気がした。グレイスになった気分だ。

ジェイムズ・ハリスの家に戻ったあとは、玄関ポーチで財布をとってくるのを待ちたかったが、中へ入れと急《せ》かされた。もう二時過ぎで、陽射しが強く照りつけていた。

「すぐ戻る」と言われ、暗いキッチンにひとり残される。

冷蔵庫をあけてなにが入っているか見ようか、とパトリシアは考えた。それとも、食器棚を観察するか。まだあの男についてなにも知らないのだ。

床がピシッと鳴り、ジェイムズ・ハリスがキッチンに入ってきた。

「三百五十ドル」と言い、使い古された二十ドル札を数枚と十ドル札を一枚、声に出して数えながらテーブルに置く。日焼けした顔を動かすのは痛そうだったが、にっこり笑いかけてきた。「どんなにありがたかったか、とても伝えきれない」

「お役に立ててうれしいわ」とパトリシア。

「その……」ジェイムズ・ハリスは言いかけ、声を途切れさせた。目をそらしてから、ぱっと頭をふる。「気にしないでくれ」

「なに？」パトリシアは訊いた。

「さすがにちょっと」と言われた。「きみはとてもよくしてくれた。この恩をどう返せばいいのかわからないな」

「なんなの？」パトリシアは重ねてたずねた。

「忘れてくれ」とジェイムズ・ハリス。「これはあんまりだから」

「なにが？」と問い返す。

相手はぴたりと動きを止めた。

「本当にすごいものを見たいか？　ふたりだけの秘密で？」

脳裏に警報が鳴り響いた。そんなことを言う人は、まして知らない相手ならよけいに、荷物を国境の向こうに運んでほしいとか、宝石店の外に車をとめてエンジンを切らずに待ってしてくれとか頼もうとしているのだ。それがわかる程度には本を読んでいる。だが、〝すごい〟という単語を言われることさえ、最後に経験したのはいつだっただろう？

「もちろん」からからになった口で答える。

ジェイムズ・ハリスは立ち去り、やがて薄汚れた青いスポーツバッグを持って戻ってきた。どさっとテーブルの上に載せ、ファスナーをあける。

バッグの口から堆肥《たいひ》のじめじめした悪臭が漂い、パトリシアは身を乗り出して中を見た。紙幣がぎっしりつまっている――五ドル札、二十ドル札、十ドル札、一ドル札。左耳の痛みが消え失せた。呼吸がせわしくなる。体じゅうの血が沸き立つ。口に唾が出てきた。

「さわってもいい？」声をひそめてたずねる。

「どうぞ」

二十ドル札に手をのばし、がめつく見えそうだと考えて五ドル札をとりあげた。がっかりすることに、ほかの五ドル札と変わらない感触だった。また手をつっこみ、今度は分厚い札束をひっぱりだす。このほうが実質的な感じがする。ジェイムズ・ハリスはたったいま、なんとなくおもしろそうな男から、本格的な謎になったのだ。

「床下で見つけたんだ」と言われた。「八万五千ドルある。おばがいままでに貯めた金だと思う」

危険な感じがした。違法なのではないだろうか。片付けてくれと言いたかった。ずっとさわっていたいという気もした。

「どうするの？」と問いかける。

「きみに訊きたかった」

「銀行に預けなさいよ」

「なんの身分証明書もなしに、現金のつまったバッグを持ってファーストフェデラル銀行に行くところが想像できるか？」相手は言った。「腰をおろしもしないうちに警察に通報されるだろうな」

「ここに置いておくわけにいかないでしょう」

「わかってる」とジェイムズ・ハリス。「これを家にあったらおちおち眠れない。この一週間というもの、誰かが押し入ってくるんじゃないかとびくびくしていた」

あれほど多くの謎の答えがひとりでにあきらかになりはじめた。ただ陽射しに弱いだけではなく、ストレスで具合が悪かったのだ。アン・サヴェージが無愛想だったのは、老後の蓄えを隠してある家に人を近づけたくなかったからだ。もちろん銀行など信用していなかっただろう。

「あなたの口座をひらかないと」パトリシアは言った。

「どうやって？」ジェイムズ・ハリスがたずねた。

「わたしにまかせて」パトリシアは答えた。すでに頭に計画が浮かびはじめていた。「あと、乾いたシャツを着て」


三十分後、ふたりはコールマンブールバードにあるファーストフェデラル銀行のカウンターに向かって立っていた。ジェイムズ・ハリスはすでに新しいシャツにしみるほど汗をかいている。

「ダグ・マッケイをお願いできますか？」パトリシアはカウンターの奥の女の子にたずねた。サラ・シャンディの娘だと思ったが、確信がなかったのでなにも言わなかった。

「パトリシア」フロアの向こうから声がかけられた。ふりかえると、猪首に赤ら顔で、シャツの下のボタン三つがせりだした腹にひっぱられているダグが、両腕を大きく広げて近づいてくるところだった。「誰にでも幸運なときがあるというが、今日は僕の番だな」

「ご近所のジェイムズ・ハリスさんのお手伝いをしようと思って」パトリシアは言い、握手してふたりを引き合わせた。「こちらはわたしの高校からの友人、ダグ・マッケイよ」

「ようこそ、よそからきた人」とダグ・マッケイ。「マウントプレザントを案内するのに、パトリシア・キャンベルほどの人はいないよ」

「ちょっと複雑な事情があって」パトリシアは声を低めた。

「だから僕のオフィスにはドアをつけてもらっているのさ」ダグは言った。

ふたりはダグのオフィスに案内された。室内はサウスカロライナ州南部沿岸地域《ローカントリー》のスポーツマン風に飾りつけられている。窓はシェム川《クリーク》を見渡しており、並んでいる椅子はワインレッドの革製だった。額に収めた印刷写真は食べられるものを題材にしている――鳥、魚、鹿。

「ジェイムズは銀行口座をひらく必要があるんだけど、身分証明書が盗まれちゃったの」パトリシアは言った。「ほかにどんな方法がある？　今日作りたいんだって」

ダグは腹を机のへりに押しつけて身を乗り出し、にやっと笑った。

「なあきみ、そいつはまったく問題ないよ。きみが連帯保証人になればいい。当座貸越の責任を引き受けなければならないし、きみ自身も自由に口座が利用できてしまうが、免許の再発行を待つあいだに始めるにはいい方法だ。車両管理局の連中ときたら、時給で雇われてるように動くからな」

「それってうちの取引明細書に載ることがある？」だとしたらカーターにどう説明しようと考えながら、パトリシアはたずねた。

「いや」とダグ。「つまり、その人が町じゅうで不渡り小切手を書き散らしたりって真似を始めなければな」

全員が顔を見合わせ、続いて神経質な笑い声をあげた。

「記入用紙を持ってくるよ」ダグは言い残して部屋を出た。

こんなに簡単にこの問題を解決できたとは。パトリシアはさんざん食べたあとのようにゆったりした気分で悦に入った。ダグが戻ってきて、書類の上にかがみこんだ。

「出身はどこです？」用紙から顔をあげずに問いかける。

「バーモント州」とジェイムズ・ハリス。

「初期預金はどういう形で？」ダグが訊いた。

パトリシアはためらってから言った。「これを」

二千ドルの小切手を広げて机越しに押しやる。すぐ現金を預けるのはまずいだろうとふたりで決めていた。今日のジェイムズ・ハリスがいかにうさんくさく見えるか考慮すればなおさらだ。すでに返してもらった現金がハンドバッグの中でじりじりと燃えている気がする。頬も燃えるようだ。唇の感覚がない。これほど大きな金額の小切手を書いたことは一度もなかった。

「すばらしい」一瞬もためらわずにダグが言った。

「失礼」ジェイムズが言った。「現金の預金についてはどう思いますか？」

「いいと思いますよ」ダグは答え、公証人の印に息を吹きかけて書類のいちばん下にぺたりと押した。

「俺は造園をかなり手がけていて」ジェイムズ・ハリスが言い、パトリシアはもう少しで口をぽかんとあけるところだった。外に出ることさえできないのに。「うちのお客さんは現金で払いたがる人が多いんですよ」

「一万ドル以上でなければ眉ひとつ動かしませんね」とダグ。「このあたりでは現金が好まれています。自分のものを処理するだけでさんざん面倒な手続きを要求される北部みたいなやり方に慣れているわけじゃないですから」

「それはよかった」ジェイムズ・ハリスが笑顔で言った。

パトリシアは、濡れて光っている丈夫そうな白い歯をながめた。やすやすと嘘をつくところを見ていると、その日の午前中にしてやったことすべてに疑いが生じる。ほんの一瞬、深みにはまってしまった気分になった。車で帰る途中、とめどなく感謝と称賛を浴びせかけられたが、そのあいだも相手はどんどん弱っていき、最終的にはバンから玄関まで体を支えてやりながら歩くはめになった。ベッドに連れていかれ、ブーツを脱ぐのを手伝ってもらったあと、ジェイムズ・ハリスはパトリシアの手をとった。

「こんなふうに力を貸してもらったことは一度もない」と言う。「きみはいままでに会った中でいちばん親切な人だ。困っているときに遣わされた天使だな」

その口ぶりは結婚したばかりのころのカーターを思い出させた。どんなささやかな気遣いでも――朝コーヒーを淹れたり、デザートにピーカンパイを焼いたり――延々と褒めちぎってくれたものだ。熱意にすっかりほだされてしまったパトリシアは、今月の読書会はなにを読んでいるのかと訊かれたとき、ついやってしまった――一緒にこないかと誘ったのだ。

マディソン郡の橋

1993年6月

第九章

五月はぐんぐん過ぎ去り、学校の終わりと期末試験、通知表というゴールへ突き進んだ。コーレイはいつでも誰かの家で勉強したり、迎えや送りが必要だったり、泊まりに行ったりしていた。ブルーのクラスの年度末パーティー用に軽食を用意しなければならなかったし、教員評価の期限が迫っており、通知表が発行されるまでに図書館の延滞料を払う必要もあった。そして、五月二十八日にいきなり全部が止まった。子どもたちは夏休みの課題図書リストを受け取り、アルベマール・アカデミーは戸締まりして、オールドビレッジに六月が訪れた。

毎日夜が明けるころから真昼の暑さで、ガソリンタンクはキャップをはずすときシューシュー音をたてた。強い陽射しがぎらぎらと照りつけ、茂みの中でがなりたてる虫が休むのはすべてが寝静まる午前三時から四時だけだ。窓はしまり、ドアはきっちり閉じている。どの家も密閉された宇宙ステーションと化し、セントラルエアコンは肌寒い華氏六十八度（摂氏二十度）前後を保った。製氷機は一日じゅうカタカタ鳴っていたが、夕方七時ごろになってきしみはじめ、とけかけた氷のかけらをいくつかコップに吐き出した。体を動かすのは骨が折れるし、頭を使うだけで疲れるようになってきた。

ジェイムズ・ハリスを次の会合に招いたことは、本当に読書会に伝えるつもりだったのだ。しかし、暑さのせいで決断力が消え失せ、毎日太陽が沈むころには夕食を作る気力さえろくに残っていなかったので、どんどん先延ばしにしてしまった。ついに読書会の日がきたときには（まあ、このほうがよかったかもね）と考えた。

全員がワインや水やアイスティーのグラスを持ってリビングに腰を落ち着け、首筋をティッシュで拭いたり顔をあおいだりしつつ、エアコンで少しずつ元気を取り戻している。いまこそ切り出すのに最適なタイミングだとパトリシアは思った。

「大丈夫？」グレイスがたずねた。「いまにもとびあがりそうな顔をしているけれど」

「たったいまチーズのお皿のことを思い出したの」と言って、パトリシアはキッチンへ行った。

ミセス・グリーンが流しに立ってミス・メアリーの夕食の皿を洗っていた。

「寝る前にミス・メアリーにお風呂に入ってもらいますね」と言う。「少し涼しくなるように」

「そうね」パトリシアは答え、チーズの皿を冷蔵庫から出してラップをはがした。ラップをまるめてから動作を止め、もう一度使えるだろうかと考える。可能だと結論を下し、流しの隣に置いておいた。

チーズの皿を持ってリビングに戻り、コーヒーテーブルとして使っている木箱におろした瞬間、玄関の呼び鈴が鳴った。

「あら」パトリシアはハーフアンドハーフ（クリームとミルクを同量混ぜたもの）を買い忘れたかのような口調で言った。「言うのを忘れてた。今晩ジェイムズ・ハリスがうちに寄って会に参加したがってたの。みんな気にしないといいけど」

「どなた？」グレイスが首をこわばらせ、しゃちほこばった姿勢で問いかけた。

「あいつがきたって？」キティがまっすぐ座り直そうと腕をふりまわして訊いた。

「最高」メアリエレンがうめく。「また別の男の意見を聞くわけか」

スリックがあわてて全員を見まわし、どう思うべきか判断しようとしているあいだに、パトリシアは小走りで部屋から出た。

「きてくれてすごくうれしいわ」玄関のドアをあけ、ジェイムズ・ハリスに声をかける。

格子柄のシャツの裾をブルージーンズに押し込み、白いテニスシューズに革のメッシュベルトというでたちだ。テニスシューズを履いてこなければよかったのに。グレイスがいやがるだろう。

「招待してもらって本当にうれしいよ」ジェイムズ・ハリスは言ってから、敷居を踏み越えて立ち止まった。背後の庭にやかましく響く虫の音越しに、かろうじて聞き取れるほど低い声でささやく。

「半分以上銀行に預けた。毎週少しずつ。助かったよ」

すぐ隣の部屋に人がいるのに、ふたりの共有の秘密をこうやって耳にするのは刺激が強すぎる。腕に鳥肌が立ち、頭がぼうっとした。パトリシアとカーターの銀行口座用に受け取った二千三百五十ドルもまだ預金していないのに。預け入れるべきだとわかっていたが、その金は白い手袋の内側にはさんでクローゼットに置いてあった。自分で持っているという満足感が強すぎて、手放せなかったのだ。

「エアコンの空気を逃がさないで」と言う。

ジェイムズ・ハリスをリビングに案内したものの、みんなの顔を見たとき、電話はかけておくべきだった、とパトリシアは気づいた。心の準備をしておいてもらうべきだった。

「みんな、こちらがジェイムズ・ハリスよ」笑顔を作って言う。「今晩は新しい仲間を紹介させてちょうだい」

室内は静まり返った。

「参加させていただき、みなさんに心から感謝しています」ジェイムズ・ハリスが言った。

グレイスがそっとティッシュを口にあてて咳をした。

「まあ」キティが口をひらいた。「男がひとりいると、たしかに活気づくからね。ようこそ、背の高い謎の人」

ジェイムズ・ハリスはソファに腰をおろした。メアリエレンの隣、キティとグレイスの向かいだ。

全員が足をそろえ、スカートを腿の下にたくしこみ、背筋をのばした。キティがチーズの皿に手をのばしてから、その手をひっこめて膝に乗せた。ジェイムズ・ハリスが咳払いした。

「今月の本は読んだ、ジェイムズ？」スリックが問いかけた。手持ちの『マディソン郡の橋』[20]の表紙を見せる。「先月は『ヘルター・スケルター』を読んで、来月はアン・ルールの『テッド・バンディ――「アメリカの模範青年」の血塗られた闇』を読むから、これはひと休みって感じでよかったわ」

「みなさんは不思議な取り合わせで読んでいますね」とジェイムズ・ハリス。

「不思議な取り合わせの女たちだからね」キティが答えた。「パトリシアが言ってたけど、おばさんがパトリシアにあんな真似をしたのに、ここに住むことにしたんだってね」

　パトリシアは左耳の上に髪をなでつけ、なにか感じのいい会話をしようと口をひらいた。

「大おばですよ」パトリシアが話し出す前に、ジェイムズ・ハリスが言った。

「細かいことにこだわるね」とメアリエレン。

「悪い評判を気にしてないみたいで驚いたよ」とキティ。

「俺は長いことこういう町を探してたんですよ」ジェイムズはにっこりして言った。「ただの隣近所じゃなくて、世間の混乱や変化から離れた本物の地域社会《コミュニティ》。人がまだ古風な価値観を持っていて、子どもたちが夕食に呼ばれるまで一日じゅう外で遊んでいられるようなところをね。そして、そんな場所が見つかるわけがないとあきらめたちょうどそのとき、大おばの世話をしにきて、ずっと求めていたものを見つけた。俺は本当に運がいい」

「もう教会には行っている？」スリックがたずねた。

「それに、一緒にくるミセス・ハリスはいないんだね？」キティが割り込んで訊いた。

「いませんよ」ジェイムズ・ハリスはキティに返した。「子どもも。大おば以外は身内もいない」

「変わってるね」とメアリエレン。

「どの教会に入ってるの？」スリックがまたたずねた。

「誰を読む？」キティが問いかけた。

「カミュ、アイン・ランド、ヘルマン・ヘッセ」とジェイムズ・ハリス。「哲学を勉強しているので」スリックに笑いかける。「残念ながら、どんな組織宗教にも入っていないな」

「じゃあ、本気でじっくり考えたことがないのね」とスリック。

「ヘルマン・ヘッセか」とキティ。「ポニーが『荒野のおおかみ』[*21]を英語のクラスで読んでたね。男の子が好きそうな感じだった」

ジェイムズ・ハリスは全力の笑顔をキティに向けた。

「それで、ポニーというのはお宅の……？」とたずねる。

「うちの長男」とキティ。「みんな父親のほうを馬《ホース》って呼んでるから、小馬《ポニー》って言われてるんだよ。あとはひとつ上にハニーがいて、今年の夏十三になるパリッシュは家族全員をものすごくいらいらさせてるところ。それにルーシーとメリットは、同じ部屋にいるのもいやがるし」

「ホースはなにをしているんですか？」ジェイムズが訊いた。

「している？」キティは言い、ぷっと噴き出した。「いや、あの人はなにもしてないね。あたしたちはシーウィーに住んでるから、藪《やぶ》を刈り払って焼かなきゃいけないし、修理するものはいつでもある。つまりね、そういう場所に住むと、屋根が落ちてくるのを防ぐだけでもフルタイムの仕事になるんだよ」

「俺は以前、モンタナ州で不動産管理をしていたんですよ」とジェイムズ。「ご主人にいろいろ教わることがありそうだ」

（モンタナ州？）パトリシアは首をかしげた。

「ホースが？　誰かに教えるって？」キティは笑い声をあげ、部屋にいるほかの面々をふりかえった。

「ホースの海賊の宝について話したことがあったっけ？　水中にある海賊の宝か、南部連合の遺物か、なにかそんな嘘くさいものを探すのに投資する人を見つけにきた連中がいたんだけどね。それが、手の込んだスライドの説明とすごくすてきな折りたたみ広告を見せられただけで、ホースったら小切手を書いちゃったんだよ」

「そんなの詐欺だってリーランドなら教えてあげられたのに」とスリック。

「リーランド？」ジェイムズがたずねた。

「うちの主人よ」スリックが言い、ジェイムズ・ハリスはそちらに注意を向けた。「住宅開発業をしてるの」

「適切なプロジェクトが見つかれば不動産に投資しようかと思っていたんですが」とジェイムズ・ハリス。

グレイスの顔が石像と化し、パトリシアは金以外の話ができないものかと心の底から、願った。

「いまうちはグレイシャス・ケイっていうプロジェクトをやってるの」スリックは顔を輝かせた。「シックスマイルのそばに建設中のゲーテッドコミュニティよ。本当に周囲の環境を高めることになるわ。ゲーテッドコミュニティなら近所の人を選べるから、まわりにいるのは自分の子どもの近くにいてほしいような人たちになるし。今世紀の終わりまでには、きっとほとんど誰でもゲーテッドコミュニティに住むことになるでしょうね」

「もっとその話を聞いてみたいですね」ジェイムズが言ったので、スリックはハンドバッグを探って名刺を渡した。

「どちらのご出身なの、ミスター・ハリス？」グレイスが問いかけた。

父親が軍人で、あちこち転々として育ったとパトリシアが言おうとしたとき、ジェイムズ・ハリスが言った。「サウスダコタで育ちました」

「お父さんが軍にいたんだと思ってたけど？」パトリシアはたずねた。

「そうだ」ジェイムズ・ハリスはうなずいて答えた。「だが、サウスダコタへの駐屯を最後に除隊した。両親は俺が十のとき離婚したから、母に育てられたんだ」

「みんなの尋問が終わったら」とメアリエレン。「今月の本を片付けたいんだけど」

「あの人の旦那さんは警察官なの」スリックがジェイムズに説明した。「だからあんなにはっきりものを言うのよ。ところで、今週の日曜日、セントジョセフ教会でご一緒するのはいかが？」

相手が返事をする前に、メアリエレンが言った。「頼むからこの本の話に移ってわたしを楽にしてくれない？」

スリックはジェイムズ・ハリスに〝この話はあとでね〟という微笑を投げた。

「みんな『マディソン郡の橋』、とにかくよかったでしょ？」と問いかける。「先月の本のあとではすごくほっとしたわ。昔ながらのすてきな男女の恋愛もので」

「男のほうは間違いなく連続殺人犯だよね」キティがジェイムズ・ハリスから目を離さず言った。

「世界はこんなにめまぐるしく変化してるんですもの、希望に満ちた話が必要なのよ」とスリック。

「町から町へ移動しては、女を誘惑して殺す、いかれたやつについての話がね」とキティ。

「まあ」スリックは言った。まごついて自分のメモを見おろし、また咳払いする。「私たちがこの本を選んだのは、お互いを知らないふたりのあいだでも存在しうる、強く惹かれ合う力について語っているからよ」

「わたしたちがこの本を選んだのは、あんたがぺらぺらしゃべり続けるのを止めたかったから」とメアリエレン。

「彼が本当は連続殺人犯だったっていう実際の証拠はぜんぜんないと思うけど」とスリック。

キティが明るいピンク色の付箋のメモをびっしりはさんだ自分の本をとりあげ、空中でふってみせた。

「こいつには家族の絆《きずな》もなければルーツも過去もない」とキティ。「教会にさえ入ってないときてる。現代じゃものすごくあやしいよね。新しい運転免許証見た？　ちっちゃいホログラムがついてるんだよ。あれがただの厚紙だったときのこと憶えてるけどさ。住所不定であっちこっちうろつけるような社会じゃないんだよ。いまはもう」

「定住所はあったわ」スリックは抗議したが、キティはどんどん続けた。

「それにこの男がさっそうと町に入ってきて、誰とも話してないのに気づいた？　そのくせ、ひとりぼっちのフランチェスカを標的にしたわけ、だってそういうものだからね。そういう連中は無防備な女を見つけて〝偶然の〟出会いをお膳立てするんだよ。やたら口がうまくてその気にさせるから、女は家に招く。だけど男は訪問するとき、トラックをどこにとめたか誰にも見られないようにすごく気をつける。それから女を二階へ連れ込んで、何日もあれこれやるってわけ」

「これはロマンチックな話なのよ」とスリック。

「こいつは頭が弱いんだと思うね」とキティ。「ロバート・キンケイドはカメラをダンベル代わりにして、ギターでフォークミュージックを弾いて、子どものころはフランスのキャバレーの歌を歌って、〝自分の耳に心地よい〟言葉だの文章だので壁を埋めつくしたんだよ。かわいそうな両親のことを考えてみたら」

「どう思う、ジェイムズ・ハリス？」メアリエレンがたずねた。「自分の意見のない男なんて会ったことがないね。ロバート・キンケイドはロマンチックなアメリカの象徴か、それとも女を殺してまわる流れ者か？」

ジェイムズ・ハリスは照れたような笑みをひらめかせた。

「俺が読んでいる本はみなさんとはまるで違うみたいだな」と言う。「しかし、今晩ここで学ぶことがたくさんありますよ。続けてください」

少なくともこの人は努力している、とパトリシアは思った。ほかのみんなはできるかぎり不愉快なふるまいをしようと決意しているようだ。

「『マディソン郡の橋』の教訓は」とメアリエレン。「男が会話を全部独り占めするってことだね。フランチェスカは全人生を一ページ足らずに要約されてる。子どもが何人かいて、イタリアで第二次世界大戦を生きのびたのに。男のほうがしたのは離婚だけ――キティの説だと人殺しもかな――そのわりに自分の人生について何章も何章も延々と話し続けてる」

「まあ、主人公だし」とスリック。

「どうしていつでも男が主人公になるわけ？」メアリエレンがたずねた。「フランチェスカの人生だってこいつのと同じぐらいおもしろいのに」

「女に言いたいことがあるんだったら、言えばいいだけよ」とスリック。「なにも誘われるまで待たなくたってね。ロバート・キンケイドには隠れた深みがあるの」

「男の下着を一度洗えば、隠れた深みの悲しい真実を悟るけどね」とキティ。

「彼は……」スリックは適切な言葉を探した。「彼はベジタリアンよ。私、そういう人には一度も会ったことがないと思うの」

ブルーのおかげで、キティが次になんと言おうとしているか正確にわかった。

「ヒトラーはベジタリアンだったよ」キティは言い、予想が正しかったことを証明した。「パトリシア、あんただったら誰もいないとき戸口に現れて、自分はベジタリアンだって言う男と、カーターを裏切って浮気したりする？　せめて運転免許証ぐらい確認するんじゃない？」

パトリシアは、部屋の反対側でこちらを向いているグレイスが身をこわばらせるのを目にした。続いてスリックもまじまじと見ているのに気づき、グレイスの視線が背後にある廊下のドアにそそがれていることに気づいた。おそろしい予感にぞっとしてふりかえる。

「おまえの写真を見つけたわ、ホイト」ドアのところに立って言ったミス・メアリーは、びしょぬれで素っ裸だった。

最初パトリシアは、皺になってたれさがる肉色のシーツのようなものをまとっているのだと思った。それから、ミス・メアリーの太腿を走るふくれあがった静脈の筋、たれた胸の青黒い血管、たるんでぶらさがった腹、そして白髪のまじったまばらな下の毛に目の焦点が合った。浜辺に打ちあげられた死体のように見える。

ぞっとするほど長い五秒のあいだ、誰ひとり動かなかった。

「父さんのお金はどこ？」ミス・メアリーはかすれた声で叫び、激昂してジェイムズ・ハリスをみすえた。「あの子たちはどこ、ホイト？」

その声が室内にこだまする。悪夢の産物である金切り声の老婆は、体の前で白くて小さな四角い厚紙をふりまわした。

「誰もおまえのことがわからないと思ったんでしょう、ホイト・ピケンズ！」ミス・メアリーはうなり声をあげた。「でも写真があるのよ！」

パトリシアは立ちあがり、座っていた椅子の背からもこもこした青いアフガン織をとりあげた。写真をふりまわし続けているミス・メアリーの体に巻きつける。

「見て！」ミス・メアリーは声高に言った。「あの男を見て」アフガン織が体を覆うと、手にした写真をながめる。手と顔から力が抜けた。

「違う」と言う。「違う、間違ってるわ。これじゃない」

ふるえあがったミセス・グリーンが家族コーナーから走ってきた。

「本当に申し訳ありません」

「大丈夫よ」パトリシアは答え、ミス・メアリーの裸がリビングから見えないようにした。

「電話を受けに行ったんです」ミセス・グリーンは言い、ミス・メアリーの両肩をつかんだ。「ほんの少しそばを離れただけで」

「なにもかも問題ないわ」パトリシアは全員に聞こえるように大きな声を出し、ミセス・グリーンとふたりで老婦人をリビングから連れ出した。

「これは違うわ」すっかり戦意喪失したミス・メアリーが、おとなしく身をゆだねてその場を離れながら言った。「これじゃない」

ふたりでガレージルームまで連れていく途中、ミセス・グリーンはずっと謝っていた。ミス・メアリーはタオルで体を拭かれ、ミセス・グリーンにベッドに入れてもらうあいだ、胸もとで写真を握りしめていた。パトリシアはリビングに戻ったが、もうみんな玄関ホールにいた。ジェイムズ・ハリスはシーウィー農場へホースを訪ねたり、セントジョセフ教会に通ったり、リーランドと会ったりする計画を立てていた。どうしてあんなに静かにしていたのかグレイスに訊きたかったが、ミス・メアリーのことを謝罪しているうちにドアからそっと抜け出されてしまった。続いて全員が玄関のドアからぞろぞろ出ていき、パトリシアはひとり玄関ホールに残された。

「どうしたの？」コーレイが上から呼びかけてきた。ふりむくと、階段の踊り場にいるのが見えた。

「なんでメアリーおばあちゃんはあんなにどなってたの？」

「なんでもない」パトリシアは言った。「混乱してただけよ」

ポーチへ出ていって、キティのヘッドライトが私道を逆戻りしていくのをながめる。あしたみんなに電話して謝ろう、と心に留め、ガレージルームに戻った。

ミス・メアリーは胸にしっかりと写真をかかえ、病院用ベッドに横たわっていた。先ほどの過失を埋め合わせようと、いまやいっそう注意してミセス・グリーンが隣に座っている。

「あの男よ」とミス・メアリー。「あの男よ。どこかにあるのはわかってるの」

パトリシアはその指から写真を抜き取った。それは古びた白黒写真で、カーショー郡にあるミス・メアリーの教会の牧師がイースターのバスケットをかかえたしかめっ面の子どもたちに囲まれている様子を撮ったものだった。

「見つかるわ」とミス・メアリー。「見つかるから。きっと。見つけてみせる」

第十章

パトリシアはミセス・グリーンのそばに座り、あなたのせいじゃないと元気づけながら、ミス・メアリーが眠りに戻るのを待った。老婦人が深く規則正しい呼吸を始めたあと、バックで出ていくミセス・グリーンの車を私道に立って見送った。今晩はどうしてこんなにうまくいかなかったのだろう。ひとつは自分のせいだ。ジェイムズ・ハリスの件でみんなを不意打ちしたから逆襲されたのだ。それに本のせいでもある。誰もがあれを読まされて苛立っていたが、ときどきみんな、スリックが少々気の毒になって調子を合わせてやっている。だが、おおむねミス・メアリーのせいだった。もう家では対処できなくなってきているのではないだろうか。カーターが十一時前に病院から帰ってきたら、この話を持ち出してみよう。

耐えがたいほどの熱風がヒューッと港を吹き抜け、竹の葉の鳴る音があたりに満ちた。空気はどんよりと重苦しく、みんなが落ち着かないのはそのせいだろうかとパトリシアは思った。オークの木々が頭上で輪を描くように枝をしならせている。私道の端に一本だけ立つ街灯が銀色の光を細い円錐《えんすい》形に投げかけているせいで、周囲の夜がいっそう黒くなり、人目にさらされている気がした。使用済み失禁用パッドとこぼれたコーヒーかすのにおいが幻のように漂い、ネグリジェ姿でしゃがんで生肉を口につめこんでいるミセス・サヴェージの姿が目に浮かんだ。濡れた髪から水がしたたり、役に立たない写真をふりまわしながら、皮をはがれたリスさながらに素っ裸で入口に突っ立っているミス・メアリーもだ。パトリシアは玄関に走り込むと、風に向かって勢いよくドアをしめ、デッドボルトをさしこんだ。

なにか小さいものがキッチンで音をたて、続いて家じゅうにその音が響き渡った。それは電話だった。

「パトリシア？」受話器をとりあげると声がした。はじめ雑音のせいで誰なのかわからなかった。

「グレイス・キャバノーよ。こんなに遅く電話してごめんなさい」

電話回線がパチパチ音をたてた。心臓がまだどきどきしている。

「グレイス、ぜんぜん遅すぎないから」パトリシアは落ち着こうとつとめながら言った。「今日は本当に申し訳なかったわ」

「ミス・メアリーの様子を訊こうと思って電話したのよ」とグレイス。

「眠ってるわ」

「それに、みんなわかっていると伝えたくて」グレイスは言った。「年をとればああいうことは起こるものよ」

「ジェイムズ・ハリスのこと、ごめんなさい」とパトリシア。「みんなに話そうと思ってたんだけど、つい先延ばしにしちゃって」

「あの人がいたのは運が悪かったわね」とグレイス。「年をとった身内の世話をするというのがどういうことなのか、男性は知りませんもの」

「わたしに怒ってる？」パトリシアはたずねた。五年にわたる友情の中で、いちばん率直な質問だった。

「どうしてあなたに怒るのかしら？」

「ジェイムズ・ハリスを招待したから」とパトリシア。

「私たちは学校に通っている女の子ではないのよ、パトリシア。今晩の状況については、あの本のせいだと思うわ。おやすみなさい」

グレイスは電話を切った。

パトリシアは受話器を持ったままキッチンに立ちつくし、やがて下に置いた。なぜカーターはここにいないのだろう？　カーターの母親なのに。あんな状態を自分で見る必要があるのだ、そうすればもっと助けが必要だと理解するかもしれない。風がキッチンの窓をガタガタゆらした。もう一階にひとりでいたくなかった。

二階にあがってコーレイの寝室のドアをそっと叩きながら押しあけた。明かりは消えており、室内が暗かったので当惑する。いったいなぜコーレイはこんなに早く寝ているのだろう？　廊下の光が射し込んでコーレイのベッドを照らす。そこはからだった。

「コーレイ？」パトリシアは暗闇に呼びかけた。

「ママ」コーレイがクローゼットの陰から低く抑揚のない声で言った。「屋根の上に誰かいる」

全身の血が冷たくなった。廊下の明かりから外れてコーレイの寝室に入り、ドアの片側に立つ。

「どこ？」とささやいた。

「ガレージの上」コーレイはささやき返した。

ふたりはそのまま長いあいだ立ちつくした。やがてパトリシアは、自分が家で唯一の大人なのだから、なんとかしなければならないと気づいた。むりやり脚を動かして窓際へ行く。

「あいつに見られないで」コーレイが言った。

パトリシアは夜空に男の暗い影が映ることを予想して窓のすぐ前に立ったが、見えたのは屋根のへりの黒く鋭い輪郭と、その後ろで風にしなう竹だけだった。脇でコーレイの声がしたのでとびあがる。

「男が見えたの」とコーレイ。「嘘じゃない」

「いまは屋根にいないわ」パトリシアは言った。

入口へ歩いていき、頭上の照明のスイッチを入れる。ふたりとも目がくらんでしまい、光に慣れるまで立ちつくした。最初に見えたのは、窓台の上の古いシリアルが半分入った深皿で、牛乳とコーンフレークが乾いて固まっている。コーレイには食べ物を部屋に置いておかないように頼んだのに。だが、おびえた娘は傷つきやすそうに見えたので、なにも言わないことにした。

「嵐になるわ」パトリシアは声をかけた。「でも、お父さんが帰ってきたときおやすみを言うのを忘れないように、ここのドアをあけて廊下の明かりをつけておくから」

コーレイの掛け布団をめくってやる。「本を読みたい？」

コーレイがベッドサイドテーブルとして使っている青いプラスチックの牛乳ケースの上に視線がとまる。スティーヴン・キングの『呪われた町』[*22]が一冊、《Ｓａｓｓｙ》の雑誌の山の上に置いてあった。とつぜんなにもかも辻褄が合った。

コーレイは本を見られたことに気づいた。「作り話じゃないもん」

「作り話だとは思わないわ」とパトリシア。

口論を拒否する母親に毒気を抜かれて、コーレイはベッドにもぐりこんだ。パトリシアは枕もとの明かりをつけたままにして、頭上の照明を消し、ドアをあけっぱなしにしておいた。ブルーは自分の寝室ですでにベッドに入ってカバーをひきあげていた。

「おやすみ、ブルー」暗い部屋越しに呼びかける。

「裏庭に男の人がいる」ブルーは言った。

「風よ」パトリシアは答え、床の上の服やアクションフィギュアをぬって近づいた。「風のせいで家がこわい音をたててるの。明かりをつけたままにしてほしい？」

「屋根に登ったんだよ」ブルーは言い、まさにその瞬間、真上で足音が聞こえた。

大枝が落ちたり枝がこすれたりしているのではない。風が家をきしませているわけでもない。頭上ほんの数フィートで、意図的なゴトンという音がひっそりと聞こえた。

体じゅうの血が凍りついた。パトリシアは首の筋を痛めるほどのけぞって上を見た。静寂が続く。それからまた小さなゴトンという音が響いた。今回はブルーとパトリシアのあいだだ。誰かが屋根を歩いている。

「ブルー」パトリシアは声をかけた。「おいで」

息子はベッドから飛び出して腰にしがみついてきた。本やアクションフィギュアを踏みつけながら、ブルーとともに直線で歩く。寝室のドアまで急ぐ足の下で、プラスチックの人形たちがピシッと割れた。

「コーレイ」声をひそめ、切迫した調子で呼びかける。「いらっしゃい」

コーレイがさっとベッドから出てきて反対側に駆け寄った。パトリシアはふたりを連れて正面の階段をおり、いちばん下の段に座らせた。

「ここで待ってて」とささやく。「ドアを見てくるから」

暗い一階の家族コーナーを裏口まですばやく通り抜けると、いまにもドアの向こうに男の影が現れ、ガラスを砕いて荒れ狂う夜の中へひきずりだされるのではないか、と覚悟しながらデッドボルトをまわす。サンルームのドアにも確実にデッドボルトをさしこみ――この家にはドアが多すぎる――それから階段をおりてミス・メアリーの部屋に行き、明かりをつけた。

ミス・メアリーはベッドで身をよじってうめきながら目を覚ましたが、パトリシアはそのままユーティリティルーム（洗濯機や掃除用具などが置いてある小部屋）まで歩いていき、ごみ出し用の戸口にもデッドボルトがさしてあるか確認した。

玄関ホールへ向かって玄関灯をつけ、続いてサンルームへ行くと、裏庭を照らす投光照明のスイッチを入れる。

「コーレイ」裏庭の無慈悲な白い輝きに視線を貼りつけたまま、パトリシアはサンルームから呼びかけた。投光照明が黄色くなりかけた芝の一本一本を照らし出している。「携帯電話を持ってきて」

玄関ホールからリビングを横切って走ってくる足音が聞こえたあと、子どもたちが脇に現れた。コーレイが硬いプラスチックの長方形を手のひらに押しつけてきた。有利な立場にあるのはこちらだ。ドアには鍵がかかり、まわりじゅう見渡せるし、安全も確保した。即座にマウントプレザント警察に電話できる。メアリエレンは応答時間が三分だと言っていた。

三人で窓から目を離さず立っているあいだ、パトリシアはダイヤルボタンに親指を置いたままにしていた。投光照明があらゆる影を消し去っている――庭の中央の奇妙にへこんだくぼみ、マウントプレザントの鉄分の豊富な水で樹皮が黄色く染まった木々の幹、ラング家と自宅の敷地の境にある柵に接したゼラニウムの茂み、その反対側でミッチェル家とこの庭を隔てている花壇。

だが、光の届く範囲を越えると、夜は黒々とした壁だった。外から家をのぞきこみ、窓越しに自分と子どもたちを見張っている視線を感じる。左耳のかさぶたがぞわぞわしてきた。藪や木立が風に翻弄されている。この場に属していないものを探して、全員がじっと目をこらした。

「ママ」ブルーが低く抑揚のない声を出した。

サンルームの窓のてっぺんに視線を向けている。サンルームの屋根はパトリシアの寝室の窓の外に張り出しており、そのへりに沿って、なにかが意図を持ってゆっくりと動いているのがわかった。瞬時にその正体を悟る――突き出た屋根のふちを離し、見えないところへひっこんだ人間の手だ。

とっさに携帯電話を耳にあてがう。静電気がビリッと走ったので、ぱっと離した。

「九一一？」と言う。「もしもし？　わたしの名前はパトリシア・キャンベルです」耳もとで回線がザーッと響いた。「子どもたちと一緒にピアレイトクルーズ二十二番地にいます」ポン、ポンとうつろな破裂音が連続して響き、向こう側でしゃべっているかすかな人間の声をかき消した。「うちに入り込んできた人がいて、ここにいるのはわたしと子どもたちだけなんです」

バスルームの窓が大きくあいていることを思い出したのは、そのときだった。

「やり続けて」パトリシアは言い、考える間もなくコーレイの手に携帯電話を押しつけた。「ここにいて、もう一度かけて」暗いリビングを走り抜け、背後でコーレイが「お願い」とオペレーターに言っているのを聞きながら、かどをまわって暗い階段を駆けあがる。

サンルームの上の張り出しから大屋根までは、軽く懸垂をすればあがれる。そこから大屋根の片側を上り、反対側を下って、ぽんととびおりればバスルームのすぐ外にあるポーチの屋根の上、そうすればバスルームの窓に入れる。さっきヘアスプレーのにおいを消すためにあけておいたのだ。

頭上で黒っぽく重たいものがパトリシアと競い合い、ひらいた窓まで屋根を走っていくのがわかる。脚で強く蹴って体重を押しあげ、胸を波打たせながら階段を上った。息が喉を焼き、耳の裏が激しく脈打つ。階段のてっぺんで勢いよく手すりをまわり、暗い自分の寝室に駆け込んだ。

左側は窓越しに港が見えた——右側はバスルームの窓から熱気が吹き込んできている。パトリシアは右手へ突進すると、暗いトンネルめいた寝室を走り抜け、バスルームに飛び込んだ。クローゼットを横目に、カウンターの尖ったへりに腹をぶつけながら窓へ手をのばし、バタンと閉じて掛け金をひねる。すると、なにか黒い影が夜空をさえぎってさっと外を通りすぎた。パトリシアは窓に火がついたかのように両手をひっこめた。

家から出なければ。そこでミス・メアリーのことを思い出した。走ることはできないし、それどころか夜中に家を出て裏庭を横切ることさえ無理だろう。パトリシアは暗い寝室を駆け抜けてまた階段をおり、リビングに入った。

「電話が通じない」コーレイが携帯端末をさしだして言った。

「行かないと」コーレイとブルーに伝える。ふたりの手をとると、ダイニングを通ってキッチンに入り、裏口をめざした。

誰かが家に侵入したがっている。カーターがいつ帰ってくるか見当もつかない。助けを呼ぶ方法がない。電話があるところへ行かなくては。それに侵入者が誰だろうと、子どもたちから遠ざける必要がある。

「ミス・メアリーとガレージルームにいて」と言いつける。「部屋に入ったらすぐドアをロックして。絶対に誰も入れないで」

「ママは？」コーレイがたずねた。

「わたしはラングさんの家に行って警察を呼ぶわ」パトリシアは言った。外の明るい裏庭を見渡す。

「すぐ戻ってくるから」

ブルーが泣き出した。パトリシアは裏口の鍵をあけた。

「いい？」と問いかける。

「ママ？」

「質問はなし」と言う。「おばあちゃんと部屋に閉じこもってて」

それから取っ手をまわしてドアをあけると、男が家の中に入ってきた。

パトリシアは悲鳴をあげた。男が両腕をつかんでくる。

「落ち着け」ジェイムズ・ハリスは言った。

パトリシアはふらりと倒れかかった。床が近づいてくる。膝が崩れたとき、ジェイムズ・ハリスの力強い腕が支えてくれた。

「ここの裏が明るくなってるのが見えた」と言う。「どうしたんだ？」

「男がいるの」助けがきたとほっとしたパトリシアは、動悸を抑えて言った。「屋根の上よ。警察に通報しようとしたんだけど。電話が通じなくて」

「わかった」ジェイムズ・ハリスは安心させた。「もう俺がいる。警察を呼ぶ必要はない。誰か怪我は？」

「みんな大丈夫」とパトリシア。

「ミス・メアリーの様子を見てくるべきだな」ジェイムズ・ハリスは言い、そっと体を押し戻して隅によりかからせ、パトリシアと子どもたちの横を通りすぎた。三人から離れて、ずんずん家族コーナーの奥へ入っていく。

「警察に電話しないと」パトリシアは言った。

「必要ない」ジェイムズ・ハリスが家族コーナーの中央から告げた。

「三分でここにくるはずよ」とパトリシア。

「ミス・メアリーを確認させてくれ、そのあと屋根の上を見る」ジェイムズ・ハリスは家族コーナーの向こう側から呼びかけた。

パトリシアは急に、ミス・メアリーと部屋でふたりきりにさせるのはまずいと思った。

「やめて！」と叫んだ声は大きすぎた。

ジェイムズ・ハリスは片手をガレージルームのドアに置いて足を止め、ゆっくりとふりかえった。

「パトリシア」と言う。「落ち着け」

「警察は？」と問いかけ、キッチンの電話へ近づく。

「だめだ」と言われ、なぜ警察を呼ぶことを制止するのだろうと疑問がわいた。「なにもするな。誰にも電話をかけるな」

そのときだった。青い光がぱっと壁をよぎり、家族コーナーの窓に強烈な白い光があふれた。

カーターが帰ってきたのは四十五分後、まだ警察が懐中電灯で茂みを探っている最中だった。警官のひとりが車載のスポットライトを使い、屋根に乗っているふたりを照らしている。ジー・ミッチェルと夫のボウが隣家の私道に立って見守っていた。

「パティ？」カーターが玄関ホールから呼びかけてきた。

「わたしたちはここよ」と叫び返すと、一拍おいてカーターが階段をおり、ガレージルームに入ってきた。

パトリシアは全員がミス・メアリーの部屋にとどまるべきだと決めたのだ。ジェイムズ・ハリスはすでに警察と話して立ち去っていた。義母のせいで読書会の集まりが解散したあと、パトリシアが大丈夫かどうか確認しに戻ってきて、裏庭の明かりがついているのを目撃し、裏へまわったということだったらしい。

「みんな無事か？」カーターがたずねた。

「大丈夫」とパトリシア。「ね、みんな？　ただおびえてるだけ」

コーレイとブルーは父親に抱きついた。

「あの人が助けてくれたの」とコーレイ。

「誰かが屋根の上に乗ってたんだ。もしあの人がこなかったら、ぼくたちつかまってたよ」とブルー。

「それなら、ここにいてくれてよかったな」カーターは言い、パトリシアをふりかえった。「本当に州兵を呼ぶ必要があったのか？　おいおい、パティ、近所に僕が妻を虐待しているかと思われるぞ」

「ホイト」ミス・メアリーがベッドから言った。

「わかったよ、母さん」とカーター。「長い夜だった。みんなとにかく落ち着く必要があるな」

はたしてまた心が落ち着くことがあるのか、パトリシアにはわからなかった。

第十一章

ブルーとコーレイを寝かせてから、パトリシアはカーターになにもかも話した。

「きみの想像だと言っているわけじゃない」話が終わるとカーターは言った。「だが、あの会のあとではいつも昂奮してるだろう。きみたちが呼んでいるのは気味の悪い本だよ」

「警報システムがほしいの」パトリシアは伝えた。

「それがあったとして、なんの役に立ったと思う？」とカーター。「なあ、これからしばらくは暗くなる前に帰ってくると約束するよ」

「警報システムがほしいの」と繰り返す。

「それだけの金と手間をかける前に、二、三週間たったらどう思うか待ってみよう」

パトリシアはベッドの端から立ちあがった。

「ミス・メアリーの様子を確認してくるわ」と言い残して部屋を出る。

玄関と裏口、サンルームのドアのデッドボルトを確かめ、明かりをつけたままにして、ミス・メアリーの部屋へ行った。室内は常夜灯のオレンジ色の光に照らされていた。ミス・メアリーが眠っていることを考えて静かに動いたが、そこで常夜灯がひらいた目に反射しているのが見えた。

「ミス・メアリー？」と呼びかける。瞳が横に動いてこちらを向いた。「起きてます？」

シーツが動き、ミス・メアリーのまがった指が出てこようともがいたものの、途中で力つきた。めざした位置にたどりつくことなく、ぱたりと胸に落ちる。

「私は」ミス・メアリーは唇を湿した。「私は」

パトリシアはベッドの手すりに近づいた。ミス・メアリーがなにを言いたいかわかっていた。

「大丈夫ですよ」と声をかける。

ふたりはそうして長いあいだ黙り込み、閉じたカーテンの向こうで窓に吹きつける熱風に耳をすましていた。

「ホイト・ピケンズって誰です？」パトリシアは答えを期待せずにたずねた。

「うちの父さんを殺したのよ」ミス・メアリーは言った。

それを聞いて呼吸が止まった。以前その名前を耳にした記憶はない。おまけにミス・メアリーは、心の表面に浮かんできた人々の名前を、口にした数秒後にはたいてい忘れている。人物とその重要性を結びつけたところは聞いたことがなかった。

「どうしてそう言うんですか？」やんわりと訊いてみる。

「ホイト・ピケンズの写真を持っているの」ミス・メアリーはしゃがれ声を出した。「アイスクリームのスーツを着た」

その耳ざわりな声に、傷痕の残る耳がむずむずした。風が隠された窓をあけようと試み、入る道を探してガラスをガタガタとゆらす。ミス・メアリーの手がいくらか力を取り戻し、ずるずると毛布を横切ってこちらにのびてきた。パトリシアは手をおろし、なめらかで冷たい手を握った。

「その人はお父さんとどうやって知り合いに？」と問いかける。

「夕食の前に、男の人たちと父さんはよく裏のベランダに座って一杯やっていたものよ」とミス・メアリー。「私たち子どもは早めに夕ごはんを食べて前庭で遊んでいたの。そのときバニラアイスの色をしたスーツの男が道路を近づいてくるのが見えた。道からうちの庭に入ってきたから、男の人たちは瓶を隠したわ。飲酒は法律違反だったから。その男はうちの父さんに近寄って、ホイト・ピケンズと名乗ったあと、ウサギの唾はどこで手に入るか知らないかって訊いたのよ。父さんのコーンウイスキーはそんなふうに呼ばれていたの。飲めばウサギでもブルドッグの目に唾を吐きかけられるようになるからってね。男はシンシナティの列車に乗ってきて喉がからからだ、湿らせるのに二十五セント払ってもいいって言った。ミスター・ルーケンスが瓶を出してきて、ホイト・ピケンズは味を見た。シカゴからマイアミまで行ったことがあるが、こんなにうまいコーンウイスキーを飲んだのははじめてだって言ったわ」

パトリシアは息を殺した。ミス・メアリーがこれだけ多くの文を組み立てたのは数年ぶりだった。

「その晩母さんと父さんは喧嘩した。ホイト・ピケンズは父さんのウサギの唾を買いつけてコロンビアで売りたがってたけれど、母さんが反対したのよ。あのころは綿が十セント、肉が四十セントだった。ワタミゾウムシがきたのは公共のスイミングプールが多すぎるからだってバック牧師は言っていたわ。政府が煙草からがに股までありとあらゆるものに税金をかけていたのに、父さんのウサギの唾のおかげで、うちではいつもコーンブレッドに糖蜜をつけられたのよ。

母さんは出る杭は打たれるって言ったけれど、父さんはかつかつの暮らしにうんざりしてたから、母さんを無視して、ホイト・ピケンズにウサギの唾を瓶で十二本売った。ホイトはコロンビアに行ってたちまち売り切って、あと十二本買いに戻ってきた。それも売り切って、すぐに父さんはもうひとつ蒸留所を作ることになった。日没から日の出まで家から出かけて、昼間はずっと寝ているようになったのよ。

ホイト・ピケンズは毎週日曜日にいつもうちで食事をしたわ。ときには水曜日と金曜日もね。あいつは父さんがいろいろなものをほしがるように仕向けた。ウサギの唾を樽で茶色くなるまで寝かせておけば、もっとお金が手に入るって教え込んだ。そのためにはかなり投資する必要があって、ホイトがコロンビアに持っていって支払いを受けるまで、六か月お金が戻ってこないって話だった。でも、最初のときにはホイトが分厚い札束をテーブルに並べて、みんな昂奮したの」

鋭いものが手のひらをくすぐった。ミス・メアリーが爪でパトリシアの皮膚をひっかいていたのだ。行ったりきたり、行ったりきたり、まるで手の内側で虫がうごめいているかのように。

「そのうち、なんでもかんでもウサギの唾のことになった。保安官は父さんのやってることを見つけたとたん、少し分け前をよこせって無心してきたわ。ほかの男の人たちに蒸留所で働いてもらうために、父さんはウサギの唾が茶色くなるのを待つあいだ、証書を出していたの。銀行が名前を覚える暇もないうちに倒産していたから、みんな自分のお金を大事に持っていたけれど、父さんは百科事典のセットや洗濯用の皺伸ばし機を買ったし、家の裏で座っていた男の人たちはみんな店で買った葉巻を吸っていたわ」

パトリシアはカーショーの街を思い出した。カーターのいとこたちや、ひとりで住んでいたミス・メアリーに会いに、百五十マイル離れた州の北部へ何度も車で出かけたものだ。ずいぶん長いこと行っていないが、無味乾燥な住民のいる砂だらけの乾いた土地を憶えている。交差点ごとにガソリンスタンドがあり、ノーブランドの煙草やエバミルクを売っていた。使われていない畑や放置された農場が記憶によみがえる。あんなに暑くてせまくるしい場所に暮らす人たちにとって、新鮮で汚れていない緑のものが強く訴えかけてくるのは理解できた。

「そのころベッカム家の男の子が行方不明になったの」ミス・メアリーは言った。いまや喉ががらがらになっている。「色の白い赤毛のおちびさんで、六歳だった。誰にでもどこにでもくっついていってね。夕食に帰ってこなかったから、みんな捜しに出たのよ。ピーカンの木の下でまるくなっているだろうと思ったけれど、いなかった。政府の予防接種の人が連れていったという話もあったし、森にひそむ黒人の女の子が白人の子どもをシチューに煮込んで、恋を叶える魔法として五セントで売っているという話もあった。川に落ちて流されたって言う人もいたけど、どんな噂が立っても関係なかった——その子はいなくなってしまったのよ。

次に姿を消した男の子はエイヴリー・デュボーズだった。工場で働いていたから、工場の機械の中に落ちたのに監督が嘘をついているに違いないってホイトはみんなに言った。そのせいで工場と農家が対立する空気がかきたてられた。ウサギの唾があれだけあったから、みんな怒りっぽくなっていたのね。男の人たちが腕を三角巾で吊ったり顔にあざをこしらえたりして教会にくるようになった。ミスター・ベッカムは銃で自殺したわ。

でも、あの年のクリスマスには木の下にプレゼントがあったし、父さんは楽しくやっているって母さんに信じ込ませていた。一月になると母さんのおなかがぱんぱんにふくらんだわ。私は三人生まれたうち唯一残った子どもだったけど、もう次の赤ちゃんが新しく育っていたのよ。

あのコンバインのセールスマンがムーア一家の前の家に馬をとめて、ポンプから出てくる水に蛆《うじ》がうようよいるのを見なかったら、チャーリー・ベッカムを見つけることは絶対になかったでしょうね。死体から水がすっかり流れ出て棺桶に入る大きさになるまで、三日間氷室に置いておかなくちゃいけなかったのよ。それでもお棺は幅を広げて作るしかなかったわ」

ミス・メアリーの口の端に白い唾がねばねばの玉を作ったが、パトリシアは動かなかった。この空気を破るような真似をすれば、話の糸が切れて、ミス・メアリーは二度とこんなふうにしゃべってくれないのではないかと心配だったのだ。

「その春は作物を植える余裕なんて誰にもなかった」ミス・メアリーは続けた。「どこの地面にもなにひとつ植わっていなかったから、父さんとホイトは大金を使ってはるばるロックヒルからコーンを持ってくるはめになったわ。でも有り金全部、ウサギの唾の樽にかけてたのよ。銀行は証書なんか扱ってくれなくて、みんなの道具や馬やラバをとりあげはじめたけれど、どうすることもできなかった。全員が樽の酒がしあがるのを待ち望んでいたわ。

いなくなった三人目の男の子はバック牧師の赤ちゃんよ。男の人たちはうちの裏のベランダに集まった。私の部屋の窓越しに、瓶をまわしながらあいつが、こいつがと憶測しているのが聞こえたわ。そうしたらホイト・ピケンズが、この前の晩レオン・シムズをムーア農場のそばで見かけたって言ったの。私は笑ってやりたかった。そんなことを言うのはよそ者だけよ。レオンは黒人で、戦争で頭のどこかをやられたの。ミスター・アーリーの店の外の陽だまりに座っていて、キャンディをあげればスプーンの上でなにか芸をして、歌ってくれるのよ。母親が面倒を見ていて、本人は政府小切手を受け取っていたわ。ときどき人の荷物を運ぶのを手伝って、いつもお礼にキャンディをもらっていた。

でもホイト・ピケンズは、レオンが夜徘徊《はいかい》するのが好きで、いるべきじゃない場所をうろついていたと言ったわ。北から人がきて、まだ準備ができていないところに考えを広めると、こういうことになるんだってね。レオン・シムズはミスター・アーリーの店の外に座って子どもを物色してるんだって言ったのよ。そうして異常な欲を満たすために秘密の場所に連れ込んでるって。

ホイト・ピケンズが話せば話すほど、その通りかもしれないと思う人が増えていった。きっと私はうとうとしたのね、目をあけたら真っ暗で、裏庭には誰もいなかった。列車が通る音と、森でフクロウがホーッ、ホーッと鳴く声が聞こえて、また眠りかけたとき、あたりが明るくなったの。

男の人の集団がランタンや懐中電灯を持って荷馬車のあとに続いていた。全体に静かだったけれど、ひとりきつい調子で声をあげて命令を出していて、それが父さんだった。隣に立っているのはホイト・ピケンズで、アイスクリームのスーツが暗がりに光っていたわ。みんなが荷馬車の後ろからなにかひきずりおろした。綿花を摘むのに使う麻袋だった。片側を持ちあげると、土に黒い液体が流れ出した。それはロープでぐるぐる巻きにされたレオンだった。

男の人たちはシャベルを持って、桃の木の下に深い穴を掘ると、その中にレオンをひきずりこんだ。まだ死んでいなかったはずよ。父さんのことを『旦那』と呼んで、『お願いだよ、旦那、なにか芸をするから、旦那』って言うのが聞こえたもの。それから穴にほうりこまれて、体の上にどんどん土をかけられて、懇願する声がかき消された。しばらくするともう音はしなくなったけど、私にはまだ聞こえていたわ。

朝早く目が覚めると、地面に霧がたちこめていて、悪い夢を見たのかもしれないと思って裏に出てみたの。でも掘ったばかりの土が見えたし、ベランダの隅にはウサギの唾の瓶を脚ではさんだ父さんがひっそり座っていた。目が腫れぼったく充血していて、私を見たとき、にやりと笑ったのよ。地獄からそのまま出てきたみたいに」

ミス・メアリーが桃を腐るままに放置したのはこれが理由だ、とパトリシアは気づいた。甘い果汁が顎を伝い、果肉が腹を満たしたあの記憶は、いまやレオン・シムズの血によって饐《す》えた味わいになっていた。

「ホイト・ピケンズは、ウサギの唾が茶色くなる前にいなくなったわ」ミス・メアリーはしわがれ声を出した。「父さんはコロンビアに荷馬車を持っていったけど、ホイトから買っていた相手が見つからなかった。うちのお金は全部あの樽にかかっていたのに。カーショーには必要な金額で買える人がいなかったし、それから二、三年のうちに、父さんは大部分自分で飲んでしまったわ。母さんは赤ん坊の弟を死産して、父さんは食いぶちのために蒸留所を売った。そのあと二度と働かずに、裏に座り込んでひとりであの茶色いウサギの唾を飲んでいたわ。みんなあそこになにを埋めたか知っていて、うちにこなくなったから。とうとう納屋で首をくくったときにはほっとしたものよ。何年かたってきびしい時代になったとき、レオン・シムズが土地を汚染したと言った人がいたけれど、私はずっと知っていたわ。汚染したのはホイトだってね」

長い沈黙が続いた。ミス・メアリーの瞼がぴくぴく動き、水があふれて顔を流れ落ちた。唇をなめたところを見ると、白い膜が舌を覆っている。肌は紙のように薄く、手は氷のようだ。呼吸は布を引き裂く音に似ていた。血走った両目がゆっくりと焦点を失うのをながめ、この話をしたので心がさまよっているのだとパトリシアは気づいた。重ねた手をひっこめかけたが、老婦人は指の力を強めてぐっと握ってきた。

「夜をさまよう男たちはいつでも飢えに駆り立てられている」とかすれた声を出す。「決して奪うことをやめず、足りるということを知らないのよ。ひきかえに魂を捧げてしまい、いまでは食べに食べて、とどまるすべがわからなくなっている」

パトリシアはミス・メアリーの次の言葉を待ったが、義母は動かなかった。しばらくして、冷たい指から手を引き抜き、老女が目をあけたまま眠り込むのを見守る。

黒い風が家に迫ってきた。

『テッド・バンディ――
「アメリカの模範青年」の血塗られた闇』

1993年7月

第十二章

オールドビレッジは猛暑にあえいでいた。一か月というもの雨が降っていない。太陽が芝生をあぶってぱりぱりに黄色く枯らし、歩道を白熱させ、屋根板をふやかして、通りから温まったクレオソートのようなにおいがしてくるまで電柱を熱した。昼下がりにやわらかくなったアスファルトの道路をさっと渡る子どもがちらほらいるぐらいで、ほかはみんな外に出ることをあきらめた。午前十時以降は誰も庭仕事をせず、用事は夕方六時を過ぎてからやるようにしていた。日の出から日没まで、全世界が煮えたぎる蜂蜜に浸かっているようだった。

だが、パトリシアは日が沈みかけてから用事を済まそうとはしなかった。店や銀行に行かなければならないときには、太陽に熱せられたボルボまで走っていき、エアコンをがんがんにつけた。やけどしそうな前部座席にみじめな気分で座り、焼けつくようなハンドルにさわれるようになるまで待った。容赦なく照りつける太陽の下で、ごみ箱を私道のつきあたりまでひっぱっていくのはいやだ、とブルーがどんなに不満を並べても、暗くなる前に通りに出すよう主張した。

日が暮れてからは家に閉じこもっていた。外泊のためコーレイかブルーを迎えにきてもらったときには、車に乗ってドアをしめ、無事ピアレイトクルーズを出ていくまで、玄関ポーチで見送った。セントラルエアコンがついに壊れて、もっと早く呼ぶべきでしたね、部品が手に入るまで二週間かかりますよ、とエアコン修理業者に言われたときさえ、寝る前に全部の窓とドアに鍵をかけるべきだと言い張った。いくつ扇風機をまわしていても、毎晩全員のシーツが汗でびしょぬれになり、パトリシアは毎朝全員のベッドからシーツをはぎとって新しく敷き直した。乾燥機は休みなく動いていた。

ついに、ジェイムズ・ハリスが一家を救ってくれた。

ある晩、夕食のとき玄関の呼び鈴が鳴った。暗くなってからコーレイやブルーにドアをあけさせたくなかったので、パトリシアが応答に出た。ポーチに立っていたのはジェイムズ・ハリスだった。

「あれだけ肝を冷やしたあと、みんなどうしているか、様子を確認したかっただけなんだが」と言う。

男が屋根にあがりこんだ夜に過剰反応したせいで、もう顔を見ることもないかもしれないと思っていた。家に侵入しようとした人物より危険だといわんばかりにどなりつけてしまったのだから。理由もなく人の行動を悪くとったことを恥ずかしいと思っていたので、なにもなかったようにポーチにいるのを見て、心の底からほっとした。

「家にいなかったことを僕はまだ悔やんでいて」パトリシアがダイニングに案内すると、カーターはそう言い、食卓から立ちあがってジェイムズと握手した。「あのときにきてくださって本当に助かった。まさに時の人だったと子どもたちは言っていますよ。いつでもうちに寄ってください」

ジェイムズ・ハリスはこの台詞を額面通りに受け取った。パトリシアはまもなく、コーレイが最後のロールパンを食べていたり、ブルーがこの暑さじゃズッキーニなんか食べきれないと不平を言っていたりするとき、ノックの音を耳にするようになった。夜な夜なジェイムズ・ハリスは玄関ポーチに現れ、その月の読書会の本について意見を交わしたり、エアコン修理の最新情報はどうか、ミス・メアリーはどうしているかと訊いてきたり、スリックやリーランドと教会に行ったことを伝えてきたりした。そのあとでパトリシアがアイスクリームを食べないかと中へ誘うのだ。

「デザートがいつテーブルに出るか、どうして正確に知ってるんだ?」ジェイムズの四度目の訪問のあと、カーターは片足でとびあがって汗まみれの靴下をはがしながら、寝室で愚痴をこぼした。「まるでうちの冷凍庫のドアがあく音を通りの向こうから聞きつけてるみたいだぞ」

しかし、パトリシアはジェイムズが家にくるのが好きだった。カーターが暗くなる前に帰ってくるという約束をかろうじて守ったのは二日だけで、また遅くまで職場に残るようになったからだ。たいていの夜は一緒に食べる相手が子どもたちだけだったし、コーレイは月末に二週間のサッカー合宿へ行く予定で、どうやらそれまでに友人全員と夜を過ごさなければならないらしく、ほとんどの晩は夕食の席に自分とブルーしかいなかった。

ジェイムズ・ハリスが五回目に寄った夜あたりから、帰ったあとで窓をあけるようになった。それから二階の窓を一晩あけっぱなしにして、次に一階の窓を、そしてほどなく、網戸に掛け金だけかけておくようになった。開放された窓辺で扇風機がまわり、夜も昼も家は静かに振動していた。

ジェイムズ・ハリスが立ち寄るのをうれしく思っていたもうひとつの理由は、もうブルーとどう会話したらいいかわからなかったからだ。ブルーが話したがるのはナチスのことだけだった。大人用の図書館カードを作るのを手伝ってやったので、いまでは写真がたくさん載った第二次世界大戦関連のタイムライフブックスを借りてきていた。パトリシアは息子の古いスパイラルノートが鉤十字だのナチス親衛隊の稲妻だの、ドイツ軍装甲車だの髑髏《どくろ》だので埋めつくされているのを発見した。夏のオアシスのプログラムのことや、クリークサイドのプールに行くことを話そうとすると、必ずナチスの話で対抗してくるのだ。

ジェイムズ・ハリスはナチスにくわしかった。

「知ってるか」とブルーに言った。「アメリカの宇宙計画全体を築いたのは、ヴェルナー・フォン・ブラウンと大勢のナチス党員だ。ロケットの作り方を知っていたおかげで、亡命者としてアメリカに保護されたんだよ」

または——

「俺たちはヒトラーを負かしたと思いたがるが、本当に形勢を一変させたのはロシア人だった」

あるいは——

「ナチスが英国の金を偽造して、経済を不安定にさせようとしたのを知っていたか？」

ブルーが大人との会話で引けをとらないのを見るのは楽しかった。もっとも、第三帝国以外のことを話してくれたらいいのに、とは思ったが。とはいえ、持っていないものに愚痴をこぼすのではなくて、持っているものに感謝しなさい、と母に言われていたので、このふたりにカーターとコーレイが残した空虚な場所を埋めてもらった。

ひらいた窓から温かい潮風が家を吹き抜け、アイスクリームを食べながらダイニングに座って、ブルーとジェイムズ・ハリスが第二次世界大戦について語り合っている。そんな夕べは、パトリシアが心から幸せだと感じた最後の機会だった。のちにさまざまなことが起きて、人生で大切なものがすべて傷つけられても、こうした晩の記憶が淡くやさしい輝きで心を包んでくれ、おかげで眠りにつけたこともしばしばだった。

三週間近くたってから、パトリシアは自分が本気でグレイスの誕生日パーティーを楽しみにしていることに気づいた。たとえ同じブロックの少し先にすぎないとしても、とうとう夜に外出できるぐらい自信がついたのだ。カーターも早く家に帰ると約束してくれたので、ようやく正常な状態に戻れるという気がした。

パトリシアとカーターが玄関から出た瞬間、ミセス・グリーンは靴を脱いで靴下をはぎとり、ハンドバッグの中につっこんだ。なにを履くにも暑すぎる。今晩ブルーとコーレイは外泊で、裸足でいようがいまいが気にする人は誰も家にいなかった。

足の裏でカーペットが熱かった。家のドアも窓も全部あけっぱなしだったが、裏庭から少しずつ入ってくるそよ風はべたついていて、沼地の悪臭がした。

「今晩はなにか食べる気がしますかね、ミス・メアリー？」と問いかける。

ミス・メアリーはひとりでうれしそうにハミングしていた。今週はずっと古い写真のアルバムに目を通していた、とミセス・キャンベルは言っていた。これほど体重が減っていなかったら、ほぼ元通りに見えそうなぐらいだ。

「あれを見つけたのよ」ミス・メアリーはにっこりして言った。ゆで卵のような目をぐるりと上にまわしてこちらを向く。「見たい？」

膝の上に古いスナップ写真が伏せて置いてあった。ミス・メアリーはふるえる指で裏面をなでた。

「誰の写真なんです？」ミセス・グリーンは訊き、手をのばした。

ミス・メアリーは手のひらで写真を隠した。

「まずパトリシアよ」と言う。

「髪をとかしてほしいですか？」ミセス・グリーンはたずねた。

ミス・メアリーは話題の転換に混乱したらしく、その質問を吟味してから、一回ぐいっと顎を下に引いた。

ミセス・グリーンは木製のヘアブラシを見つけ、ミス・メアリーの椅子の後ろに立った。白いもののまじったまばらな髪をとかしているあいだ、老婦人はテレビを見ながら写真をなで、あたりには勢いよく回転する扇風機の音が響いていた。

グレイスのパーティーは、少女のころのパトリシアがこうでなくてはと思い描いたそのままだった。アーサー・リバーズがジャケットを脱いでピアノの前に座り、大学の応援歌のメドレーを弾くと、みんな大学によってブーイングするか喝采を送るか、曲に合わせて歌をがなるかした。リバーズはバーボンを運ばれているかぎりピアノをやめなかった。

パーティーはリビングからダイニングへと広がり、そこでテーブルを囲んでくるくるまわっていた。テーブルの上には小型のハムビスケット、チーズストロー、ピメントチーズのサンドイッチ、明日の朝手つかずで捨てられるだろう生野菜《クリュディテ》のサラダなどの皿があふれかえっている。それから人々はキッチンを通り抜け、港の全景を見渡せるサンルームにつめかけた。部屋の端に白いテーブルクロスのかかったカウンターがあり、その前がいちばん混雑していた。白いジャケットを着た黒人の男性がふたり、カウンターの奥でひたすらドリンクを作っている。

オールドビレッジじゅうの医師と弁護士と港の水先案内人がサッカー地のスーツとボウタイ姿で現れ、グラスを持って大声でしゃべっていた。今シーズンのケン・ハットフィールド（アメリカンフットボールの有名なコーチ）はいったいどうしたのか、数年前にハリケーンのせいでつぶれたシェム川《クリーク》沿いの企業がはたして再開することはあるのか、いつアイルオブパームズコネクターブリッジが完成するのか、あのいまいましいサワコメネズミどもはどこからくるのか。妻たちは白ワインのグラスを手に、デザインが衝突しあうさまざまなプリント柄——動物柄に花柄、幾何学柄に抽象柄——の服を着込み、子どもたちの夏のプランやキッチンのリフォーム計画、それにパトリシアの耳のことを話し合っていた。あの事件以来はじめて社交的な催しに参加したので、みんなにじろじろ見られている気がした。

「真ん前に立って両耳がいっぺんに見えないかぎり、わからないから」キティがうけあった。

「そんなに目立つ？」パトリシアはたずね、手をのばして傷痕の上に髪をなでつけた。

「顔がちょっとななめに見えるだけ」キティは言ってから、ふたりを肩で押しのけて人混みを通りすぎたロレッタ・ジョーンズの肘をつかまえた。「ロレッタ、パトリシアを見て、なにか気がついたら教えてよ」

「ええと、あの男の人のおばあさんに耳を食いちぎられたんでしょ」ロレッタは片側に頭をかたむけて答えた。「どういうこと？　ほかにもなにかあったの？」

パトリシアはそっと逃げ出したかったが、キティに手首をつかまれた。

「大おばさんだよ」とキティ。「ちょっとかじられただけだし」

ロレッタは首をかしげて言った。「いい形成外科医にかかりたい？　よかったら名前を教えるけど。バランスが悪く見えるわよ。ああ、サディー・フンチェがいた。それじゃ」

「ロレッタは前から愛想がなかったから」その姿が人混みに消えると、キティは言った。


家族コーナーのドアの前に立つ大きなボックス扇風機は、熱気を吸い込んでガレージルームに涼しい風を吹き出すはずだったが、せいぜいよどんだ空気をかきまぜる程度だった。耐えきれないほど熱い。ラグタグはミス・メアリーのベッドの下でぐたっと横になってあえいでいた。

ミス・メアリーに水浴びさせるべきかもしれない、とミセス・グリーンは思った。水に触れればふたりとも気持ちいいだろう。身を起こしかけたとき、生き物の視線を感じた。家族コーナーのドアをふりかえると、扇風機の隣に濡れた巨大な黒いネズミがじっと座ってこちらを見つめていた。まだらに禿《は》げた背中の上で空気が病的にゆらめいている。体の奥が冷たくなった気がした。いままで山ほどネズミを見てきたが、これほど大きな個体にはお目にかかったことがない。ましてこいつは、この家の持ち主だといわんばかりに落ち着き払って座り込んでいるのだ。

「しっ！」と声をかけ、ネズミのいるほうへ手をふって足を踏み鳴らす。ラグタグがひどく重いものを持ちあげるように頭をもたげ、その〝しっ〟はぼくに言ってるんですか、といぶかるまなざしを投げてきた。

「行け、ラグタグ」ミセス・グリーンは当然の味方に気づいて言った。「あのみすぼらしい古ネズミをやっつけるんだよ。かかれ！」

　ラグタグの頭がそのしぐさを追い、ネズミを認めたとたん、みじろぎもせずに喉の奥からうなり声を出しはじめた。ネズミはするすると体をのばし、さっと一段目にとびおりた。男性の靴ほどもあるのがわかる。ラグタグのうなる音が高くなったが、ネズミは気にしていないようだった。ラグタグはベッドの下から急いで這い出し、ネズミと正面から向かい合った。うなりが吠え声へと高まりかけたところで、キャンと鳴いて途切れる。もっと小さくて負けずおとらずきたならしいネズミがさらに三匹、大ネズミの両脇を抜けて階段を駆けおり、ちょこちょことカーペットを横切って向かってきたのだ。

　ラグタグはためらいもせず走っていき、一匹を顎にくわえて頭を二回ふった。一度目は首を折るため、二度目は死骸を壁に投げつけるためだ。二匹目と三匹目のネズミはミス・メアリーの病院用ベッドの下に消え失せた。

　ミセス・グリーンは素足を椅子の上にひきあげたが、こうなったら手を貸すしかないと悟った。背後のユーティリティルームに棒かモップがあるだろうし、誰もかみつかれないうちにこのネズミどもを家から追い立てなければ。

「ここにネズミが何匹かいるんですよ、ミス・メアリー」と言って立ちあがる。「でも、あたしとラグタグで追い払いますからね」

　ユーティリティルームの入口まで行ったものの、南京錠を見て足を止めた。ミセス・キャンベルが男に侵入されそうになったと思ったあの晩のあと、戸締まり用にとりつけられたものだ。誰にも鍵をもらっていない。

　バタン！

　後ろでなにかぶつかった音がしてぱっとふりむくと、ラグタグがびくっととびのいたところだった。

階段の下までボックス扇風機がひっくり返ったまますべりおちたのだ。新たなネズミが何匹か、階段の大ネズミに加わっていた。汚れてあちこち毛皮が禿げ、かさぶただらけで鼻をひくひくさせている。ボックス扇風機はカーペットから空気を吸えず、低くくぐもった音で不平をもらしていた。ネズミがもっと入口につめかける。ラグタグが吠えながら駆け寄ったが、どれも動こうとしなかった。

「かかれ、ラグタグ！」ミセス・グリーンは言った。「やっちまえ！」

どうすればいいかはわかっている。ミス・メアリーをユーティリティルームの向かいにあるせまいバスルームに閉じ込め、毛布を一枚とってきて、ラグタグと一緒にあの連中を追い返すのだ。ラグタグがいてくれればなんとかできる。

「ミス・メアリー、少しだけお手洗いに行きましょう」と言う。

かがみこんでミス・メアリーの湿った脇の下に両手をさしこみ、抱き起こしにかかった。ミス・メアリーは哀れっぽいうめき声をあげたが、そのときなにか異臭がした。ミセス・グリーンは顔をあげた。

家族コーナーを埋めつくしたネズミの群れがドアからあふれだし、階段の最上段にぶざまに転がり落ちている。三本足も四本足も、長い尻尾があるのもないのも、濡れて泥だらけで胸が悪くなりそうだ。黒い目がきらきら光り、ひげがぴくぴく動き、尻尾がくねって、ごった返す体が入口をふさいでいる。一匹も音をたてない。家族コーナーの床には黄色いリノリウムが見えなくなるほどぎっしりとネズミの絨毯《じゅうたん》が敷きつめられ、ダイニングからも裏口からも玄関ホールからもまだどんどん押し寄せてくる。互いの体に這いあがり、押し合いへし合い、ひとかたまりになってうごめくもじゃもじゃの毛皮に、家族コーナーは覆いつくされていた。

（どうやってこんなに早く入ってきたの？　これだけたくさんどこからきたの？）

なにかが脚にぶつかった。見おろすと、ラグタグがドアに向かって体をこわばらせ、耳ざわりな低い声をたてていた。めくれた唇から歯がむきだし、ひらいた口からひきつって縮んだ舌がのぞいている。ネズミの不潔なにおいが室内に流れ込み、ミセス・グリーンは恐怖に動けなくなった。まだ幼いころ、毛布の下でなにかがもぞもぞしていて目が覚めた、あの夜を憶えている。つるりとした肉質の冷たいものが脛を這っていく感覚。妹の甲高い悲鳴が長々と響き渡り、いつまでも止まらないのではないかと思った。やがて母親が走ってきてベッドカバーをめくると、毛むくじゃらのネズミが妹の臍《へそ》にとりつき、かじって穴をあけていくところだったのだ。

あの子ども時代の悪夢がすさまじい迫力でよみがえった。階段にいた巨大な黒いネズミが静止状態から黒い影となって階段をとびおり、からっぽのカーペットを横切ってミス・メアリーのもとへ駆けてくる。あまりの速さにミセス・グリーンは金切り声をあげた。

そこへラグタグが現れ、黒いネズミにぱくりとかみつき、荒々しく頭をふりまわした。なにかがポキッと折れる音が聞こえ、チューチュー鳴く声が毛深い喉の奥で押し殺される。ばかでかいネズミは床に落ち、体が痙攣《けいれん》してぐったりとなった。だが、死骸がぴくぴくしているあいだに、入口でふくれあがったネズミの波がいきなり崩れ、階段をなだれおちると、ボックス扇風機をよけてふたりと一匹へ向かってきた。

ミセス・グリーンはミス・メアリーの肘掛け椅子へ走り寄ったが、裸足の上を重たいネズミがかすめたので凍りついた。鋭い爪が皮膚をひっかき、毛のない尻尾が肌にひんやりとあたる。何匹か立ち止まって爪をズボンの脚に食い込ませ、よじのぼりはじめた。ふりおとそうと死にものぐるいで足を高くあげてはねまわる。

鋭い刃が足の指を裂いた。下に手をのばしてズボンの脚から灰色のネズミをつまみあげると、一本の指にかみつかれた。尖った歯が骨まで食い込み、吐き気が冷たい棘《とげ》となって胸にこみあげる。

ネズミの生きた絨毯に沈み込みながらラグタグが吠え、猛《たけ》り立った。一匹がその背に爪を立ててあがりこみ、さらに三匹が耳にぶらさがる。黄褐色の毛皮が血で黒ずむのが見えた。ミセス・グリーンは指から皮膚を失いながらも灰色のネズミをカーテンに投げつけた。それからミス・メアリーをふりかえる。

「ああ、あああああ！」毛むくじゃらの流れが脚を上って膝に溜まり、ミス・メアリーが絶叫した。ネズミの流れが椅子の背を越えて肩から走りおり、髪にからまる。老婦人は片腕をあげ、脚に押しつけていた写真を空中高く掲げたが、ネズミどもは袖を登り、ネグリジェのひらいた襟を伝って首に這いあがると、顔にかぶさった。

絨毯もソファも覆いつくし、カーテンによじのぼったり病院用ベッドの白いシーツを横切ったり、窓台沿いに突進したりして、室内を埋めつくす。とはいえ、バスルームのドアはまだしまっている。ふたりともあそこに入れたら身を守れるだろう。

熱い針が臍に突き刺さるのを感じて下を見ると、ネズミが一匹ウエストバンドにしがみついてシャツの下に鼻をつっこんでいた。心の中でなにかが折れた。ミス・メアリーとラグタグのいた場所にうごめくネズミの山を見やり、バスルームに向かって突っ走る。腹のネズミを片手でつかんでほうりなげた刹那、歯がめりこんで臍が裂けた音は、いつまでも忘れないだろう。

バスルームのドアに体当たりして取っ手をまわし、中に倒れ込むと、背後のネズミに対してドアをバタンと閉じた。反対側で爪ががりがりひっかいているなか、後ろにもたれかかって押さえる。ネズミの毛にまみれてくしゃみしたりえずいたりしながら、ずるずると床に座り込んだ。

便器からバシャバシャ水音がした。聞き間違いようがない。なにかが陶器をつかめずにすべりおち、トイレの水の中で暴れている音だ。ミセス・グリーンはフレキシブルホースごとシャワーヘッドをつかみ、つまみを最高温度までひねった。何ダースものネズミが下から押しはじめたちょうどそのとき、便器の閉じた蓋にあがりこむ。ドアの下の隙間をひっかいている爪に、頭を平たくして下から体をねじこもうとしているネズミどもに、シューシュー湯気をたてるシャワーヘッドを向ける。けたたましいキーキー声に鼓膜がずきずきした。

暑くてせまくるしいバスルームで便器の蓋の上にしゃがみこんでいると、湯気が室内を満たしていった。蓋の下の水がネズミで沸き返るのがわかった。しばらくたつと、もはやドア越しにミス・メアリーの金切り声は聞こえなくなった。

午後十時三十分ごろグレイスに『ハッピーバースデー』を歌ったあと、パーティーは解散しはじめた。アルハンブラホールまで散歩して、ちょっと新鮮な空気を吸ってきましょうよ、とパトリシアは提案したが、カーターが朝早く仕事を始めなければいけないと言ったので、まっすぐ家に帰った。

「なんだ、このにおいは？」玄関のドアをあけて中に入ったとき、カーターが問いかけた。

家には野生動物と尿のにおいが強烈にたちこめ、目に涙がにじんでくるほどだった。玄関ホールのテーブルに置いたマッシュルームランプをつけたままにしてきたはずなのに、あたりは暗かった。明かりのスイッチをつけると、そのマッシュルームランプが粉々になって床に転がっているのが見えた。

悪臭は家族コーナーでいっそう強くなった。床に茶色い粒と尿の水たまりが点々と散っている。ソファはぼろぼろになり、カーテンはずたずたに裂けてたれさがっていた。最初に浮かんだのは、ごろつきが押し入ったのだという考えだった。カーターとふたりで足早にガレージルームへ向かい、入口で急停止する。

巨人が部屋を持ちあげて激しくゆさぶったらしい──椅子がひっくり返り、テーブルが横倒しになり、カーペットに点在するネズミの死骸のあいだに薬の瓶が散らばっている。そして、この惨憺たる光景のただなかで、ミセス・グリーンが床に膝をつき、血まみれで服がびりびりに引き裂かれたミス・メアリーの上にかがみこんでいた。老女の唇から頭をあげ、胸を強く押して、心肺蘇生法の圧迫を完璧に実行している。そこでふたりに気がつき、ぞっとするようなかすれた声で言った。「救急車がくるところです」

第十三章

ミス・メアリーの指の三本は骨がむきだしになっていた。唇を復元するには再建手術が必要になるだろう。鼻に関してはよくわからない。左目は救えるかもしれない。

「うん、うん」カーターはせわしなくうなずきながら言った。「だが、母さんは治るんだな？」

「容態を安定させたあとでいくつか手術がいりますね」医師は言った。「しかしあの年齢では、はたしてそれが賢明かどうかも考慮されたほうがいいかもしれません。そのあと広範囲にわたるリハビリと理学療法をおこなえば、通常の生活に戻れるはずです、限定的な形で」

「よかったよかった」カーターはなおもうなずいていた。「よかった」

医師は立ち去り、パトリシアはカーターの手をとって、ふたたび現実に引き戻そうとした。

「カーター」と呼びかける。「座って休みたい？」

「僕は大丈夫だ」カーターは言い、手を引き離して顔をさすった。「きみも少し休まないと。長い夜だった」

「カーター」とパトリシア。

「僕は平気だよ」と返ってくる。「実はオフィスに行って、仕事の遅れを少し取り戻そうと思っているんだ。手術室から出てくるとき母さんに会うよ」

パトリシアはあきらめ、夜が明ける二時間ほど前に車で帰宅した。私道に乗り入れると、ヘッドライトが庭をさっと照らし、影がうごめいてちりぢりに暗い茂みの奥へひっこんでいった——何百という数のネズミ。パトリシアはライトを明るくつけたまましばらく車の中に座っていたが、やがて外に出て玄関へ走っていった。

死んだネズミが家族コーナーに散らばっている。ガレージルームにはもっとたくさんいた。どうしたらいいかわからない。埋める？　ごみ箱に入れる？　動物管理員を呼ぶ？　夕食に現れた人数が多すぎたり、誰かがパーティーに早く到着したりという場合の対応なら心得ているが、義母がネズミに襲われたときにはどうする？　対処する方法を誰が教えてくれるだろう？

パトリシアはガレージルームから始めることにした。カーペットの中央にラグタグの死骸がだらりとのびているのが目に入り、心臓がぎゅっと縮こまった。（かわいそうな犬）と思いながら、拾いあげようと身をかがめる。

ラグタグの片目がひらき、尻尾が弱々しくカーペットを叩いた。

パトリシアはその体を古いビーチタオルでくるみ、時速二十六マイルで獣医の診療所へ運転していった。入口の鍵をあけようと獣医がやってきたときには、そこで待ち構えていた。

「生きのびるよ」ドクター・グラウスは言った。「しかし安くはすまないだろうな」

「いくらかかっても」パトリシアは伝えた。「いい犬なんです。いい子ね、ラグタグ」

なでてやろうにも切り傷のない場所が見つからなかったので、結局、帰り道ではずっと、ラグタグについてなるべくいいことを考えるようにした。車から出たとき、家の中で電話が鳴っているのが聞こえた。キッチンで受話器をとりあげる。

「母さんが死んだ」カーターがひとことひとこと強くかみしめて言った。

「カーター、本当に残念よ。わたしはどうしたらいい？」

「わからないよ、パティ」とカーター。「普通はどうするんだ？　父さんが死んだとき、僕は十だった」

「スチュア葬儀社に電話するわ」と申し出る。「ミセス・グリーンはどうしてるの？」

「誰だって？」カーターは訊き返した。

「ミセス・グリーンよ」夫の母親の命を救おうとした女性について、あまりうまく説明できる自信がなく、そう繰り返す。

「ああ」とカーター。「傷を縫ってもらって、狂犬病の暴露後ワクチンを接種しなければならなかったが、家に帰ったよ」

「カーター」パトリシアはもう一度言った。「本当に残念よ」

「そうだな」相手は茫然と言った。「きみもか」

電話が切れた。パトリシアは次になにが起こるかわからず、キッチンに立ちつくした。誰に電話する？　どこから始める？　くじけそうになって、グレイスの番号をダイヤルする。

「なんて異常な事態かしら」なにがあったか説明すると、グレイスは言った。「無神経に聞こえるかもしれないけれど、とにかく始めないといけないわね」

引き受けてもらえることになり、パトリシアは心底ほっとした。グレイスはメアリエレンに電話し、スチュア葬儀社に病院からミス・メアリーの遺体をひきとってもらう手配を頼んでくれた。それから子どもたちへの対応を指示してきた。

「コーレイは二、三日サッカー合宿に遅れるしかないでしょうね」と言う。「私がデルタ航空に電話してチケットを変更するわ。ブルーのほうは友だちの家に預かってもらわないといけないわね。こんな家を見せたくないでしょう」

グレイスとメアリエレンが、いまやノミだらけでネズミ臭がぷんぷんしている家の清掃を頼む先を探してくれたが、請け負ってくれるところが見つからなかった。

「プロが聞いてあきれるわね」とグレイス。「キティとスリックに連絡したから、あしたみんなで行くつもりよ。数日かかるでしょうけれど、必ずきちんと終わらせてみせるわ」

「そこまでしてもらうわけには」とパトリシア。

「ばかばかしい」とグレイス。「いまいちばん重要なのは、その家が安全な状態になるまで掃除することでしょう。家具やカーテンやカーペットや、交換する必要のある品物全部のリストを作るわ。それにもちろん、私たちが作業を済ませるまで、あなたはカーターや子どもたちとビーチハウスに行ってらっしゃいな」

一方で、メアリエレンは通夜の準備をし、ミス・メアリーの埋葬保険について手助けしてくれたうえ、チャールストンの新聞と《カーショー・ニュースエラ》に死亡記事を載せてくれた。唯一力が及ばなかったのは、蓋のひらいた柩《ひつぎ》を使っても大丈夫だと約束することだった。

「本当にごめんね」ジョニー・スチュアの事務所で座っていたメアリエレンは、パトリシアにそう言った。「うちで死化粧をしてるのはケニーなんだけど、作業ができるほど顔が残ってなさそうだって」

ミス・メアリーの葬儀は州北部の習慣に従っていた——冗談も笑い声もなく、聖書の言葉はすべて欽定訳聖書からの引用だ。教会の前に置かれた柩には花が添えられておらず、蓋はしっかりとねじで留めてある。ミス・メアリーのお気に入りだったとカーターが言っていた讃美歌『思い悩み苦しむ者よ』を見つけるのに、讃美歌集を三冊遡《さかのぼ》って探すはめになった。

マウントプレザント長老派教会の硬い信者席につめこまれたカーターは、みじめに肩をまるめてパトリシアの隣に座っていた。手をとってぎゅっと握ってやると、力なく握り返してくる。あなたは世界でいちばん頭がよくて特別な男の子よ、と何年も母親から言われ、その言葉を信じてきたのだ。こんなふうに自分の家で死なせたうえ、それが世間に説明できないような死に方だったというのは、カーターがついぞ経験したことがなかったような失敗だった。

　コーレイは予想よりこたえたらしく、葬儀のあいだじゅう涙が頬を流れ落ちていた。ブルーは柩を見ようと立ちあがってばかりいたが、少なくとも読むために持ってきたのは『遥かなる橋』[*23]で、鉤十字が表紙に描かれた本ではなかった。

　墓地の脇での葬礼が済むと、グレイスが家を開放して、山のようなキッシュやハムビスケット、キティのキャセロールにスリックのフルーツサラダ《アンブロシア》、そしてみんなが持ち寄った冷製肉《コールドカット》の大皿などをダイニングのテーブルにずらりと並べてくれた。葬儀のときにやるものではないのでバーはなかったし、子どもたちはアルハンブラへ遊びに行かせた。前庭でばか騒ぎをさせておくのは、見た目がよろしくなかったからだ。

　昔の知り合いがつぎつぎとカーターを自分の子どもたちと引き合わせ、カーターに関する話をして笑顔にさせている。見ているうちに夫は元気を取り戻し、注目の的になるという当然の役割を引き受けた。結局のところ、カーターは懸命に努力してチャールストンで著名な医者になった田舎町の少年だ――それが本来の姿なのだ。自宅のガレージルームで、しかも話を聞いた人がぎょっとするような死に方で母親を喪《うしな》った幼い少年ではなかった。

　月曜の朝、車で空港へ送っていったとき、赤と白と青のばかでかいダッフルバッグを脚にぶつけながら車からとびだす前に、コーレイが一瞬強くすがりついてきたので、パトリシアはほろりとした。そのあとビーチハウスに運転していき、荷物をつめてから、家族と車でピアレイトクルーズへ戻った。家には漂白剤のにおいが漂っており、がらんとした一階に硬い音が響いた。布張りやつめものをした家具はすべて処分して取り換えなければならなかった。それでも、家に帰ってきたのだ。ようやくエアコンが稼働してもいた。

いまやずっと恐れていたことをしなければ――ミセス・グリーンの様子を確認しなくてはならない。ひどい怪我で葬儀にも参列してもらえなかったし、もっと早く見に行かなかったことがうしろめたかった。

問題は、一緒に行ってくれる人を見つけることだ。

「私は絶対に行けないわね」グレイスは言った。「お葬式の会食のあとを片付けなければならないし、ベンをコロンビアでの会議に送っていくことになっていて。これ以上は無理よ」

次はスリックに頼んでみた。

「私たちみんな、ミセス・グリーンは大好きよね」スリックは言った。「すごくお料理が上手だし、信仰心もあついけれど、でもね、パトリシア、今回のリーランドの新しい取引でどんなにあわただしくなってるか、きっと信じられないわよ。そのこと話したかしら？　グレイシャス・ケイの話？　あの人ったら、投資家や経理の人たちとさんざん話して、もうとんでもない状況なの。もう言ったかしら……」

とうとうキティにあたってみた。

「いまやたら忙しくて……」キティは言いはじめた。

「長くはならないから」パトリシアは告げた。

「来週パリッシュの誕生日で」とキティ。「ずっと動きまわってて、もうくたくた」

パトリシアは罪悪感を刺激してみた。

「アン・サヴェージのことがあって、今度はミス・メアリーでしょう。あんなに遠くまでひとりで運転していくのが落ち着かないの」

罪悪感が効いたらしい。翌日パトリシアは、ピーカンパイを膝にかかえたキティを助手席に乗せ、ライフルレンジ通り《ロード》をシックスマイルに向かって進んでいた。

「この辺にすごくいい人たちも住んでるんだろうけど」とキティ。「でも、スーパープレデターって聞いたことがない？　夜に超のろのろ運転して、ヘッドライトをぴかっと光らせて、もし光を返すと、家までつけてきて頭を撃つんだって」

「マージョリー・フレットウェルがこのあたりに住んでたんじゃなかった？」パトリシアはたずねた。

「マージョリー・フレットウェルはね、いつかアメリカマムシをどうしていいかわからなかったから、掃除機で吸い込んで、そのあと掃除機ごと捨てるしかなかったんだよ」とキティ。「あたしにマージョリー・フレットウェルの話はしないで」

ライフルレンジロードから、シックスマイルを取り巻く森の中へ引き返していく州道に入った。家々が小さくなり、庭が大きくなる――枯れた雑草と黄色くなったメヒシバがぼうぼうに生えた広い野原に囲まれて、軽量コンクリートブロックに据えつけたトレーラーハウスや、正面にゆがんだ郵便受けを立てたちっぽけな煉瓦の小屋があった。前庭にはタイヤが少なすぎる車がぎゅうぎゅうにつめこまれ、電線がたれさがっている。

私道におとらずせまい道路がいくつか州道から分かれ、金網のフェンスを通りすぎて、オークの低木とパルメットヤシの林に消えていった。そのうち一本の手前に、グリルフレイム通り《ロード》を示す緑と白の反射材の道路標識が見えたので、道をまがる。

「せめてドアをロックしなよ」キティに言われたので、ドアロックのボタンを押すと、ガチャッと心強い音がした。

パトリシアはゆっくりと運転した。道路はでこぼこだらけで、アスファルトのへりが砂地に崩れ落ちていた。家々はおかしな向きで道のまわりに集まっている。多くはハリケーン・ヒューゴが通過したさいに倒壊したのだが、建て直した渡りの建築業者が仕事を終えずに出ていってしまったのだ。窓枠にガラスではなく厚いビニールが留めてある家もあったし、枠だけの不完全な部屋が風雨にさらされている家もあった。

造園されている庭はひとつもない。木という木に蔓草《つるくさ》がびっしりと巻きついている。短パンだけでシャツを着ていないやせこけた黒人の男が、トレーラーハウスの正面の段に腰をおろし、プラスチックの一ガロン瓶から水を飲んでいた。おむつ姿の幼児が何人か、スプリンクラーの撒く水の中を走り抜けるのをやめ、金網フェンスに体を押しつけてふたりが通りすぎるのをながめている。

「十六番地を探して」パトリシアはでこぼこした道に集中しながら言った。

枝で屋根をこすりながら低いオークの木の下を進むと、ひらけた広い砂地に出た。道路は小さな教会の周囲をぐるりとまわっていた。靴箱の形をした教会は、未塗装の軽量コンクリートブロックで建てられている。外の正面にある表札がマウントザイオンア《A》フリカンメ《M》ソジスト監《E》督教会だと示していた。こぎれいな白と青の小さい家々がそのまわりを囲んでいる。道の向こう側にはバスケットコートがあり、林との境になっている木蔭で少年たちが走りまわっていたが、家並みの正面になるここには陽射しを避ける場所がない。

「十六」キティが言ったとき、黒い雨戸と、プレス加工した錫《すず》製の白いポーチの柱がある清潔な白い家が目に入った。玄関のドアにはプラスチックのヒイラギのリースが飾られ、輪の中にサンタの顔がある。厚紙を切り抜いて作った顔は日に焼けて色あせていた。パトリシアは私道の端に車をとめた。

「あたしは車の中で待ってるよ」とキティ。

「エアコンが使えないようにキーを持っていくわ」とパトリシア。

キティは少々勇気を奮い起こしてから立ちあがり、あとに続いて外に出てきた。たちまち陽射しがじりじりとパトリシアの頭頂部を照りつけ、ボルボにはねかえった光で目がくらんだ。

一本向こうの砂地の私道で、小さな女の子が三人、意味のわからない歌に合わせて縄跳びをしている。パトリシアはしばらく立ったままその歌詞を聞いていた。

ばあパパ、ばあパパ
森の中
小さな坊やをつかまえた
だってすごく美味いから
ばあパパ、ばあパパ
シーツの中
血をすっかり吸いつくす
だってすごくあまいから

あんな歌をどこで覚えたのだろう。車のボンネットをまわってミセス・グリーンの家に向かうと、キティも隣についてきた。背後に動きを感じたのはそのときだった。ふりかえると、人の一団がバスケットコートから足早に近づいてきている。パトリシアもキティも動けずにいるうち、前にも後ろにもずらりと少年たちが並んだ。ボンネットによりかかったり、だらりとした姿勢をとったり、四方からふたりを囲い込んでいる。

「ここでなにしてる?」ひとりがたずねた。

不揃いな青いストライプで覆われた白いTシャツは、髪は片側に何本か直線の剃り込みを入れた大きなくさび形にカットされている。

「言うことはねえのかよ?」少年は続けた。「訊いてるんだよ。ここで、いったいなにしてやがるってな。てめえら、ここらのやつじゃねえだろ。誰かに呼ばれたわけでもなさそうだしな。で、なんだって、ああ？」

周囲の少年たちに大げさに合図すると、みんな顔つきをけわしくし、足を踏み出してキティとパトリシアにじりじりと迫ってきた。

「お願い」とキティ。「すぐ出てくから」
二、三人がにやりと笑い、パトリシアはちらりと怒りを感じた。どうしてキティはこんなに臆病なのだろう？
「遅すぎたな」くさび頭が言った。

「あたしたち、友だちを訪ねてきたんだよ」パトリシアは言い、ハンドバッグをぎゅっと握りしめた。

「ここにてめえの友だちなんかいるかよ、くそばばあ《ビッチ》！」少年は激昂し、ずいと顔を寄せてきた。おびえて蒼ざめた自分の顔がサングラスにふたつ映っているのが目に入った。見るからに弱そうだ。キティの言う通りだった。こんなところまでくるべきではなかった。とんでもない間違いをしてしまった。パトリシアは肩をすくめて首を縮め、刺されるか突き飛ばされるか、なんだかわからないが次にくるものを待ち受けた。

「エドウィン・マイルズ！」鋭い女の声がうだるような空気をつらぬいた。

誰もがふりむいたが、くさび頭だけは、口ひげのまばらな毛を数えられるほど間近に顔を突きつけたままだった。

「エドウィン・マイルズ」声はふたたび呼ばわった。今回は少年もふりかえった。「なにを遊んでるんだい？」

向き直ると、ミセス・グリーンが自宅の玄関に立っていた。赤いTシャツにブルージーンズという恰好で、両腕は白いガーゼに包まれている。

「このばばあども、誰だよ？」少年――エドウィン・マイルズがミセス・グリーンに呼びかけた。

「そんな言葉をあたしに使うんじゃないよ」とミセス・グリーン。「日曜にあんたのお母さんと話すからね」

「お袋が気にするもんか」エドウィン・マイルズはどなり返した。

「話したあとで気にしないかどうか見てみな」ミセス・グリーンは言いながら歩み寄ってきた。

少年たちはその怒りに直面し、勢いを失ってひきさがった。最後まで立っていたのは、エドウィン・マイルズだった。

「わかったわかった」と言ってあとずさる。「あんたの客だって知らなかったんだよ、ミセスG。おれたちのことはわかってるだろ、人の出入りを見張ってるんだ」

「あたしがあんたたちを見張ってやるよ」ミセス・グリーンはぴしゃりと返した。一同のところまでくると、ふいにパトリシアとキティにほほえみかける。「家の中のほうが涼しいですよ」

そのままふりむきもせずに家まで歩いていく。パトリシアとキティはあわててあとに続いた。背後でエドウィン・マイルズは友人と歩み去っていったらしく、声が遠ざかった。

「あんたんとこにいるんならほっとくって、ミセスG」と呼びかけてくる。「問題ないさ。あんたの知り合いだって知らなかっただけだよ」

少年たちがそばを通りすぎたとき、小さな女の子たちがまた縄跳びを始めた。

ばあパパ、ばあパパ
いち、にの、さん
窓からそっとしのびこみ
ちゅうちゅう吸ってくる

家の中に入ると、ミセス・グリーンはドアをしめた。目が涼しい暗がりに慣れるのには少しかかった。

「本当にありがとうございます、ミセス・グリーン」キティが言った。「死ぬかと思った。どうやってパトリシアの車まで行ったらいいでしょう？　誰か呼ぶ必要でも？」

「たとえば誰を？」ミセス・グリーンがたずねた。

「警察とか？」キティが言ってみる。

「警察？」とミセス・グリーン。「警察がなにをするんです？　ジェシー！」と大声をあげた。まじめな顔をしたやせっぽちの幼い少年が廊下のドアのところに現れた。「お客さんにお茶を持ってきて」

「あら」うっかり忘れかけていたパトリシアは言った。「お持ちしたものがあるんです」ピーカンパイをさしだす。

「ジェシー、これを冷蔵庫に入れて」ミセス・グリーンが声をかけた。

パイを渡すと少年はまた廊下の奥へ姿を消し、ミセス・グリーンはソファを示した。これだけ近くにいると、指の節が縫い痕だらけなのが見えた。

ミセス・グリーンは足をひきずりつつ、座った跡が残っているレイジーボーイのリクライニングチェアまでぎくしゃくと歩いていった。薄暗い室内にようやく目が慣れたパトリシアは、そこがクリスマスの品々でいっぱいであることに気づいた。クリスマスツリー用の赤と緑と黄色のライトが天井にはりめぐらされている。片隅を占領しているのは大きな人工の木だ。ランプはすべて特大のくるみ割り人形か陶製のクリスマスツリーで、どのランプシェードも笑顔のサンタか雪だるまを見せびらかしている。脇の壁には、赤ん坊のイエスを抱いたサンタクロースのクロスステッチが額に収まって飾られていた。

パトリシアはミセス・グリーンにいちばん近いソファの端に腰かけた。薄暗い部屋の中で、ミセス・グリーンの腕の真っ白な滅菌包帯が光っている。

「あの子たちを許してやってくださいな」ミセス・グリーンは椅子に腰をおろして言った。「このあたりじゃ、みんなよそ者に気が立ってるんですよ」

「スーパープレデターのせいで」キティが言い、こわごわソファの反対の端に座った。

「違いますよ、奥さん」とミセス・グリーン。「子どもたちのせいです」

「あの子たち、薬をやってるんですか？」キティがたずねた。

「あたしの知ってるかぎり、この辺じゃ誰も薬はやってませんよ」とミセス・グリーン。「熟成蒸留《ブラウン》酒《リカー》やウサギタバコ少々を数に入れれば別ですけどね」

ここは話題を変えるべきだ、とパトリシアは感じた。

「お加減はどうですか？」と訊く。

「錠剤をもらいましたけど」とミセス・グリーン。「のんだあとの感じが好きじゃないんでね、解熱《タイ》鎮痛剤《レノール》一点張りですよ」

「あのときいてくださって本当にありがとうございました。もちろんわたし――ドクター・キャンベルも――わかってます、あれ以上のことは誰にもできなかったって」パトリシアは言った。「そもそも、窓をあけっぱなしにしていったことに責任を感じてるんです。だから、これをお渡ししたくて」

半分にたたんだ小切手をリクライニングチェアの肘掛けに置く。ミセス・グリーンは小切手をとりあげてひらいた。パトリシアはその金額に満足していた。カーターが書きたがった額の二倍近かったからだ。相手の表情が変わらなかったので、がっかりした。期待した反応を示すかわり、ミセス・グリーンは小切手をたたみなおして胸ポケットに押し込んだ。

「ミセス・キャンベル」と言う。「あたしがほしいのは施《ほどこ》しじゃありません。必要なのは仕事なんです」

パトリシアは瞬時に状況を悟った。体を使う作業ができない以上、ほかの顧客を失ってしまったに違いない。ふいに小切手の金額は情けないほど少なく感じられた。

「でも、まだうちで働いてくださるでしょう」パトリシアは言った。「もっと体調がよくなりしだい」

「あと一週間はたいしたことができませんよ」とミセス・グリーン。

「その分を小切手でまかなっていただくつもりでした」すぐに計画できたことを喜びつつ、パトリシアは言った。「でも、それから先は家を元通りにするのに手をお借りしたいわ。たぶん夕食の用意にも」

ミセス・グリーンは一度うなずいて目を閉じ、リクライニングチェアに頭をもたせかけた。

「信じる者は救われる」と言う。

「本当に」とパトリシア。

クリスマスツリー用のライトに照らされて、三人は無言で座っていた。光が壁に反射し、音もなく色を変える。やがて、ジェシーがゆっくり歩きながらリビングに入ってきた。ナ《N》ショナルフ《F》ットボール《L》リーグのプレス加工した錫製トレイを前に持ち、アイスティーのグラスをふたつ載せている。部屋を横切ってトレイをコーヒーテーブルにおろしたとき、氷がグラスにぶつかってカランと鳴った。

「向こうに行ってなさい」ミセス・グリーンが言い、少年は母親を見た。

ミセス・グリーンはにっこりした。少年は笑い返して部屋を出ていった。

パトリシアとキティがアイスティーを飲むのをミセス・グリーンは見守った。ふたたび口をひらいたとき、その声は低かった。

「そのお金を早く稼がないと。夏のあいだ、うちの息子たちをアイアモの妹のところへ預けるつもりなんです」

「休暇で?」パトリシアはたずねた。

「生きていてもらうために」ミセス・グリーンは答えた。「あそこでナンシーの女の子たちが外で歌ってるのを聞いたでしょう。森の中にここらの赤ん坊をさらっていくものがいるんですよ」

第十四章

「本当にそろそろ行かなきゃ」キティが言ってアイスティーをコーヒーテーブルに戻した。

「ちょっと待って」とパトリシア。「子どもたちになにがあったんです？」

キティはソファの上で体をひねり、カーテンを少しあけた。強い陽射しがリビングに細く入ってくる。

「あの男の子、まだ車のまわりをうろついてるよ」カーテンを離してパトリシアに知らせる。

「別に心配してもらうようなことじゃありませんよ」ミセス・グリーンが言った。「うちの子たちがここにいないほうが、あたしはずっと安心できるってだけです」

耳に食いつかれてから二か月というもの、パトリシアはずっと不安で自分が役に立たないと感じていた。六年間暮らしてきたオールドビレッジはいつでも安全な場所だった。子どもたちは前庭に自転車を置きっぱなしだし、玄関のドアに鍵をかける人はごく少数で、誰も裏口に鍵をかけたりしない。いままでは安全だという気がしなかった。謎が解けたらなにもかも元通りになるような説明がほしい。

小切手は判断として不適切だったし、金額もとうてい足りなかった。力になろうと思ってここまできたのに、あの少年たちともめてしまい、かえってミセス・グリーンに助けてもらうはめになった。だが、もし子どもたちになにか困ったことが起きているのなら、なにかしてあげられるかもしれない。

それは具体的な問題だ。うまくいくに違いないという気がした。

「ミセス・グリーン」と声をかける。「ジェシーとアーロンがどうしたのか教えてください。お手伝いしたいんです」

「あのふたりはどうもしませんよ」ミセス・グリーンは小声で話せるようにリクライニングチェアのへりまで体を寄せ、なるべくこちらに近づいた。「でも、リードんちの男の子とか、ほかの子たちに起きたことがあの子たちに起こってほしくないんです」

「その子たちはどうしたんです？」

「五月から」とミセス・グリーン。「小さい男の子がふたり遺体で見つかってて、フランシーンは行方不明なんですよ」

室内は静まり返ったままで、クリスマスツリー用のライトが色を変えながら順番に点灯していく。

「新聞でそんなの読んでないけど」とキティ。

「あたしが嘘をついてると？」ミセス・グリーンが問いかけ、そのまなざしがきつくなるのが見えた。

「嘘をついてるなんて誰も言ってませんよ」パトリシアはうけあった。

「いまあちらが言いましたよ」とミセス・グリーン。「はっきり言ったらどうです」

「あたしは毎日新聞を読むから」キティが肩をすくめた。「子どもたちが行方不明になったとか殺されたとかって聞いたことがないだけですよ」

「じゃああたしが話をでっちあげたんでしょうね」とミセス・グリーン。「外で聞いたあの女の子たちの歌も、歌詞を自分で作ったんでしょうよ。あの子たちが〝ばあパパ〟って呼んでるのは、そいつが森にいるって噂だからです。だからあの男の子たちがよそ者にあんなに神経質になってるんですよ。このあたりで誰かが子どもたちを狙ってるってみんな知ってるから」

「フランシーンのことは？」パトリシアは訊いた。

「いなくなったんです」とミセス・グリーン。「五月十五日ぐらいから、誰もあの人の車を見かけてません。警察は男と逃げたって言ってますけどね、猫を置いてったりしませんよ」

「猫を置いていった？」パトリシアは問い返した。

「教会から人を呼んできて、飢え死にする前にこっそり窓をあけて外に出してやらなきゃなりませんでしたよ」とミセス・グリーン。

パトリシアは隣でキティがまたふりむいてカーテンの向こうをのぞいたのを感じ、もじもじしないでと言いたかったが、話に集中しているミセス・グリーンの邪魔をしたくなかった。

「それで、子どもたちの話は？」とたずねる。

「リードんちの男の子はね」とミセス・グリーン。「自殺したんですよ。八歳で」

キティがもぞもぞ動くのをやめた。

「まさか」と言う。「八歳の子は自殺なんてしないよ」

「その子はしたんです」とミセス・グリーン。「スクールバスを待ってるあいだにレッカー車に轢かれたんですよ。警察の話ではふざけてて道路でつまずいたことになってるけど、一緒に列に並んでた子たちの言ってることは違います。オーヴィル・リードはレッカー車の前にわざと出ていったって言うんです。靴が両方すっとんで、通りの五十フィート先まではねとばされたって。葬式のときには、お棺の中でただ眠ってるみたいでした。いつもと違うのは、顔の横にほんのちっちゃなあざができてたことだけです」

「でも警察が事故だと考えてるんだったら……」パトリシアは言いかけた。

「警察はどんなふうにも考えますよ」とミセス・グリーン。「だからってそれが本当になるわけじゃありません」

「新聞ではなにも見なかったけど」キティが反論した。

「新聞はシックスマイルでなにが起こるかなんて書きませんよ」とミセス・グリーン。「ここはマウントプレザントともアウェンダウとも、どことも言い切れないところです。もちろんオールドビレッジじゃないしね。それに男の子がひとり事故に遭って、おばあさんがひとりどこかの男と逃げたところで、警察はただ黒人が黒人らしいことをしてるって思うだけですよ。魚が濡れてるって報道するようなもんです。不自然に見えたのは、もうひとりの男の子に起きたことだけです。オーヴィル・リードのいとこのショーンに」

パトリシアは寝る前のお話の虜《とりこ》になった気分だった。それもひときわ身の毛のよだつ、誰にも止められない物語だ。いまや語り手をうながすのはこちらの番だった。

「ショーンはどうなったんです？」と問いかける。

「オーヴィルの母親とおばさんは、オーヴィルが死ぬ前にすごく気難しくなったって言ってました」とミセス・グリーン。「いつも不機嫌で眠そうだったそうです。母親の話じゃ、毎日太陽が沈みはじめるころ森で長い散歩をして、くすくす笑いながら戻ってくるのに、次の日にはまたふさぎこんで不満そうになってたとか。食べようとしないし、ろくに水も飲まないで、アニメだろうがコマーシャルだろうがじっとテレビをながめるだけで、まるで起きてるあいだ眠ってるみたいだったみたいです。歩くときに足をひきずってて、母親がどうしたのか訊いたら泣いたんです。それなのに、どうしてもあの森に近づくのをやめさせられなかったんですよ」

「そこでなにをしてたんです？」キティが身を乗り出してたずねた。

「オーヴィルのいとこがそのことを探ろうとしました」とミセス・グリーン。「ターニャ・リードはその子、ショーンが好きじゃなかったんです。食料を盗まれるからって、冷蔵庫に南京錠をつけてね。ショーンはよく、ターニャが留守のときあの家に寄り込んで、煙草を吸いながらオーヴィルとアニメを見てたもんです。ターニャががまんしてたのは、オーヴィルにはお手本になる男が必要だと思ってたからです。たとえ悪いお手本でもね。オーヴィルが森へ行ってばかりいるのをショーンは心配してたそうです。森にいるやつになにかされてるんじゃないかって言ってね。ターニャは耳を貸しませんでした。ただショーンを家から追い出しただけでね。

バスケットコートのあたりにたむろしてる男連中のひとりがピストルをいくつか持ってて、人に貸してるんですよ。ショーンは借り賃が払えなかったので、三ドルでハンマーを貸したそうです。いとこのちびのあとをつけて森の中へ行って、ちょっかいを出してるやつを追い払ってやるって言ってたって。でも、次に発見されたのは、ショーンの死体でした。まだハンマーも持ってたそうですよ、まったく役に立ちませんでしたけどね。森の奥深くに生えてる大きなオークの木のそばで見つかったらしいですね。体を持ちあげられて木の皮に顔をこすりつけられて、頭蓋骨が見えるほどぐちゃぐちゃにつぶされたって話です。ショーンの葬式では蓋のひらいたお棺は使えませんでしたよ」

パトリシアは息を止めていたことに気づいた。肺の中の空気を注意深く吐き出す。

「それだったら新聞に載ったはずよ」

「載りました」とミセス・グリーン。「警察は〝薬物がらみ〟って言ってましたね、ショーンは前にもそういう問題にからんでましたから。でも、ここらでは誰も薬物だと思ってません。だからみんな、よそ者にものすごくびくびくしてるんですよ。オーヴィル・リードはレッカー車の正面に踏み出す前に、森で白人の男の人と話をしてるって母親に言ったんです。でも母親のほうは、たぶんどれかアニメの話だろうと思った。ショーンの身にあんなことが起きたあとでは、誰ひとりそんなふうに思ってませんよ。ときどきほかの子たちも、森の外れに白人の男が立って手をふってきたって言ってます。目を覚ましたら窓の網戸越しに色の白い男がのぞきこんでたって話もありますが、本当のはずがないんですよ。最後にそう言ったのはベッキー・ワシントンで、あの人は二階に住んでるんですからね。どうやってそこに男が上るんです？」

サンルームの張り出しのへりに消えていった手と、ブルーの寝室の上の屋根で響いた足音を思い、パトリシアは胃がきゅっと縮むのを感じた。

「あなたはどう思います？」と問いかける。

ミセス・グリーンはリクライニングチェアにゆったりともたれかかった。

「あたしは人間の男だと思いますね。バンに乗ってて、前にテキサスに住んでた男。そいつのナンバープレートの番号までありますよ」

キティとパトリシアは目を見交わし、それからミセス・グリーンに顔を向けた。

「ナンバープレートの番号があるんですか？」キティがたずねた。

「正面の窓のところにメモ帳を置いておくことにしてるんです」とミセス・グリーン。「知らない車が走りまわってるのを見たら、ナンバーを書き留めておきます。事件が起きて、あとで警察が証拠を必要とするときのためにね。で、先週、夜遅くエンジンの音が聞こえたんですよ。起きあがると、その車が方向転換して、シックスマイルから州道のほうへ戻っていくのが見えました。それは白いバンで、分かれ道に入る前に、ナンバーがほとんど見えたんです」

両手をリクライニングチェアの肘掛けにかけて立ちあがり、玄関のドアの脇にある小さなテーブルへよたよたと近づく。スパイラルノートをとりあげてひらくと、ページに目を通してから、足をひきずって戻ってきた。ノートをくるりとまわしてパトリシアによこす。

テキサス、と読めた。**□□Ｘ１３Ｓ**。

「これしか書く時間がなかったんですよ」とミセス・グリーン。「バンを見かけたときには道をまがりかけていたので。でも、テキサスのナンバープレートなのはわかってます」

「警察に伝えました？」パトリシアは訊いた。

「ええ、もちろん」とミセス・グリーン。「そうしたら『ありがとうございます、もっとお訊きすることがあればお電話します』って言われましたけど、なかったんでしょうね、かかってこなかったから。このあたりの人間がどうしてよそ者にあんまりやさしくないのか、わかるでしょう。とくに白人にはね。いまではデスティニー・テイラーの件があるから、よけいですよ」

「デスティニー・テイラーって？」パトリシアがたずねる前に、キティが質問した。

「その子の母親があたしと同じ教会にきてるんですけどね」とミセス・グリーン。「ある日、礼拝のあとにやってきて、小さい娘の様子を見てほしいって頼まれたんです」

「どうして？」パトリシアはたずねた。

「あたしが医療分野で働いてるのはみんな知ってますからね」とミセス・グリーン。「いつだってただで相談に乗ってもらいたがるんですよ。さて、ワンダ・テイラーは働いてなくて、ただ政府の小切手をもらってます。なまけ者にはがまんできないんですが、あの人はうちのいとこのいちばんの親友の妹なんで、見てやるって言ったんですよ。その子は九つで、一日じゅう眠りっぱなしなんです。食べもしないで本当に寝てばかりで、ろくに水も飲まないし、いまは暑いでしょう。デスティニーが森へ行ったか訊いてみたら、ワンダが言うには、わからないけど、夜に娘の靴に小枝や葉っぱがついてることがあるから、もしかしたら行ったかもって」

「それはどのぐらい続いてるんです？」とパトリシア。

「二週間ぐらいだそうです」とミセス・グリーン。

「その人になんて伝えました？」とパトリシア。

「娘を町から出さなきゃだめだって言いましたよ」とミセス・グリーン。「なんとかしてよそへ連れていけって。シックスマイルはもう、子どもに安全な場所じゃないんです」

第十五章

パトリシアは白いバンの所有者をひとりしか知らなかった。シーウィー農場でキティをおろすと、重苦しい不安とともにオールドビレッジまで運転していった。ミドルストリートにまがり、スピードを落としてジェイムズ・ハリスの家をながめる。前庭の芝生に駐車しているのは白いバンではなく赤いシボレーコルシカで、遅い午後の太陽にじりじりと照らされ、鮮血が溜まったように光っていた。時速五マイルで車を走らせながら、痛いほど目をこらし、白いバンに戻れと念じてコルシカをにらんだ。

そう、グレイスは当然、自分のノートがどこにあるかきちんと心得ているはずだ。

「きっとなんでもないってわかってるの」パトリシアはグレイスの家の玄関ホールに足を踏み入れ、後ろ手にドアをしめながら言った。「手間をかけさせるのも悪いんだけど、こわい考えが頭を離れなくて、確かめなくちゃ」

グレイスは黄色いゴム手袋をひきはがすと、玄関ホールのテーブルの引き出しをあけ、スパイラルノートをひっぱりだした。

「コーヒーでもいかが？」と訊いてくる。

「いただくわ」パトリシアは答え、ノートを受け取ってグレイスのあとからキッチンに入った。

「ちょっと場所をあけさせて」とグレイス。

キッチンのテーブルは新聞に覆われており、真ん中にタオルを敷いてプラスチックのたらいをふたつ載せてあった。片方には石鹸水《せっけん》、もう片方にはきれいな水がいっぱいに入っている。テーブルの上には木綿の雑巾《ぞうきん》とペーパータオルのロールに囲まれて、アンティークの瀬戸物が整然と並んでいた。

「今日は祖母の結婚祝いの瀬戸物をみがいていたのよ」グレイスは言い、壊れやすいティーカップを慎重に動かしてパトリシアのために場所をあけた。「昔ながらのやり方でみがくととても時間がかかるけれど、する価値のあることなら、きちんとするだけの価値がありますものね」

パトリシアは腰をおろし、グレイスのノートを正面に置いてひらいた。グレイスがコーヒーのマグカップをおろしたので、苦い湯気が鼻孔を刺激した。

「ミルクと砂糖は？」グレイスがたずねた。

「両方お願い」パトリシアは顔をあげずに言った。

グレイスはクリームと砂糖をパトリシアの隣に置いてから、自分の作業に戻った。聞こえる音といえば、瀬戸物をひとつずつ石鹸水に浸してはきれいな水に入れる、ぱちゃぱちゃというささやかな響きだけだ。パトリシアはノートをぱらぱらとめくった。どのページもグレイスの几帳面な筆記体で埋められ、項目ごとに一行あけてある。どれも日付で始まって、次に乗り物の説明――〝黒い箱型車、背の高い赤のSUV、めずらしいトラック型の自動車〟――がきて、ナンバープレートの番号が続く。

読んでいるうちにパトリシアのコーヒーは冷めてしまった――〝ダイヤの大きな規格外の緑の車、たぶんジープ、洗車の必要あり〟――それから、鼓動が止まり、頭から血が引いた。

〝四月八日、一九九三年〟と書いてある項目だ。〝アン・サヴェージの家――芝生の上に駐車――〝ドラッグの売人風の窓がついた白いダッジのバン、テキサス、TNX13S〟

甲高い耳鳴りがしてきた。

「グレイス」と声をかける。「これを読んでくれない？」

ノートをグレイスのほうに向ける。

「あんなふうに駐車して、芝生がだめになったでしょうね」その項目を読んでからグレイスは言った。

「あそこの芝生はもうもとに戻らないわね」

パトリシアはポケットから付箋のメモをひっぱりだすと、ノートの隣に置いた。それは〝ミセス・グリーン――白いバン、テキサスナンバー、□□Ｘ１３Ｓ〟と読めた。

「ミセス・グリーンが先週シックスマイルで見かけた車から、このナンバーの一部を書き留めたの」と言う。「キティがパイを持って一緒に行ったんだけど、ミセス・グリーンにぞっとする話を聞かされたのよ。シックスマイルの子どもがひとり、長く体調を崩したあとで自殺したんですって」

「なんてひどい」とグレイス。

「その子のいとこも殺されたのよ」とパトリシア。「同時期にこのナンバーの白いバンが走りまわってたのが目撃されてて。ほかにどこで白いバンを見かけただろうって、ずっと頭にひっかかってたの。それからジェイムズ・ハリスが持ってたのを思い出して。いまは赤い車を使ってるけど、ナンバープレートはバンと同じなのよ」

「なにをほのめかしてるのかわからないけれど」とグレイス。

「わたしもよ」とパトリシア。

ジェイムズ・ハリスは身分証明書が郵送されてくると言っていた。そもそも到着したのだろうかと思っていたが、受け取っているはずだ。そうでなければどうやって車が買える？　運転免許証なしで乗りまわしていたのだろうか？　それとも、身分証明書がないというのは嘘だったのか？　銀行口座の開設や水道や電気の契約に身分証明書を使うまいとするなら、それはなぜだろう。あの現金のつまったバッグのことが頭に浮かんだ。アン・サヴェージのものだと思ったのは、ジェイムズ・ハリスがそう言ったからにすぎない。

マフィアの殺し屋が偽名で郊外に引っ越してきたり、ドラッグの売人が無防備な隣人にまぎれてひっそりと暮らしていたりという本を読みすぎたせいか、どうしても点と点を結びつけはじめてしまう。政府からなんらかの容疑で指名手配されていれば、公的記録に名前を載せないようにするだろう。現金入りのバッグを持っているのは、現金で支払いを受けたからだ。現金で稼ぐのは、殺し屋かドラッグの売人か銀行強盗か——あるいはウエイターか。だが、あの男はウエイターには見えない。

そうはいっても、ジェイムズ・ハリスは友人でも隣人でもある。ブルーとナチスの話をして息子の殻を破ってくれた。カーターが留守のとき一緒に食事してくれたおかげで安心できた。誰かが屋根に乗ったあの夜、様子を見に家まできてくれた。

「どう考えたらいいかわからなくて」パトリシアが繰り返すと、グレイスは盛りつけ用の大皿を石鹸水に浸け、左右にかたむけた。「ミセス・グリーンがわたしたちに言ったのは、白人の男がシックスマイルにきて、体調を崩すようなことを子どもたちにしてるってことよ。その男が白いバンに乗ってるかもしれないって思ってるわけ。それにね、事件が起きてるのは五月からなの。ちょうどジェイムズ・ハリスがここに引っ越してきた直後よ」

「あなたは今月の本の影響を受けているのよ」グレイスは言い、大皿を石鹸水から挙げてきれいな水のたらいですすいだ。「ジェイムズ・ハリスはご近所さんでしょう。アン・サヴェージの大甥なのよ。車でシックスマイルへ出かけていって、そこの子どもたちになにかしたりするものですか」

「もちろんよ」とパトリシア。「でも、普通の人にまぎれて暮らしてるドラッグの売人や、子どもたちに性的な虐待をしてあんなに長く逃げおおせたりしたやつらの話を読んだでしょう。そうすると、誰のことでも本当に知ってるのかって思いはじめちゃうのよ。つまりね、ジェイムズ・ハリスはあちこち転々として育ったって言ってるけど、サウスダコタで育ったって言うときもあるの。バーモントに住んでたって言ってるのに、バンはテキサスのナンバーだし」

「あなたは今年の夏、二回もおそろしいショックを受けたでしょう」グレイスは大皿をひきあげてそっと拭きながら言った。「その耳はやっと治ったところですもの。まだミス・メアリーのことを悼《いた》んでいるんでしょうし。引っ越してきた時期や、通りすがりの車のナンバーのせいで、あの人が犯罪者になるわけではないのよ」

「連続殺人犯がそろってあんなに長いこと逃げられたのは、そのせいじゃないの？」パトリシアはたずねた。「みんながそういう些細なことを無視して、テッド・バンディは女性を殺し続けた。最初に気づくべきだったことを指摘する人が出てきて、辻褄の合わない些細な点を結びつけるまで、誰もが見逃していたから。でもそのときにはもう遅すぎた」

　グレイスはぴかぴかの大皿をテーブルに載せた。乳白色の皿には色あざやかな蝶たちと枝にとまった鳥が二羽、ほとんど見えないほど繊細な筆致で描かれていた。

「これが現実よ」グレイスは皿のふちに指を一本すべらせて言った。「しっかりと形があって欠けていないもの。うちの祖母が結婚祝いにもらって、母にくれたの。そして母が私に伝えてくれたのよ。そのときがきて、もしふさわしい人だと判断したら、ベンが結婚する相手に渡すつもりでいるの。人生では現実のものに集中することね。約束するわ、そうすればもっと気が楽になるはずよ」

「いままで言わなかったけど」とパトリシア。「あの人に会ったとき、お金が入ったバッグを見せられたの。グレイス、あの家に八万ドル以上あるのよ。現金で。誰がそんなものをただ寝かせておくの？」

「本人はなんと言って？」グレイスは深皿の蓋を石鹸水に浸した。

「床下で見つけたって言ったわ。アン・サヴェージの貯金だって」

「たしかに、銀行を信用するような女性ではなかったものね」グレイスは深皿の蓋をきれいな水ですすぎながら言った。

「グレイス、辻褄が合わないのよ！」パトリシアは言った。「みがくのをやめてわたしの言うことを聞いて。気になるのはどこだと思う？」

「どこでもないわ」グレイスは深皿の蓋を拭いた。「あなたは現実から気をそらすために、偶然の一致から空想をでっちあげているのよ。現実に打ちのめされることがあるのはわかるけれど、立ち向かわなくてはだめよ」

「立ち向かってるのはわたしのほうよ」とパトリシア。

「いいえ」とグレイス。「二か月前の読書会のあと、あなたはすぐそこの玄関ポーチに立って、退屈な日常に耐えられないから、犯罪かなにかわくわくするようなことが起こったらいいのにって言ったでしょう。そしていまは、なにか危険なことが起こっていると信じ込んでいるのよ。そうしたら探偵みたいにふるまえるものね」

積み重ねた受け皿をとりあげ、石鹼水に入れはじめる。

「ちょっとだけ瀬戸物みがきをやめて、この件についてはわたしが正しいかもしれないって認められないの？」パトリシアはたずねた。

「無理ね」とグレイス。「できないわ。五時半までに済ませる必要があるんですもの。テーブルを片付けて夕食の用意をしないといけないの。ベネットが六時に帰ってくるから」

「食器みがきより大切なことがあるのに」とパトリシア。

グレイスは受け皿の最後の二枚を持ったまま手を止め、目を怒らせて食ってかかった。

「どうして私たちのしていることがくだらないというふりをするの？」と問いただす。「生活していれば、毎日ごちゃごちゃに散らかるわ。それを毎日私たちが片付けているのよ。私たちがいなければ、みんな不潔で乱雑な状態で暮らすだけで、大事なことはなにひとつできないでしょうね。そういう仕事をばかにすることを誰に教わったの？　教えてあげましょうか。自分の母親のありがたみをわかっていない人よ」

　小鼻をふくらませてこちらをにらみつける。

「ごめんなさい」パトリシアは言った。「怒らせるつもりじゃなかったの。ただジェイムズ・ハリスのことが気になっただけ」

　グレイスは最後の二枚の受け皿を石鹼水のたらいに入れた。

「ジェイムズ・ハリスについて、あなたが知る必要のあることを全部教えてあげましょうか」と言う。「あの人はオールドビレッジに住んでいるわ。私たちと一緒にね。おかしな点なんてなにもないのよ。なぜって、おかしな点のある人たちはここに住んだりしませんもの」

　パトリシアは胸に巣食うこの感覚を言葉にできないことがもどかしかった。グレイスの確信を一瞬たりとも崩せなかったことで、ばかみたいな気分になった。

「がまんして聞いてくれてありがとう」と言う。「わたしも夕食の準備をしなくちゃ」

「カーテンに掃除機をかけてごらんなさい」とグレイス。「みんなかけ方が足りないのよ。やってみたら気分がよくなると約束するわ」

　それが本当であってほしい、とパトリシアは強く願った。


「ママ」ブルーがリビングのドアから言った。「夕ごはんなに？」

「食べ物」パトリシアはソファから答えた。

「またチキン？」とブルー。

「チキンって食べ物？」パトリシアは本から目をあげずに問い返した。

「ゆうべチキンだったよ」とブルー。「おとといの晩も。その前の晩も」

「今晩は違うかもね」とパトリシア。

ブルーの足音が廊下に戻っていき、家族コーナーに入り、キッチンに行くのが聞こえた。十秒後、またリビングの入口に姿を現す。

「流しでチキンを解凍してるじゃないか」と非難がましい口調で言う。

「なに?」パトリシアは本から顔をあげてたずねた。

「またチキンだってば」とブルー。

罪悪感で胸がずきっとした。息子の言う通りだ――今週ずっとチキンしか作っていなかった。ピザを頼んだ。その二種類だけで、もう金曜の夕方だ。

「約束する」と言う。「チキンじゃないのにするから」

ブルーは横目でこちらを見ると、二階に戻っていって寝室のドアをバタンとしめた。パトリシアは本に戻った。『テッド・バンディ――「アメリカの模範青年」の血塗られた闇』。読めば読むほど自分の生活のあらゆるものに確信がなくなってくるが、やめられなかった。

〝必ずしも読書会ではない会〟はもちろんアン・ルールが大好きだったし、『スモール・サクリファイス』*24 はずっとメンバーのお気に入りのひとつだったが、アン・ルールを有名にした本はみんな一度も読んだことがなかった。キティはそれを知ってぎょっとした。

「だからね」と言ったものだ。「アン・ルールはただの主婦で、くだらない探偵雑誌で殺人の話を書いてたんだよ。それから、シアトルじゅうで起きてた女子学生の殺人について書く契約をした。そしたらなんと、犯人と目された容疑者が、自殺予防の電話相談で一緒に働いてた大親友――テッド・バンディだったってわけ」

大親友ではなく、ただのいい友人だったと読んでいくうちに知ったものの、それ以外は、キティの言ったことはすべて真実だった。

「これで確実にわかることは」とグレイスは宣言したものだ。「緊急電話相談センターなんてところにかけているときにはいつでも、電話の向こうに誰がいるかまったく知るすべがないという事実ね。どんな相手の可能性もあるんですもの」

しかし、本を読み進めるにつれて知りたくなったのは、友人が連続殺人犯であるという手がかりをどうしてアン・ルールが見逃したのか、ということではなく、実際のところ、自分も周囲の男性をどこまでよく知っているのだろう、ということだった。先週スリックが昂奮して電話してきた。キティが祖母のロバーツ家の銀器セットを売ってくれたが、誰にも言わないでくれと頼んできたという。それはウィリアム・ハットン社製で、スリックはどうしてもがまんできなかった――格安で手に入れたと誰かに知ってほしかったのだ。そこでパトリシアを選んだ。

〝子どもたちをサマーキャンプにやるのに余分なお金がいるってキティは言ってたの〟とスリックは電話口で言っていた。〝困ってるんだと思う？　シーウィー農場は費用がかかるし、ホースが働いてるわけじゃないもの〟

ホースはあんなにしっかりと頼もしく見えるが、どうやら家族の金をすべて宝探しの調査につぎこんでおり、キティがキャンプの参加料を払うのにこっそり家宝を売り払うはめになっているらしい。ブルーは大きくなったら大学へ行ってスポーツをして、いつかすてきな女の子に会うだろうが、その子は決して、ブルーが昔ナチスで頭がいっぱいで、ほかの話ができないほどだった、と知ることはあるまい。

カーターがあれほど病院にいるのは精神科長になりたいからだとわかっているが、ほかになにをしているのだろう。女性と会ってはいないとまあまあ自信があるが、母親が死んでからどんどん家で過ごす時間が少なくなっていることも承知している。病院にいると言うとき、本当に毎回いるのだろうか？　朝家を出てから夜帰ってくるまで夫がなにをしているか、ほとんど知らないことを自覚して、パトリシアは衝撃を受けた。

みんなあれほど普通に見えるが、ベネットやリーランドやエドはどうなのだろう。人々の内面がどんなふうか、本当に知っている人がいるのだろうか。パトリシアは疑問になりはじめた。

ピザを注文し、夕食のあとブルーに『サウンド・オブ・ミュージック』を見せた。息子はナチスの出てくるシーンしか好まず、いつどこで早送りするかきっちり心得ていたので、三時間の映画は五十五分で終わった。そのあとは二階の自分の部屋に行ってドアをしめ、なんにせよ最近自室でやっていることをしていた。パトリシアは皿を洗いながら憂鬱になった。掃除機を動かしてカーテンをきれいにするには遅すぎたので、さっと散歩に行ってこようと決めた。そのつもりはなかったのに足が向いて、ちょうどジェイムズ・ハリスの家の前を通りすぎる。正面に車がなかった。シックスマイルへ乗っていったのだろうか？　いまこの瞬間、デスティニー・テイラーと会っているのだろうか？

頭の中が汚れている気がした。こんなことを考えるのはいやだ。グレイスに言われたことを思い出そうとする。ジェイムズ・ハリスは病気の大おばの面倒を見るために引っ越してきた。そして、ここに残ることにした。ドラッグの売人でも子どもを狙う性犯罪者でも、身を隠しているマフィアの殺し屋でも連続殺人犯でもない。それはわかっている。だが、家に戻るとパトリシアは二階へあがり、システム手帳をとりだして日にちを数えた。ジェイムズ・ハリスの家へキャセロールを持っていき、フランシーンに会ったのが五月十五日、失踪したとミセス・グリーンが言った日だ。

なにもかも間違っている気がする。カーターは家にいたためしがない。ミセス・サヴェージはパトリシアの耳の一部を食いちぎった。ミス・メアリーは無惨な死を遂げた。フランシーンは男と逃げた。八歳の男の子が自殺した。小さな女の子が同じことをするかもしれない。こんなことは自分とは無関係だ。しかし、誰が子どもたちに目を配る？　自分の子ではない子どもたちにまで？

パトリシアはミセス・グリーンに電話をかけた。心のどこかで、出なければいいのにと思っていた。

だが、応答はあった。

「九時過ぎに電話してごめんなさい」と謝る。「でも、デスティニー・テイラーのお母さんについてどのくらいご存じ?」

「ワンダ・テイラーのことなんか、そんなに考えたりしませんよ」とミセス・グリーン。

「娘さんのことで、わたしと一緒にその人と話していただけませんか?」パトリシアはたずねた。

「あなたが見たあのナンバー、あれってここに住んでいる男の人のだと思って。フランシーンはそこで働いてて、五月十五日にその家で見かけたんです。それに、その男性に関してはちょっと気になることがあって。デスティニーと話せたら、シックスマイルでその人と会ったかどうか教えてもらえるんじゃないかと」

「自分の子どものことに首をつっこんでくる相手はいやがられますからね」とミセス・グリーン。

「わたしたちはみんな母親でしょう」とパトリシア。「子どもに事件が起きてて、そのことについてなにか知ってるらしい人がいるとしたら、話を聞きたくありませんか? それに、結局なんでもないとしても、金曜の夜にお邪魔しただけで済むでしょう。まだ十時にもなってないし」

長い間があって、それから、

「まだ明かりがついてますね」とミセス・グリーンは言った。「急いできてくださいよ、さっさと済ませましょう」

見に行くと、ブルーは自室でビーンバッグチェアに腰かけ、『第三帝国の興亡』[*25]を読んでいた。

「しばらく出なくちゃいけないんだけど」と声をかける。「教会まで行くだけよ。執事の集まりがあったのを忘れてたの。大丈夫?」

「パパは家にいる?」ブルーはたずねた。

「帰ってくるところよ」実際のところはわからなかったが、パトリシアはそう答えた。「電話に出てもらえる？　玄関のドアは鍵をかけていくから。お父さんは鍵を持ってるし」

「わかった」ブルーはろくに本から目もあげずに言った。

「大好きよ」パトリシアは言ったが、ブルーには聞こえなかったようだった。

つかのま、自分の寝室でためらった。これまでにどこへ行くか嘘をついたことは一度もなく、緊張しているのだ。ドレッサーの上にカーターへのメモを置き、行き先とミセス・グリーンの電話番号を残しておく。メモに〝ミセス・グリーンに小切手を渡さないと〟と書いた。それから、ボルボに乗り込んだ。グレイスの言う通り、なにもかも暇をもてあましたばかな主婦が想像力をたくましくしすぎたせいならいいのだが。もしそうだったら、あしたカーテンに掃除機をかけよう、と心に誓った。

第十六章

ライフルレンジロードにはほかに車の姿がなく、ドライブは心細かった。街灯は州道で途絶えてしまい、木々と金網フェンスのあいだをぬって、荒れた道がくねくねと続いていく。一車線の細い道路はせますぎるような気がした。ヘッドライトがトレーラーハウスやプレハブの小屋をかすめ、人を起こしてしまうのではないかと心配になった。ダッシュボードの時計を確認したが――九時三十五分――田舎道の真っ暗闇のせいで、ずっと遅い時刻に思われた。

ミセス・グリーンの家の前に駐車し、あたりを見まわしてバスケットコートに誰もいないことを確かめたあと、ボルボからおりた。虫が騒々しくぶんぶん鳴きたてている夜へと足を踏み入れる。街灯がちらほらと見え、軽量コンクリートブロックの家々やトレーラーハウスの上でオレンジ色に光っていたが、互いの距離が遠すぎて、闇がいっそう広々と孤独なものに感じられた。ミセス・グリーンが玄関のドアをあけたときには、知っている顔を目にしてほっとした。

「なにか飲み物でもいかがですか？」ミセス・グリーンは問いかけた。

「遅くなりすぎないうちにミセス・テイラーに会ったほうがいいと思うんです」パトリシアは答えた。

「ジェシー？」ミセス・グリーンはふりむいて家の中に呼びかけた。「弟の面倒を見るんだよ。道の向こうまで行ってくるから」

後ろ手にドアをしめて鍵をかける。プラスチックのヒイラギのリースが左右にゆれ、アルミニウムのドアをひっかいた。

「こっちです」ミセス・グリーンは言い、先に立って家の前の砂利道を歩いていった。

小さな教会を一周している未舗装の道路を進み、続いてマウントザイオンAME教会の前にあるくるぶしの高さの柵をまたいで、シックスマイルの中央を通り抜ける。砂地をざくざく踏みしめると、足音が夜の底に大きく響いた。外のポーチには誰も座っておらず、友人に呼びかける人もいなければ、家に帰る途中の人にすれ違うこともない。シックスマイルの砂利道は無人だった。たいていの窓にカーテンが引いてあるのが見える。カーテンのかわりにダンボールやシーツを留めた窓もあった。どの窓の向こうでも、テレビの冷たく青い光が動いていた。

「このあたりじゃ、もう誰も暗くなってから外に出ないんですよ」とミセス・グリーン。

「ミセス・テイラーの気を悪くしないためには、なんて言えばいいでしょう？」パトリシアはたずねた。

「ワンダ・テイラーはベッドから出たときからもう気を悪くしてますよ」とミセス・グリーン。

誰かが玄関にきて、うちのブルーがドラッグをやってるって言ったら、自分はどう反応するだろう、とパトリシアは考えた。

「怒ると思います？」

「たぶんね」とミセス・グリーン。

「いい考えじゃなかったかもしれませんね」パトリシアは言った。

「いい考えじゃありませんよ」ミセス・グリーンはこちらをふりむいた。「でも、あそこの娘が心配だって言ったじゃないですか。おかげでいまじゃそのことを考えずにいられないんです。向こうに大歓迎してはもらえないでしょうが、こうすることが正しいってあなたが説得したんですからね。出かかったところで戻れなんて言わないでください」

ワンダ・テイラーのトレーラーハウスのドアの上では黄色い電球が光っていた。ちょっとだけ勇気を奮い起こす時間がほしい、と頼む前に、ふたりは腐食した玄関ポーチにあがっていた。ミセス・グリーンがガタガタいう金属のドアをノックする。壊れかけたポーチが足の下で前後にゆらいでいた。黄色い電球に蛾《が》がぱたぱたぶつかった。そこから放射される熱で、頭皮と額がぴりぴりする。その熱さに耐えきれなくなったとき、ドアがひらいて、外をのぞいたワンダ・テイラーがこちらを見つめた。製薬会社のTシャツとストーンウォッシュのブルージーンズという恰好で、髪は整えていない。後ろでテレビがついている音が聞こえた。

「こんばんは、ワンダ」ミセス・グリーンが声をかけた。

「遅いのに」ワンダは言ってから、パトリシアに気づいた。「誰、それ？」

まるでパトリシアがそこにいないかのように、ミセス・グリーンに話しかけている。

「中に入ってもいい？」ミセス・グリーンがたずねた。

「だめ」ワンダ・テイラーは答えた。「もう十時近いよ。朝起きなきゃいけない人もいるんだからね」

「デスティニーのことであたしのとこにきたぐらいだから、二、三分かわいい娘の健康について話す時間はありそうだと思ったんだけどね」ミセス・グリーンはとげとげしい口調で言った。

ワンダ・テイラーは信じられないというように顔をしかめた。

「デスティニーの相談に行ったら、そんなに心配なら医者に行けって言ったんじゃない」と言う。

「だからそうするつもり。あしたの朝いちばんに診療所へ行くの」

「ミセス・テイラー」パトリシアは口をひらいた。「わたしは診療所の看護婦です。デスティニーの病気が緊急かもしれないと思って、今日お会いしにきたんです。お嬢さんはおいくつですか？」

ワンダとミセス・グリーンはまじまじとこちらを見た。ふたりとも別々の理由からだ。

「九つ」とうとうワンダが言った。「なにか身分証明がありますか？」

「この人は診療所で働いてるんだよ」とミセス・グリーン。「警察じゃないよ。社会福祉局でもないし。バッジなんか持ってないよ」

ワンダはパトリシアをじっと観察した。その顔は黄色い光の陰になっていた。

「わかりました」ようやく言う。権力を持つ人々から命令されたことをするのに慣れているのだ。トレーラーハウスの中へあとずさる。「でも、あの子はいま眠ってるから、声を低くして」

ふたりはあとについて内部に入った。ごちゃごちゃした感じで、料理済みのハンバーガーの肉のようなにおいがする。ビデオデッキが組み込まれたテレビがダンボール箱の上に載っており、その向かいに黒いビニールのソファがあった。ベネシャンブラインドの下では、窓用エアコンが冷たい空気をシュッシュッと吐き出している。ワンダはキッチンスペースのぐらぐらするテーブルを示し、パトリシアとミセス・グリーンはリサイクルショップのクッション張りの椅子に腰をおろした。

「クールエイドでもいります？」ワンダがたずねた。「ライトのビールは？」

「けっこうです」とパトリシア。

ワンダはキッチンのキャビネットをふりむき、フリトスのスナック菓子を二袋ひっぱりだすと、口をあけて発泡スチロールのシリアルボウルに中身をあけた。

「勝手にどうぞ」と言い、あいだのテーブルに置く。

「本当に、少しだけデスティニーに会わせていただかないと」パトリシアは言った。「病気のことでいくつか質問したいんです」

「いま話さないとだめなの？」ワンダが訊いた。

「ワンダ」とミセス・グリーン。「看護婦さんに言われた通りにしないとね」

ワンダは廊下を三歩進んで、ベージュのプラスチックのアコーディオンドアをひっかいた。

「デシー」歌うようにささやく。

窓用エアコンのせいで空気が凍りつきそうに冷たい。ぶつぶつ鳥肌が立ってきた。テーブルの表面がべとべとしている。パトリシアは両手を膝に載せておいた。

「デシー、起きて、起きて」ワンダは歌い、間仕切りをひっぱってあけた。

寝室の照明をカチッとつける。

「デシー？」と呼びかけた。

廊下に踏み込んで別のドアをあけると、今度はバスルームが見えた。

「デシー？　どこに隠れてるの？」と言ったワンダの声には苛立ちがこもっていた。

パトリシアとミセス・グリーンは細い廊下に押しかけ、デスティニーの部屋の入口に立った。

「つい三十分足らず前までここにいたのに」ワンダが床に膝をついて言った。

寝室はとてもせまく、ワンダが寝台の下をのぞきこむと、脚が廊下に突き出すほどだった。寝台の上にはフォームマットレスが敷いてあり、マイリトルポニーのボックスシーツとたたんだ格子柄の毛布に覆われている。少女のおもちゃと衣類はすべて、隅にある透明なプラスチックの箱に積み重ねてあった。寝台の上の窓にはカーテンがなく、黒い長方形が夜の戸外を見渡していた。

「デシーはどこ？」ワンダの声が昂奮しはじめた。「あんたたち、あの子になにをしたの？」

「あたしたちはきたばっかりだよ」とミセス・グリーン。

ワンダはパトリシアを押しのけ、見えない娘を戸口でつかまえようというかのようにリビングへ駆け込んだ。

「デシー？」と呼ぶ。

「どう思います？」ミセス・グリーンは声を落としてパトリシアに問いかけた。

ワンダはキッチンでキャビネットを全部ぐいぐいあけ、箱や袋を残らず動かした。

パトリシアはデスティニーの寝台の上の窓をひっぱった。するすると簡単に大きくひらく。網戸はなかった。せまい寝室に温かい空気の波と虫の金切り声がなだれこんできた。パトリシアとミセス・グリーンは、ひらいた窓からすぐそこに迫る森をながめた。パトリシアは寝台に膝をついて見おろした。窓の外には電話線がのびる木製の大きなスプールが立っている。誰かがその上に立てば、ちょうど窓を抜けられるだろう。

ふたりはリビングに引き返した。

「警察に電話しなくちゃ」ミセス・グリーンが言った。

「はあ？」ワンダ・テイラーがたずねた。「どうして？」

「ミセス・テイラー」パトリシアは言った。「子どもたちにドラッグを売っているジェイムズ・ハリスという男がいるんです。警察に電話して、お嬢さんがいなくなったのを伝えないと。その男にさらわれたんだと思います」

「ああ、なんてことなの」ワンダが言って大きくげっぷをしたので、胃酸のいやなにおいがリビングにたちこめた。

「森の中でそいつにつかまってるんだよ」とミセス・グリーン。「まだ近くにいるはずだ」

ワンダをソファに座らせ、神経を落ち着かせようとメンソール煙草に火をつけるのを手伝ってやる。ワンダは困りきった様子で灰皿を探したあげく、そのままカーペットに灰を落とした。パトリシアはキッチンの電話を部屋の中にひきのばすと、九一一をダイヤルし、ワンダに渡した。

「もしもし」ワンダ・テイラーが言うと、言葉のリズムに合わせて口から煙が吹き出した。「あたしはワンダ・テイラーで、グリルフレイムロード三十二番地に住んでます。娘がベッドにいないんです」間をおく。「いいえ、家の中には隠れてません」間。「そこらじゅう捜したし、うちの中に隠れる場所はそんなにないんです。誰かきてください、お願いです。お願いです」

それ以上なにを言えばいいのかわからず、ワンダはミセス・グリーンが受話器を手からとりあげるまで、「お願いです」と繰り返していた。なすすべもなくパトリシアからミセス・グリーンへと視線を移し、ふたりをはじめて見たと言わんばかりの顔つきになる。

「クールエイドかライトのビールはいかが？」と問いかける。「うちにあるのはそれだけなんで。この水は卵みたいなにおいがするんです」

「大丈夫です、ありがとう」パトリシアはやさしく言った。

「座って警察を待ってなくちゃ」ミセス・グリーンはワンダの膝をぽんぽんと叩いた。「すぐくるからね」

「ふたりがこなかったら、いなくなったのも知らなかったはずよ」ワンダが言った。「警察はすぐくる？」

「あっという間にね」ミセス・グリーンはその手をとって言った。

「もう一度寝室を確認しないと」とワンダ。

ふたりは行かせてやった。パトリシアはマウントプレザントでの三分間の応答時間のことを考えた。

「警察が到着するまでにどのくらいかかります？」と訊く。

「しばらくかかるかもしれませんよ」とミセス・グリーン。「田舎だから」

ワンダが部屋に戻ってきてキッチンに立った。

「戻ってきてない」と言ってから、またもやふたりがいることにはじめて気づいた。「なにか飲み物でも？　クールエイドとライトのビールがありますけど」

「ワンダ」とミセス・グリーン。「座って警察を待ってないと」

ワンダはべとべとのテーブルから椅子を引き出し、煙草を一服しようとしたが、燃えつきてフィルターだけになってしまっていた。煙草の箱をごそごそ探る。パトリシアは外の森のどこかで小さな女の子を腕にかかえ、言葉にするのもはばかられるようなことをしているジェイムズ・ハリスを思い浮かべた。肝心な部分ははっきり描けなかったが、被害に遭っているのがコーレイだと考えてみる。ブルーだと想像してみる。警察がくるまでしばらくかかるだろう。

「懐中電灯はありますか？」とワンダにたずねた。

第十七章

パトリシアはボーイスカウトの銀色の懐中電灯を片手に持ち、がたつく玄関の階段をおりていった。ミセス・グリーンは戸口に立っている。

「トレーラーハウスの裏を見に行くだけですから」パトリシアは言ったが、ミセス・グリーンはすでに玄関のドアをしめ、鍵をかけていた。ドアチェーンをかけている音が聞こえた。

シックスマイルじゅうでエアコンがぶんぶんうなっていた。やかましい虫の声が周囲の森に渦巻いている。呼吸するたび、ぬるま湯に浸したタオル越しに息を吸っているような気がした。なんとか足を動かし、トレーラーハウスの暗いかどをまわっていく。

懐中電灯をつけ、あの大きな木製スプールの上を照らしてみた。まるで罪の証拠として、その上に黒いインクでふちどられた足跡が見えるかのようだ。下の砂地に光をあてると、くぼみや影や盛りあがりが目についたが、いずれにしてもどんな意味があるのかわからなかった。体を起こし、森に光を向ける。

淡い黄色の光線がちらちらと松の木にあたった。木と木の間隔がかなりあいているので、森の端に沿って歩いていっても、トレーラーハウスに目を配っていられるようだ。やっぱりやめようと思う前に、パトリシアは最初の木をぐるりとまわり、さらに二本目の向こうへと進んでいた。懐中電灯で足もとの地面をまるく照らし、その光を追って一歩一歩森の中へ歩いていくと、がなりたてる虫の声が四方から迫った。

なにかに足をつかまれてぐいっと引かれ、心臓が冷たくなる。それから、地面にのびている錆《さ》びた針金に足がひっかかったのに気づいた。自信を持って背後をふりかえったが、家々の明るい窓は思っていたより遠くにあった。警察は到着しただろうか、と考えたものの、だとしたら青いライトが見えるはずだ。

温かい樹液の香りがあたりを包み、足もとには松葉が厚く積もっていた。いまが戻れる最後の機会だ。進み続ければ光のともった窓は完全に見えなくなり、野外でジェイムズ・ハリスとふたりきりになってしまう。

（がんばって、デスティニー）森のいっそう奥へと歩き出しながら、パトリシアは考えた。（いま行くから）

前方に懐中電灯の光線がはねかえる。周囲や背後に迫る暗い森全体ではなく、ひとつひとつの幹に集中した。穴に踏み込みたくなかったので慎重に進んだが、枝や茂みや蔓草をすりぬけるとき、体がぶつかってがさがさ鳴るのが気になった。

自分ではないものが右側でかさこそ音をたてた。パトリシアは凍りつき、いることがわからないように懐中電灯を消した。たちまちまわりに夜が押し寄せてきた。耳の奥で血がどくどく流れる音越しに耳をすます。手首が激しく脈打っている。鼻を通っていく息が耳ざわりだった。そこで気づいた——やかましい虫の音がやんでいる。

視界を黒っぽい斑点《はんてん》がよぎった。なにかがちょこちょこと木立を走り抜けるのが聞こえ、急にじっと立っていることに耐えられなくなった。動かなければ。だが、懐中電灯がなければ行く手が見えない。そこでまた明かりをつけると、前方にふたたび木立と地面の松葉が浮かびあがった。

懐中電灯を下に向け、松の木の裏から幼い少女のデニムをはいた脚が突き出していないか探しつつ、すばやく移動する。自分の呼吸と鼓動と脈拍にまぎれて、周辺の木々がみしみしと鳴った。いまにも大きな手に首筋をつかまれそうだ。激しく打つ心臓にせきたてられて進んだ。

引き返して家に帰るべきだ。パトリシアなどせいぜい森の中の小さなしみにすぎない。こんなやり方でデスティニー・テイラーに出会えると考えたのはばかだった。だいたい、ジェイムズ・ハリスと会ったらなんと言えばいい？　このちっぽけな懐中電灯で頭を殴りつけて倒せるとでもいうのだろうか。戻らなくては。

そのとき木立が途切れ、パトリシアは砂利道に踏み込んだ。あまり幅はなかったが、砂の地面は固まっていない。道の表面に大きなタイヤの溝の跡がついているところからして、近くでなにか建設中なのだろう。ぱっと一方に光を向けると、その細い道が木々の暗いトンネルに消えていくのが見えた。反対側を照らすと、ジェイムズ・ハリスの白いバンについているクロムメッキのフロントグリルが目に入った。

懐中電灯をパチッと消し、切り株につまずきながら松の木立にあとずさりする。見られたはずはない。光を消すのは間に合った。とはいえ、近づいたとき、光線がひょいひょい木立をぬって動くのが見えたかもしれない。しかもそのあと、ばかみたいに突っ立って反対側を見てからバンを照らしたのだ。パトリシアは逃げ出したかったが、あえてじっと立ったままでいた。バンは動かなかった。

五十フィートも離れていない。歩いていってさわれるほどだ。歩いていってさわるべきだろう。あの男が中にいるかどうか知る必要がある。

胃がむかむかするのを感じながら、靴を砂にめりこませ、音をたてずに車へ近づいた。ヘッドライトがぱっと点灯して照らし出されるのを待ち受ける。エンジンがうなりをあげて起動した車に轢かれるのを。バンのグリルとフロントガラスが視界の中で左右にゆらぎ、上下に動きながら近寄ってきて、気がつくと目標にたどりついていた。車内は外より暗いことに思い至り、膝が鳴るほどの勢いでしゃがみこむ。夜空に浮かぶ頭の輪郭をフロントガラス越しに見られたらまずい。

片手を突き出して体を支えた。ボンネットの曲線はひんやりとしていた。警察はまだワンダのトレーラーハウスについていないのだろうか。引き返したい。ドラッグの売人なら銃やナイフや、ありとあらゆる武器を持っているのでは？　バンの後部にブルーがいることを想像し、確かめなければならないと悟る。デスティニー・テイラーは自分の子ではないが、子どもには違いない。

パトリシアは膝をきしませてそっと立ちあがった。身を乗り出して冷たいフロントガラスに両手のへりをつけ、目のまわりを囲って中をのぞきこむ。ハンドルのふちが細い三日月形にのぞき、その向こうは真っ暗だった。内側の筋肉が痛くなるまで目を細めても、なにも見えない。

その段階で、バンの中にはいないのだと気づいた。まだデスティニーと森にいるか、始末して帰る途中なのだ。戻ってくる前に車の内部をさっと調べて、なにか手がかりがないか、例のもうひとりの子の服や、フランシーンの持ち物などが残されていないか確認しなくては。時間は数秒しかない。

バンの後ろへ歩いていくと、ドアハンドルを握ってひっぱった。懐中電灯を掲げてスイッチを入れる。

男の背中が床のなにかに覆いかぶさっていた。臀部と作業用ブーツの靴底がこちらを向いている。その背がのけぞり、懐中電灯の光のほうにふりかえったとき、ジェイムズ・ハリスであることが見てとれた。だが、顔の下半分がどこかおかしい。ゴキブリの脚のような黒くぴかぴかしたキチン質のものが口から数インチ突き出ている。茫然と顎を落とし、光を受けてぼんやりとまばたきしてはいるが、それ以外体は動かず、長い昆虫めいた脚が少しずつ口の中にひっこんでいく。すっかり見えなくなると唇が閉じ、下顎や頬や鼻の先がぬらぬらした血に濡れているのが見えた。

男の下には幼い黒人の少女が手足を広げて横たわっていた。長いオレンジ色のTシャツが腹までめくりあげられ、両脚を折りまげて、片側の内股に分泌液がべっとりとにじんだみにくい黒紫の痕がついている。

ジェイムズ・ハリスがバンの金属の側面に手のひらをぴしゃりと打ちつけ、立ちあがったので、車がゆさゆさとゆれた。眉間に皺を寄せた様子から、懐中電灯のせいで目がくらんでいるのがわかった。よろめきながらふらりとこちらに踏み出してくる。どうしていいかわからず凍りついていると、さらに一歩近寄ってきた。バンがさらに振動する。気がつくとふたりの距離はたった三フィートしかなかった。少女がうめき、寝返りを打つように身をよじって、夢を見ているラグタグそっくりの泣き声をあげた。

ジェイムズ・ハリスがまた足を進め、バンがぐらぐらゆれた。いまや間隔は二フィートほどだ。あの女の子を助け出すために、なにか行動しなくては。相手はまだ懐中電灯の光線を避けて目をなかば閉じている。指を広げた手がのろのろと懐中電灯にのびてきた。パトリシアは走り出した。

光が顔からそれた刹那、ジェイムズ・ハリスの足がバンの床をガーンと蹴りつけ、背後の砂に着地する音が響いた。パトリシアは懐中電灯をつけたまま森に駆け込んだ。切り株や幹、葉っぱや茂みの上を光線が激しく躍りまわる。木の枝が顔にあたり、幹が肩にあざをこしらえ、蔓草がくるぶしを打ったが、かまわず押しのけて突き進んだ。追ってくる音は聞こえなかったが、それでもひた走った。どのぐらい逃げていたのかわからないが、懐中電灯の電池が切れかけて光が薄暗くなるほどの時間だったのは確かだ。この森には終わりがないのではないかと思ったとき、木立が切れ、金網フェンスの脇に飛び出した。そのおかげで、シックスマイルに入っていく道路の一本に戻ってきたことを悟った。

周囲を照らしてみても、大きくなった影がちらちらと舞い狂うだけだ。見覚えのあるものを探していると、ふいにあたり一面にまばゆい白光がはじけた。でこぼこ道をガタガタ上下にゆれながら、ゆっくりと近づいてくる車が目につく。フェンスにしがみつくと車は止まり、警官の声がした。「失礼ですが、九一一にかけた方がどなたかご存じですか？」

後部に乗り込んだパトリシアは、後ろでドアがバタンと閉じたのを耳にして、これほどありがたく思ったことはなかった。エアコンでたちまち汗が乾き、皮膚がざらざらする。警官が腰に銃を携帯しているのが見え、助手席のパートナーがふりかえってたずねた。「子どもがいなくなった家まで案内してもらえますか？」ふたりのあいだのガンラックにはショットガンがある。そういったことすべてが心強かった。

「いまその子がつかまってるんです」と言う。「その男になにかされてます。森の中でふたりを見ました」

パートナーのほうが無線のハンドセットになにか言った。ふたりは点滅灯をつけたが、サイレンは鳴らさず、せまい道の先に車を進めた。マウントザイオンＡＭＥ教会が前方に見えてきた。

「どこでふたりを見ましたか？」警官が問いかけた。

「道があるんです」パトリシアは答え、パトカーはガタンガタンとシックスマイルに入った。「この裏の森の中にある、工事用の道路です」

「あっちだ」助手席の警官が言い、無線のハンドセットをおろして車の向こうを指さした。

運転手が勢いよくまがり、ヘッドライトに照らされたトレーラーハウスの列が右にかたむいた。続いてパトカーは二軒の小さな家のあいだを突き進み、シックスマイルから出た。木々がまわりを囲む。運転している警官がハンドルを右に切ると、タイヤが砂にすべって重くなり、動きが鈍くなったのが感じられた。車がさっき見つけた道路に入ったのだ。

「ここです」とパトリシア。「この先の白いバンに乗ってます」

車が速度を落とした。助手席の警官が車外に搭載したスポットライトの取っ手を動かして、道の両側の森に光を向け、ぐるっと木々を照らし出した。パトリシアの小さな懐中電灯の千倍も明るい。警官たちはウィンドウをさげ、少女の叫びが聞こえないかと耳をすました。

気がつかないうちに、車は道路の終わりに行きつき、州道に合流する地点に出ていた。

「見逃したかもしれませんね？」警官の片方が言った。

腕時計は見なかったが、あのやわらかい砂の道を一時間も行ったりきたりしていた気がした。

「家を見てみよう」と運転手。

パトリシアの案内でシックスマイルに戻り、ワンダのトレーラーハウスの外にパトカーをとめる。パートナーのほうが後部座席からおろしてくれたので、パトリシアはぐらぐらする玄関ポーチを駆けあがってドアを叩いた。ワンダが文字通り飛び出してくる。

「戻ってきてないの」と言う。「まだ外にいるんです」

「その子の部屋を確認する必要があります」警官のひとりが言った。「娘さんを最後に見た場所を調べないと」

「その必要はありません」とパトリシア。「男の名前はジェイムズ・ハリスです。うちの近くに住んでるんです。自分の家に連れ帰ったかもしれません。ご案内できます」

警官のひとりがリビングに残り、パトリシアの言ったことをメモ帳に書いた。もうひとりがワンダに続いて短い廊下の先にあるデスティニーの寝室へ行ったあと、金切り声がトレーラーハウスに響き渡った。警官はメモ帳をおろして廊下に駆け込んだ。警官ふたりの隙間をすりぬけられなかったので、パトリシアはミセス・グリーンとその場にとどまった。やがて、警官たちのあいだから、ワンダ・テイラーがデスティニーを腕にかかえて現れた。

少女は眠そうで、大騒ぎを少しも気にとめていなかった。力なく母の腕にもたれているデスティニーを横向きに膝に乗せたまま、ワンダはソファに腰をおろした。警官たちは無言で、その顔にはなんの感情も浮かんでいなかった。

「わたし、見たんです」パトリシアはふたりに告げた。「名前はジェイムズ・ハリスで、ミドルストリートに住んでいて、乗っているバンは窓ガラスに色のついた白いバンです。口のところと顔がなんだかおかしかった」

「こういうことはたまにあるんですよ、奥さん」警官のひとりが言った。「子どもがベッドの下に隠れるとか、クローゼットの中で寝るとかして、娘が誘拐されたって親が警察に電話してくることがね。みんな神経が昂《たか》ぶってしまうので」

その発言が意味するところはあまりにも罪深かった。かろうじて出てきたのは「あそこにクローゼットはありません」という台詞だけだ。

それからパトリシアは、自分にできることに思い至った。

「その子の脚を調べて」と言う。「パンツのすぐ下の内股に、切り傷みたいな痕があるはずです」

全員が顔を見合わせたが、誰も動かなかった。

「あたしが見ますよ」ミセス・グリーンが言った。

「いや、奥さん」警官が言った。「この子の体を調べてもらいたいということなら、資格のある者が確認できるよう、救急車を呼んで病院に運ばなければなりません。さもないと証拠として使えませんので」

「証拠？」パトリシアはたずねた。

「その男を罪に問いたければ、正しい方法でやらないといけないんですよ」警官が言った。

「男がこの子に性的ないたずらをしていたと申し立てるなら、訓練を受けた医療専門家が診察することが不可欠です」ともうひとりの警官。

「わたしは看護婦です」パトリシアは伝えた。

「うちの子はどこにも連れていかせない」ワンダが娘を抱きしめて言った。デスティニーの頭はぐったりと母親の肩にもたれかかり、瞼は半分閉じて、腕が両脇にたれている。「この子はあたしのそばにいるの。もういなくなったりさせないんだから」

「大事なことなの」パトリシアは言った。

「朝になったら医者に診せます」とワンダ・テイラー。「それまでどこにも行かせない」

玄関のドアをドンドン叩く音が響き、みんなぴたりと動きを止めて目を見交わした。アルミニウムのドアが枠の中でガタガタ鳴り、とうとうミセス・グリーンが全員を押しのけてそちらへ向かった。さっとドアをひらく。ポーチにカーターが立っていた。

「おいおい、パティ」と言う。「いったいなにが起こってるんだ？」


「その男がそういうことをしたのを見たと妻が言ったのなら、実際に起きたんだ」カーターはトレーラーハウスの中央に立って警官たちに言い渡した。その場にそぐわないように見えたが、パトリシアは夫が貧しい家庭で育ったことを思い出した。一九四八年に移動住宅があれば、ほぼ間違いなくそこで生まれていたに違いない。

「奥さんからお聞きしたところは全部捜したんですよ、ご主人」警官は〝ご主人〟をひどく強調して繰り返した。「しかし、だからといって信じていないわけではありません。あしたこの子になにか問題が起きたとわかったら、奥さんがおっしゃったことが記録に残っておりますので」

「あたし眠い」デスティニーが夢見るようにそっと言い、ワンダは全員を家から追い出しにかかった。外に出ると、カーターはふたりの警官が自分の情報を持っているか確認した。そのあいだにミセス・グリーンはパトリシアに歩み寄った。

「こんなに暑いとき外に突っ立っててもしかたないですからね」と言い、ミセス・グリーンの家へ戻りはじめた。そのあと、ミセス・グリーンはつけたした。「あの子はワンダから引き離されますよ」

「あの人に問題がなければそんなことはないでしょう」とパトリシア。

「警官がどんなふうにワンダを見てたかごらんになったでしょう」とミセス・グリーン。「あの家をどんなふうに見てたか。くずだと思ってるんですよ、たしかにそうだけど、あの人たちが思ってるようなくずじゃないんです」

「とにかく医者に連れていかないと」パトリシアは言った。「なにがあろうと」

「本当は、そいつがあの子になにをしているところを見たんです?」と訊かれる。

パトリシアが口をひらいたのは、マウントザイオンAME教会の低い柵を越え、教会の石段まで行ってからだった。

「あれは異常でした」

二歩進んでから、ミセス・グリーンが足を止めたことに気づいた。パトリシアはふりかえった。教会のポーチの明かりに照らされた姿は、ひどく小さく見えた。

「みんながあたしたちの子どもを食らいたがってるんです」と言った声はかすれていた。「世界じゅうが黒人の子どもたちをむさぼりたがってる。どんなにたくさん食いつくしても、舌なめずりしてもっとほしがるだけなんですよ。助けてください、ミセス・キャンベル。あの子が母親のところにいられるように。その男を止めるのに力を貸してください」

「もちろん」とパトリシア。「わたしは――」

「〝もちろん〟なんて聞きたくないんです」とミセス・グリーン。「あたしがここで起きてることを誰かに話したって、田舎に住んでて学校に行ったこともないばあさんとしか見てもらえません。あなたが話せば、相手が見るのはオールドビレッジからきたお医者さんの奥さんで、話に耳を貸してもらえます。頼みごとはしたくないけど、警察にちゃんとこの話を聞いてもらう必要があるんですよ。あたしがせいいっぱいミス・メアリーを助けようとしたのはご存じでしょう。自分の血を流してまで。

今晩電話をくれたとき、あたしたちはみんな母親だって言ってましたね。ええ、その通りです。あなたの血を流してください。あたしを助けて」

パトリシアは反射的に〝もちろん〟と言いそうになり、その単語を頭から消した。なにも言わずにミセス・グリーンと向かい合って立ち、静かにしっかりと口にする。

「一緒に助けましょう」と告げる。「デスティニーは連れていかせないし、あの男にこれ以上子どもをさらわせたりしない。止めるためにできるかぎりのことをしてみせます。約束です」

ミセス・グリーンの答えはなく、ふたりはしばらくそのまま立っていた。

「まあ、あんなものだろう」カーターが後ろから近づいてきて言った。「明日あの子を医者に連れていって、なにか問題があれば、僕の情報が報告書に載っている」

その場の空気が破れ、三人はミセス・グリーンの家へ歩いていった。

「カーター」パトリシアは言った。「社会福祉局があの子になにかするとは思わないでしょう？」

「なんだって？」カーターは問い返した。「つまり、保護するとか？」

「そう」とパトリシア。

「まさか」とカーター。「診察する医者は虐待の証拠があれば報告を義務づけられているが、母親の腕からそのまま泣き叫ぶ赤ん坊をひったくるわけじゃない。いろいろ手続きがあるんだ。心配ならあした聞いてまわって、どんな医者か確かめようか」

「ありがとう」とパトリシア。「ただ神経質になってるだけなの」

「心配するな」とカーター。「きちんと確認するよ」

ミセス・グリーンは自宅に入っていき、ドアに鍵をかける音が聞こえた。カーターはこちらの車のドアをあけてくれた。パトリシアはシートベルトをカチッと締め、ウィンドウをさげた。

「きてくれてありがとう」と言う。

「きみのメモを見つけた」とカーター。「あれだけいろいろあったんだから、夜中にたったひとりでこのあたりを運転してまわるのは危険だよ。僕について家まで戻って、少し休んでから、朝に話さないか？」

ばかなことをしたと思わせないようにカーターがふるまっているのがありがたく、パトリシアはうなずいた。そして、シックスマイルを出てライフルレンジロードを進み、オールドビレッジまで帰るあいだ、ずっとカーターの車の赤いテールランプにくっついていった。ジェイムズ・ハリスの家を通りすぎたとき、カーターのブレーキランプがつかのま明るくなった。おそらく自分と同じように、ジェイムズのシボレーコルシカが家の前にとまっていることに気づいたのだろう。

その夜カーターは、数か月ぶりにパトリシアを抱きしめて寝た。それを知っているのは、血に染まった赤い口に森の中を追いかけられる悪夢で何度も目が覚めたが、そのたびにカーターの腕が体にまわされているのを感じ、安心して眠りに戻ったからだ。

第十八章

パトリシアは階段から転げ落ちたような気分で目を覚ました。ベッドから出れば関節がポキポキ鳴り、コーヒーフィルターに手をのばせば、割れたガラスがつまっているかのように肩がきしんだ。シャワーを浴びようと服を脱いだとき、パトカーの後部座席でさんざん左右にすべったせいで、腰の両側にあざができていることに気づいた。

土曜日だったが、カーターは病院に行かなければならず、パトリシアはブルーに好きなことをさせておいた。外が明るかったからだ。

「でも、暗くなりはじめる前に帰ってきて」と声をかける。「夕食が早いから」

暗くなったあとブルーから目を離すのは安全ではない。ジェイムズ・ハリスが何者なのか知らないし、そんなことはどうでもよくて、きちんと頭が働いていなくても、あの男が太陽のもとに出ていかないことはわかっている。グレイスに電話して、ゆうべ見たことを伝えたかったが、グレイスは理解できないことがあると、それが存在すること自体を認めようとしないのだ。パトリシアはなんとか落ち着こうとつとめた。

カーテンに掃除機をかける気にはなれなかったので、洗濯した。シャツとスラックスにアイロンをかける。靴下にもかけた。あのしろものが顔にくっついたジェイムズ・ハリスの姿が繰り返し脳裏に浮かんだ。血だらけになった口、バンの床に横たわった幼い少女。気がつくと、この件をどうやって説明したらいいのか頭を絞っていた。パトリシアはバスルームを掃除した。太陽が空をすべっていくのをながめた。コーレイがまだサッカーの合宿中で家にいないのがありがたかった。

賞味期限切れの調味料を捨てていたとき、電話が鳴った。

「キャンベルです」と応答する。

「娘を連れていかれましたよ」ミセス・グリーンが告げた。

「は？　誰がです？」パトリシアは話についていこうとして問い返した。

「今朝、ワンダ・テイラーが医者に連れていったときです」とミセス・グリーン。「あなたが言ってた傷痕が脚についてるのを医者が見つけて、外でワンダを待たせて、デスティニーと話したんです」

「あの子はなんて？」パトリシアはたずねた。

「なんて言ったかワンダは知りませんが、そのあと社会福祉局が訪ねてきて、警官がひとりきたんです」とミセス・グリーン。「デスティニーは薬物を摂取してて、誰かに注射された痕があるって言われたそうです。デスティニーが〝ばあパパ〟って言ってる男は誰だって訊かれて、ワンダは男と会ったりしてないって言ったんですが、信じてもらえませんでした」

「ゆうべのおまわりさんに連絡します」パトリシアは必死になって言った。「あの人たちに電話して、社会福祉局に話してもらえばいいわ。それにカーターがそのお医者さんに電話できます。なんて名前ですか？」

「こんなことにならないって約束したでしょう」とミセス・グリーン。「ふたりとも約束したのに」

「カーターが電話します」とパトリシア。「この問題を解決してくれますから。わたしがそちらへ行ってワンダと話したほうがいいですか？」

「いまワンダ・テイラーとは会わないのがいちばんでしょうね」とミセス・グリーン。「受け入れやすい精神状態じゃないですから」

パトリシアは電話を切ったが、受話器は手放さなかった。キッチンがぐるぐるまわっている。きのうデスティニーを見た。寝室にいた。母親と座っていた。小さなぐったりした体がジェイムズ・ハリスの下にあったのも、あの男が少女の血にまみれた顔でかたわらに立っていたのも、この目で見たのだ。

「つまんない」ブルーが家族コーナーに入ってきて言った。

「つまらなくなるのはつまらない人だけよ」パトリシアは機械的に言った。

「みんなキャンプにいるんだもん」とブルー。「遊ぶやつが誰もいないよ」

どうしてこんなことに？　自分はなにをしてしまったのだろう。

「本を読んできなさい」パトリシアは言った。

電話をとりあげ、カーターのオフィスにダイヤルする。

「持ってる本はみんな読んじゃった」とブルー。

「あとで図書館に行きましょう」と答える。

呼び出し音が鳴り、カーターが応答し、パトリシアはなにがあったか伝えた。

「いまはものすごく忙しいんだが」とカーター。

「わたしたち約束したわ、カーター。約束をしたのよ。あの人は体じゅう傷だらけになってまで、あなたのお母さんを助けようとしたのに」

「わかったわかった、パティ、ちょっと電話してみるよ」

「みんなヒトラーは悪いやつだったって思ってる」ブルーが夕食の席で言った。「でもヒムラーのほうがひどかったんだ」

「なるほど」カーターは息子を落ち着かせようとして言った。「塩をとってくれないか、パティ？」

パトリシアは塩入れをとりあげたが、まだブルーに渡そうとしなかった。

「今日デスティニー・テイラーのことであの先生に電話してくれた？」とたずねる。

カーターは帰宅してからずっと話をそらしていたのだ。

「尋問される前に塩がもらえるかな？」と問い返される。

パトリシアはなんとか笑顔を作ってブルーに渡した。

「ヒムラーはナチス親衛隊《SS》の長官だったんだ」とブルー。「SSはシュッツシュタッフェルの略だよ。ドイツの秘密警察だった」

「そいつはかなり悪そうに聞こえるな、なあ」カーターは言い、塩を受け取った。

「それが夕食の席にふさわしい会話なのか疑問なんだけど」とパトリシア。

「ホロコーストは全部ヒムラーの思いつきだったんだよ」ブルーは続けた。

パトリシアはカーターが皿の上のすべてに塩をふるのを待ったが、ずいぶん長い時間に思われた。

「カーター？」塩入れがテーブルに触れたとたん問いかける。「電話したの？」カーターはフォークを置いて考えをまとめてから、顔をあげてこちらを見た。これは悪い兆候だとパトリシアにはわかった。「約束したのよ、カーター」

「調査委員会が組織されたら、その瞬間科長になるチャンスはなくなる」カーターは言った。「おまけに決定寸前だから、僕のすることはすべて顕微鏡なみに細かく調べられるんだ。精神科長の候補になっている州職員が、ほかの州職員に電話をかけて、仕事のやり方に口を出しはじめたらどう受け取られると思う？　それがどんなにまずく見えるかわかるか？　うちの医科大学は公立の機関だ。ものごとは決まったやり方で進めなければならない。ただ駆けずりまわって質問したり非難したりするわけにはいかないんだよ」

「約束したのに」パトリシアは言い、手がふるえているのに気がついた。フォークをおろす。「収容所で医学的な実験をしたんだ」ブルーが言った。「双子のひとりを拷問して、もうひとりがなにか感じるか見たり」

「あの子の医者が家から離したほうがいいと決めたのなら、きちんと理由があるからだし、僕があとからとやかく言うことじゃない」カーターはフォークをとりあげて言った。「それに正直、あのトレーラーハウスを見たあとだと、正しい判断かもしれないぞ」

玄関の呼び鈴が鳴ったのはそのときで、パトリシアは座ったまま とびあがった。心臓が三倍速で打ちはじめる。誰なのか察しがついて気がめいった。カーターになにか言って、どんなに不公平なことをしているか思い知らせてやりたかったが、ふたたび呼び鈴の音がした。カーターがチキンを載せたフォーク越しに顔をあげた。

「きみが出るか?」とたずねる。

「ぼくが行く」ブルーが言い、するりと椅子からおりた。

パトリシアは立ちあがって行く手をふさいだ。

「チキンを食べちゃって」

四人が電気椅子に近づくように、玄関のドアへ向かって歩いていく。広くあけはなつと、網戸の向こうにジェイムズ・ハリスが見えた。笑いかけてくる。最初の対面がいちばんの難関だろうが、後方に家族が控え、私有地である自宅の中に立っているパトリシアは、せいいっぱい女主人としての愛想笑いを浮かべてみせた。さんざん練習してきたのだ。

「まあびっくりした、お会いできてうれしいわ」網戸を隔てて声をかける。

「また食事中だったかな?」と返事がきた。「本当に申し訳ない」

「ぜんぜん迷惑じゃないわ」

「実は」とジェイムズ・ハリス。「最近、食事の途中で邪魔が入ったことがあって。いや、腹が立ったな」

一瞬、息ができなかった。違う、と自分に言い聞かせる。これは罪のない感想だ。試されているわけではない。

「それはお気の毒ね」

「そのことできみを思い出した」とジェイムズ・ハリス。「家族の食事を何度邪魔したか気づいたんだ」

「あら、そんな」とパトリシア。「いてくださって楽しかったもの」

網戸越しにその顔を注意深く観察する。するとこちらの顔も同様に観察された。

「そう聞いてよかった」とジェイムズ・ハリス。「お宅に招いてもらってからずっと、訪ねずにはいられないんだ。まるで自分の家のような気さえしている」

「まあすてき」とパトリシア。

「だから、今日不愉快な状況に対処するはめになったとき、きみのことが浮かんだ」とジェイムズ・ハリス。「この前はとても助かったから」

「あら？」とパトリシア。

「大おばのために掃除してくれていた女性が行方不明なんだが」とジェイムズ・ハリス。「どうやら、最後に姿を見せたのがうちだったと誰かが広めているらしい。俺が関与しているというあてこすりだ」

そこで悟った。警察が会いにきたのだ。そのさいパトリシアの名前は口にしなかった。ゆうべこちらの顔は見られていない。だがジェイムズ・ハリスは疑っていて、ゆさぶれば尻尾を出すのではないかと確かめにきたらしい。そんなことを考えるとは、オールドビレッジのカクテルパーティーに参加したことがないのだろう。

「誰がそんなこと言うかしらねえ？」パトリシアは問いかけた。

「きみがなにか聞いていないかと思って」

「噂話に耳を貸したりしないわ」

「まあ」とジェイムズ・ハリス。「聞いた話だと、いなくなった女性は誰か男と逃げたようだが」

「じゃあそれで解決ね」

「俺がその人になにかしたなどと、きみや子どもたちの耳に入ったらと思うとつらくて」とジェイムズ・ハリス。「人におびえられるのだけは絶対にいやなんだ」

「そんなこと間違っても心配しないで」パトリシアは言うと、あえて視線を合わせた。「この家の人間は誰もあなたのことをこわがったりしてないわ」

ふたりはつかのま見つめ合い、それは挑み合っているように感じられた。先に目をそらしたのはパトリシアだった。

「きみが俺に話しているときの態度が気になるだけさ」とジェイムズ・ハリス。「ドアをあけようとしないし、どこかよそよそしい。普段なら立ち寄れば招いてくれるのにな。なにか変わってしまった気がするんだ」

「なんにも変わってないわ」パトリシアはそう言ってから、どうすべきか悟った。「デザートを食べるところだったの。一緒にどう？」

呼吸を制御し、にこやかな笑顔を保つ。

「それはいいな」とジェイムズ・ハリス。「ありがとう」

中に入れなければならなくなったと気づき、パトリシアはしかたなくドアに腕をのばした。片手で掛け金を握って時計まわりにひねったとき、肩の骨がきしむのを感じた。網戸のばねがギーッと鳴る。

「どうぞ」と言う。「いつでも歓迎よ」

脇によけて通してやると、血だらけの下顎と口にひっこんでいくあれが見えた。もっともそれは幻にすぎず、パトリシアは相手が入ったところでドアをしめた。

「ありがとう」とジェイムズ・ハリス。

頭に銃を突きつけられたかのように、この家に入れてしまった。落ち着いていなくては。こちらも無力ではないのだ。パーティーやスーパーで、誰の子どもが鈍いだの赤ん坊が不細工だのと立ち話をしていて、本人がいきなり現れたことなら何度もあったが、面と向かってにっこりと「ちょうどお宅のかわいい赤ちゃんのこと考えてたのよ」と言い、まるで気づかれずに済んだものだ。

切り抜けてみせる。

「……その人の血をすっかり抜き取って、血液型の違うほかの人の血を輸血するんだ」ジェイムズ・ハリスを案内してダイニングに戻ると、ブルーがそうしゃべっていた。

「うんうん」カーターがブルーの話を聞かずに言った。

「ヒムラーと強制収容所の話かな?」ジェイムズ・ハリスがたずねた。

ブルーとカーターが話をやめて顔をあげた。室内の光景が細部までいっぺんに視界に入ってくる。ありとあらゆるものが重要な意味を持っているようだった。

「ほら、誰が寄ったか見てみて」パトリシアは笑いかけた。「ちょうどデザートに間に合ったわ」

ナプキンをとりあげて腰をおろし、左側に座るよう身ぶりでジェイムズ・ハリスにうながす。

「独り身の年寄りをデザートに誘ってくれてありがたい」とジェイムズ・ハリス。

「ブルー」パトリシアは言った。「テーブルを片付けてクッキーを持ってらっしゃい。コーヒーはいかが、ジェイムズ?」

「目が冴えそうだ」とジェイムズ・ハリス。「それでなくても寝つきが悪いんだよ」

「どのクッキー？」ブルーがたずねた。

「全部よ」パトリシアが言うと、ブルーはスキップ同然のはずんだ足取りで部屋を出ていった。

「夏はどんなふうにお楽しみかな？」カーターが問いかけた。「ここにくる前はどこに住んでたんです？」

「ネバダ州です」とジェイムズ・ハリス。

（ネバダ州？）パトリシアは思った。

「からっと暑いところだ」とカーター。「ここは今日湿度八十五パーセントまであがりましたよ」

「たしかに慣れているのと違いますね」とジェイムズ。「ひどく食欲が落ちてしまって」

デスティニー・テイラーにしていたのはそういうことなのだろうか、とパトリシアはいぶかった。血を食べているつもりなのだろうか？　七〇年代に六人殺害して一部を食べ、自分が本物の吸血鬼だと文字通り信じていたサクラメントの吸血鬼、リチャード・チェイスのことを考える。それから、ジェイムズ・ハリスの口にひっこんでいった、ゴキブリの脚のような棘だらけの硬いものが脳裏に浮かんだ。そのことはどう説明すればいいのかわからない。あれがこの男の喉に、薄い皮膚の層の下に入っているのだ。手をのばせばさわれそうなほど近くで、と思い至って脈が速くなった。こんなにもブルーに近いのだ。パトリシアは息を吸い込み、強引に自分を落ち着かせた。

「ガスパチョのレシピがあるわ」と言う。「ガスパチョは飲んだことがある、ジェイムズ？」

「あるとは言えないな」とジェイムズ。

「冷たいスープよ」とパトリシア。「イタリアの」

「うえっ」ペパリッジファームのクッキーを四袋、胸にかかえて入ってきたブルーが言った。

「暑い天気にはぴったりよ」パトリシアはほほえんだ。「帰る前にレシピを書き写してあげるわ」

「ちょっといいかな」カーターが仕事用の口調で言った。パトリシアは夫を見やり、完全に普段通りなのだ。


にふるまって、と夫婦の暗号で伝えようとした。いまのこの状況はカーターが気づいているより危険
カーターが目を合わせてきた。パトリシアはジェイムズ・ハリスへさっと視線を動かし、夫だけが見てとれるように、心のすべて、ふたりの結婚でわかちあっているすべてをそのまなざしにそそぎこんだ。カーターはそれを受け取った。（安全策よ）と目で伝える。（知らないふりをして）

カーターが視線を外し、ジェイムズ・ハリスに向き直った。

「話し合って誤解を解かないと」と言う。「おわかりでしょうが、パティは警察に話したことをとても後悔しているんですよ」

胸をぱっくりと割られ、中に氷のかたまりを押し込まれた気がした。言おうとした台詞がすべて喉に凍りつく。

「ママがなにしたの？」ブルーが訊いた。

「それはお母さんから聞いたほうがいいと思う」ジェイムズ・ハリスが言った。

ジェイムズ・ハリスとカーターがこちらを観察しているのが目に入った。ジェイムズ・ハリスは誠実そうな仮面をかぶっているが、その裏ではパトリシアを嘲笑《ちょうしょう》しているのだ。カーターは〝思慮深い〟顔つきになっている。

「ママはね、ミスター・ハリスがいけないことをしたと思ったの」パトリシアは締めつけられた喉から言葉を押し出し、ブルーに伝えた。「でも、よくわかってなかったのよ」

「今日うちに警察がきたのは、あまり楽しくなかったな」とジェイムズ・ハリス。

「警察を呼んだの？」ブルーは愕然として問いかけた。

「今回の件ではたいそう心苦しく思っています」とカーター。「パティ？」

「ごめんなさい」パトリシアは消え入りそうな声で言った。

「それは全部解決しました」とジェイムズ・ハリス。「だいたいのところは、警察が家の前に駐車するのが気まずいというだけですよ、なにしろここでは新参者なので。小さな地域がどんなものかご存じでしょう」

「なにをしたの？」ブルーがジェイムズ・ハリスにたずねた。

「まあ、ちょっと大人の話だよ」とジェイムズ・ハリス。「本当に、お母さんから聞いたほうがいい」

パトリシアはカーターとジェイムズ・ハリスに逃げ道をふさがれた気がした。あまりに不公平なやり口にかっとなる。ここは自分の家で、一緒にいるのは自分の家族だ。なにも悪いことはしていない。いまこの瞬間、全員に出ていってくれと頼むこともできるのだ。だが、実は悪いことをしてしまったのではないだろうか。いまこの瞬間も、デスティニー・テイラーは母親なしで泣きながら眠りについているのだから。

「わたし……」と言いかけた声は、ダイニングの空気の中で途絶えた。

「お母さんは、ミスター・ハリスが子どもになにかよくないことをしたと思ったんだ」カーターが言った。「だが、完全に間違っていた。百パーセントだ。知っておいてほしいが、どんな形であれ、おまえやお姉ちゃんに危害を加えるような相手だったら、絶対にこの家に呼んだりしないよ。お母さんはよかれと思ったんだが、ちゃんと考えていなかったんだ」

ジェイムズ・ハリスはパトリシアを見つめ続けていた。

「そうよ」パトリシアは言った。「勘違いしていたの」

沈黙が長引き、みんながなにを待っているのか気づいた。じっと皿を見る。

「ごめんなさい」ほとんど聞こえないほどかすかな声で言った。

ジェイムズ・ハリスは騒々しくペパリッジファームのミントミラノクッキーにかじりついた。静寂の中に歯がクッキーを粉々にすりつぶす音が響き、続いてのみこまれる。かみくだかれたクッキーが、喉のあれを通りすぎてすべりおちていくのが聞こえた。

「さて」とジェイムズ・ハリス。「もう行かないといけないが、心配しないでくれ――お母さんにそれほど腹を立てたりできないよ。なんといってもご近所だからな。それに、引っ越してきてからずっと、とても親切にしてもらったし」

「お見送りするわ」パトリシアは言った。ほかになにを言えばいいかわからなかったからだ。

先に立って暗い玄関ホールを通り抜けたとき、ジェイムズ・ハリスが身を乗り出してなにか言おうとするのを感じた。だめだ、耐えられない。これ以上ひとことでもつきあいたくなかった。なんと得意げな顔だろう。

「パトリシア……」低い声が言いはじめる。

パトリシアは玄関ホールの明かりをぱっとつけた。相手はびくっとして眉をひそめ、まばたきした。片目から涙の粒がこぼれだす。子どもっぽい行動だったが、おかげでいくらかすっきりした。


寝る支度をしながら、カーターはパトリシアと話そうとした。

「パティ」と言う。「怒るなよ。あれははっきり言ったほうがよかったんだ」

「怒ってないわ」と答える。

「きみがなにを見たと思ったにしろ、別に問題なさそうな男じゃないか」

「カーター、わたしは見たの」と言う。「あの小さい女の子になにかしてたのをね。今日あの子が母親から引き離されたのは、内股に傷痕が見つかったからよ」

「またその話に戻る気はないよ」とカーター。「専門家は自分のしていることを心得ていると、ある程度のところで想定しないと」

「わたしは見たもの」とパトリシア。

「たとえ、誰も見つけられなかったバンの中をのぞいたというのが本当だったとしてもだ」とカーター。「目撃者の説明はあてにならないことで有名なんだ。あたりは暗かったし、光源は懐中電灯で、あっという間のできごとだろう」

「自分の見たものはわかってるわ」とパトリシア。

「研究を見せてやれるよ」とカーター。

だが、なにを目撃したかはわかっているし、あれは間違いなく異常だった。アン・サヴェージがパトリシアを攻撃したやり方も、ミス・メアリーがサワコメネズミに襲われた事件も、いつかの晩屋根にいた男も、食事中に邪魔が入ったとジェイムズ・ハリスが露骨にほのめかしたことも、オールドビレッジがもはや安全だと感じられない状態も——どこかおかしい。すでにスペアキーは外にある模造岩の中の隠し場所から移動した。家を離れるときは必ず、たとえちょっとした用事でも、ドアにデッドボルトの錠をおろすようになった。状況の変化が早すぎるうえ、ジェイムズ・ハリスがその中心にいるのだ。

しかも、さっき言われたことがなにか気になってしかたがない。パトリシアは起きあがって一階に行った。

「パティ」カーターが背後から呼びかけた。「怒って出ていくなよ」

「怒ってないわ」肩越しに言い返したものの、正直、その声が届こうが届くまいがどうでもよかった。家族コーナーの本箱で『吸血鬼ドラキュラ』[*26]の本を見つける。二年前の十月に読書会で読んだものだ。

ぱらぱらとページをめくると、やがて探していた文章が目に飛び込んできた。

「たとえば、初めてどこかの家へはいる時には」とヴァン・ヘルシングはオランダなまりの英語で言うのだ。「その家の誰かがはいれといわなければ、ぜったいにはいれない。そのあとは、いつでも好きな時にはいれる（ブラム・ストーカー『吸血鬼ドラキュラ』平井呈一訳、創元推理文庫）」

何か月も前にジェイムズ・ハリスを家の中へ招いてしまった。またサクラメントの吸血鬼リチャード・チェイスのことが浮かび、続いて口の中のあれが脳裏によみがえった。そういうわけで、パトリシアは翌日教会へ行ったあと、コモンズのショッピングセンターへ運転していき、ブックバッグ書店に入った。知り合いが誰もいないのを確認してから、レジに歩み寄る。

「すみません」と声をかけた。「ホラーの本はどこにありますか？」

「SFとファンタジーの裏です」少年は顔もあげずにぼそぼそ答えた。

「ありがとう」パトリシアは言った。

表紙を見てつぎつぎと本を選び、レジの前に積みあげはじめる。

支払いの準備ができると、店員がどんどんレジに打ち込んでいった。きれいにひげを剃ったスパイクヘアのたくましい若者の表紙が次から次へと続く――『ヴァンパイア・ビート』[*27]『きみの血を』[*28]『巧妙な従属』[*29]『呪われた町』『ヴァンパイア・ジャンクション』[*30]『ライヴ・ガールズ』[*31]『夜の血』[*32]『血は流れず』[*33]『吸血鬼の弟子』[*34]『夜明けのヴァンパイア』[*35]『ヴァンパイア・レスタト』[*36]『ヴァンパイア・タペストリー』[*37]『ホテル・トランシルヴァニア』[*38]。牙や鋭い歯や血みどろの唇が表紙にあれば、とりあえず買った。総計は百四十九ドル九十六セントだった。

「相当吸血鬼にのめりこんでるんですね」店員が言った。

「小切手は使える？」とたずねる。

買い込んだ本はクローゼットの奥に隠した。寝室に閉じこもってひとつひとつ読み進めていくうちに、自分だけではどうにもならないと気づいた。助けが必要だ。

第十九章

読書会の晩には、グレイスが冷凍フルーツのサラダを、キティが白ワインを二瓶持ってきた。一同はごちゃごちゃしたスリックのリビングに腰かけていた。レノックスの小鳥のガーデンオーナメントのコレクション、ビーニーベイビーズのぬいぐるみ、祈りの引用句を記した壁飾りなど、スリックがホームショッピングネットワーク（ケーブルテレビの通販専門チャンネル）で買い込んだありとあらゆる品物に囲まれて、パトリシアは友人たちに嘘をつく覚悟をしていた。

「だから、結論としては」メアリエレンが言い、『テッド・バンディ――「アメリカの模範青年」の血塗られた闇』への反論をしめくくった。「アン・ルールはきわめつけのばかだったってこと。テッド・バンディと知り合いで、テッド・バンディの隣で働いてて、警察がフォルクスワーゲン・ビートルに乗ってるテッドって名前の若くて顔のいい男を捜してるって知ってたんだよ。しかも、自分の友だちの若くて顔のいいテッド・バンディがフォルクスワーゲン・ビートルに乗ってるのも知ってたのに、その友だちが逮捕されても〝判断を保留する〟って言うんだから。つまりね、それ以上なにが必要なの？　自宅のチャイムを鳴らして『アン、僕が連続殺人犯なんだ』って言ってもらいたいわけ？」

「自分に近い誰かだとよけい悪いのよ」とスリック。「知り合いは思っているような人であってほしいし、そのまま知っている通りでいてほしいもの。でもね、タイガーは通りのすぐ先にいるエディ・バクスリーって子と友だちなのよ。私たちはエディが大好きなんだけど、両親がR指定のホラー映画を見せてるってわかってからは、もう向こうの家で遊んじゃだめってタイガーに言わなきゃならなかったの。つらかったわ」

「それはぜんぜん別問題でしょ」とメアリエレン。「大事なのはね、いちばんの親友のテッドがアヒルみたいに話してアヒルみたいに歩いてアヒルと同じ車を運転してるって証拠があったら、そいつはたぶんアヒルだろうってこと」

これ以上の機会はない、とパトリシアは判断した。冷凍フルーツのサラダをつつきまわすのをやめ、フォークを皿に置いて深く息を吸うと、用意した嘘をついた。

「ジェイムズ・ハリスはドラッグを売ってるの」

みんなにどう伝えるべきかは長いあいだ熟考した。本当に考えていることを話せば、精神科病院に送られてしまう。だが、オールドビレッジの女性陣とマウントプレザント警察を必ず動員できる犯罪があるとすれば、ドラッグだった。なにしろ撲滅キャンペーンがあるぐらいなのだから。ジェイムズ・ハリスの問題を警察に調べてもらうのに、どんな手を使おうがかまうものか。とにかくあの男にいなくなってほしいだけだ。そういうわけで、嘘の続きを伝えた。

「子どもにドラッグを売りつけてるのよ」

少なくとも二十秒は誰もひとことも口にしなかった。

キティはグラスのワインをひと息で飲みほした。スリックは目をみひらき、じっと動かなくなった。メアリエレンはからかわれているのかどうかわからないと言いたげな当惑した顔つきで、グレイスはのろのろと頭を左右にふった。

「ねえ、パトリシア」グレイスは失望した声で言った。

「あいつが小さい女の子といるのを見たの」と強く先を続ける。「シックスマイルの森で、あのバンの後部座席にいるところを。その子の内股に傷痕が見つかったから、社会福祉局がお母さんから引き離したのよ。街角の薬物常習者がドラッグの注射痕って呼んでるみたいな、大腿動脈を刺した傷がついてるあざよ。グレイス、ミセス・サヴェージが病院に行ったとき、内股に似たような痕があったってベネットが言ってたでしょう」

「あれは機密情報よ」とグレイス。

「そっちが教えてくれたんじゃない」とパトリシア。

「あなたが耳をかまれたからよ」とグレイス。「あの人が静注薬物を使ってることを知っておくべきだと思ったからでしょう。オールドビレッジじゅうに言い触らされるとは思わなかったけれど」

どうも期待したように進んでいない。パトリシアは何時間もかけてこの話を組み立て、みんなと一緒に読んだ犯罪ノンフィクションをすべて読み返して、事実をどう提示するか練習したのだ。グレイスと言い争うのはやめて、作ったメモの通りに話を進める必要がある。

「ジェイムズ・ハリスがこの町にきたとき、あの家に八万五千ドル入ったバッグがあったの」パトリシアは早口で言った。「最初に会った午後、身分証明書がなかったから、わたしが銀行口座をひらくのを手伝ったのよ。でも、運転免許証は持ってたはずなのに、どうして銀行で見せなかったの？　なにかで指名手配されていたからかも。前にどこかでこういうことをしたのかもしれないわ。それに、ミセス・グリーンがシックスマイルで見慣れないバンのナンバープレートの番号を書き留めたら、あいつのナンバープレートだったの。あと、フランシーンがいなくなる前に最後に会ったのはわたしだと思うんだけど、ちょうどあの家に入っていくところだったのよ」

誰の表情も変わらないまま、集めた事実を使い切ってしまった。

「出身地の説明もころころ変わるし」と言ってみる。「あの男に関しては、なにもかも辻褄が合わないわ」

友情がまさに目の前で消えていくのがわかった。ありありと見える。みんなこの話を信じると言い、気まずいまま読書会を終わりにするだろう。まず電話の返事がこなくなり、パーティーで行き会えばほかの人と話しに行くと言い訳され、コーレイとブルーに泊まりにこないかという誘いがこなくなる。ひとり、またひとりと背を向けていくのだ。

「パトリシア」グレイスが言った。「この前会いにきたとき注意したでしょう。笑いものになるようなことをしないでと、あれほど頼んだのに」

「自分がなにを見たか知っているからよ、グレイス」だんだん自信がなくなってきていたものの、パトリシアは答えた。

会話が手に負えなくなりかけているようだ。冷凍フルーツのサラダの皿を置く場所を見つけようとしたが、コーヒーテーブルはマーブル模様のバラを生けた器やさまざまな大きさのガラスのピラミッド、戦いの最中で動きを止めた二羽の真鍮《しんちゅう》の闘鶏、『祈り』のような題名の特大本の山などでいっぱいだった。とりあえず手で持っていようと決め、ゆさぶりをかければいちばん効きそうな相手に集中した。ひとりが信じれば、残りも続くだろう。

「メアリエレン」と言う。「たったいまアン・ルールはばかだって言ったじゃない。いちばんの親友がアヒルみたいに話してアヒルみたいに歩いてアヒルと同じ車を運転してるって証拠があったら、その人はたぶんアヒルだろうって」

「説得力のある一連の証拠と、たまたま偶然が重なったからって誰かを犯罪者呼ばわりすることは違うよ」とメアリエレン。「じゃ、そっちの証拠をはっきりさせようか。ミセス・グリーンの話じゃ、シックスマイルの子どもたちにいたずらしてる男が森にいるかもしれないし、いないかもしれないんだよね」

「ドラッグを渡してるのよ」パトリシアは訂正した。

「わかった、子どもたちにドラッグを渡してる」とメアリエレン。「ミセス・グリーンは、ジェイムズ・ハリスのナンバーのバンを見たかもしれないし見なかったかもしれないけど、最後まで番号を見てさえいないし、しかもその車はすでに誰かに売られてるから、もうジェイムズ・ハリスのものでさえないんでしょ」

「あれがどうなったのかわたしは知らないわ」とパトリシア。

「バンのことはおいても」メアリエレンは続けた。「あの人がシックスマイルまで出かけたっていう単純な事実だけで、なにかに関与してるはずだって信じてほしいの？　たとえ誰かが死んだりなにか起きたりしたとき、その場にいなくても？」

「わたしはあそこであの男を見たの」とパトリシア。「バンの後部で小さい女の子になにかしてるのを見たのよ。わたしは。見たの。あの男を」

　誰もなにも言わなかった。

「なにをしてるのを見たの？」スリックが問いかけた。

「わたしは具合が悪くなったっていう子どものひとりに会いに行ったの」とパトリシア。「ミセス・グリーンと一緒にね。その女の子は寝室からいなくなってたのよ。森の中へ捜しに行ったら、あの白いバンがあったの。あいつはその子と後部座席にいたわ。その……」ほとんどためらうことなく続ける。「……なにか注射してたの。お医者さんの話だと、脚に注射痕があったって」

「だったらどうして警察に言わなかったの？」スリックが訊いた。

「言ったわ！」思いのほか声が大きくなった。「バンもあいつも見つけられなかったから、警察は母親が娘にドラッグを与えたと思ってるの。でなきゃ母親の彼氏がね」

「じゃあどうして、その彼氏をもっときちんと調べないわけ？」メアリエレンがたずねた。

「彼氏なんかいないからよ」パトリシアは冷静さを保とうとしながら言った。

メアリエレンは肩をすくめた。

「それでわかるのは、ノースチャールストン警察とマウントプレザント警察の基準がぜんぜん違うってことだけだね」

「冗談じゃないのよ！」パトリシアは叫んだ。

その声はぎゅうぎゅうづめのリビングに荒々しくこだました。スリックがとびあがり、グレイスの背筋がこわばった。メアリエレンは顔をしかめた。

「もっとワインがある？」キティが問いかけた。

「本当にごめんなさい」とスリック。「全部なくなっちゃったと思うわ」

「子どもが危害を加えられてるのに」とパトリシア。「誰も気にしないの？」

「もちろん気にするよ」とキティ。「でもあたしたちは読書会メンバーで、警察じゃないし。なにをしろって？」

「なにかおかしいかもしれないって気がついてるのはわたしたちだけなのに」とパトリシア。

「あなたでしょう、私たちではなくて」とグレイス。「ばかな行動に私を巻き込まないでちょうだい」

「こんな話、エドは笑い飛ばすよ」とメアリエレン。

「警察はわたしの証言を忘れることにしたわ」とパトリシア。「もう一度行くのにみんなの助けがいるの。この件をじっくり一緒に考えてほしいのよ。メアリエレンは警察がどう動くか知ってるでしょう。キティはシックスマイルに行ったじゃない。どんな状況か見てるはずよ。話してあげて」

「だからね」キティは力になろうとして言った。「あそこじゃなんかおかしいんだよ。誰も彼もぴりぴりしてる。街のチンピラどもに襲われそうになったぐらいだし。でも、近所の人をドラッグの売人って告発するのは……」

「わたしの見方はこうよ」とパトリシア。「シックスマイルの人たちは、子どもになにかしてるやつがいると思ってる。誰かが子どもたちに、正気を失って自傷するようなものを渡してるってね。さて、ここオールドビレッジでは、ミセス・サヴェージが正気を失ってわたしを襲った。それにフランシーンのこともあるわ。あの男の家に入っていくのを見て、そのあと行方不明になったのよ。もしかしたらドラッグかお金かなにかをたまたまフランシーンに見つかって、始末しなくちゃいけなくなったのかもしれない。でも、すべてがあの男を通じてつながってるの。なにもかもあいつのまわりで起こってる。偶然の一致がいくつあれば目が覚めるの？」

「パトリシア」グレイスがゆっくりと口にした。「もし自分の言っていることが聞こえたら、ものすごく恥ずかしくなるでしょうね」

「もしわたしの言う通りだったら？」とパトリシア。「あいつがその子たちにドラッグを渡してまわってるのに、恥ずかしい思いをするのがこわくて行動しないとしたら？　自分の子どもかもしれないのよ。テッド・バンディを表面だけで判断しないで、もっと前に調べはじめてたら、若い女の子が何人今日まで生き残ってたか考えてみて。アン・ルールがもっと早く断片をつなぎあわせてたらどうなってたか、想像してみてよ。何人の命を救えたと思う？　わたしが言いたいのはね、このあたりで妙なことが起きてるって認めざるを得ないってことよ」

「いいえ、そんなことはなくてよ」とグレイス。

「妙なことが起きてるのよ」パトリシアは続けた。「小学校一年生の子たちが自殺してる。わたしは自分の家の庭で襲われた。ミセス・サヴェージの体にはデスティニー・テイラーと同じ痕があった。フランシーンは行方不明。わたしたちが読んだ本ではどれも、手遅れになるまで悪いことが起きてるなんて誰も思わなかったわ。ここはわたしたちが住んでいるところ、わたしたちの子どもたちが住んでいるところよ。みんなの家なのよ。守るためならどんなことでもしたいって思わないの？」

　また沈黙が長く続き、それからキティが口をひらいた。

「もしいまの話が正しかったら？」

「はい？」グレイスが問い返した。

「あたしたちみんな、ずっとパトリシアを知ってるんだし」とキティ。「あの男がバンの後部でちっちゃい女の子になにかしてるのを見たって言うんだったら、パトリシアを信じるよ。つまりさ、あれだけの本から学んだことがひとつあったとすれば、考えすぎだとしても、そのほうがいいってこと」

　グレイスは立ちあがった。「私たちの友情は大事よ、パトリシア」と言う。「あなたが正気に戻ったらいつでも友人になりましょう。でも、こんな思い込みに迎合しても、助けにはなりませんもの」

　スリックが立って、『サタンよ、わが子はおまえに渡さない』というような題名がいっぱいの本箱へ行くと、聖書をひっぱりだした。ある節までページをめくり、声に出して読む。

「〝世にはまたつるぎのような歯をもち、刀のようなきばをもって、貧しい者を地の上から、乏しい者を人の中から食い滅ぼすものがある。蛭にふたりの娘があって、『与えよ、与えよ』という。飽くことを知らないものが三つある、いや、四つあって、皆『もう、たくさんです』と言わない〟箴言三十章十五節」

　もっとページを繰って読みあげる。「エペソ人への手紙六章十二節、〝わたしたちの戦いは、血肉に対するものではなく、もろもろの支配と、権威と、やみの世の主権者、また天上にいる悪の霊に対する戦いである〟（日本聖書協会『聖書　口語訳』）」

　それからスリックは、満面の笑みを浮かべて全員を見た。

「私の試練がくるってわかってたの」と言う。「いつか主が悪魔と対決させて、誘惑との闘いの中で私の信仰を試すだろうって。これって本当にわくわくするわ、パトリシア」

「それ、冗談?」メアリエレンがたずねた。

「悪魔は私たちの子どもをほしがるものだわ」とスリック。「正しい者を信じて、邪悪な者を打ち倒さなくちゃ。パトリシアは友だちだもの、正しいのよ。もしジェイムズ・ハリスが邪悪な者の仲間なら、打ち倒すのはキリスト教徒としての義務だわ」

「打ち倒されてるのはあんたの脳みそだけでしょ」メアリエレンは言い、グレイスのほうを向いた。

「でも、スリックが言ってることは間違ってないよ」

「はい?」とグレイス。

「ニュージャージーはね、誰もお互いのために目を配ったりしないような場所だったの」とメアリエレン。「ご近所はいい人たちだったけど、絶対に知らない車のナンバーを書き留めたりしない。よそ者が家を観察してるのを見かけても教えてくれたりしない。ここは違うことがたくさんあるけど、わたしは一度だって、お互いに見守り合う町に住んでるのを後悔したことなんかないもの。パトリシアより説得力のある主張ができるかやってみようよ。もしできたら、エドに意見を訊いてみる。エドがなるほどと思うようなら、わたしたちも少しはいいことをしたのかもしれない」

パトリシアは感謝の気持ちがこみあげるのを感じた。

「私はリンチ集団みたいなものに加わったりしないわ」とグレイス。

「あたしたちはリンチ集団じゃなくて読書会だよ」とキティ。「いつでもお互い支え合ってきたんだから。パトリシアがいまこうなってるわけでしょ? ちょっと変だけど、いいじゃない。あんたのためにだって同じことをするよ」

「もしそんな状況になることがあったら」グレイスは言った。「しないでちょうだい」

そして、スリックの家から出ていった。

翌朝、ちょうど家族コーナーのクローゼットを片付けようと決めたとき、電話が鳴った。パトリシアは受話器をとった。

「パトリシア。グレイス・キャバノーよ」

「読書会でのこと、本当にごめんなさい」パトリシアは言った。この瞬間まで、どんなにグレイスの声を聞きたくてたまらなかったか自覚していなかった。「聞きたくないなら、もうあの話はしないから」

「あの男のバンを見つけたわ」とグレイス。

話の進み方があまりに急だったので、ついていけなかった。

「どのバン？」と問い返す。

「ジェイムズ・ハリスのよ」とグレイス。「『羊たちの沈黙』で、生首を入れた車を犯人がトランクルームに隠したのを思い出して。それに、あなたと知り合ってから七年近くになるし、疑わしいときでも好意的に解釈する余裕があるべきだということもね」

「ありがとう」とパトリシア。

「マウントプレザントのトランクルーム施設は、州道十七号線沿いのパックラット《PakRat》だけよ」グレイスは続けた。「〝パック〟のスペルをわざと違うふうにしたのは、かわいいと思ったからなんですって。別にかわいくないわね。ベネットはあそこを経営しているカールという男性と知り合いなの。だからゆうべ、カールの奥さんのジーニアに電話をかけてみたわ。会ったことがあるかどうかわからないけれど、私たちはふたりともハンドベルのグループにいたの。探しているものを伝えたら、トランクルームに連絡して、なにがわかるか調べてみますねって言ってもらえたのよ。やってみたら、ジェイムズ・ハリスって人がトランクルームをひとつ借りていることが判明したの。係員の話によると、白いバンで何度か出入りしたところを見かけたんですって。先週乗っているのを見たそうよ。だからまだあの車を持っているのよ」

「グレイス」パトリシアは言った。「それはすばらしい情報だわ」

「あの男が子どもに危害を加えているんだったら、すばらしくはないわね」とグレイス。

「そう、もちろんそうよ」パトリシアは叱られたと感じつつも勝ち誇った気分で言った。

「本当に悪事をたくらんでいると思うのなら」とグレイス。「エドのところに行く前にもっと材料が必要よ。準備不足で攻撃するのはいやでしょう」

「心配しないで、グレイス」パトリシアは答えた。「攻撃するときには完全に態勢を整えておくから」

サイコ

1993年8月

第二十章

「でも、今晩はローリーと遊びに行っていいって言ったのに」パトリシアはコーレイに言った。

「だって、気が変わったんだもん」とコーレイ。

パトリシアがメイクを仕上げているあいだ、コーレイはバスルームの入口に立っていた。娘がサッカーの合宿から帰ってきて、ストレスが急増している。暗くなったあと必ずブルーが安全な場所にいるように気をつけるだけでもたいへんなのに、コーレイは家の中をあてもなくうろつきまわり、何時間もテレビを見ていたかと思えば、電話がかかってきていきなり友だちに会うため夜中に車を貸してもらいたがるのだ。ただし、今夜は別だった。パトリシアが本当に家の外にいてほしいと思うときにかぎって出かけないとは。

「これからうちで読書会なのよ」とパトリシア。「合宿から帰ってきてからローリーに会ってないじゃない」

この家で読書会がある理由のひとつは、さりげなくカーターに勧めて、ブルーをクインシーズ・ステーキハウスへ夕食に連れ出したあと、映画(『ハネムーンは命がけ』というのに決めたらしい)を見に行ってもらうようにはからったからだ。コーレイは今晩街の中心部で過ごすことになっていた。

「向こうがキャンセルしたの」とコーレイ。「親が離婚することになったから、お父さんが〝充実した時間〟を過ごしたいんだって。そのスカート、きつすぎ」

「まだなにを着るか決めてないもの」スカートは絶対にきつすぎはしなかったが、パトリシアは言った。「家にいなくちゃいけないなら、自分の部屋にいてよ」

「トイレに行きたくなったらどうするわけ？」コーレイはたずねた。「そのときは部屋を出てもいいの、お母さん？　たいていの親は、子どもがもっと一緒にいたいって言ったら、うれしいって思うはずなのにね」

「二階にいてって頼んでるだけよ」とパトリシア。

「テレビを見たくなったら？」コーレイは訊いた。

「そしたらローリー・ギブソンの家に行きなさい」

コーレイはうつむいて立ち去った。パトリシアはスカートがきつい気がしてはきかえ、メイクを仕上げて髪にヘアスプレーをかけた。食べ物はなにも出さないつもりだったが、警官がほしがったときのためにコーヒーを淹れ、ポットに入れておく。もしデカフェがいいと言われたら？　うちにはないし、そういうことで相手の気分が変わるかもしれない。

緊張していた。今年の夏まで警官と交流したことはなかったのに、いまやそれしかしていない気がする。警官がいると不安になるが、今晩乗り切ることができれば、ジェイムズ・ハリスはもう自分の問題ではなくなるのだ。警察にジェイムズ・ハリスがドラッグの売人だと納得させることさえできれば、あの男の事情を調べはじめるだろうし、すべての秘密があきらかになる。それに、ひとりでやっているわけではない。読書会のみんながついている。

ジェイムズ・ハリスは吸血鬼だと思う、と話したら、みんななんと言うだろう。あるいは似たような存在だと。正確な用語はよくわからないが、もっと適切な呼び方を考えつくまではこれでいい。顔から突き出ていたあのしろものはほかにどう解釈できる？　陽射しのもとに出ていくのを嫌悪し、家の中に招かれるのにこだわることは、どんなふうに説明したらいい？　子どもたちやミセス・サヴェージの体の痕が、どれも噛み傷に見えたという事実は？

心肺蘇生法を実行しようとした段階では、弱っていて具合が悪そうで、少なくとも十歳は老けて見えた。次の週に見たときには、元気溌剌《はつらつ》としていた。そのあいだになにがあった？　フランシーンが行方不明になった。あの男に食われたのだろうか。血を吸われて？　なにかされたことは間違いない。

偏見を捨てて事実を考慮すれば、いちばんしっくりくるのは吸血鬼説だ。さいわい、この件はもうほぼ終わっているから、誰にも口に出してそう言う必要はない。どんなふうに町から追い出すかはどうでもいい。とにかくいなくなってほしいだけだ。

パトリシアは一階に行き、玄関のドアの脇にある窓越しにキティが手をふっているのを見てぎょっとした。スリックが隣に立っている。

「三十分早いのは知ってる」招き入れられたとき、キティは言った。「でも、家でなんにもしないでぼーっと座ってられなかったから」

スリックは膝丈の紺のスカートをはき、白いブラウスにろうけつ染めの青いベストを重ねた地味な服装だった。一方キティは、服を着る直前に頭がおかしくなったとしか思えなかった。目がくらみそうな赤いラインストーンをちりばめた赤いブラウスに、巨大な花模様のスカートだ。見るだけで目がちかちかした。

パトリシアはふたりを家族コーナーに入れると、コーレイが自分の部屋のドアを閉じたかどうか見に行った。それから私道を確認して家族コーナーに戻ったところで、メアリエレンが玄関のドアをあけた。

「おーい？　早すぎた？」と呼びかけてくる。

「キッチンにいるわ」パトリシアは大声をあげた。

「エドは刑事さんたちを拾いに行ったから」メアリエレンは言い、部屋に入ってきてハンドバッグを家族コーナーのテーブルに置いた。システム手帳から名刺を二枚とりだす。「クロード・D・キャノン刑事とジーン・バッセル刑事。ジーンはジョージア出身だけど、クロードは地元で、ふたりとも優秀だって。こっちの言うことを聞いてくれるよ。どう反応するかはエドも約束できないけど、耳はかたむけてくれる」

ほかにすることがなかったので、ひとりひとり名刺を観察した。

グレイスが家族コーナーに入ってきた。

「ドアがあいていたの」と言う。「かまわなかったかしら？」

「コーヒーでも飲む？」パトリシアはたずねた。

「いいえ、けっこうよ」とグレイス。「ベネットは心臓協会の食事会に行っているの。遅くまで戻らないわ」

「ホースはリーランドとヨットクラブ」とキティ。「まただよ」

リーランドは七月の暑さが増すころ、かき集められる金をグレイシャス・ケイに投資するようホースを説き伏せた。その後ダウが急伸し、カーターはパトリシアの父が結婚祝いにくれたAT&Tの株を売却して、その金を同じくグレイシャス・ケイに投資した。三人とも一緒に夕食に出かけたり、ヨットクラブの裏のバーへ飲みに行ったりするようになった。カーターがどこで時間を見つけているのか知らなかったが、近ごろは男の絆がはやっているらしい。

「パトリシア」グレイスがハンドバッグから紙を一枚ひっぱりだした。「あなたの話の要点をまとめて書いてみたのよ。いちおう記憶を刺激する必要があるときのためにね」

パトリシアはグレイスの几帳面な筆跡で数や文字を記した手書きのリストを見た。

「ありがとう」と言う。

「もう一度おさらいしたいかしら？」グレイスがたずねる。

「何回これを聞くことになるわけ？」キティが訊いた。

「ちゃんとできるまでよ」とグレイス。「これほど重大な行動に出ることはもう二度とないでしょうから」

「あの子たちのことは聞いてられないよ」キティはうめいた。「ぞっとする」

「見せてよ」メアリエレンが言い、手をのばしてきた。

パトリシアが紙を渡すと、メアリエレンはざっと目を通した。

「勘弁して」と言う。「いかれた連中だって思われそう」

五人はキッチンのテーブルを囲んで座った。リビングには新鮮な切り花が活けてあり、家具は新しく、照明はその場にふさわしかった。時間になるまでは舞台にあがりたくない。誰もあまり話すことがなかった。パトリシアは頭の中でリストを見直した。

「八時よ」とグレイス。「リビングに移動しましょうか？」

一同は椅子を後ろに引いたが、パトリシアはなにか言わなければという思いに駆られた。仲間が今回の件に身を投じる前に、なんらかの激励をする必要があるはずだ。

「全員にわかってほしいんだけど」と切り出すと、全員が立ち止まって耳をかたむけた。「警察がここについたら、もう引き返せないわ。みんなその覚悟はできてる？」

「あたしは本の話をする会に戻りたいだけ」とキティ。「こんなことは全部終わってほしいんだよ」

「ジェイムズ・ハリスがなにをしたとしても」とグレイス。「今夜のあと、これ以上自分に注意を引くような真似をするとは思わないけれど。警察がいろいろ訊きはじめたら、きっと静かにオールドビレッジを立ち去るでしょう」

「そうだといいけど」とスリック。

「ほかに方法があったらよかったのに」キティが肩を落とした。

「みんなそう思ってるわ」とパトリシア。「でも、ないのよ」

「警察は口が堅いし」とメアリエレン。「なにもかもあっという間に終わるよ」

「みんな一緒にお祈りしてくれる?」スリックがたずねた。

五人は頭をたれて手を組んだ。メアリエレンさえもだ。

「天の父よ」スリックが唱えた。「われらが使命に力を貸し、主のために正義を与えたまえ。御名のもとに祈りを捧げる。アーメン」

一同は一列になってダイニングを通り抜けた。リビングに入って落ち着いたところで、パトリシアは失敗に気づいた。

「水がいるわ」と言う。「氷水を出すのを忘れてた」

「持ってくるわね」グレイスが言い、キッチンに姿を消した。

水を持って戻ってきたのは八時五分だった。誰もがスカートや襟、ネックレスやイヤリングを整えたりさらに直したりしていた。スリックは三つの指輪を外し、はめ直してまた外し、もう一度つけ直した。八時十分、そして八時十五分になった。

「どこにいるのかな?」メアリエレンがひとりごとを言った。

グレイスが手首の内側を確かめた。

「エドは自動車電話を持ってないのよね?」パトリシアはたずねた。「持ってれば電話できるし、どこにいるかわかるでしょう」

「とりあえず腰をすえて待とう」メアリエレンが提案した。

八時三十分に車が一台私道にとまる音が聞こえた。続いてもう一台。

「エドと刑事さんたちだ」とメアリエレン。

誰もが目を覚まし、座ったまま背筋をのばして、髪に手をやってきちんとなっているか確認した。

パトリシアは窓際に歩いていった。

「そうなの?」キティが問いかける。

「違うわ」パトリシアが言ったとき、車のドアがバタンとしまる音がした。「カーターよ」

第二十一章

「なにか忘れ物？」メアリエレンが後ろでたずねた。

パトリシアは窓から外をながめ、周囲のすべてが崩れ落ちていくのを感じた。カーターとブルーがビュイックからおりて、リーランドのBMWがその後ろに駐車するのを見守る。ベネットの三菱の小型トラックが自宅の私道の端を通りすぎて自分の家の前にとまるのが見えた。それからベネットが出てくると、こちらの私道を歩いてきてカーターとブルーに合流した。リーランドのゴールドのBMWの後部座席からは、半袖シャツの裾をブルージーンズに入れ、ニットのネクタイをしたエドが現れる。よれよれの恰好をしたおなじみのホースがリーランドの車の助手席からおりてきて、ズボンをぐいっとひきあげた。リーランドが運転席から出てくると、ポリエステルのサマーブレザーを羽織る。

「誰？」キティがソファからたずねた。

メアリエレンが身を起こしてパトリシアの横に立ち、体をこわばらせたのがわかった。

「パトリシア？」グレイスが問いかける。「メアリエレン？　そこにぞろぞろいるのは誰なの？」

男たちは握手した。カーターが窓辺に立っているパトリシアに気づき、ほかの仲間になにか言った。みんな一列になって玄関ポーチまでやってくる。

「男の人たち全員よ」パトリシアは言った。

玄関のドアがひらき、カーターがすぐ後ろにブルーをしたがえて玄関ホールに入ってきた。それからエドがきて、階段の下に立っているメアリエレンを見て立ち止まる。ほかの男たちがその後ろにかたまり、まわりから暑い夜の空気がどっと吹き込んだ。

「エド」メアリエレンが言った。「キャノン刑事とバッセル刑事はどこ？」

「こないよ」エドはネクタイをいじりながら答えた。

肩を抱くか頬をなでるかしようと近づいたが、メアリエレンはさっとあとずさりすると、手すりの根もとで足を止め、両手で握りしめた。

「そもそもくるはずだったの？」と問いかける。

目を合わせたまま、相手は首をふった。パトリシアはメアリエレンの肩に手を置き、高圧線のようにふるえているのを感じた。カーターがブルーを二階へ行かせたので、ふたりは脇へよけた。男たちが列を作って通りすぎ、どやどやとリビングに入っていく。カーターは全員が中に行くまで待ってから、テーブルに案内するウエイターのように手招きした。

「パティ」と言う。「メアリエレン。こないか？」

ふたりは室内についていった。キティが顔を紅潮させて頬の涙をぬぐっている。スリックはリーランドとのあいだの床を見つめ、リーランドのほうは妻をにらみつけて、ふたりとも微動だにしない。グレイスはわざとらしく暖炉の上にかかっているパトリシアの家族の額入り写真をながめていた。ベネットは全員の後ろに目をやり、サンルームの窓越しに沼地を見渡している。

「ご婦人がた」カーターが口火を切った。どうやら男性陣から代弁者に選ばれたらしい。「真剣な話し合いをする必要がある」

パトリシアは呼吸を遅くしようとつとめた。息が浅くせわしくなり、喉が腫れてふさがってしまったようだ。ちらりと目をやると、カーターの瞳にどれほどの怒りがこもっているか見てとれた。「みんなの分の椅子がないわ」と言う。「ダイニングの椅子をいくつか持ってこないと」

「とってくるよ」ホースが言い、ダイニングへ移動した。

ベネットが同行し、ふたりでリビングに椅子を運んでくる。みんなが落ち着くまで、家具がガタガタいう音だけが響いていた。ホースがソファでキティの隣に腰かけて手を握り、リーランドは廊下へ出るドアによりかかる。エドはテレビの警官役のように、後ろ向きでダイニングの椅子に座った。カーターはパトリシアの真向かいに腰をおろすと、スーツのズボンの皺をのばし、ジャケットの袖口を整え、実際の顔の上に専門家らしい表情をはりつけた。

メアリエレンが主導権を取り戻そうとした。

「刑事さんたちがこないんだったら」と言う。「どうしてみんなここにいるのかよくわからないけど」

「エドがこっちにきたんだ」とカーター。「なにやら不穏な話を聞かされてね。警察の前できみたちに恥をかかせて、家族ともども深刻なダメージを受けることになるよりは、責任ある行動をとって僕らに知らせたわけだ」

「きみたちがジェイムズ・ハリスに関して言おうとしていることは、中傷であり名誉棄損だ」リーランドが割り込んだ。「私が訴えられて取り返しのつかないことになる可能性もあったんだぞ。いったいなにを考えていたんだ、スリック？　なにもかもだいなしにしていたかもしれない。自分のところの投資家を、子どもにドラッグを売っていると非難する開発業者がどこにいる？」

スリックは頭をたれた。

「ごめんなさい、リーランド」と膝に向かって言う。「でも子どもたちが――」

「〝審判の日には〟」リーランドは引用した。「〝人はその語る無益な言葉に対して、言い開きをしなければならないであろう〟マタイによる福音書十二章三十六節（日本聖書協会『聖書　口語訳』）」

「わたしたちがなにを言おうとしてるかさえ知りたくないの？」パトリシアはたずねた。

「要点はわかっている」とカーター。

「いいえ」とパトリシア。「こっちの言い分を聞いてもいないのに、誰と話していいとかいけないとか指図する権利なんてないわ。お母さんたちの時代とは違うのよ。いまは一九二〇年代じゃない。わたしたちは一日じゅう縫い物しながら噂話をしてる家政婦じゃないの。みんなあなたたちより前からオールドビレッジにいるし、ここですごく変なことが起きてるのは確かよ。少しでも尊重する気があるなら、耳を貸すはずよ」

「そんなに暇なら、ホワイトハウスの犯罪者でも追いかけたらどうだ」リーランドが口を出す。「近所ででっちあげるんじゃなくて」

「まあみんな落ち着こう」カーターがおだやかな微笑を口もとにたたえて言った。「聞くよ。別に害はないし、もしかしたらなにかわかるかもしれないだろう？」

パトリシアは医療専門家らしい冷静な口調を無視した。はったりをかけているのなら、やり返してやる。

「ありがとう、カーター」と言う。「わたしが話したいわ」

「きみがみんなの代表で話すのか？」カーターがたずねた。

「パトリシアの考えだったから」ホースの隣の安全地帯で、キティが言った。

「そうね」とグレイス。

「じゃあ教えてくれ」とカーター。「どうしてジェイムズ・ハリスが大物犯罪者だと信じているんだ？」

耳の奥で血がどくどく響くのがやみ、もっと鈍い耳鳴りにおさまるまで少しかかった。パトリシアは深く息を吸い込んで室内を見まわした。顔をこわばらせてこちらを見すえているリーランドは、ポケットに深く両手をつっこみ、文字通り怒りに燃えていた。エドはテレビの警官のように、どんどん深みにはまっていく犯罪者を見守る態度で観察している。ベネットは淡々とした表情で、パトリシアの背後にある窓の外をながめていた。カーターはとりわけ寛容な笑顔でこちらを見ており、パトリシアは椅子に座ったまま思わず体を縮めた。少しでも思いやりのこもったまなざしを向けてくれているのはホースだけだ。

パトリシアは息を吐き出し、手の中でふるえているグレイスの書いてくれた概要を見おろした。

「ご存じの通り、ジェイムズ・ハリスは四月ごろここに引っ越してきたの。大おばさんのアン・サヴェージの体調が悪くて世話をしていたのよ。わたしを襲ったとき、アン・サヴェージはなにかしらジェイムズ・ハリスの扱っている薬物を使っていたはずよ。その薬物をあの男がシックスマイルで売っているとわたしたちは思っているの」

「根拠は？」エドが問いかけた。「どんな証拠がある？　検挙歴は？　シックスマイルで薬物を売っているところを目撃したのか？」

「最後まで話をさせてあげてよ」メアリエレンが言った。

カーターが片手をあげ、エドは口をつぐんだ。

「パトリシア」カーターはほほえんだ。パトリシアは顔をあげた。「その紙をおろすんだ。自分の言葉で話してくれ。気を楽にすればいい、みんなきみの言い分に関心を持っているんだから」

手をさしだされ、パトリシアはどうすることもできなかった。グレイスの書いた要点を渡す。カーターはそれを三つ折りにしてジャケットのポケットにさしこんだ。

「ジェイムズ・ハリスはその薬物を」パトリシアはがんばって要点を頭に思い浮かべた。「オーヴィル・リードとデスティニー・ティラーに渡したんだと思うわ。オーヴィル・リードは自殺した。デスティニー・ティラーはいまのところまだ生きてる。でも、子どもたちは死ぬ前に、森で白人の男に会ってなにかもらったって主張してたの。それで具合が悪くなったのよ。オーヴィルのいとこのショーン・ブラウンも、警察の話だと薬物に手を出していたって。ショーンは子どもたちが行っていた森で、同じ時期に遺体として発見されたわ。それに加えて、こういう事件が起きてたころ、ミセス・グリーンはシックスマイルでジェイムズ・ハリスと同じナンバーのバンを見かけてるの」

「まったく同じナンバーだったのか？」エドがただした。

「ミセス・グリーンが書き留めたのは最後の部分のX１３Sだけど、ジェイムズ・ハリスのナンバーはTNX１３Sよ」とパトリシア。「ジェイムズ・ハリスはそのバンを手放したって言ってるけど、州道十七号沿いのパックラットのトランクルームに置いてて、何度か乗って出かけてるわ。だいたい夜にね」

「信じがたいね」とリーランド。

「ショーン・ブラウンは薬物取引に関与してたから、ジェイムズ・ハリスはほかの売人への見せしめとして無惨に殺したんじゃないかと思うの」パトリシアは続けた。「アン・サヴェージが死んだとき、内股にいわゆる注射痕がついてたわ。デスティニー・テイラーにも似たような痕があった。ジェイムズ・ハリスがふたりになにか注射したに決まってる。オーヴィル・リードの遺体を調べれば、同じ痕が見つかるはずよ」

「実に興味深い」カーターが言い、パトリシアは夫がひとことしゃべるごとに自分が小さくなっていく気がした。「しかし、そのことになにか意味があるのか疑問だな」

「注射痕はデスティニー・テイラーとアン・サヴェージをつないでるわ」みんなで練習したとき、一度メアリエレンが助言してくれたのを思い出し、パトリシアは言った。「ジェイムズ・ハリスはシックスマイルに一度も行ったことがないって言ってるのに、バンが目撃されてるのよ。自宅にはもうそのバンはないけど、パックラットのトランクルームに置いてるの。そういうことが起きてて、オーヴィル・リードのいとこが殺されたのよ。デスティニー・テイラーは、オーヴィル・リードが自殺する前と同じ症状に苦しんでる。デスティニー・テイラーがオーヴィルみたいになるのを待っていてはだめよ。これは状況証拠だけど、証拠の優越性があると思うわ」

メアリエレン、キティ、スリックはそろってパトリシアから男たちへ視線を移し、反応を待った。手応えはなかった。パトリシアはとまどって水を一口すすってから、練習ではやらなかったことを試してみようと決めた。

「フランシーンはアン・サヴェージの家の掃除をしてたんだけど」と言う。「今年の五月に行方不明になったの。姿を消した当日、わたしはフランシーンが仕事でジェイムズ・ハリスの家の前に車をとめるのを見かけたのよ」

「中に入るのを見たのか？」エドがたずねた。

「いいえ」とパトリシア。「いなくなったって届けが出て、警察は男とどこかに行ったって考えてる。でもね、そう、フランシーンを知ってたら、それは――」

リーランドの声が大きくはっきりと響き渡った。「そこでやめてもらおう。こんなばかげたことをこれ以上聞く必要があるのか？」

「でもリーランド――」スリックが言いはじめた。

「やめろ、スリック」リーランドはぴしゃりと言った。

「ご婦人がたに別の観点からの話を聞いていただけるかな？」カーターがたずねた。

精神科医ぶった話し方や、答えを必要としない問いかけが憎らしかったものの、パトリシアは習慣でうなずいた。

「もちろん」

「エド？」カーターがうながす。

「きみがよこしたあのナンバーを調べた」エドはメアリエレンに言った。「テキサスの住所のジェイムズ・ハリスのもので、二、三の軽微な交通違反以外なんの前科もない。きみはあのナンバーのことを、ホースとキティの娘がデートしている男の車だと言ったな」

「ハニーがそいつとデートしてるのか？」ホースがぎょっとした声で訊いた。

「違うよ、ホース」とメアリエレン。「エドにナンバーを調べてもらうのに、話をでっちあげただけ」

ホースは愕然《がくぜん》として頭をふり、キティがその背中をさすった。

「あのなあ」とエド。「おれはいつでも喜んで友人を助けるが、ロリコンと思ってジェイムズ・ハリスと会ったのは、ものすごく気まずかったぞ。かつがれたと気づくまでは、とんでもない会話だったんだ」

「あいつに会ったの？」パトリシアは訊いた。

「話をした」とエド。

「このことを話し合ったの？」裏切られたという思いで、弱々しくたずねる。

「何週間も話しているさ」リーランドが言った。「ジェイムズ・ハリスはグレイシャス・ケイの最大の投資家のひとりだ。この数か月で投資した金は、まあ、金額は言わないが、とにかく相当の額だったし、そのあいだに人格者であることは充分わかった」

「聞いてないわ」スリックが言った。

「おまえには関係ないからだ」とリーランド。

「リーランドに怒らないでやってくれ」カーターが口を出した。「ホースとリーランドとジェイムズ・ハリスと僕は、グレイシャス・ケイに投資する一種の共同事業体を結成したんだ。何度か仕事の打ち合わせもした。そうするうちに人柄を知るようになったが、さっき説明されたような、薬物を売りつける残忍な犯罪者とはまるで違う。現時点では、僕たちのほうがずっとよく知っていると言っていいだろうな」

セーターを編んでいると思っていたのに、手に持っていたのは毛糸の束にすぎなかった。みんなに頭をぽんと叩かれ、子どもっぽいとくすくす笑われて、ばかにされているのだ。パトリシアは癇癪《かんしゃく》を起こしたかった。そのかわり、カーターのほうを向いた。

「わたしたちはあなたたちの妻よ。あなたたちの子どもの母親なのよ。そして、身近に本物の危険があるって信じてる」と言う。「それにはなんの意味もないの？」

「誰もそんなことは言って――」カーターが言いかけた。

「たいしたことを頼んでるわけじゃないのに」とメアリエレン。「トランクルームを確認してみてよ。バンがそこにあれば捜索令状がとれるし、その子たちとつながりがあるかどうか調べられるじゃない」

「誰もそんなことをするものか」とリーランド。

「そのことは本人に訊いてみた」とエド。「あそこに置いたのは、前庭にあのバンをとめておくと、きみたちオールドビレッジのご婦人がたに、近所の品位を落とすといやがられるんじゃないかと思ったからだそうだ。グレイス、芝生がだめになると言っていたらしいね。だからコルシカを手に入れたが、どうしても手放しがたくて、バンをトランクルームに入れた。近所にもっとなじみたくて、ひと月に八十五ドルも使っているんだぞ」

「そしてそのお返しに」とリーランド。「きみたちは相手の顔に泥を塗り、ドラッグの売人呼ばわりしたがっているわけだ」

「われわれはこの町で立場のある人間だ」ベネットが言った。その言葉にひときわ重みがあったのは、まだ発言していなかったからだ。「ここで子どもたちを学校に通わせ、自分の評判を築きながら暮らしてきた。きみたちは暇をもてあまして頭がおかしくなった主婦の集まりだ。そのおかげでわれわれは物笑いの種になるだろうな」

「トランクルームを見てみてって頼んでいるだけでしょう」グレイスが言ったので、パトリシアは驚いた。「それだけなのよ。ヨットクラブでちょっと一緒に飲んだからって、まったく欠点がない人間だというわけではないでしょうに」

ベネットはグレイスをみすえた。普段は親しみのある顔が赤くなる。

「私に反論するのか？」と問いただす。「人前で私に反論するつもりか？」

憤怒《ふんぬ》のこもった声に、部屋の空気が吸い出されたようだった。

「みんな落ち着いたほうがいいんじゃないか」ホースが自信なさそうに言った。「ただ心配してるだけさ、な？　パトリシアはいろいろあったんだし」

「私たちは子どものことを心配してるのよ」とスリック。

「その通りだ、パトリシアは最近精神的に打撃を受けている」とカーター。「そのせいで、僕も気づかなかったほど動揺しているんだ。きみたちは知らないだろうが、ほんの数週間前、子どもにいたずらをしたとジェイムズ・ハリスを非難したぐらいだ。きみたち女性はみんな頭がいいし、こういう場所で知的な刺激を見つけることがどれほど難しいかわかっている。そのうえ読書会で陰惨な本を読んでいれば、一種の集団ヒステリーを引き起こすのも当然なんだよ」

「読書会？」とリーランド。「聖書研究の集まりだろう」

室内は静まり返り、それからカーターがくっくっと笑った。

「聖書研究？」と繰り返す。「そう呼んでいるのか？　いや、月に一回集まっているのは読書会さ。ドラッグストアで見るような血なまぐさい殺人の写真がぎっしりつまった、不気味な犯罪ノンフィクションを読んでいるんだよ」

女性陣の顔から血の気が引いた。スリックが膝の上で指の関節が白くなるほど手をもみしぼる。リーランドが部屋の向こうからじっと見つめた。ホースがキティの手を握りしめた。

「合意が破られたな」とリーランド。「夫と妻との」

「どうしたの？」リビングのドアのところからコーレイが問いかけた。

「二階にいなさいって言ったでしょう！」自分の感じている屈辱をすべて娘にぶちまけて、パトリシアは叱りつけた。

「落ち着いて、パティ」カーターが言い、コーレイをふりかえってやさしい父親像を演じた。「ただ大人の話し合いをしてただけだよ」

「どうしてママが泣いてるの？」コーレイが訊いた。

パトリシアはブルーがダイニングのドアの陰からのぞいているのに気づいた。

「泣いてないわ。腹が立ってるだけ」

「二階で待っておいで、いい子だから」とカーター。「ブルー？　お姉ちゃんと一緒に行きなさい。あとで全部説明するから、いいな？」

コーレイとブルーは廊下にひっこんだ。やたらと大きく音をたてて階段を上っていくのが聞こえ、頭の中で段を数える。ふたりがてっぺんにつく前に立ち止まり、踊り場に座って耳をすましているのがわかった。

「言えることは言いつくしたと思う」カーターが宣言した。

「わたしが警察に行くのは止められないわ」パトリシアは言った。

「止められないよ、パティ」とカーター。「だが、妻がまともな精神状態ではないと思っている、と伝えることはできる。警察が最初に連絡するのは、捜査令状をとるための裁判官ではなくて、きみの夫だからな。エドが必ずそう手配する」

「警察に延々と無駄足を運ばせるわけにはいかないんでね」とエド。

カーターが腕時計を確認した。

「残っているのは謝罪だけだろうな」

背筋が石のようにこわばった。これなら最後まで意地を通せる。一歩も引くものか。

「わたしがあの男の家に行って謝ると思ったら大間違いよ」すっくと立ち、できるかぎりグレイスをまねて話す。グレイスと視線を合わせようとしたが、本人はみじめな顔で冷えた暖炉をながめており、誰の目も見ようとしなかった。

「どこにも行く必要はないよ」カーターが言ったとき、玄関の呼び鈴が鳴った。「向こうがきてくれることになっている」

まさにそのタイミングで、リーランドが廊下に出ていき、ジェイムズ・ハリスと一緒に戻ってきた。信じられないことに、ジェイムズはにこにこしている。白いボタンアップのオックスフォードシャツの裾を新しいカーキ色のズボンに入れ、ブラウンのローファーを履いていた。船に乗る人のようだ。チャールストンからきたように見えた。

「今回のことはなにもかもすまなかった、ジム」エドが言い、立って握手した。

男たち全員ががっちりと握手を交わした。見るからに肩から力が抜け、顔の緊張が解けている。自分たちの仲間だと思っているのがわかった。ジェイムズ・ハリスは女性たちのほうを向き、ひとりひとり顔を観察していき、パトリシアで止まった。

「どうやら俺はさんざん騒動と心配の種になったみたいですね」

「お嬢さんたちがなにか言いたいらしいぞ」とリーランド。

「こんな大騒ぎを引き起こして、とても心苦しく思ってますよ」とジェイムズ。

「パトリシア？」カーターが催促した。

最初に謝ってほかの女性たちに手本を示してほしがっているのは承知していたが、自分自身でいよう。望まないことをする必要はない。すでに一度はむりやり謝罪させられたのだ。二度とするものか。

「ミスター・ハリスに言うことはなにもないわ」と言った。「この人は自分で主張しているような人じゃないと思うし、みんなに必要なのは、トランクルームの中を見て、わたしが正しいのを知ることだと思ってるもの」

「パトリシア――」カーターが言いはじめた。

「パトリシアにその気があるなら、俺は喜んで水に流しますよ」ジェイムズが言い、片手をさしのべて近づいてきた。「なかったことにしないか？」

その手の向こうで部屋全体がぼやけ、全員の視線が集まるのを感じた。

「ミスター・ハリス」と告げる。「その手をただちにわたしの顔から離さなければ、唾を吐きかけてやるから」

「パティ！」カーターがきつく言った。

ジェイムズはきまり悪げににやりと笑い、手をひっこめた。

「俺たちは友人だと思っていたんだが」と言う。「きみを怒らせるような真似をしたのなら申し訳ない」

「大人らしく、この場で握手するんだ」とカーター。

「絶対にいや」とパトリシア。

「きみは自分にも子どもたちにも恥をかかせているんだぞ」とカーター。「僕は謝ってくれと頼んでいるんだ」

そのときグレイスが窮地から救ってくれた。

「ミスター・ハリス」立ちあがって歩み寄りながら言う。「許していただけるかしら。どうやら私たちの想像力がたくましすぎたようですから」

ジェイムズ・ハリスはその手を握った。続いてつぎつぎと女性たちが立っては謝罪し、握手し、作り笑いし、お辞儀し、指輪にキスする。そのあいだパトリシアは座ったまま、最初は憤怒に燃えていたものの、やがて体が冷たくなっていった。

「もし迷惑でなければ、ひとつお願いがあるんですが」ジェイムズ・ハリスが言った。

「ここまでくると、今回の件を忘れるためなら、みんなどんなことでもする用意があると思うよ」カーターが答えた。

「俺のことを知るようになればなるほど」とジェイムズ・ハリス。「そんなすごい犯罪者なんかじゃないとわかるでしょう。俺はこの町が大好きになったごく普通の男で、その一部になりたいだけなんですよ。人は自分が知らないものしか恐れない。俺はパトリシアにとっては大きな不安を引き起こした相手だし、そう感じたのはひとりだけじゃないでしょう。俺は誰にもおびえてほしくないんです。あなたがたの友人であり隣人でありたい。だから、もし全員が認めてくれれば、正規のメンバーとして読書会に参加したいな。一度ゲストとして入れてもらったとき、本当の俺を知ってもらういい場所だと思ったので」

パトリシアは自分の耳にしていることが信じられなかった。

「それは寛大なうえに思慮深い提案だ」とカーター。「パティ？　みんな？　どう思う？」

パトリシアはひとことも発さなかった。もはや自分がどう思おうが関係ないとわかっていたのだ。

「それはいいってことだろうな」カーターが言った。

第二十二章

その晩は話をする気になれなかったし、カーターにも強要しないだけの分別があった。パトリシアは早くベッドに入った。カーターはなにもおかしくないと思っているのだろうか？　コーレイとブルーのことを自分で心配してみればいい。自分でふたりに食べさせ、安全に守ってみればいい。階下でカーターが外に出かけ、子どもたちに中華のテイクアウトを持ち帰ってきたのが聞こえた。ダイニングから高くなったり低くなったりしながら〝真剣な会話〟がもれてきた。コーレイとブルーが寝たあと、カーターは家族コーナーのソファで眠った。

翌朝、新聞にデスティニー・テイラーの写真が出ていた。パトリシアは記事を読み、茫然と受け入れた。九歳の少女は、里親の家のバスルームを使う番がくるまで待つと、デンタルフロスをとって首のまわりに何度も巻きつけ、タオルかけで首を吊ったのだ。警察は虐待ではなかったか調べている。

「ダイニングで話したい」カーターが家族コーナーのドアのところから声をかけた。

パトリシアは新聞から顔をあげた。カーターはひげを剃る必要がある。

「あの子、自殺したわ」と言う。「わたしたちが話したデスティニー・テイラー。そうなるだろうって警告した通りに自殺したのよ」

「パティ、僕の立場からすれば、リンチ集団が無実の男を町から追い出すのを止めたんだ」

「シックスマイルであなたが入ったトレーラーハウスの人だったのよ」とパトリシア。「あの女の子を見たでしょう。九歳よ。どうして九歳の子が自殺するの？　なにがそんなことをさせたっていうの？」

「うちの子たちにはきみが必要だ」とカーター。「きみの読書会がブルーにどんな影響を与えたかわかるか？」

「わたしの読書会？」パトリシアは不意をつかれてたずねた。

「きみたちが読んでいる不気味なしろものだ」とカーター。「テレビの上にあるあのビデオを見たか？　図書館から『夜と霧』を借りてきたんだ。ホロコーストのビデオだぞ。まともな十歳の男の子が見るものじゃない」

「九歳の女の子がデンタルフロスで首を吊ったのに、あなたは理由をたずねようともしないじゃない」とパトリシア。「それが記憶に残るブルーの最後の姿だったらって想像してみて――タオルの棒からぶらさがって、デンタルフロスが首に食い込んで――」

「おいパティ、どこでそんな話し方を覚えたんだ？」

カーターはダイニングに入っていった。パトリシアはついていかないことを考えたものの、カーターが計画した茶番を最初から最後まで演じないかぎり、この話は終わらないだろうと悟った。立ちあがってあとに続く。ダイニングの黄色い壁が朝日に輝いていた。カーターは背中で手を組み、こちらを向いてテーブルの反対側に立っていた。正面に普段使いの小皿のひとつが置いてある。

「こんなに状況が悪化したのは、僕の責任も少しはあると思い至ってね」とカーター。「母の身に起こったことはきみにとってひどいストレスだっただろうし、怪我をさせられたトラウマにしても、一度も適切に処理していなかった。自分の妻であるという事実に判断力が曇って、徴候を見逃したんだよ」

「どうしてそんな態度をとるの？」パトリシアはたずねた。

相手はその言葉を無視して演説を続けた。

「きみは孤立した生活を送っている」と言う。「好んで読んでいる本は病的だ。きみの子どもたちはふたりとも難しい時期にさしかかっている。僕の仕事はプレッシャーが大きくて長時間働く必要がある。きみがどれだけ限界に近づいているか、気がついていなかった」

カーターは小皿をとりあげ、テーブルのこちら側まで運んでくると、カタンと置いた。皿の中央で緑と白のカプセルがころころ転がった。

「僕はこれが人生を変えるのを見てきた」とカーター。

「ほしくないわ」パトリシアは言った。

「きみが心の平静を取り戻す助けになるよ」とカーター。

パトリシアはカプセルを親指と人差し指ではさんだ。側面にディスタ・プロザック（ディスタ社の抗うつ薬）と印刷されている。

「で、わたしがこれをのまなかったら離婚するの？」とたずねる。

「そんな大げさな」とカーター。「きみに手をさしのべているだけだ」

ポケットに手を入れて白い瓶をひっぱりだす。テーブルに置くと、中身がガラガラ鳴った。

「一日二回、一錠を食べ物と一緒に」と言う。「薬を数えるつもりはない。きみがのむのを見張るつもりもない。そうしたければトイレに流せばいい。きみを管理しようとしているわけじゃないんだ。助けようとしているだけだよ。きみは僕の妻だし、よくなると信じている」

少なくともカーターは、立ち去る前にキスしようとするほど愚かではなかった。

夫がいなくなったあと、パトリシアは受話器をとりあげてグレイスに電話した。留守電につながったので、キティにかける。

「話せないんだけど」キティは言った。

「今朝の新聞を見た？」パトリシアはたずねた。「あれはデスティニー・テイラーよ。Ｂ６面」

「もうそういうことは聞きたくないから」とキティ。

「あいつはこっちが警察に行ったのを知ってるのよ」とパトリシア。「わたしたちになにをするか考えてみてよ」

「あの人、うちにくるよ」とキティ。

「そこから逃げ出さないと」とパトリシア。

「夕食にくるの」とキティ。「うちの家族に会いにね。悪く思ってないのをわかってほしいんだって、ホースが」

「でも、どうして？」パトリシアは訊いた。

「ホースはそういうたちだから」とキティ。

「男の人たちがいきなり仲間扱いしはじめたってだけで、あきらめるわけにはいかないわ」

「なにを失うことになるか考えてみた？」キティが問いかけた。「スリックとリーランドのビジネス。エドの仕事。あたしたちの夫婦関係や家族。ホースはリーランドとやってる事業にうちのお金を全部つぎこんでるんだよ」

「あの女の子は死んじゃったのよ」パトリシア。「あなたは会ってないけど、やっと九つだったのに」

「あたしたちにはどうしようもないよ」とキティ。「自分の家族の面倒を見なきゃならないんだし、ほかの人の家族のことはそっちで心配させておけばいいじゃない。誰かがその子たちに危害を加えてるんだったら、警察が止めるよ」

　グレイスのところはまた留守電になったので、メアリエレンにかけてみた。

「話せない」とメアリエレン。「いまちょうど用事の最中で」

「あとでかけなおして」とパトリシア。

「一日じゅう忙しいから」とメアリエレン。

「あの女の子、自殺したわ」とパトリシア。「デスティニー・テイラー」

「出かけないと」とメアリエレン。

「B6面に載ってる」とパトリシア。「このあとまた別の子が出るわ、その次も、次の次も、ずっと」

メアリエレンは低く静かな声を出した。

「パトリシア」と言う。「黙って」

「エドじゃなくてもいいの」とパトリシア。「ほかのふたりの刑事さんの名前はなんだった？ キャノンとバッセル？」

「やめてよ！」メアリエレンは叫んだが、声が大きすぎた。電話越しに荒い呼吸が聞こえ、パトリシアは相手が泣いているのに気づいた。「待ってて」と言われたあと、洟《はな》をすする音がした。受話器を下におろしたのが伝わってくる。

一拍おいて、メアリエレンはふたたび受話器をとりあげた。

「寝室のドアをしめなきゃいけなかったから」と言う。「パトリシア、聞いて。ニュージャージーに住んでたとき、アレクサの四歳の誕生日パーティーから戻ってきたら、玄関のドアが大きくあけっぱなしになってたの。誰かが押し入ってリビングのカーペットにおしっこをかけて、本箱を全部ひっくり返したんだよ。結婚式の写真を二階のバスタブにつめこんで、水を出しっぱなしにしたから、逆流して天井が水浸しになっちゃった。服はずたずたにされてたし、マットレスと家具のカバーも切り裂かれてて。しかも、赤ん坊の部屋の壁に、〝死ね、豚ども〟って書いてあったの。排泄物でね」

メアリエレンが息を整えるあいだ、パトリシアは電話の雑音に耳をかたむけていた。

「エドは警察官なのに自分の家族を守れなかった」メアリエレンは続けた。「それでものすごく苦しんでね。仕事してるはずの時間に、通りの向かいに駐車して、うちを見張ってたの。そのせいで何度も交代勤務の時間に行きそこなったわけ。上は何週間か休ませたがったけど、もう休みがとれなかったからエドはやり続けた。エドのせいじゃないんだよ、パティ、でも、ショッピングモールで万引き犯を引き受けに行ったとき、その男の子に生意気な口をきかれて叩いちゃったの。わざとじゃなかったし、そんなに強くもなかったけど、その子は左耳がよく聞こえなくなっちゃった。しかたがなかったんだよ。わたしたちがここに引っ越してきたのは、エドがもっと静かな場所で働きたかったからじゃない。ここしか見つからなかったの。異動させてもらうのに、エドのコネは使い切っちゃってるんだよ」

メアリエレンは洟をかんだ。パトリシアは待った。

「誰かが警察に話したら」とメアリエレン。「その話をエドまでたどられる。エドが叩いた子は十一歳だったの。この先絶対に別の仕事なんて見つからない。約束して、パトリシア。これ以上やらないって」

「できないわ」とパトリシア。

「パトリシア、お願いだから──」メアリエレンが言いかけた。

パトリシアは電話を切った。

またグレイスにかけてみる。依然として留守電だったので、スリックに電話した。

「今朝の新聞見たわ」スリックは言った。「かわいそうに、あの子のお母さん」

心がひらくのを感じた。

「キティはこわがっててなにもできないの」パトリシアは言った。「見てみぬふりをしてる。メアリエレンはエドのせいで難しい立場だし」

「あの男は悪辣《あくらつ》よ」とスリック。「どうやって私たちをやすやすと動かして、ばかみたいに見せたかわかるでしょ。リーランドの信用を手に入れる方法をしっかり心得てるのよ」

「グレイシャス・ケイに投資したお金はアン・サヴェージのだってあの男は言ってるわ」とパトリシア。「でも、わたしの見るかぎり、あれは不正なお金よ」

「わかってるけど、あの男はいまリーランドのビジネスパートナーなのよ」スリックは続けた。「だから、こういうことであいつを告発したら、自分の家族の首を絞めることになるわ。前にもあったことなのよ、パトリシア。もう繰り返さないわ。子どもたちのためにそういうことはしない」

「子どもたちの命がかかってるのよ」とパトリシア。「お金より大切でしょう」

「あなたは自分の家を失ったことがないわよね」とスリック。「なんでおばあちゃんちに引っ越さなきゃならないか、子どもたちに説明する必要なんて一度もなかったでしょ。犬を動物収容所へつれていかなきゃならないのは、食料配給券《フードスタンプ》にドッグフードの分はないからよ、なんて」

「デスティニー・テイラーに会ってたら、そんな冷たい態度はとれなかったはずよ」とパトリシア。

「家族が私の支えなの」とスリック。「あなたはすべてを失ったことがないわ。私はあるの。デスティニーのことはデスティニーのお母さんに心配してもらいましょうよ。そんなこと言ったら悪人だって思われるのは知ってるけど、私はいま、家庭内を見てきちんと家族の世話をしなくちゃいけないの。ごめんなさい」

グレイスに電話をかけなおすとまたもや留守電が応答したので、パトリシアはハンドバッグを持ち、昼間の灼熱地獄の中を本人の家まで出かけていった。グレイスの家の呼び鈴を鳴らすころには、もう汗がブラウスにしみとおっていた。家の中でチャイムの反響が途絶えるまで待ち、それからもう一度鳴らす。ミセス・グリーンがドアをあけたとき、呼び鈴の音が大きくなった。

「今日グレイスを手伝ってたなんて知りませんでした」パトリシアは言った。

「そうなんですよ、奥さん」ミセス・グリーンはこちらを見おろして言った。「体調が思わしくないそうで」

「それはお気の毒ね」とパトリシアは言い、中に入ろうとした。

ミセス・グリーンは動かなかった。パトリシアは片足を敷居にかけたまま立ち止まった。

「さっとあいさつしてくるだけですから」と言う。

ミセス・グリーンは鼻から息を吸い込んだ。「誰とも会いたくないと思いますけどね」

「ほんのちょっとです」とパトリシア。「きのうなにがあったか聞きました？」

困惑と葛藤《かっとう》めいたものがミセス・グリーンの瞳をよぎり、それから「ええ」と答えた。

「あきらめるわけにはいかないって伝えなくちゃ」

「デスティニー・テイラーは死にましたよ」とミセス・グリーン。

「知ってるわ」とパトリシア。「本当にごめんなさい」

「母親のところへ返してやるって約束したのに、死んじゃいましたからね」ミセス・グリーンは言い、背を向けて家の中へ姿を消した。

パトリシアはひんやりと暗い家の中へ足を踏み入れた。皮膚が収縮して鳥肌が立った。こんなに低く設定されているエアコンを感じたのははじめてだった。

廊下を歩いていってダイニングに入る。頭上のシャンデリアが点灯していたが、室内をいっそう暗く見せているだけのように思われた。グレイスはスラックスと紺のタートルネックにグレーのセーターを重ねた恰好で、テーブルの端に向かって座っていた。テーブルの上はがらくたでいっぱいだ。

「パトリシア」グレイスは言った。「お客さまと会える状態ではないのよ」

口の隅にイチゴジャムのかたまりがくっついている。近づくと、それが裂けた唇のまわりにできたかさぶたなのがわかった。

「どうしたの？」パトリシアは指をあげ、口のかどの同じ場所を示して問いかけた。

「ああ」グレイスは答え、楽しそうな顔をしようとした。「本当にばかなの。ちょっと車の事故でね」

「ちょっとなに？」パトリシアは訊き返した。「大丈夫？」

ゆうべ会ったばかりだ。いつ車の事故に遭う暇があった？

「今朝ハリスティーター（米国のスーパーマーケット）へ急ぎで出かけたのだけれど」グレイスはにっこりして言った。そのせいでかさぶたが割れ、傷の中で濡れた血が光るのが見えた。「駐車場所からバックして出ようとしたら、ジープに乗った男の人にまともにぶつかってしまったの」

「誰だったの？」と問いかける。「向こうの保険は使った？」

その言葉が終わらないうちにグレイスは否定した。

「必要ないわ。たいしたことはなかったんですもの。向こうは私より動揺していたくらいよ」

ふたたび熱心な笑顔をよこす。それを見て気分が悪くなったので、パトリシアは考えをまとめようとテーブルに視線を落とした。一方の端にダンボール箱が載っていて、ダークウッドの表面が瀬戸物の白いかけらに覆われている。陶器の曲面から繊細な取っ手が突き出していて、オレンジ色と黄色の蝶には見覚えがあった。そこで視野が広がり、テーブル全体が目に入った。

「結婚祝いの瀬戸物」と口から出た。

どうしようもなかった。ぽろっとその言葉がこぼれ出てしまったのだ。セット全部が粉々になっている。テーブル上に骨片さながらに破片が散らばっていた。ばらばら死体を目にしているようにぞっとした。

「うっかりして」グレイスが言いはじめる。

「これはジェイムズ・ハリスがやったの？」パトリシアはたずねた。「あなたをこわがらせようとして？　ここにきて脅したの？」

惨状から目をそらし、グレイスの顔を見る。そのおもては憤怒にゆがんでいた。

「あの男の名前を二度と言わないでちょうだい」とグレイス。「私にも、誰にもよ。私たちの関係を友好的に保ちたいならね」

「あいつだったのね」とパトリシア。

「違います」グレイスはぴしゃりと言った。「私が言っていることを聞いていないのね。あなたが私たち全員を笑いものにしたから、私はあの人と握手して謝ることになったわ。夫の前で、よそ者の前で、あなたの子どもたちの前で恥をかかされたのよ。前に忠告しようとしたけれど、あなたは聞く耳を持たなかったわね。でも、いまこそ言わせてもらいましょう。この……ごちゃごちゃを片付けたらすぐ――」声がかすれる。「――読書会のメンバーひとりひとりに電話をかけて、はっきり伝えるわ。この件はおしまい、もう二度と、金輪際口にしないでちょうだい、とね。読書会にも喜んで受け入れて、今回の件を忘れるためならどんなことでもするつもりよ」

「あいつはなにをしたの？」パトリシアはたずねた。

「あなたがしたんでしょう」とグレイス。「私にあなたを信頼させたのよ。そして信じたら、ばかみたいに見えるはめになったわ。夫の前で恥をかかされたのよ」

「わたしはなにも――」パトリシアは言おうとした。

「あんなお芝居に巻き込んで」とグレイス。「自宅のリビングで素人芝居みたいなことをお膳立てして、どうやったかわからないけれど、私を説得して参加させて――きっと頭がおかしくなっていたんでしょうね」

グレイスがしゃべるにつれ、午前中の記憶が黒いヘドロのように四肢に流れ込み、全身にあふれた。

「あなたが自分とジェイムズ・ハリスのあいだに想像した、この安っぽいメロドラマときたら」とグレイス。「ひょっとして……性的に欲求不満なのかと疑うくらいよ」

がまんできなかった。この憤《いきどお》りは自分のものではない。パトリシアはただの経路で、どこかほかのところからきているのだ。そうに違いない、これほどすさまじい怒りなのだから。

「あなたは一日じゅうなにしてるの、グレイス？」と問いかけると、ダイニングの壁に声がはねかえるが聞こえた。「ベンは大学に行ってる。ベネットは仕事。あなたはこの家に隠れてわたしたちみんなを見下して、掃除してるだけじゃないじゃないの」

「どんなに自分が幸運か、一度でも考えたことがあって？」グレイスは問いかけた。「ご主人はあなたと子どもたちのために身を粉にして働いているでしょう。親切で、怒ってどなったりしない。必要なものは全部そろえてもらっているくせに、退屈だからってあんな気味の悪いことを空想して」

「わたしは現実を見てる唯一の人間よ」とパトリシア。「ここでなにか変なことが起きてる。あなたのおばあさまの瀬戸物や銀みがきや、あなたのマナーや来月の本より重大なことがね。それなのに、あなたはこわくて正視できないのよ。だから家の中に座ったまま、いい奥さんらしくごしごし掃除をしてるってわけ」

「どうでもいいことみたいに言うけれど」グレイスは泣きながら訴えた。「私は実際にいい人間で、いい妻で、いい母親よ。それに、ええ、家をきれいにしているわ、そうすることが私の仕事で、この世界での居場所ですもの。そういうことをするために私はここにいるのよ。それで満足しているわ。私は……私は自分が少女探偵ナンシーだって空想したりしなくても幸せよ。自分の仕事をして、私自身でいれば、幸せでいられるのよ」

「好きなだけ掃除しなさいよ」とパトリシア。「でも、ベネットが飲むたびに口を殴られるのは変わらないでしょうね」

グレイスは衝撃に凍りつき、棒立ちになった。本当に自分の口から出た言葉なのか、パトリシアには信じられなかった。ふたりはそのまま長いあいだ、凍えるほど寒いダイニングに立ちつくしていた。二度と友情は取り戻せないだろう。パトリシアは向きを変え、部屋を出ていった。

玄関ホールで、ミセス・グリーンが手すりの埃を払っているのを見つけた。

「あなたは信じないでしょう？」パトリシアは問いかけた。「あの男の正体を知ってるもの」

ミセス・グリーンは冷静そのものの顔つきだった。

「ミセス・キャバノーと話したら、みなさんこれ以上力になれないって説明してくれましたよ」と言う。「シックスマイルの人間は、みんな自力でなんとかするしかないそうです。とてもくわしく、なにもかも説明してくれましたとも」

「そんなことはないわ」とパトリシア。

「いいんですよ」ミセス・グリーンはうっすらとほほえんだ。「わかります。今後いっさい、あなたがたにはなにも期待しませんから」

「わたしはあなたの味方よ」とパトリシア。「ただ、いろいろ落ち着くまで少し時間がいるだけ」

「あなたはあなたの味方ですよ」とミセス・グリーン。「そのことに関して自分をごまかしちゃいけませんん、絶対に」

それからパトリシアに背を向け、グレイスの家の塵《ちり》を払い続けた。

頭の中でなにかが赤と黒にはじけた。次に気がつくと、自分の家に飛び込んでサンルームに立ち、大きな椅子にだらりと座り込んでテレビをながめているコーレイを見ていた。

「お願いだから、それを消して街か海岸かどこかに行ってくれない？」ぴしゃりと言う。「いま昼の一時よ」

「パパがママの言うことは聞かなくていいって」コーレイは言い渡した。「ある局面を乗り越えてるところだからって」

その言葉に内心かっとなったものの、カーターがどんなに注意深くこの罠を仕掛けたか気づく程度には頭がはっきりしていた。なにをしようが、相手が正しいと証明してしまうだけだ。あの精神科医らしいなめらかな口調で〝どんなに具合が悪いか自分でわからないのは、どれだけ具合が悪いか示しているんだよ〟と言うのが聞こえるようだ。

深く息を吸い込む。反応は示すまい。もうこんな茶番に加わるものか。パトリシアはダイニングに入り、小皿の中のプロザックと、その隣にある薬の瓶を目にした。ふたつともひったくってキッチンに持っていく。

流しの前に立って水を出すと、小皿の錠剤を排水口に流した。瓶の蓋を外してしばらくながめる。それからコップを一個出してきて、水を入れ、下に置くと、瓶に入った薬をすべて、ひとつずつのみ下しはじめた。

第二十三章

煮たケチャップの甘いにおいが鼻孔にしのびこみ、副鼻腔をすりぬけて喉にからみついた。口の中に舌を走らせると、歯を覆っている苦い膜の味がした。上体がぐいっと前に引かれて頭蓋骨が急にかたむき、目をひらくと看護婦がベッドを起こしているのが目に入った。白いシーツが敷かれ、ベージュの手すりがついている。カーターが病院のベッドの足もとに立っていた。

「それはいらない」と看護婦に言っている。

目の前の車輪つきテーブルに、赤紫色のプラスチックのトレイがあった。煮たケチャップのにおいがぷんぷんする蓋つきの皿が置いてある。看護婦が蓋をあげると、ケチャップまみれののびた黄色いスパゲッティの山に、灰色のミートボールが三つ載っていた。

「食事を置いていかないといけないので」と看護婦。

「だったらそっちに置いてくれ」カーターが言うと、看護婦はドアの脇の椅子にトレイを置いて立ち去った。

「用量を勘違いしたと言ってくれ」とカーター。「あれは間違いだったと言ってくれ」

いまこの会話はしたくない。顔をそむけたパトリシアは、窓の外で夕方の陽射しが基礎科学棟の上階をななめに横切っているのをながめて、自分が精神科病棟にいることに気づいた。

「わたし、脳を損傷したの？」とたずねる。

「誰がきみを発見したか知っているか？」カーターはベッドの手すりに両手を預けて問いかけた。

「ブルーだ。十歳なのに、キッチンの床で発作を起こした母親を見つけたんだぞ。あの子が九一一にかけるほど賢くなかったら、きみはおそらく脳を損傷していただろうな。なにを考えていた、パティ？　考えていいたのか？」

熱い涙がパトリシアの目からひとしずくずつあふれ、鼻をぱたぱたと叩いて、唇の上を流れ落ちた。

「ブルーはここにいる？」と訊く。

「きみのどこがおかしいのかわからないが、パティ、絶対に真相にたどりついてみせるからな」

子どものテストで出題される論文式の問題になったような気がしたが、反対する権利はなかった。キッチンの床で痙攣しているパトリシアを見つけて、ブルーはどんなにおびえたことだろう。熱いすじ肉のミートボールのにおいが漂い、胃がぎゅっとよじれた。

「自殺しようとしたわけじゃないわ」顎を食いしばって言う。

「もう誰もきみの言うことに耳を貸さないぞ」とカーター。「どう言い訳しようと、きみは重大な自殺の試みをしたんだ。二十四時間の措置入院を言い渡されているが、朝いちばんに退院させるつもりだ。きみに関して、家で解決できないようなことはない。だが、その前にいま知っておく必要がある
――これはジェイムズ・ハリスと関係があるのか？」

「は？」パトリシアは問い返し、向き直って夫を見た。

カーターは打ちひしがれた様子で、内心が顔にむきだしになっていた。ベッドの手すりをぐいぐい両手でいじっている。

「きみは僕の人生のすべてだ」とカーター。「きみと子どもたちが。僕たちは一緒に育ってきた。それなのに、きみはいきなりジムのことで頭がいっぱいになった。ジムについて考えたり話したりする

のをやめられなくなったあげく、こんな真似をしたんだ。僕が結婚した女性なら、自殺なんかしようとしなかったはずだ。そんな人じゃなかった」

「わたしは別に……」パトリシアは本気で説明しようとした。「わたしはなにも死にたかったわけじゃないわ。ただものすごく腹が立ってたの。あなたがあんなにあの薬をのませたがったからのんでやったのよ」

カーターの顔はたちまち、鋼鉄のドアがおりたように固くとざされた。

「今回のことを僕のせいにしようとするな」

「してないわ。勘弁してよ」

「なぜきみはジムにこだわるんだ？」と訊かれた。「きみたちふたりのあいだになにがある？」

「あの男は危険よ」パトリシアが言うと、カーターは肩を落とし、ベッドに背を向けた。「あなたがあの人はとてもすばらしいと考えているのはわかっているけど、あの人は危険だわ。あなたが知っている以上に」

パトリシアは一瞬、何週間も前に読んだことを伝えようかと思った。『吸血鬼ドラキュラ』の、家に招き入れられる必要があるというあの一節を読んだあと、腰をおろしてもう一度全体を読み返したが、その途中で、はっとして両手が冷たくなるような一文に出くわしたのだ。

「また自分より低いもの」ヴァン・ヘルシングは、ハーカーにドラキュラの力を説明して言った。「鼠とか梟、蝙蝠……などを下知することができるし……（ブラム・ストーカー『吸血鬼ドラキュラ』平井呈一訳、創元推理文庫）」

ネズミ。

その瞬間、ミス・メアリーの死が誰の責任なのかわかった。これほど確信を持って悟ったことはめったにない。母親が片手の皮膚をはぎとられ、顔の軟組織を食いちぎられて病院に運ばれたのは友人のせいだと知ったら、カーターはなんと言うだろう。そう考えるのと同時に、もしそれを口にしたら、絶対にこの病室から出してもらえないだろうということも、はっきりと心得ていた。

「いっそジムと浮気でもしていてくれたらよかった」とカーター。それならその執着ももっと理解しやすかった。だが、これは異常だよ」

「あの男はあなたが考えているような人間じゃないわ」とパトリシア。

「なにがかかっているかわかっているのか？」カーターはたずねた。「きみの妄想がどれだけ家族に犠牲を強いているか知っているか？　こんなことを続ければ、僕らが一緒に築いてきたものをすべて失うんだぞ。すべて」

おやつをもらいにキッチンへきたブルーが、黄色いリノリウムの上でのたうつ母親を見たことに思いをはせる。ぎゅっと抱きしめて、ママは大丈夫よ、と言ってやりたいとしか考えられなかった。なにもかも大丈夫だから、と。だが、大丈夫ではないのだ。ジェイムズ・ハリスが通りの先に住んでいるかぎり。

カーターはドアへ歩いていった。そこまで行くと立ち止まり、わざとらしくふりかえらずに話しかけてきた。

「きみは気にしないかもしれないが」と言う。「ヘイリーの後任を決める選定委員会が立ちあげられた」

「まあ、カーター」本気で夫のために動揺して、パトリシアはかすれた声を出した。

「みんなきみが精神科で措置入院していることを耳にしている」とカーター。「ヘイリーが今朝僕のところにきて言った。いまは仕事ではなく家庭に集中する必要があるよ、とな。きみの行動はほかの人々に影響を与えているんだ、パトリシア。全世界がきみを中心にまわっているわけじゃない」

カーターは立ち去り、パトリシアは室内にひとりになった。太陽が基礎科学棟をのろのろと横切っていくのを見守りながら、はたして普通の生活が戻ることがあるのか想像しようとする。なにもかもだいなしにしてしまった。あんなことをしたために、みんなが知っていた自分がすべて打ち砕かれたのだ。これからはなにをしようと不安定だとみなされるだろう。この先いったいどうして子どもたちに信用してもらえる？　ミートボールのにおいで吐き気がした。

　入口でガタガタ音がしたのでふりかえると、カーターがコーレイとブルーを案内してきた。コーレイは前かがみになって顔に髪をたらしている。タイダイTシャツと膝の裂けたホワイトジーンズという恰好だ。ブルーは紺の短パンをはき、赤い〝イラク恐怖症〟のTシャツを着ていた。『アウシュヴィッツ——ある医師の目撃談[*39]』という分厚い図書館の本をかかえている。コーレイが唯一の椅子を床の向こうにひきずっていき、パトリシアからできるだけ離れたところに置いた。ブルーは隣の壁にもたれかかった。

　子どもたちを抱きしめたくてたまらず、手をのばしたとき、なにかに手首をひっぱられた。当惑して見おろすと、手首は太いベルクロストラップでベッドに縛りつけられていた。

「カーター？」

「きみが逃げ出す危険があるかどうかわからなかったからだ」と答えがくる。「医師に会ったら外してくれるように頼むよ」

　だが、カーターがわざとやったことはわかっていた。パトリシアの意識がないとき、逃亡の危険があると病院側に伝えたのだろう。こういう姿を子どもたちに見せたかったから。かまうものか、好きにすればいい。それでもパトリシアが母親であることに変わりはないのだ。

「ブルー」と呼びかける。「よかったら、ぎゅってしたいの」

　息子は壁によりかかったまま、本をひらいて読んでいるふりをした。

「あんなところを見せてごめんなさい」パトリシアは低く落ち着いた声で言った。「うっかりして、薬をたくさんのみすぎちゃったの。それで具合が悪くなったのよ。思い切って九一一に電話してくれなかったら、脳障害が残ったかもしれない。電話をかけてくれてありがとう、ブルー。大好きよ」

ブルーは本をもっと大きくあけ、さらに広げて、表表紙と裏表紙をくっつけた。部屋のこちら側にいても、本の背が折れる音が聞こえた。

「ブルー」と声をかける。「わたしに怒ってるのはわかるけど、本はそういうふうに扱うものじゃないわ」

ブルーは本をどさっと床に落とした。身をかがめて拾ったとき、ページをつかんで持ちあげたので、何枚かちぎれて手の中に残った。

「わたしに怒ってるんでしょ、ねえ」とパトリシア。「その本じゃなくて」

するとブルーは顔を紅潮させて金切り声をあげた。ページを持って本をゆさぶったので、表紙がバタバタ前後にゆれた。

「うるさい！」とわめく。コーレイが指を耳につっこみ、低く体をまるめた。「きらいだ！　大きらいだ！　頭がおかしいから自殺しようとしたんだろ、だからベッドに縛られて、こんな病院に入れられるんだよ。ぼくたちのことなんか好きじゃないくせに！　気にしてるのはくだらない本だけじゃないか！」

片手で本のページを握りしめ、夢中で破り捨てては床にほうりだす。紙が部屋の中を舞い、ベッドの下や椅子の下へすべりこんだ。とうとう、ただの厚紙となった表紙を投げつけてくる。それはパトリシアの脚にあたった。

「いいかげんにしろ！」カーターがどなった。ブルーはぎょっとして黙り込み、動きを止めた。顔は激怒にゆがみ、頬はまだらになって、鼻水が流れている。両脇でこぶしを固め、体をふるわせていた。

そばへ行って抱き寄せ、怒りをなだめてやりたくてたまらなかったが、ベッドに縛りつけられているのだ。カーターはドアのところに立ったまま、みじろぎもせずに腕を組み、自分が起こした騒ぎを見守っている。息子をなぐさめに行くこともなく、かわりにパトリシアが行けるよう腕の拘束を解いてくれることもせずに。そのときパトリシアは思った。(このことは絶対に許さない。絶対に。絶対に。絶対に)

「自販機のお金もらえない?」コーレイがぼそぼそと言った。

「ねえ」パトリシアはたずねた。「あなたも弟と同じ気持ちなの?」

「パパ?」コーレイはパトリシアを無視して繰り返した。「自動販売機で買いたいから、一ドルちょうだい?」

カーターはパトリシアから視線をそらしてうなずくと、後ろポケットに手を入れて財布を引き出した。室内に響いているのはブルーの泣き声だけだ。

「コーレイ?」パトリシアは問いかけた。

「ほら」カーターが紙幣を何枚かさしだして言った。「弟もつれていきなさい。すぐそっちに行くから」

コーレイは体を起こして立ちあがり、ブルーの肩を抱いて部屋を出ていった。一度もパトリシアのほうは見なかった。

「そら、わかっただろう、パティ」カーターはふたりが行ったあと告げた。「あれが自分の子どもたちにきみのしたことだ。さて、これからどうする? ろくに知りもしない相手に固執し続けるつもりか? そもそも、彼がなにをしたというんだ? ああ、思い出した。なにもしていない。まったくなにひとつ。なんの罪にも問われていない。なにか悪事を働いたと思っているのはきみだけだ。きみの感情以外、証拠ひとつ、証言ひとつ持っていない。そういうわけで、その執着を続けてもいいし、本来向けるべきところに注意を向けてもいい——家族だ。きみしだいだよ。昇進はしそこなったが、子どもたちにとって遅すぎはしないさ。まだ取り返しはつくが、僕に必要なのはパートナーで、状況を悪くし続ける相手じゃない。つまり、決めなければならないのはこれだ。ジムか、僕たちか？　どっちにするんだ、パティ？」

3年後…

いま、そこにある危機

1996年10月

第二十四章

カーターが運転しながら携帯電話を使うとパトリシアは不安になったが、夫のほうが運転は得意だった。それに、すでに読書会に遅れている、ということはつまり、駐車場を探すのが難しくなるだろう。

「それでキングサイズにアップグレードしてくれ」カーターは言い、ハンドルから片手を離してウィンカーを出した。

ふたりの乗った濃い赤のBMWは、すんなりとまがってクリークサイドに入った。こんなふうに運転されるのは好きではなかったが、ラジオでラッシュ・リンボーを聴いていない機会はめずらしかったので、できるところで感謝しておくことにした。

「キャンベル臨床コンサルティングに小切手を切ってくれればいい」カーターが言った。「住所はファックスした送り状に載っている」

携帯電話をパタンと閉じ、短い旋律をハミングする。

「これで六番目の講演だ」と言った。「今年の秋は忙しくなりそうだ。こんなに留守にしていて、本当にかまわないのか？」

「さびしいけど」とパトリシア。「大学はただじゃないし」

カーターはクリークサイドの木々がかたちづくる涼しいトンネルを進んでいった。消えかけた日の光が木の葉の隙間をちらつき、フロントガラスとボンネットに光の点を散らす。

「キッチンをリフォームしたければしてもいいぞ」とカーター。「充分金はある」

前方にホースのシボレーブレイザーの後部が見えた。サーブ、アウディ、インフィニティなどの長い列の最後尾に駐車している。スリックとリーランドの家からまだ一ブロック離れていたが、とまった車の列はここまでのびていた。

「大丈夫?」パトリシアはたずねた。「まだコーレイがどこへ行こうと思ってるか知らないのよ」

「そもそも考えているかどうかさえ知らないしな」カーターは答え、ホースのシボレーの後ろに寄せたが、お互いの車のあいだに広く緩衝地帯を設けておいた。近ごろはホースにあまり近づけて駐車するといい結果にならないのだ。

「もしニューヨーク大学とかウェルズリー大学みたいなところを選んだら?」パトリシアはシートベルトを外しながら言った。

「コーレイがニューヨーク大学やウェルズリー大学に入る確率を考えれば、大丈夫だと思うね」カーターは言い、頰に軽くキスを落としてきた。「気苦労はやめるんだ。体調を崩すぞ」

ふたりは車からおりた。パトリシアは車からおりるのが大嫌いだった。バスルームの体重計では十一ポンド太っており、その重量が腰や腹にぶらさがっているのを感じ、足もとがふらつくような気がした。顔がまるくなっても、髪をヘアスプレーでもう少しふくらませれば見たところ悪くないと思ったが、車の乗り降りのときには、見苦しい動きをしている気がした。

カーターと通りをよたよた――すたすた――歩いていくと、十月の肌寒さで腕に鳥肌が立った。今月の本を持ち直す――なぜトム・クランシーは、物語を書くのに聖書よりたくさんのページを必要とするのだろう――そして、カーターがスリックとリーランドの前庭を囲んでいる、憧れを文字通り形にしたような白い柵の門をあけた。ふたりは並んでペイリー家の小道をたどり、大きな赤茶色のケープコッドスタイルの家まで進んでいった。前庭に飾られている石臼《いしうす》に至るまで、ニューイングランドからそのまま運んできたような家だ。

カーターが呼び鈴を鳴らすと、すぐさまドアがあき、スリックが現れた。ジェルとムースをつけ、口より大きく口紅を塗っていたが、ふたりを見て本当にうれしそうだった。

「カーター！　パトリシア！」と顔を輝かせて叫ぶ。「ふたりともとってもすてきよ」

最近の読書会に参加し続けているおもな理由は、スリックに会うためだと気づいて、パトリシアは自分でも驚いた。

「あなたもきれいよ」心からの笑顔で伝える。

「このベスト、かわいいでしょ？」スリックは両腕を広げた。「リーランドがケリソンズで買ってくれたの、ただ同然よ」

ペイリー不動産の看板がマウントプレザントじゅうにいくつ出現しようと関係ない。どんなに金の話ばかりされても、リーランドに買ってもらったものを見せびらかされても、ようやくタイガーが入学したいま、アルベマール・アカデミーの噂をしようとしてきても。スリックはパトリシアにとって重要な人物だった。

「奥にきて！」スリックは言うと、物が多すぎて窮屈な読書会の喧噪の中へふたりを案内した。

ダイニングから人があふれだしている。パトリシアは誰にもぶつからないよう腰をひねってよけながら、スリックについて階段を通りすぎ、コレクションの展示ケース——レノックスの小鳥のガーデンオーナメント、陶器の小さな家々、スターリングシルバーのミニチュア家具——や、以前よりさらに信心深い引用句を記した壁の新しい額、蒐集《しゅうしゅう》されるような腕時計を据えつけたシャドーボックスなどを横目に進んでいく。

「あら、こんにちは！」パトリシアはルイーズ・ギブスとすれちがいながら声をかけた。

「すごくすてきよ、ロレッタ」とロレッタ・ジョーンズに言う。

「土曜日はきみのゲームコックス（サウスカロライナ大学のフットボールチーム）が負けたな」カーターが足をゆるめずに話しかけ、アーサー・リバーズの肩をぴしゃりと叩いた。

　廊下を抜けて、裏のほうに新しく増築した部分に入ると、頭上で天井が急に高くなり、一連の天窓まで距離があいた。増築部分は人をもてなすための巨大な納屋で、ペイリー家の敷地の境界線すれすれまで広がり、隅から隅まで人がぎゅうづめになっていた。近ごろでは読書会のメンバーが四十人もいるはずだが、全員が入るほどの家を構えているのは、まずスリックだけだろう。

「お好きにどうぞ」高い天井や、絵になる農具を飾った遠い壁にはねかえる騒々しい会話越しに、スリックが言った。「リーランドを捜さなきゃ。これ見た？　あの人、ミッキーマウスの腕時計をくれたの。おもしろくない？」

　きらきら光る手首をパトリシアにふってみせると、人混みの中にするりとまぎれこむ。人々の背中やレンタルしたグラスを握る腕、レンタルした皿を支える手がまわりじゅうにひしめき、誰もが『いま、そこにある危機[*40]』の本を肘にはさんだり椅子の背に載せたりしている。

　知り合いを探していたパトリシアは、向こうのビュッフェのそばにマージョリー・フレットウェルを見つけた。ふたりは最近みんながするように頬にキスしあった。

「とってもきれいだこと」マージョリーが言う。

「少しやせた？」パトリシアはたずねた。

「髪をなにか違うふうにしているかしら？」マージョリーが訊き返す。「似合ってますよ」

　すごくすてき、なんてきれい、とってもいいわ、と言い合うことにどれだけ時間を費やしているか考えると、ときたま落ち着かなくなる。三年前なら、カーターが前もって全員に電話して、パトリシアをはげまし続けてほしいと頼んだのではないか、と疑っただろう。しかしいまでは、みんなが四六時中やっていることだと気づいていた。

とはいえ、恵まれていることを楽しんでなにが悪い？　人生にはすてきなものがこんなにたくさんある。せいぜい喜べばいい。

「おーい、こっち！」大きな声がして、マージョリーの肩越しにホースの赤い顔が突き出した。「きみの旦那はその辺にいるかい？」

ふらふらと身を寄せ、頬に軽くキスしてくる。ひげを剃っておらず、頭のまわりにビールの発酵臭が漂っていた。

「馬《ホース》は馬《ホース》だ、もちろん」後ろからやってきたカーターが言った。

「信じないだろうが、おれたちはまた金持ちになったぞ」ホースはカーターの肩に片手を置いて体を支えた。「この次クラブに行くときには、おれのおごりだ」

「忘れないでよ、うちには大学に行きたいのがまだ四人いるんだからね」キティが輪に加わり、片手でパトリシアを抱きしめた。

「けちるなよ、おまえ！」ホースがわめいた。

「今日書類にサインしたんだよ」キティが説明する。

「ジミー・Hに会ったらキスしてやる」とホース。「唇にぶちゅっとな！」

パトリシアはにっこりした。ジェイムズ・ハリスはキティとホースの生活をまるっきり変えてしまった。シーウィー農場の経営を適正化し、若い男を雇って仕事をさせ、ホースを説得して開発業者に百十エーカー売らせたのだ。今日とうとうやりとげたのはそれだった。

ふたりだけではない。パトリシアとカーターを含めて全員が、グレイシャス・ケイにどんどん金を投資し、外の投資家がつぎつぎと流れ込むと、自分たちの株を担保として融資を受けた。まるで空から金が降り続けているようだった。

「土曜に一緒にこいよ」ホースがカーターに言った。「なにかボートを買おうぜ」

「子どもたちは元気？」パトリシアはキティにたずねた。そういうことを言うものだからだ。

「ようやくサウスカロライナ軍事大学《シタデル》にしたらってポニーを説き伏せてね」とキティ。「あの子が北のカロライナ大学だのウェイクフォレスト大学だのに行くなんて耐えられない。遠すぎるよ」

「地元に残るほうがいいですからね」マージョリーがうなずいた。

「それにホースが家族にシタデルの学生をもうひとりほしがってるし」とキティ。

「あのカレッジリングで人付き合いが広がりますものね」とマージョリー。「本当にそうですよ」

マージョリーとキティが話しているあいだに、パトリシアのまわりに部屋の壁が迫ってきた。なぜみんなの声がこんなに大きく聞こえるのだろう。背中のくぼみが汗でべったり冷たくなり、脇の下がちくちくするのだろう。そのとき、隣にあるビュッフェテーブルに載った卓上鍋の中で、スウェーデン風ミートボールがぐつぐつ煮えているにおいがした。

カーターとホースがなにかでどっと笑い、ホースがビュッフェテーブルにビールを置いたものの、すでにもう一杯手にしている。キティがコーレイについてなにか言い、おなじみの煮たケチャップのにおいが頭いっぱいに広がり、喉を覆った。

パトリシアはそのことを考えるのを強引にやめた。考えないほうがいい。人生はもう正常に戻っている。正常よりいい状態だ。

「ニューヨークのあの学校のニュース見た？」キティがたずねた。「朝五時までに行かなくちゃいけないんだって、金属探知機を通り抜けるのに二時間半かかるから」

「でも、安全に値段はつけられないですからね」とマージョリー。

「失礼」パトリシアは言った。

あのにおいから逃れたい一心だった。誰かのドリンクを手から叩き落としてしまうのではないかとおびえつつ、腰を横向きにひねり、人々の肩や背中をかきわけて、会話の断片が流れてくる中を押し通った。

「……キャンパスツアーに連れていって……」

「……やせたんじゃない……」

「……ネットスケープに売却して……」

「……大統領はただの〝いいやつ〟だよ、奥さんが……」

キティは病院に見舞いにこなかった。

こんなふうに憶えておきたくなかったが、ここ数年ではじめて、ふっとそのことが頭に浮かんできた。

「あんまり早く入院して出てきちゃったから」と電話越しに言われたものだ。「準備ができしだい行くつもりだったのに、そのときにはもう家に帰ってきちゃってたんだよ」

キティが安心したがっていたのを思い出す。「あんなにたくさんあるんだし、うっかり薬を間違っちゃっただけなんでしょ？」

そういうことなの、とパトリシアは同意した。キティのほうはそれ以上追及したり面倒なことになったりせずにすんだので、ひどくほっとしていた。一方こちらは、みんながその話を打ち切って二度と口にしなかったことに安堵するあまり、誰ひとり病院にきてくれなかったことでどんなに傷ついたか、自覚していなかったのだ。あのときはとにかくありがたかった。誰にも自殺したと言われることなく、扱いが変わらないことに感謝していた。もとの生活にあれほど楽々と戻れたことがうれしかった。新しい栈橋やロンドン旅行、耳を修復する手術、裏庭のバーベキュー、新しい車がうれしかった。本当にたくさんのことに感謝していた。

「氷水をください」バーの奥にいる白い手袋をした黒人男性に声をかける。

病院にきてくれたのはスリックひとりだった。朝七時にやってきて、ひらいたドアをそっとノックし、入ってきてパトリシアの隣に座ったのだ。多くは語らなかった。助言や洞察を口にすることも、考えや意見を述べることもなかった。全部事故だったのだと納得させる必要もなかった。ただそこに腰かけて、黙ったまま祈るようにパトリシアの手を握っていただけで、七時四十五分ごろ、「よくなってくれるのをみんな待ってるわ」と言い残して立ち去った。

もはやあの中で大切なのはスリックだけだ。キティとメアリエレンをそれほど悪く思っているわけではなかったし、つきあいで顔を合わせていたが、いまやグレイスの近くに行く機会は読書会しかなかった。グレイスを見ると、自分が口にした思い出したくない台詞が頭に浮かんだ。

冷たいグラスを片手に持ち、もうミートボールのにおいがしないことにほっとして向き直ると、グレイスとベネットが後ろに立っていた。

「こんにちは、グレイス」と言う。「ベネット」

グレイスは動かなかった。ベネットはみじろぎもせず立っていた。誰も抱きしめようと体を寄せたりしない。ベネットはビールのかわりにアイスティーを手にしており、グレイスはやせていた。

「ずいぶん盛況ね」グレイスが室内を見渡しながら言った。

「今月の本、おもしろかった？」パトリシアはたずねた。

「麻薬戦争に関して学ぶことが多かったのは確かね」とグレイス。

（わたしは大嫌いだったわ）とパトリシアは言いたかった。あの中では誰もが男性向けの簡潔な文章で話す。まるで戦争のことを夢想する保険のセールスマンだ。どの文も作戦担当副長官《DDO》だの情報担当副長官《DDI》だの低被探知確率《LPI》だのE‐2（米軍の早期警戒機）だのF‐15（米軍の制空戦闘機）だのMH‐53J（米軍の大型輸送ヘリコプター）だのC‐141（米軍の大型輸送機）だのでいっぱいだった。読んだものの半分は理解できなかったし、女はまぬけか売春婦しか出てこないし、女たちの人生についてなにも語ることはなく、まるで軍隊の新兵募集の広告のようだった。

「大いに啓発されたわ」と同意する。

ジェイムズ・ハリスがみんなの読書会をこんなふうに変えたのだ。夫たちを参加させはじめ、どんどんパット・コンロイ（「地元の作家だ」）やマイケル・クライトン（「構想が興味深い」）などの本を読むようになった。それに『ホース・ウィスパラー』[*41]、『すべての美しい馬』[*42]、『ブラヴォー・ツー・ゼロ――SAS兵士が語る湾岸戦争の壮絶な記録』[*43]。ときどきパトリシアは、次はなにを読むのだろうと絶望した――『聖なる予言』[*44]？　『こころのチキンスープ――愛の奇跡の物語』[*45]？――だが、だいたいはこんなに多くの人がきていることに驚いていた。

あまりくよくよ考えないほうがいい。すべては変わっていくものだし、本について話し合いたいという人が増えるのがそんなに悪いことだろうか？

「座るところを探さないと」グレイスが言った。「失礼するわね」

ふたりが人混みの中にひっこむのを見送る。外の空が暗くなるにつれて、ダクトレール照明が明るくなった。パトリシアは自分のグループへ戻っていった。近づくと、白檀《びゃくだん》と革の香りがしてきた。人垣が分かれ、カーターが昂奮して誰かと話しているのが見える。視界をさえぎる最後の人物を通りすぎると、ジェイムズ・ハリスが目に入った。ちょうどよく袖をまくったブルーのオックスフォードシャツ、きっちりとアイロンをかけたカーキズボン、プロの手で乱された髪、輝くばかりに健康な皮膚。

「今年の秋はどんなスケジュールにさせられたか、きっと信じないよ」とカーターが言っている。

「一月までに講演が六回だ。きみがうちに目を配っていてくれないとな」

「喜んでいるくせに」ジェイムズ・ハリスが言い、ふたりとも声をあげて笑う。

足取りが乱れた。みんなのためにあれほど力をつくしてくれたのに、ジェイムズ・ハリスに会いたくないと思っている自分を罵ってから、パトリシアはむりやりにっこり笑って歩み寄った。最近、ジェイムズ・ハリスはリーランドの経営顧問をしていた。コンサルタントと自称している。日中外に出られない難点は、夜通し働くことで補っていた。グレイシャス・ケイの計画をくわしく調べたり、自宅でケータリングしたディナーをふるまって外部の投資家を引きつけたりしているのだ。また、パトリシアが早朝ミドルストリートを歩いていると、家の外の通りにまだ煙草のにおいが残っていることもあった。電話を利用した活動もしたし、居心地のいい場所から外に出るよう人々をはげまし、髪をのばしてポニーテールにするようリーランドを説き伏せた。みんなを未来へと進ませたのだ。

「束縛されるのがどういうことかわかるように、きみを結婚させないとな」カーターがジェイムズ・ハリスに言った。

「まだ自由を手放すほど価値のある相手に会っていないんだ」とジェイムズ。

このところふたりは兄弟同然だった。個人で開業するようカーターを説得したのはジェイムズだ。講演活動をするよう口説き落としたのも。そうした講演で、カーターはイーライリリー（米国の国際的な製薬会社）とノバルティス（スイスの国際的な製薬・バイオテクノロジー会社）の厚意で費用をもってもらい、観光地のヒルトンヘッドやマートルビーチ、アトランタに滞在している医師たちに、プロザックとリタリンといった薬の効き目を褒めちぎった。コーレイを大学にやり、キッチンをリフォームし、BMWの支払いを完済するだけの金を銀行口座に積みあげてくれたのはジェイムズだ。それに、そう、ときどきカーターがいつもの講演旅行から帰ってきたあと、電話が鳴って若い女がドクター・キャンベルを呼んでほしいと頼んでくることがある。カーターと呼ぶときもある。しかし、パトリシアはいつもオフィスの番号を伝えていた。誰なのかたずねると、カーターは必ず「いまいましい秘書ども」とか「あの旅行会社のばか女が」と言ってかんかんに怒るので、ついに訊くのをやめ、かかってきたときにオフィスの番号を教えることだけを続けた。そして、そのことは考えまいとした。さまざまな思いつきがどんなにたやすく頭に入り込み、ねじまがった形に育ってしまうかわかっていたからだ。

「パトリシア！」ジェイムズ・ハリスは顔を輝かせた。「とてもきれいだ！」

「こんにちは、ジェイムズ」パトリシアは抱き寄せられながら言った。

こんなふうにしょっちゅう抱きしめられるのにまだ慣れていなかったので、かかえられたままじっとしていた。

「こいつに言われたところだよ。秋のうちはずっと夕食を一緒にすることになりそうだ」とジェイムズ・ハリス。「町から出ているあいだ目を配っておけとさ」

「楽しみにしてるわ」とパトリシア。

「今月の本、内容がわかった？」キティが問いかけた。「あの山のような軍事用語のせいで、頭がぐるぐるしちゃって」

「ヘリコプター！」ホースが大きく歓声をあげ、ビールを掲げた。

男性陣は麻薬戦争や都心部のスラム街や学校の金属探知機のことを話しはじめた。ジェイムズ・ハリスがコカイン中毒の女性から生まれた子どもたちについてなにか言ったとき、一瞬、顎から黒い血をしたたらせた、口の中に人ではないものがひっこんでいく姿が脳裏に浮かんだ。次の瞬間、パトリシアはその映像を急いで消し去った。何度も目にしているようにジェイムズ・ハリスを見る――夜に近所を歩いて通りながら手をふっているところ、読書会にいるところ、カーターが夕食に呼んださい食卓についているところ。バンの後部は暗かった。ずっと前のことだ。なにを見たのか正確にわかっているわけでもない。あれだけ力になってくれているのだ。

そのことは考えないほうがいい。

第二十五章

「それで、なんと言われたんだ？」カーターがたずねた。

パトリシアは、ベッドの端にあるスーツケースに下着のシャツと正装用の靴下を叩き込む手を止めた。

「ブルーはこれから二か月、土曜学校に行くことになるって少佐は言ってたわ」と答える。「あと、年末までに動物保護施設で十二時間ボランティアしなくちゃいけないって」

「いまから年末までだと、ほぼ週一時間ってことだな」とカーター。「土曜学校に加えて。誰がそんなに送り迎えをするんだ？」

スーツケースがベッドの端からすべり、ガタンと床に落ちた。カーターは身をかがめはじめたが、パトリシアが先にたどりつき、膝をポキッと鳴らしながらぎこちなくしゃがみこんだ。講演旅行に出かける前のカーターはいつも殺気だっているので、ブルーを助けようとするなら冷静でいてもらう必要がある。スーツケースを拾いあげ、ベッドに戻した。

「スリックとわたしで交互に子どもたちを送るつもりなの」と言い、こぼれだした下着のシャツをたたみなおす。

カーターは首をふった。

「ブルーをあのペイリーの坊主に近づけたくない」と言う。「正直なところ、きみにもスリックとつきあってほしくない。おしゃべりだからな」

「それはちょっと現実的じゃないわ」とパトリシア。「わたしたちだって、毎週土曜日にひとりずつ車で送り迎えするほど時間はないもの」

「ふたりとも主婦だろう」とカーター。「一日じゅうほかになにをするっていうんだ？」

パトリシアは青筋が立つのを感じたが、なにも言わなかった。夫にとってそんなに重要なことなら、時間を見つけよう。体の緊張が解ける。もっと気になるのはスリックについての発言だった。

たたみなおした最後の下着のシャツを、スーツケースの中に重ねた山のてっぺんに置く。

「ブルーと話さなくちゃ」

カーターは絞り出すような溜め息をついた。

「済ませてしまおう」

パトリシアはブルーの部屋のドアをノックした。カーターが後ろに立った。答えはない。もう一度こぶしを軽くドアにあて、「はーい」とか「うん」とか、めったにない「なに？」というような音がしないか、耳をすました。すると、カーターが脇から手をのばした。強くドアを叩いてから取っ手をひねり、ノックをしながら押しあける。

「ブルー？」パトリシアの隣を通りすぎ、そう声をかけた。「母さんと一緒に話がある」

なにかしている最中に見つかってしまったかのように、ブルーはぱっと机から顔をあげた。去年の夏キャンプに行かせたとき、息子用にスカンジナビアの白木でできた寝室ユニットを購入した。戸棚がついた窓下のベンチ、本棚と一体になった机、机の隣に組み込まれたベッドが壁際をぐるっと囲んでいる。ブルーはそこに新聞から切り抜いたホラー映画の広告を飾りつけた――『人喰族』『おまえの皮膚を喰らう』『処刑軍団ザップ』。天井ファンがその広告をピンで留めた蝶のようにひらひらとふるわせている。床に積み重なっている本は大部分がナチスに関するものだが、『アナーキスト・クックブック』*46という題名の本も山のいちばん上に置いてあった。捜していたパトリシアの『テッド・バンディ――「アメリカの模範青年」の血塗られた闇』もだ。

ベッドの上に図書館で借りた『ナチの人体実験とその所産』が投げ出され、窓下のベンチにはばらばらになったスターウォーズのアクションフィギュアの残骸が転がっている。何年も前に息子に買ってやったのを思い出した。家の中や車でフィギュアたちが繰り広げた冒険は、長年自分の生活の一部となっていた。いまではブルーにボーイスカウトのナイフで顔を削られ、ピンク色のぼこぼこしたかたまりになっている。手はグルーガンでとかされ、体はマッチで焦がされて。

しかも、それはパトリシアのせいだ。キッチンの床で痙攣している母親を見つけて、九一一にダイヤルしたのはブルーだった。これからもずっとその記憶をかかえて生きていかなければならないのだ。どうせアクションフィギュアを使うには大きくなりすぎた、と自分に言い聞かせる。これがティーンエイジャーの男の子の遊び方だろう。

「なんの用？」ブルーが問いかけ、末尾で声が少し割れた。

声変わりしているのだ、と気づいて、心臓がぎゅっと痛くなった。

「そうだな」カーターは言い、座る場所を探してあたりを見まわした。最近ブルーの部屋にあまり入っていないので、そんな場所はないと知らないのだ。ベッドの端に腰かける。「今日学校でなにがあったか話してくれるか？」

ブルーはふんと息を吹き出し、机の椅子にかけたまま後ろに身を投げ出した。

「まったく」と言う。「たいしたことじゃなかったんだよ」

「ブルー」パトリシアは告げた。「そうじゃないでしょう。あなた、動物を虐待したのよ」

「自分で話させてくれ」とカーター。

「まったくもう」ブルーはあきれた顔になった。「そんなことが言いたいんだ？　ぼくが動物を虐待してるってさ。だから閉じ込めておけ！　気をつけろよ、ラグタグ」

この最後の台詞は、ベッドの下に積み重なった雑誌の上で寝ていた犬に向けられたものだった。

「みんな落ち着こう」とカーター。「ブルー、自分ではなにがあったと思っているんだ？」

「ただのばかな冗談だよ」とブルー。「タイガーがスプレー塗料を持ち込んで、ルーファスに吹きつけたらきっとおかしいぞって言ってさ、そのあとやめようとしなかったんだ」

「その話、少佐のオフィスでわたしたちに言ったことと違うじゃない」とパトリシア。

「パトリシア」カーターがブルーから目を離さずに警告した。

自分が強く催促していることに気づき、パトリシアは手遅れでなければいいがと願いつつ口をつぐんだ。前にも同じ真似をしたことがあるが、そのときにはブルーがフィラデルフィアへ向から飛行機の中で逆上したり、コーレイが水切りラックを投げて皿を一セットまるごと割ったり、カーターが鼻梁をさすったり、自分があの錠剤をのんだりという結果になった。無理にせきたてると、ものごとは必ず悪化する。だが、すでに遅かった。

「なんでいつだって、ぼくじゃなくてほかの人の味方ばっかりするんだよ？」ブルーは椅子の上で前方に身を投げ出した。

「みんな冷静になる必要が——」カーターが言い出す。

「ルーファスは犬だよ」とブルー。「人は毎日死んでるよ。赤ん坊を堕ろすしさ。ホロコーストでは六百万人も死んだんだよ。誰も気にしたりしない。ただのばかな犬じゃないか。スプレーなんて洗えば落ちるよ」

「みんな一息入れよう」カーターは言い、手のひらを外に向けるしぐさでブルーをなだめた。「来週ゆっくりコナーズの評価スケールというテストをしよう。おまえにとって注意を払うことが人より難しいかどうか調べるだけだよ」

「それで？」ブルーはたずねた。

「もしそうだったら」カーターは説明した。「リタリンというものを渡す。きっと友だちも大勢のんでいるさ。別になにか変えるわけではなくて、脳に眼鏡をかけるようなものだ」

「脳に眼鏡なんかいらないよ！」ブルーは金切り声をあげた。「テストなんか受けるもんか！」

ラグタグが頭をもたげた。パトリシアはこんなことをやめさせたかった。カーターからはこの話を聞いていない。ふたりで決める必要があることなのに。

「そういうふうだからおまえは子どもで、父さんは大人なんだ」とカーター。「おまえになにが必要か、父さんのほうがよく知っている」

「知らないよ！」ブルーはまたどなった。

「みんなしばらく頭を冷やしたほうがいい」とカーター。「夕食のあとまた話そう」

パトリシアは片方の肘をつかまれ、部屋から連れ出された。机に覆いかぶさって肩をふるわせているブルーをふりかえり、そばにいきたくてたまらなかったが、廊下に押し出されてドアをしめられてしまった。

「あの子は絶対に――」カーターが言いはじめる。

「なんでわめいてるの？」コーレイがこちらにとびつくような勢いで自分の寝室のドアから出てきた。

「あの子、なにしたの？」

「おまえとは関係のないことだ」とカーター。

「ふつう、実際に本人と会う機会のある人間の意見を訊きたいって思うもんじゃないの」とコーレイ。

「おまえの意見がほしいときにはそう言う」とカーター。

「ああそう！」コーレイはかみつくように答え、寝室のドアを力まかせにしめた。ドアが激しく枠にぶつかる。その向こうから、「勝手にすれば」とくぐもった声が聞こえた。

　コーレイは何年もあんまり心配のいらない子だった。放課後ステップエクササイズに行き、水曜の夜はサッカーチームの同じグループの女の子たちと『ビバリーヒルズ高校白書』を見るために外出し、夏にはプリンストンのサッカーキャンプに行った。しかしこの秋は、ドアをしめたまま自分の部屋で過ごすことがどんどん多くなった。外に出かけたり友だちと会ったりするのをやめてしまった。完全な無気力から爆発的な怒りまで機嫌はさまざまで、なにが引き金になるのかわからなかった。

　カーターに言わせれば、そんな様子は仕事でしょっちゅう見ているらしい——四年制高校の三年生で、大学進学適性試験《SAT》がもう少しだし、大学に願書を出さなければならないのだから、やきもきするべきではないのだ、パトリシアにはわかっていない、心配なら大学のストレスに関する論文を渡すから、読んでみればいいと言われた。

　コーレイのドアの向こうで、音楽の音が大きくなった。

「キッチンの掃除を終わらせないと」パトリシアは言った。

「あの子の態度について、僕が責められるいわれはない」カーターは後ろから階段をおりてきながら言った。「自制心がゼロだ。本来なら、感情にどう対処するかはきみが教えるはずだろう」

　あとについて家族コーナーに入ってくる。掃除機をかかえたくて手がうずいた。あの轟音で全員の声をかき消し、追い払ってしまいたかった。ブルーの癇癪《かんしゃく》については考えたくない。自分の責任だとわかっているからだ。キッチンの床で倒れている母親を見つけたとき以来、息子の態度は変わった。

　カーターがあとについてキッチンに入ってきた。コーレイの音楽が天井越しに伝わってくる。こもったハーモニカとギターの音ばかりが響く。

「以前なら絶対にあんな態度はとらなかった」とカーター。

「もしかしたら、たんにあなたが充分そばにいないからかもしれないわ」とパトリシア。

めた。

「ここまでひどい状況と知っていたのなら、どうしてもっと前に言わなかった？」カーターは問いつめた。

答えはなかった。パトリシアはキッチンの真ん中に立って見まわした。リフォームのために寸法を測っていたとき、ブルーとタイガーが犬にスプレー塗料をかけた件で少佐に会いにくるように、と学校から電話があったのだ。そう、戸棚の中に入っているものが多すぎるから捨てなければ――使ったこともない料理本、まだ箱に入ったままのアイスクリームメーカー、電源プラグが見つからなかったポップコーンメーカー。ドッグフードを入れる戸棚の取っ手につけた輪ゴムを外し、中をのぞいてみる。隅に靴箱が置いてあり、ガソリンスタンドを載せた道路地図の束が入っている。本当にこれ全部必要なのだろうか？

「現実から目をそらしたまま生活していくわけにはいかないよ、パティ」カーターが言った。

がらくたを入れた引き出しを調べてみなくては。パトリシアはひっぱってあけてみた。このこまごまとした品物はいったいなんのためだろう？　全部ごみ箱にぶちまけたいが、どれかが高価な品の重要な部品だったら？

「そもそも僕の話を聞いているのか？」カーターがたずねた。「なにをしている？」

「キッチンの戸棚を片付けてるの」とパトリシア。

「そんな場合じゃない」とカーター。「うちの息子になにが起こっているのか理解しなくてはならないんだ」

「ぼくは出てく」ブルーが言った。

ふたりはふりかえった。リュックを背負ったブルーが家族コーナーに通じるドアのところに立っていた。スクールバッグではなく、クローゼットにしまってあった、紐のちぎれたリュックサックだ。

「もう暗い」とカーター。「どこにも行かせないぞ」

「どうやって止めるつもり？」ブルーは問い返した。

「あと一時間で夕食よ」パトリシアは言った。

「僕がなんとかする、パティ」とカーター。「ブルー、母さんが夕食だと呼ぶまで、二階に行っていなさい」

「部屋のドアに鍵でもかける？」ブルーはたずねた。「だって、そうしなかったら出てくよ。もうこの家にいたくない。父さんは薬を山ほどのませて、ぼくをゾンビにしたいだけだろ」

カーターは溜め息をつき、もっとていねいに説明しようと進み出た。「誰もゾンビにしようとしてなんかいないよ」と言う。「お父さんたちは――」

「ぼくがなにをしたって止められるもんか」ブルーはとげとげしく言った。

「そのドアから出たら、警察に電話しておまえが家出したと通報するぞ」とカーター。「手錠をかけられて連れ戻されるし、前科がつくことになる。そうしてほしいのか？」

ブルーはふたりをにらみつけた。

「最低だ！」と金切り声をあげ、家族コーナーを飛び出していく。

階段を駆けあがって寝室のドアをバタンとしめた音が聞こえた。コーレイが音楽をさらに大きくした。

「ここまでひどい状態になっていたとは気づいていなかった」カーターが言った。「フライトを変更して一日早く戻ってこよう。なんとかしなければならないのはあきらかだ」

そのまま話し続けている一方で、パトリシアは古い料理本を整理しはじめた。カーターがリタリンのことをいろいろ説明していたとき――持続放出、用量、コーティング――ブルーが両手を背中にまわして家族コーナーに戻ってきた。

「ぼくが家を出てったら警察に電話する？」とたずねる。

「そんなことはしたくないんだよ、ブルー」とカーター。「しかし、おまえのせいでそうするしかない」

「電話のコードなしで警察にかけて、うまくいけばいいね」とブルー。

両手をさしだされ、パトリシアは一瞬、スパゲッティの麵を持っているのかと思った。それから、家の電話のコードをつかんでいるのがわかった。その光景をきちんと認識できないでいるうちに、ブルーは家族コーナーから走り出た。パトリシアとカーターは小走りで追いかけたものの、ちょうど玄関ホールについたところで、ドアが勢いよく閉じた。ポーチに出るころには、ブルーの姿はたそがれどきの暗がりに消えていた。

「懐中電灯を持ってくるわ」パトリシアは言い、中に戻ろうと向きを変えた。

「いい」とカーター。「寒くなって腹が減ったとたんに帰ってくるさ」

「もしコールマンブールバードまで行って、誰かの車に乗せてもらったらどうするの？」パトリシアは訊いた。

「パティ」カーターは言った。「きみの想像力には感心するが、そんなことにはならない。ブルーはオールドビレッジをうろついて、一時間後には家にこそこそ戻ってくる。上着も持っていかなかったんだからな」

「でも――」パトリシアは言いはじめた。

「僕はこれが仕事なんだ、憶えているか？」とカーター。「ひとっ走りケーマートに行って新しい電話コードを買ってくる。僕が戻るよりあいつのほうが早いさ」

そんなことはなかった。夕食後、パトリシアはキッチンの戸棚の片付けを続けた。電子レンジの時計の数字はじりじりと六時四十五分から七時三十分へ、八時一分へと変わっていった。

「カーター」と言う。「本当にどうにかしなくちゃ」

「しつけには自制が必要だ」とカーター。

パトリシアはごみ箱を玄関ポーチまでひっぱっていき、ポップコーンメーカーと古いアイスクリームメーカーをその中に捨てた。海水魚用の水槽からなにもかも外し、乾かすために洗濯室の流しに置く。とうとう電子レンジの時計が十時を示した。

（十時十五分までなにも言わない）とパトリシアは自分に誓い、古い料理本をスーパーのハリスティーターのビニール袋につめこんだ。

「カーター」と言ったのは十時十一分だった。「車でその辺をまわってくるから」

カーターは溜め息をつき、新聞をおろした。

「パティ――」と言うと、電話が鳴った。

出たのはカーターのほうが先だった。

「はい？」と言って、肩から力が抜けたのが見えた。「ありがたい。もちろん……うん、うん……そちらがかまわないなら……もちろん……」

切る気配もなければ、なにが起こっているのか話してもくれなかったので、パトリシアはリビングに走っていって子機をとりあげた。

「コーレイ、電話を離しなさい」カーターが言った。

「わたしよ」とパトリシア。「もしもし？」

「やあ、パトリシア」なめらかな低い声が言った。

「ジェイムズ」と応じる。

「心配させたくなかったんでね」ジェイムズ・ハリスはふたりに言った。「ブルーはここにいる。二、三時間前にきて、ふたりで話をしていた。ここでゆっくりしてもいいが、お母さんとお父さんにどこにいるか伝えないとだめだと言ったんだ。きみたちがものすごく心配しているのはわかっていたからな」

「それは……ご親切にありがとう」パトリシアは言った。「すぐそっちに行くから」

「それはあまりいい考えじゃなさそうだ」とジェイムズ・ハリス。「家庭の事情に干渉する気はないんだが、一晩泊まりたいと頼まれてね。客用の寝室はあるよ」

ジェイムズ・ハリスとカーターはヨットクラブの裏のバーで週に一回飲んでいる。ホースと三人でハト狩りにも行った。ブルーとコーレイをシーウィー農場へ夜の小海老捕りに連れていったりもしている。カーターが町を出ているあいだ、五、六回夕食をともにさえしていた。ジェイムズの姿を見るたび、パトリシアはかつて見た光景について考えないようにした。よそよそしく冷静な、ただし感じのいいふるまいを心がけた。子どもたちはすっかりなついていて、ブルーはクリスマスに〝コマンド〟なんとかというゲームをもらった。カーターは仕事の話をしていたし、音楽に関する意見はなんとコーレイが受け入れていたので、パトリシアとしても努力はしたのだ。それでも、やはりブルーをひとりでジェイムズ・ハリスの家に泊めたくなかった。

「迷惑をかけたくないし」と言った声は、甲高くきつい響きで出てきた。

「そうするのがいちばんかもしれないな」とカーター。「そのあいだに頭を冷やせる」

「気にしないでほしいな」とジェイムズ・ハリス。「話し相手がいてうれしいよ。ちょっと待ってくれ」

間があり、どさっと音がして、それから息子の息遣いが耳に届いた。

「ブルー?」と問いかける。「大丈夫?」

「母さん」ブルーは言った。ごくりと唾をのみこむのが聞こえた。「ごめん」

涙がどっと目にあふれた。腕の中に抱きしめたかった。いますぐに。

「無事でうれしいだけよ」と伝える。

「どなってごめん、それにルーファスにしたことも悪かったよ」ブルーは呼吸を荒らげて唾をのんだ。

「あと、父さん、もしテストを受けてほしいんだったら、そうしたほうがいいってジェイムズが言ってるんだ」

「父さんはおまえにいちばんいいようにと思っているんだ」とカーター。「母さんも父さんもそう思っている」

「大好きだよ」ブルーが早口に言った。

「ジェイムズおじさんの言うことを聞くんだぞ」カーターが言い、そのあとジェイムズ・ハリスが電話口に戻ってきた。

「きみたちが心から賛成していないことはしたくない」と言う。「ふたりとも本当にそれでいいんだな？」

「もちろんだ」とカーター。「実にありがたいよ」

パトリシアはなにか言おうと息を吸い込んでから、動きをとめた。

「ええ」と言う。「もちろん大丈夫よ。ありがとう」

家族にとってはこのほうがいい。ジェイムズ・ハリスはあれほど何度も信頼に足る人物だと示してきた。怒りにふるえる息子と話してなだめ、大好きだと言わせてくれた。何年も前の真実かどうかもおぼつかない記憶にこだわることはやめなければ。

（そんなにたいしたことじゃないわ）と自分に言い聞かせる。（桟橋、車、ロンドン旅行、自分の耳、子どもたちの大学、コーレイのステップエクササイズ、ブルーの友だち。こんなにたくさんのものと引き換えなら、前に信じ込んでた異常なおそろしい考えを無視するぐらい、たいしたことじゃないもの。そんなに悪い取引じゃないはずよ、絶対に）

第二十六章

朝、カーターはジェイムズ・ハリスの家へブルーを迎えに行った。

「なにもかも解決するよ、パティ」と言って。

パトリシアは反論しなかった。かわりにトースター・シュトルーデルを焼き、コーレイに学校へチョーカーをつけていくわけにはいかないと告げて、ママって修道女じゃないのとコーレイが言い返すのを聞くはめになった。それから娘は出かけ、パトリシアはひとり家の中に立っていた。

十月なのに日光で部屋が温まり、眠くなってきた。ラグタグはダイニングに陽だまりを見つけ、その上にどさっと倒れ込んだ。あばらを上下させ、目をつぶっている。

計画がたくさんある――キッチンの戸棚の作業を終わらせる、サンルームの新聞と雑誌を全部片づける、洗濯室にある海水魚用の水槽をどうにかする、ガレージルームに掃除機をかける、家族コーナーのクローゼットを片付ける、シーツを換える――どこから始めたらいいのかわからない。五杯目のコーヒーを飲むと、家の静けさがずしりとのしかかってきた。陽射しがどんどん暑くなり、空気が眠りを誘うとろりとした霧に変わる。

電話が鳴った。

「キャンベルです」と出る。

「ブルーは問題なく学校に行ったかな？」ジェイムズ・ハリスがたずねた。

上唇にうっすらと汗が浮かび、頭がからっぽになった気がした。なにを言うべきかということもわからない。パトリシアは息を吸い込んだ。カーターはジェイムズ・ハリスを信頼している。ブルーも信頼している。三年間敬遠していたが、それでなにを得た？ 息子にとっては大事な相手だ。家族にとっても。いいかげん避けるのをやめるべきだろう。

「ええ」と答え、声で伝わるようににっこりした。「ゆうべ泊めてくれてありがとう」

「きたときにはかなり動揺していたよ」とジェイムズ・ハリス。「なぜここにくることにしたのかさえ、よくわからないんだが」

「あの子が行ってもいい場所だと思ってくれてよかった」パトリシアはなんとかそう言った。「通りをうろうろするぐらいなら、そこにいてほしいもの。オールドビレッジも昔ほど安全じゃないし」

ジェイムズ・ハリスの声が、ゆっくり雑談しようとするくつろいだ調子を帯びた。「きみたちが隣の家に行って警察に電話するんじゃないかと思ってこわかったと言っていたよ。だからしばらくアルハンブラの茂みの奥に隠れていたらしい。食事をしたかどうかわからなかったから、あのフランスパンのピザをいくつか温めた。かまわなかったかな」

「大丈夫よ」とパトリシア。「ありがとう」

「家でなにかあったのか？」ジェイムズ・ハリスは問いかけた。

キッチンの窓越しに射し込む光で目が痛くなったので、パトリシアはかわりに家族コーナーの涼しい暗がりへ視線を向けた。

「ただティーンエイジャーになってきただけよ」

「パトリシア」ジェイムズ・ハリスは言い、その声がだんだん真剣な響きを含んだ。「ここに引っ越してきたとき、悪い印象を与えてしまったのは知っているが、きみがどう考えようと、きみの子どもたちを気にかけているというのは信じてくれ。いい子たちだ。カーターがあんなに働いているから、きみがほとんどひとりで切りまわしているのが心配なんだ」

「まあ、個人で開業してるから忙しいのよ」とパトリシア。

「世界じゅうのドルをひとりで稼ぐ必要はないだろう、と言ってやったよ」とジェイムズ・ハリス。

「自分の子どもが成長していくのを見逃すなら、働く意味などどこにある？」

本人がいないところでカーターの話をするのは裏切っているような気がしたが、解放感もあった。

「あの人は自分で背負い込んじゃうから」

「背負い込んでいるのはきみだ」とジェイムズ・ハリス。「ティーンエイジャーをほとんど自分ひとりで育ててるのはきつすぎるだろう」

「いちばんつらいのはブルーよ」とパトリシア。「学校でついていくのに、本当に苦労してて。カーターは注意欠陥障害だと思ってるんだけど」

「第二次世界大戦についてなら、注意力は問題ないようだが」とジェイムズ・ハリス。

ブルーを理解してくれている相手と話し合う気軽さで、パトリシアは肩の力が抜けた。

「犬にスプレーでペンキをかけたのよ」と言う。

「なんだって？」ジェイムズ・ハリスは声をたてて笑った。

一拍おいて、パトリシアも笑った。

「かわいそうな犬」うしろめたく感じて、そう言う。「ルーファスって名前で、学校の非公認のマスコットなの。ブルーとスリック・ペイリーの末っ子がスプレーで銀色に塗っちゃって、ふたりとも年末まで土曜学校に行くことになったわけ」

口に出して言うだけで、ばかばかしく聞こえた。来年にはきっと家族の笑い話になるだろう。

「犬は大丈夫なのか？」ジェイムズ・ハリスはたずねた。

「大丈夫って話よ」とパトリシア。「でも、どうやって犬からスプレー塗料をとるの？」

「新しくCDチェンジャーを買ったんだが」とジェイムズ・ハリス。「うちへきて取り付けを手伝ってもらえるか、ブルーに頼んでみよう。もしその話題が出たら、なにがあったのか訊いて、答えをきみに知らせるよ」

「そうしてくれる？」パトリシアは問いかけた。「ありがたいわ」

「またこんなふうに話すのはいいな」とジェイムズ。「コーヒーでも飲みにこないか？　最近の話ができるだろう」

ええ、と言いそうになったのは、どんな状況でも、まず感じよくふるまうのが癖だったからだ。だが、そのときふと、清潔ですっきりした医薬品のような香りがした。陽射しのあふれる明るいキッチンから一瞬意識がそれ、パトリシアはとつぜん四年前に戻っていた。ガレージのドアがあいており、ミス・メアリーに使っていたビニールの失禁用パッドのにおいが漂ってくる。つかのま、何年も前の自分がよみがえった気がした。なににでも謝ってばかりいる必要などないのだ。そこで答えた。「遠慮しておくわ。キッチンの戸棚を片付けなくちゃいけないの」

「じゅあ別の日にでも」ジェイムズは言った。声の変化を感じ取ったのだろうか。

ふたりは電話を切った。パトリシアは鍵のかかったガレージルームのドアを見た。ミス・メアリーの部屋で以前使っていたカーペット洗剤と、例の事故のあとでミセス・グリーンがスプレーした消毒剤《ライソール》の香りがする。いまにもドアがぱっとひらき、まるめたシーツのかたまりを腕にかかえて、白いズボンとブラウスのミセス・グリーンが階段を上ってきそうだ。

立ちあがってドアまで足を運ぶと、一歩ごとにミス・メアリーの部屋の香りが強くなった。ドアの横のフックから鍵を外し、自分の腕の先で手があがり、デッドボルトにさしこむのを見守る。鍵をねじるとドアがぽんとひらき、隙間が大きく広がった。ガレージルームはからっぽだった。涼しい空気と挨のにおいしかしない。

パトリシアはドアの鍵をかけ、サンルームから新聞を全部片付けたあとで、キッチンの戸棚を終わらせようと決めた。ダイニングを通りすぎると、寝そべって日向ぼっこをしていたラグタグが片耳をぴくりと動かした。サンルームでは、新聞や光沢のある雑誌のカバーに陽射しがはねかえり、目がくらんだ。カーターがオットマンの上に置いていった新聞を拾いあげ、ダイニングを抜けて、キッチンへ戻っていく。家族コーナーに足を踏み入れたとき、ダイニングのドアの向こうで声がした。

パトリシア

ふりかえる。誰もいなかった。それから、ダイニングのドアの蝶番《ちょうつがい》に沿った隙間から、灰色の髪がかぶさった青い目がじっと見つめてきた。次の刹那、ドアの後ろには黄色い壁しかなかった。

パトリシアはしばし立ちつくした。肌がぞわぞわして、肩がひきつった。片頬の筋肉がふるえるのを感じる。あそこにはなにもいない。なにか幻臭を嗅いで、ミス・メアリーの声が聞こえたと思い込んだのだ。それだけだ。

ラグタグが座り直し、ひらいたダイニングのドアに目をすえた。パトリシアは新聞をごみにつっこむと、努力してダイニングを通り、サンルームへ戻った。

《レッドブック》と《レディーズ・ホームジャーナル》、《タイム》の雑誌をとりあげ、しばし躊躇してから、ダイニングを抜けて家族コーナーに引き返す。もう一度ダイニングのひらいた入口を通りすぎたとき、ミス・メアリーがドアの後ろからささやきかけた。

パトリシア

喉に息がつまった。雑誌をつかむ指の関節が痙攣した。動けない。ミス・メアリーがダイニングのドアの向こうに立ち、隙間越しに異様な目つきで見ているのを感じた。そのとき、ささやき声がわっと襲いかかってきた。

あの男は子どもたちを狙ってくる、子どもを奪った、私の孫を奪った、私の孫を狙ってくる、夜にうろつくあの男、ホイト・ピケンズは赤ん坊の血を吸う、太った小さな脚のまるまるとした赤ん坊を、ダニのように刺して、ダニのように刺して、あなたのすべてを吸い出してしまう、パトリシア、私の孫を狙ってくる、目を覚ましてパトリシア、目を覚まして、夜にうろつく男があなたの家にいる、私の孫が襲われる、目を覚ましてパトリシア、パトリシア目を覚まして、目を覚まして、目を覚まして……

冷たい唇のあいだから、死んだ言葉が、異様な音節が、ひそひそと流れていく。

「ミス・メアリー?」パトリシアは言ったが、舌がふくれあがったようで、その声はつぶやくように低かった。

あの男は悪魔の息子、夜をうろつく男、私の孫を奪っていく、目を覚まして目を覚まして目を覚まして、アーシュラのところへ行って、私の写真があるから、あの人の家に、アーシュラのところへ行って……

「無理よ」と言うと、今度は家族コーナーの壁に反響するぐらい声に力が入った。

ささやきは止まった。ふりむくと、ドアの隙間にはなにもなかった。指の爪がコツコツ叩く音でとびあがったが、それは小走りで部屋を出ていくラグタグにすぎなかった。

幽霊など信じていない。ミス・メアリーがキッチンのテーブルでやる魔術のことも、地元の大学の社会学者が興味を持ちそうなしろものだ、といつも考えていた。夢に祖母が出てきて、なくした結婚指輪がどこで見つかるかだの、いとこのエディがたったいま死んだだのと教えてくれた、と知り合いの女性たちに言われるといらいらしたものだ。そんな話は事実ではない。

だが、これは現実だ。この三年間で経験してきたなによりも本当のことだった。ミス・メアリーはこの部屋にいた。ダイニングのドアの後ろに立って、ジェイムズ・ハリスが子どもたちをほしがっている、ブルーをほしがっていると警告をささやいたのだ。幽霊は実在しない。だがこれは現実だ。

一瞬、また頭が混乱しているのだろうかと不安になった。自分の判断力は薄氷のようなもので、信じるのをためらってしまう。だが、あれは現実に起きたことだった。確かめてみてもいいはずだ。なにしろ、ただの主婦なのだから。ほかにやることもないのだ。

目を覚まして、パトリシア

「どうやって?」

目を覚まして、パトリシア

「どうやって?」

アーシュラのところへ行って

「誰?」

アーシュラ・グリーン

第二十七章

手のひらがこんなに汗をかけるとは知らなかったが、シックスマイルに向かってライフルレンジロードを運転しているとき、ハンドル全体に濡れた跡が残った。ミセス・グリーンにはクリスマスカードを送ったし、電話は両方向に働くものだ。ミセス・グリーンのほうが会いたくなかったかもしれないし、パトリシアがパーソナルスペースを尊重していただけかもしれない。なにも悪いことはしていない。しばらく誰かと話さないことはよくある。パトリシアはスラックスで片方ずつ手のひらをぬぐい、乾かそうとした。

真っ昼間だから、ミセス・グリーンはそもそも家にいない可能性も高い。きっと仕事だろう。（私道に車がなかったら、そのままUターンして帰ろう）と自分に言い聞かせ、そう決断したおかげで一気に肩の荷がおりた。

ライフルレンジロードは変わっていた。道の脇に迫っていた木立は切りとられて後退し、路肩がむきだしになっている。ぴかぴかした新しい黒のアスファルトの脇道がのび、ヌーボー・プランテーションハウスの写真と〝グレイシャス・ケイ――一九九九到来――ペイリー不動産〟という文章がついた緑と白のベニヤ板の標識を通りすぎていく。その向こうで、残ったまばらな木々の後ろにグレイシャス・ケイの未完成の黄色い骨組みがそびえていた。

パトリシアは州道にまがり、くねくねとシックスマイルへ後戻りしていった。空き家が並んでいる──二、三はドアがなくなり、おおかたは前庭に『売り家』の看板が出ていた。誰も外で遊んでいない。

グリルフレイムロードを見つけてゆっくりと進んでいき、とうとうシックスマイルに入った。残っているものは多くなかった。金網のフェンスがマウントザイオンAME教会の裏側を囲み、その先にはだだっ広い土の地面が続いている。明るい黄色の土工機械と建設廃材でいっぱいだ。バスケットコートは掘り返され、周囲の森はところどころに木が生えているだけになっていた。ワンダ・テイラーが住んでいた場所に近かったトレーラーハウスは全部消えている。教会のこちら側にはたった七軒の家しか残っていなかった。

ミセス・グリーンのトヨタは私道にあった。

パトリシアが車をとめてドアをひらくと、たちまちグレイシャス・ケイからテーブルソーの甲高いうなり、トラックの轟音、煉瓦をブルドーザーが割るすさまじい騒音が襲いかかってきた。建設現場の騒々しさに一瞬圧倒され、頭が働かなくなってしまった。やがて、勇気を奮い起こしてミセス・グリーンの玄関の呼び鈴を鳴らす。

反応がなかったので、たぶんこの騒がしさでミセス・グリーンには聞こえないのだろうと気づき、窓を叩いた。誰も家にいないのだ。もしかしたら車が故障して、誰かに仕事先へ乗せていってもらったのかもしれない。急にほっとして、パトリシアはきびすを返し、ボルボへ戻っていった。

建設の音があまりにうるさかったので、最初は耳に入らなかったが、二度目は聞こえた。「ミセス・キャンベル」

ふりむくと、ミセス・グリーンが家の戸口に立っていた。髪をくるんで、大きすぎるピンクのTシャツとカーペンタージーンズという恰好だ。胃がからっぽになって泡がつめこまれた気がした。

「わたし――」パトリシアは言いはじめてから、その台詞が建設音にかき消されていることに気がついた。ミセス・グリーンのところまで歩いていく。近づくにつれ、皮膚が土気色で、目がひどく眠そうなことと、髪の根もとにふけがついていることが見てとれた。「わたし、誰もいないのかと思って」建設音越しに大声をあげる。

「昼寝してたんですよ」ミセス・グリーンは叫び返した。

「それはいいですね」パトリシアはどなった。

「午前中に掃除をして、夜通しウォルマートで品出しをしてるんです」ミセス・グリーンが声をはりあげる。「それからすぐ午前中の仕事に戻ってね」

「入ってもいいですか？」パトリシアは訊き返した。

ミセス・グリーンはあたりを見まわすと、家をのぞきこみ、パトリシアに視線を戻して鋭くうなずいた。「どうぞ」

ふたりが入るとドアをしめる。おかげで建設音は半分に減ったが、まだテーブルソーが木材に食い込む高音の激しいうなりが聞こえていた。クリスマスツリー用のライトの光が消えているのをのぞけば、家の中は変わっていないようだった。がらんとした感じで、眠りを思わせるにおいがした。

「お子さんたちは元気ですか？」ミセス・グリーンはたずねた。

「ティーンエイジャーですから」とパトリシア。「どんなふうかご存じでしょう。そちらのお子さんは？」

「ジェシーとアーロンはまだアイアモの妹のところで暮らしてます」とミセス・グリーン。

「まあ」とパトリシア。「必要なだけ会えます？」

「あたしはあの子たちの母親ですよ」とミセス・グリーン。「アイアモまで車で二時間です。必要な、だけなんてありませんよ」

外からすさまじい衝突音がずしんと響いてきたので、パトリシアは顔をしかめた。

「引っ越しは考えました？」とたずねる。

「たいていの人はもう引っ越してます」とミセス・グリーン。「でも、あたしは自分の教会を離れません」

外からトラックがバックするピー、ピー、ピーという音が響いてきた。

「もっと仕事先の家を増やせますか？」パトリシアは訊いた。「もし時間があれば、手伝っていただけるとうれしいんですけど」

「いまは業者《サービス》に勤めてるんです」ミセス・グリーンは言った。

「それはすてきでしょうね」とパトリシア。

ミセス・グリーンは肩をすくめた。

「みんな大きい家ですしね」と言う。「お金もいいですが、前は一日じゅう人と話してたもんです。サービスでは家の人たちと話をさせたがらないんですよ。質問があったら、携帯電話をもらってるんで、マネージャーに電話するんです。そうすると、マネージャーがかわりに家の人に電話をかけるわけです。でも、遅れずに払ってくれるし、税金もやってくれますからね」

パトリシアは深く息を吸い込んだ。

「座ってもかまいません？」と問いかける。

相手の顔をさっとなにかがよぎったが——嫌悪感、だとパトリシアは思った——もてなさないわけにもいかず、身ぶりでソファに案内してくれた。パトリシアが座ると、ミセス・グリーンは安楽椅子に腰を落ち着けた。前に見たときより肘掛けがすりきれていた。

「もっと早く会いにきたかったんですけど」パトリシアは言った。「でも、ずっとあれこれ忙しくて」

「ええ」とミセス・グリーン。

「ミス・メアリーのこと、よく考えます？」パトリシアはたずねた。ミセス・グリーンが両手の位置を変えるのが見えた。手の甲は白っぽい小さな傷痕だらけだ。「あの夜そばにいてくださったこと、ずっと忘れません」

「ミセス・キャンベル、なにがご希望なんです？」ミセス・グリーンがたずねた。「疲れてるんですが」

「ごめんなさい」パトリシアは言い、帰ろうと決意した。ソファのふちに両手をかけて体を押しあげる。「ご迷惑をおかけしてすみません、それもお仕事の前で休んでいらしたのに。もっと前に出かけてこなかったのも申し訳なかったわ。とっても忙しかっただけなんです。ごめんなさい。こんにちはって言いたかっただけですから。それに、ミス・メアリーを見たんです」

板がガタガタと地面に落ちる音が窓ガラスを突き抜けて伝わってきた。ふたりとも動かなかった。

「ミセス・キャンベル……」ミセス・グリーンが言いはじめた。

「あなたが写真を持ってるって言われました」とパトリシア。「ずっと昔の写真で、あなたが持ってるって。だからきたんです。義母は子どもたちのことだからって言いました。ほかのことだったらお邪魔したりしませんでした。でも、子どもたちのことなんです」

ミセス・グリーンはにらみつけた。パトリシアはばかになったような気がした。

「あたしはね」とミセス・グリーン。「あなたがすぐ車に戻って、家に帰ってくれたらいいのにって思いますよ」

「はい？」パトリシアは問い返した。

「あたしが言ったのは」ミセス・グリーンは繰り返した。「あなたが家に帰ってくれたらいいのにってことです。ここにいてほしくないんですよ。あなたは旦那さんに言われたからって、あたしとうちの子を見捨てたんです」

「そんな……」パトリシアはこの不公平な糾弾にどう反応していいかわからなかった。「そんな大げさな」

「あたしは三年間うちの子たちと暮らしてないんですよ」とミセス・グリーン。「ジェシーはフットボールの試合で怪我をして帰ってきたけど、世話をしてやる母親はいなかった。アーロンはトランペットの演奏をしたけど、その場で見てやれなかった。こんなところにいるあたしたちのことなんか、誰も気にしやしない。汚れ物の片付けに必要なとき以外はね」

「あなたにはわかりませんよ」とパトリシア。「みんな自分たちの夫だったんです。家族だったんですよ。わたしはなにもかも失うところだった。選ぶ余地なんてなかったんです」

「あたしよりはありましたよ」とミセス・グリーン。

「病院に行くはめになったし」

「それは自分のせいでしょう」

パトリシアは笑い声とすすり泣きのあいだで息をつまらせ、手のひらで口を押さえた。自分の確信も快適な環境も、この三年で注意深く立て直してきたものも、すべてを危険にさらして訪れたのに、ここにいたのは自分を憎んでいる相手だったのだ。

「きてごめんなさい」と言い、涙で目がふさがった状態で立ち、ハンドバッグをつかんだが、どっちへ行けばいいかわからなくなった。ミセス・グリーンの脚が玄関のドアへの道をふさいだからだ。

「ここにきたのはただ、ミス・メアリーがうちのダイニングのドアの後ろに立って、わたしに行けって言ったからで、どんなにばかげて聞こえるかいま気がついたわ、だからごめんなさい、お願い、わたしのことが嫌いなのは知ってるけど、お願いだからここにきたって誰にも言わないで。ここまできてこんなことを言ったのを誰かに知られたら耐えられない。自分がなにを考えてたのかわからないの」

ミセス・グリーンは立ちあがり、背を向けて部屋を出ていった。戸口まで送らないほど憎まれているとは信じられなかったが、当然だろう。パトリシアと読書会のメンバーはミセス・グリーンを見捨てたのだから。よろめきながらドアに向かい、ミセス・グリーンの椅子に腰の片側をぶつけたとき、背後で声がした。

「盗んだわけじゃありません」ミセス・グリーンは言った。

ふりかえると、ミセス・グリーンが光沢のある四角い白い紙をさしだしていた。

「ある日うちのコーヒーテーブルに載ってたんです」とミセス・グリーン。「もしかしたら、ミス・メアリーが亡くなったあとに持ち帰って、ここにあるのを忘れてたのかもしれませんが、とりあげたとき髪が逆立ってね。後ろからじっと見てる視線を感じました。ふりかえったら、あそこのドアの後ろにあのお気の毒な方が立ってるのが、ふっと見えたんです」

薄暗いリビングの空気の中でふたりの目が合った。建設現場の騒音がひどく遠くなって、パトリシアは長いことずっとかけていたサングラスを外したような気がした。写真を手にとる。古びた安っぽいプリントで、端がまるまっていた。中央に男がふたり立っている。ひとりはミス・メアリーの男版というふうだったが、もっと若い。オーバーオールを着て両手をポケットにつっこんでいた。帽子をかぶっている。その隣に立っているのは、ジェイムズ・ハリスだった。

ジェイムズ・ハリスに似た誰かでも、父親か親戚でもない。ヘアクリームでなでつけ、一部が鋭く尖った髪形でも、それはジェイムズ・ハリスだった。白いスリーピースのスーツと幅広のネクタイを身につけている。

「裏返してみてください」とミセス・グリーン。

パトリシアはふるえる手で写真をひっくり返した。裏面に誰かが万年筆で〝ヴィストリアレーン一六二番地、一九二八年夏〟と書いている。

「六十年」パトリシアは口にした。

ジェイムズ・ハリスはまったく同じ姿に見えた。

「どうしてミス・メアリーがあたしにこの写真をよこしたのかわかりません」ミセス・グリーンは言った。「なんであなたに直接渡さなかったのか。でも、ここにこさせたかったんだから、なにか意味があるんでしょうよ。あの人がまだ大事に思っているんだったら、あたしもあなたのことがまんできるかもしれませんね」

パトリシアはおそろしくなった。ミス・メアリーがふたりのもとを訪れた。ジェイムズ・ハリスは年をとらない。そんなことはどう考えてもありえないのに、本当のことだという事実にぞっとした。吸血鬼も年をとらない。頭をふる。またもやそんなふうに思いはじめるわけにはいかない。そういう考え方はなにもかもだいなしにしてしまうかもしれないのだ。ここでミセス・グリーンとふたりきりになるのではなく、キティやスリック、カーター、それにサディー・フンチェと同じ世界に住んでいたいのに。また写真を見る。目を向けずにはいられなかった。

「これからどうしましょう？」とたずねる。

ミセス・グリーンは本棚のところへ行き、てっぺんから緑のフォルダーをとりだした。使ったあと再利用されており、別々の見出しを書いたあとに線で消してある。それをコーヒーテーブルにひらいて置くと、ふたりはふたたび腰をおろした。

「あたしはうちの子たちに帰ってきてほしいんです」ミセス・グリーンは言い、中にあるものを見せた。「でも、あいつがなにをしてるかわかるでしょう」

フォルダーのページをめくり、つぎつぎと切り抜きを見ていったパトリシアは、体が冷たくなった。

「全部あの男が？」と訊く。

「ほかに誰がいます？」とミセス・グリーン。「うちのサービスが一か月に二回、あいつの家を掃除してます。いつも行ってた女の子がひとりいなくなったんですよ。あたしは今週かわりに行くって申し出ました」

心臓の動きが這うように遅くなった。

「なぜ？」と問いかける。

「みなさんが読んだあの殺人の本を一箱、ミセス・キャバノーがくれたんですよ。もう家に置いておきたくないからって。ミスター・ハリスがなんだろうと、異常な存在ですがね、あの本に出てくる邪悪な男どもと共通点があると思います。必ず記念品を持っていくんですよ。誰かを傷つけたとき、なにか小さなものを持っていくのが好きなんです。あの男には二、三回しか会ったことがありませんが、ものすごくうぬぼれ屋だってわかりましたよ。間違いなくひとりひとりからなにかとって、自分の家にとっておいてますね。ときどきひっぱりだして、大物になった気分を何度も味わうために」

「もし間違ってたら？」とパトリシア。「わたしは何年も前、あいつがデスティニー・テイラーになにかしているのを見たと思いました。でも、暗いところだったし。わたしの勘違いだったら？　あの子のお母さんが本当は誰かとつきあってたのに、嘘をついてたんだったら？　わたしたちふたりとも、ミス・メアリーを見たと思ってるし、これがジェイムズ・ハリスの写真だって信じてますけど、ただ似てるだけの誰かだったら？」

ミセス・グリーンは二本の指で写真を自分のほうへ引き寄せ、もう一度ながめた。

「どうしようもない男は、これから変わるからって言うもんですよ」と言う。「相手が聞きたいことを言うんです。でも、自分の目で見ているものを信じなかったらばかでしょう。この写真の男はあいつです。あたしたちにささやきかけたのはミス・メアリーですよ。みんな違うって言うかもしれませんが、なにを知ってるかは自分でわかってます」

「戦利品をとっておいたりしてなかったら？」パトリシアは少しペースを落とそうとしてたずねた。

「だったら、なにも見つからないでしょうね」とミセス・グリーン。

「警察につかまるわ」とパトリシア。

「ふたりいればもっと早くできますよ」とミセス・グリーン。

「違法よ」とパトリシア。

「あなたは前に一度、あたしを見捨てましたね」ミセス・グリーンは言い、瞳が燃えあがった。パトリシアはどこでもいいから目をそらしたかったが、動けなかった。「あたしを見捨てて、いまじゃ自分の子どもたちがあいつに狙われてるんですからね。時間がないんです。言い訳を探すには遅すぎますよ」

「ごめんなさい」とパトリシア。

「謝ってほしいわけじゃありません」とミセス・グリーン。「あそこで家探しするのを手伝ってくれるかどうか知りたいんです」

はいとは言えない。人生で一度も法律を破ったことはないのだ。自分の中にあるすべてのものに反している。四十年間いだいてきたあらゆる信念に逆らう行動だ。つかまったら二度とカーターの目を見ることができないだろう。ブルーを失い、コーレイを失ってしまう。どうやって子どもたちを育てながら、自分が従わない法に従えと言える？

「いつです？」パトリシアは問いかけた。

「今週末、あいつはタンパに行きます」とミセス・グリーン。「教えてください、本気なんですね」

「ごめんなさい」とパトリシア。

ミセス・グリーンの表情がとざされた。

「寝ておかないと」と言い、立ちあがりかける。

「いいえ、待って、行きます」とパトリシア。

「遊びにつきあってる暇はないんですよ」とミセス・グリーン。

「行きます」パトリシアは告げた。

ミセス・グリーンは玄関のドアまで送ってくれた。戸口でパトリシアは立ち止まった。

「どうしてわたしたちにミス・メアリーが見えたはずがあるんです？」とたずねる。

「あの人は地獄で焼かれてるんですよ」とミセス・グリーン。「うちの牧師さんに訊いたら、幽霊はそこからくるって言ってました。地獄で焼かれてて、この世を手放さないかぎり、ヨルダン川の冷たい癒しの水の中に行けないんです。ミス・メアリーはあなたに警告したくて地獄の苦しみに耐えてるんですよ。自分の孫たちが大事だから焼かれてるんです」

全身を流れる血がずしりと重くなった気がした。

「わたしも、あれはミス・メアリーだと思います」と言ってから、最後に一度だけ、幽霊だの年をとらない男だのという話を全部やめて、バンの後部にいたジェイムズ・ハリスの記憶を消し去ろうと試みた。あの人ならざるものを口から突き出し、デスティニー・テイラーの上に覆いかぶさっていた光景を。「もしかしたら、難しく考えすぎているのかも。会いに行ってやめてくれるように頼めば……わたしたちが知っていることを話せば……」

「飽くことを知らないものが三つある」ミセス・グリーンが言い、パトリシアはその引用をどこかで聞いたことがあると気づいた。「いや、四つあって、皆『もう、たくさんです』と言わない。あの男は世界じゅうの人間を食べつくしても、まだ食らい続けますよ。蛭にふたりの娘があって、『与えよ、与えよ』という（日本聖書協会『聖書 口語訳』箴言三十章十五節）」

パトリシアはいいことを思いついた。

「ふたりいればもっと早くできるなら」と言う。「三人いればなおさら早くできるわ」

第二十八章

「パトリシア！」スリックは叫んだ。「本当によかった！」

「電話もしないできちゃってごめんなさい――」パトリシアは言いはじめた。

「いつだって歓迎よ」スリックは言い、玄関の階段からパトリシアを中にひっぱりこんだ。「ハロウィーンパーティーの案を考えてたんだけど、行きづまっちゃったから助けてもらえないかしら。そういうことは大得意でしょ！」

「ハロウィーンパーティーをするの？」スリックの背中を追ってキッチンに入りながら、パトリシアはたずねた。

ハンドバッグを体に引き寄せて持つと、キャンバス地の側面越しにフォルダーと写真の感触がはっきり伝わってきた。

「悪魔崇拝になるから、ハロウィーンはどんな形でも反対なの」スリックは答え、ステンレスの冷蔵庫をひきあけてハーフアンドハーフをとりだした。「だから今年は、万聖節前夜に改革パーティーをひらくつもりなの。直前に思いついたのはわかってるけど、主を讃えるのに遅すぎるってことはないもの」

コーヒーを淹れてくれ、ハーフアンドハーフを加えてから、ボブジョーンズ大学の黒と金のマグカップをよこす。

「なんのパーティー？」パトリシアは訊き返した。

だが、スリックはすでに奥の増築部分へ通じるスイングドアを勢いよく通り抜けていた。パトリシアはマグカップを片手に、ハンドバッグをもう一方に持ってあとに続いた。スリックは自分で〝会話エリア〟と呼んでいるソファのひとつに腰をおろし、パトリシアは向かい側に座ってカップを置く場所を探した。ふたりのあいだのコーヒーテーブルは、コピーした紙や雑誌の記事の切り抜き、三穴バインダー、鉛筆などに覆われている。隣のエンドテーブルには、嗅ぎ煙草入れのコレクションや大理石の卵がごちゃごちゃと並び、ポプリの入ったボウルも載っていた。乾燥した花びらや葉、木くずのほか、リーランドのスポーツ好きに敬意を表して、ゴルフボールとティーをいくつか加えてある。パトリシアはとりあえず膝の上でカップを持つことにした。

「お酢より砂糖を使うほうが蠅はたくさん捕れるのよ」とスリック。「だから、ハロウィーンのことをみんなが忘れるようなパーティーを日曜日にひらくの——わたしの改革パーティーよ。あしたセントジョセフ教会でこの案を話すつもり。ほら、うちの子たちを集会ホールに連れていって——もちろんブルーとコーレイも歓迎よ——ティーンエイジャー用の活動もあるようにしておくわ。だって結局、子どもたちがいちばん危険にさらされてるんですもの。でも、お化けの仮装のかわりに改革のヒーローたちの扮装をするわけ」

「誰の扮装？」パトリシアは問い返した。

「ほら」とスリック。「マーチン・ルーサーとかジャン・カルヴァンとか。中世のラインダンスをしてドイツの食べ物を出して、それから軽食にテーマをつけたらおもしろいと思ったの。どう思う？〈ヴォルムス帝国議会《Diet of Worms》〉ケーキよ」

スリックは雑誌から切り取った写真を見せた。

「うじ虫《worm》ケーキ？」パトリシアはたずねた。

「ヴォルムス《Worms》〝帝国議会《Diet》〟ケーキ」スリックは訂正した。「神聖ローマ帝国が、九十五条の論題を教会の扉に釘で打ちつけたことでマルティン・ルターを破門したときの？　ヴォルムス帝国議会？」

「ああ」とパトリシア。

「グミのうじ虫で飾りつけるの」とスリック。「すごくおもしろくない？　こういうことって楽しくてしかも教育的にできるのよ」パトリシアの手から切り抜きをひょいととって観察する。「これって罰当たりじゃないわよね？　ジャン・カルヴァンが誰なのか知ってる人が足りないかしら？　あと、逆トリック・オア・トリートもやってみるつもりなの」

「スリック」パトリシアは言った。「話を変えるのは気が引けるんだけど、助けてほしいの」

「どうしたの？」スリックは切り抜きをおろしてソファの端まで近づくと、パトリシアに視線をすえた。「ブルーのこと？」

「あなたは超自然現象を信じる？」パトリシアは問いかけた。

「私はキリスト教徒よ」とスリック。「それとは違うわ」

「でも、この世界にはわたしたちの目に見える以上のものがあるって信じてる？」とパトリシア。

　スリックの笑顔がやや薄れた。

「この話がどこへ行くのか不安なんだけど」と言う。

「ジェイムズ・ハリスのこと、どう思う？」パトリシアはたずねた。

「ああ」スリックは本気でがっかりした声を出した。「前にもこういう話はしたわよね、パトリシア」

「気になることが起きて」とパトリシア。

「またそこへ戻るのはやめましょうよ」とスリック。「もう全部終わったことだし」

「わたしも蒸し返したくないのよ」とパトリシア。「でも、あるものを見たから、あなたの意見を聞きたいの」

ハンドバッグに手をつっこむ。

「だめよ！」スリックが言った。パトリシアは動きを止めた。「自分のしてることを考えて。この前はひどい状態になったでしょ。私たちみんな、どきっとさせられたのよ」

「助けて、スリック」パトリシアは言った。「本当にどう考えたらいいかわからないの。わたしの頭がおかしいんだって言って、そうすれば二度と持ち出さないわ。約束する」

「そのハンドバッグに入ってるのがなんでも、ほうっておくのよ」とスリック。「でなきゃ私にちょうだい、リーランドのシュレッダーにかけるから。あなたとカーターはすごくうまくいってるじゃない。みんなこんなに幸せなのよ。もう三年もたったわ。悪いことが起きるんだったら、もう起きてるはずよ」

無駄だという思いがよぎった。スリックの言う通りだ。この三年は堂々めぐりではなく、前へ進んでいた。スリックに写真を見せれば、また出発点に戻ることになる。人生の三年を同じ場所で足踏みしていたことになってしまう。そう考えるとひどく疲れてしまい、横になって昼寝をしたくなった。

「やめたほうがいいわ、パトリシア」スリックがそっと言った。「私と現実の世界にいてよ。いろいろなことが昔よりずっとよくなってるじゃない。みんな幸せだし。私たちは大丈夫。子どもたちは安全よ」

パトリシアの指がハンドバッグの中で、すりへってくたりとしたミセス・グリーンのフォルダーのふちをなでた。

「やってみたわ」と言う。「本当に、三年間がんばったのよ、スリック。でも、子どもたちは安全じゃないの」

フォルダーを持った手をハンドバッグからひっぱりだす。

「やめて」スリックがうめいた。

「もう手遅れよ」パトリシアは言った。「時間がないの。とにかくこれを見て、わたしの頭がおかしいかどうか教えて」

スリックの紙束の上にフォルダーを置き、さらに写真を重ねる。写真をとりあげたスリックの指に力がこもり、表情が動かなくなったのが見えた。やがてスリックはそれを裏返しにして下に戻した。

「いとこよ」と言う。「でなきゃ兄弟か」

「これがあいつだってわかってるでしょう」とパトリシア。「裏を見て。一九二八年。いまでも同じ姿に見えるのよ」

スリックはふるえる息を吸い込み、ふうっと吐き出した。

「偶然よ」

「ミス・メアリーがこの写真を持ってたの」パトリシアは言った。「こっちはお父さん。ジェイムズ・ハリスはミス・メアリーが小さいころカーショーに立ち寄ったの。ホイト・ピケンズって名乗って、大金を稼げる資金計画にみんなを巻き込んで、結局町全体を破産させたのよ。それに子どもたちを盗んだ。自分が非難されると黒人の男性のせいにしてね。町の人たちがその黒人を殺したあと、あの男は姿を消した。たぶん、そんなに昔のことだし、カーショーは州のずっと北のほうだから、戻ってきても気づかれないと思ったんでしょうね」

「だめよ、パトリシア」スリックは言い、唇を引き結んで頭をふった。「こんなことしないで」

「ミセス・グリーンがこの手がかりをつなぎあわせたの」パトリシアは言い、緑のフォルダーをひらいた。

「ミセス・グリーンはとても信心深い人よ」とスリック。「でも、私たちみたいな教育を受けてないでしょ。生い立ちが違うのよ。文化が違うの」

パトリシアは、マウントプレザントの町から送られた印刷の手紙を四枚広げた。

「フランシーンの車は一九九三年にケーマートの駐車場で見つかったわ」と言う。「フランシーンを憶えてる？　ジェイムズ・ハリスがここに引っ越してきたとき、あそこで働いてた人よ。わたしはフランシーンがあの家に入っていくのを見たんだけど、それ以降誰にも目撃されてないらしいわ。何日かあと、ケーマートの駐車場に車が置きっぱなしになってるのが見つかった。レッカー車の会社にとりにいくようにって手紙が町からきたんだけど、郵便受けに入ったままになってたの。それをミセス・グリーンが見つけたわけ」

「手紙を盗むのは連邦犯罪よ」とスリック。

「猫に餌をやりに家に入らなくちゃならなかったのよ」とパトリシア。「最終的には、お姉さんがフランシーンの死亡を宣告して家を売ったわ。お金は第三者預託《エスクロー》してあるの。お金を払ってもらうには、フランシーンが五年間行方不明になっていなくちゃいけないんですって」

「車を乗っ取られたのかもよ」スリックがほのめかした。

パトリシアは新聞の切り抜きの束を引き出すと、ミセス・グリーンがしたのをまねてトランプのように並べた。「これが子どもたち。オーヴィル・リードを憶えてる？　その子といとこのショーンは、フランシーンがいなくなった直後に死んだの。ショーンは殺されて、オーヴィルはトラックの前に踏み出して自殺した」

「前にもこの話は全部聞いたわ」とスリック。「あのもうひとりの女の子――」

「デスティニー・テイラー」

「それとジムのバンと、残りも全部」スリックは同情のまなざしをよこした。「ミス・メアリーの世話で、あなたにはすごく負担がかかってたのよ」

「それだけじゃ終わらなかったわ」とパトリシア。「デスティニー・テイラーのあとはシーバス・フォード、シックスマイルで。一九九四年五月に九歳で死んだの」

「子どもはいろんな理由で死ぬわ」とスリック。

「それからこの子」とパトリシアは警察の犯罪記録の切り抜きをとんとんと叩いた。「その一年後、一九九五年。ノースチャールストンのラターシャ・バーンズっていう小さな女の子が肉切り包丁で自分の喉を切ったの。なにかおそろしいものから逃げようとしてたんじゃなければ、どうして九歳の子がそんなことをするの?」

「こんなの聞きたくないわ」とスリック。「悲惨な死に方をした子どもは全部ジムのせいなの? どうしてノースチャールストンで止まったわけ? なんでサマーヴィルかコロンビアまで足をのばさなかったの?」

「グレイシャス・ケイの団地が建設中だから、みんなシックスマイルを出ていきはじめたのよ」とパトリシア。「いなくなっても目立たない子どもたちがもう簡単に見つからないのかもしれないわ」

「リーランドはあの辺の家を買うとき正当な金額を払ったわ」とスリック。

「それから今年」パトリシアは続けた。「北のアウェンダウのカールトン・ボレイ。十一歳。ミセス・グリーンはその子のおばさんを知ってるの。森で風雨にさらされて死んだんですって。四月の半ばに誰が凍えて死ぬの? おばさんの話だと、その子もほかの子たちみたいに何か月も体調を崩してたって」

「どれも筋が通ってないわ」とスリック。「ばかばかしいわよ」

「三年間、一年につき子どもひとりよ」とパトリシア。「わたしたちの子どもじゃないのはわかってるけど、でも子どもなのに。貧しくて黒人だから気にしなくていいの? わたしたちが前にしたのはそういうことよ。そしていま、あいつはブルーをほしがってる。いつになったらやめると思う? 次はタイガーか、メリットか、メアリエレンの子どもの誰かかもしれないのよ？」

「魔女狩りはそういうふうに始まったわ」とスリック。「どうでもいいことでみんな昂奮しだして、知らないうちに誰かが傷つくのよ」

「あなたは偽善者なの？」パトリシアはただした。「改革パーティーでハロウィーンから子どもたちを守ろうとしてるけど、こんな怪物から守るために指一本だって動かす気があるの？　悪魔を信じてるのか信じてないのか、どっちかよ」

脅すような調子になったのはいやだったが、話しているとますます、こうやってたずねる必要があるという確信が強まった。スリックがすぐ目の前にあるものを否定すればするほど、何年も前に自分がどんなふうにふるまったかを突きつけられたのだ。

「怪物って、あれだけ私たちの家族によくしてくれた人に使うには、ずいぶん強い言葉ね」とスリック。

パトリシアはミス・メアリーの写真を表に返した。

「どうしてこの男は年をとらないの、スリック？」と訊く。「理由を説明して。そうすれば質問するのをやめるから」

スリックは唇をかんだ。

「どうするつもりなの？」と問い返す。

「今週末、男の人たちは全員町を出てるでしょう」パトリシアは言った。「ミセス・グリーンが働いてる清掃会社は土曜日にあいつの家を掃除するの。ミセス・グリーンがあそこに行くことになってて、わたしを入れてくれる予定よ。あの人が掃除をしているあいだに、なにか答えが見つからないか探してみるわ」

「人の家に入り込んだりしちゃだめよ」スリックはぞっとした様子で言った。

「なにも見つからなかったら」とパトリシア。「それでやめるから、全部おしまいになるわ。けりをつけるのを手伝って。見つかるとしても見つからないとしても、どっちみち決着がつくのよ」

スリックは指先を唇に押しつけ、本棚を長いあいだ見つめた。それから写真をとりあげ、またじっとながめる。とうとう下におろした。

「このことについてお祈りをさせて」と言う。「リーランドには話さないけど、写真とフォルダーを預からせてちょうだい、お祈りがしたいの」

「ありがとう」パトリシアは言った。

スリックを信頼しないという考えは、まったく浮かばなかった。

第二十九章

スリックは木曜日の午前十時二十五分に電話をかけてきた。

「行くわ」と言う。「でも見るだけよ。しまってるところをあけたりしないから」

「ありがとう」パトリシアは言った。

「よくないことだって気がするんだけど」とスリック。

「わたしもよ」パトリシアは言うと電話を切り、ミセス・グリーンにいい知らせを伝えようと電話した。

「とんでもない間違いですよ」ミセス・グリーンは言った。

「三人のほうが早くできるでしょう」とパトリシア。

「そうかもしれません」とミセス・グリーン。「でも、あたしに言えるのは間違いだってことだけです」

金曜日の朝七時三十分、パトリシアがさよならのキスをすると、カーターはデルタ航空一二三七便でチャールストン空港から飛び立ち、アトランタで乗り継いでタンパへ向かった。土曜日の朝九時三十分には、ブルーを車で土曜学校に送っていった。一緒に大学のリストを検討しようとコーレイに声をかけたが、ブルーを土曜学校に迎えに行く正午までに、コーレイはろくに入学案内を見てすらいなかった。

十二時五分にアルベマール・アカデミーの正面に車を寄せたとき、ほかの車はスリックの白いサーブしかなかった。パトリシアは車からおりて運転席の窓を叩いた。

「こんにちは、ミセス・キャンベル」グリアがウインドウをさげて言った。

「お母さんは大丈夫？」パトリシアはたずねた。

「教会になにか持っていかないといけなかったんです」とグリア。「あとで会うかもって言ってましたけど？」

「お母さんの改革パーティーの計画を手伝ってるのよ」パトリシアは言った。

「おもしろそう」とグリア。

パトリシアとブルーは十二時四十分に家についた。街なかへステップエクササイズに行って、そのあとローリー・ギブソンと映画を見てくる、というコーレイのメモがカウンターに残っていた。二時十五分にパトリシアはブルーの寝室のドアをノックした。

「ちょっとだけ出かけてくるから」と呼びかける。

答えはなかった。パトリシアは聞こえただろうとみなした。

誰にも車を見られたくなかったし、どうせ暖かい午後だったので、ミドルストリートを歩いていった。ミセス・グリーンの車がジェイムズ・ハリス宅の私道にとめてあるのが見えた。横に緑と白のグリーナークリーナーのトラックがある。ジェイムズ・ハリスのコルシカはなかった。

あの家は大嫌いだった。二年前、ジェイムズ・ハリスはミセス・サヴェージの小さな家を取り壊し、土地を半分に分けて、ヘンダーソン家に近い部分をどこか北部の歯科医に売り払うと、敷地の端から端まで占める豪邸を建てた。私道の先にあるのはコンクリートのパイナップルを飾った南部風のばかでかい建物で、支柱の上にそびえたち、一階は屋内駐車場になっている。巨大な白い邸宅は広大なポーチに取り巻かれており、さまざまなブリキ屋根はすべて赤錆色に塗ってあった。

去年の夏、新築祝いのパーティーで一度中に入ったが、サイザル麻のカーペットや大きく重い機械製造の家具ばかりで、人柄を示すものはなにひとつなく、すべてがベージュかクリーム色かオフホワイトか青灰色の無個性なしろものだった。いまにも壊れそうな南部のビーチハウスのふくれあがった遺骸を、化粧品とセントラルエアコンでごてごてと飾り立てたように感じられた。

パトリシアはマカンツ通り《ドライブ》へ折れてから、また道をまがってぐるりと戻り、ジェイムズ・ハリス宅のすぐ裏のピット通り《ストリート》に立った。ブロックのこちら側から向こう側まで、細い排水溝がふたつの地所のあいだを走っている。行き止まりに木立があって、豪邸の赤い屋根がその上にのしかかっていた。雨が降ったときには、あの排水溝があふれた水をピットストリートから港へ運んでいくのだ。だが、雨が何週間も降っていなかったので、いまや細々と水が流れるぬかるみになっている。その溝の脇に、子どもたちがブロックからブロックへ抜ける近道に使う、踏みならされた小道がのびていた。

植物の根でひび割れた歩道を外れ、小道に沿ってなるべく早足でジェイムズ・ハリスの家へと歩いていく。そのあいだじゅう見られている気がした。ジェイムズ・ハリスの裏庭には家の濃い影がわだかまり、湖底の水のようにひんやりとしていた。芝生に光が足りておらず、足の下で黄色くなった葉先がぱりぱりと崩れた。

裏のポーチまで階段を上り、スリックが見えるかとふりかえったが、まだきていない。なるべく早く人に見えないところに行きたくて、そのまま進み続けた。裏口をノックする。

内側で掃除機がまわりながら近づいてきた。ややあって、ドアの目張りが細くあいて玄関がひらき、緑のポロシャツを着たミセス・グリーンが姿を現した。

「こんにちは、ミセス・グリーン」パトリシアは大声で言った。「鍵が見つかるかどうか見にきたの。ここに忘れていった鍵」

「ミスター・ハリスはお留守ですよ」ミセス・グリーンは声を大きくして答え、一緒に働いている女性がそばにいると知らせてきた。「あとでいらしたほうがいいんじゃないですか」

「本当に鍵が必要なの」とパトリシア。

「捜してもミスター・ハリスはお気になさらないと思いますよ」ミセス・グリーンは応じた。

脇によけてくれたので、パトリシアは中に入った。キッチンの中央に広い調理台があり、半面はステンレス製のグリルらしきものに覆われている。壁には濃褐色の戸棚が並び、冷蔵庫と食洗機、流しはすべてステンレス製だ。室内は寒かった。セーターを持ってくればよかった。

「スリックはまだ？」と小声でたずねる。

「まだです」とミセス・グリーン。「でも、待ってられませんよ」

ミセス・グリーンと同じ緑のポロシャツの女性が廊下から入ってきた。食器洗い用の黄色いゴム手袋をはめ、ぴかぴかした革のウエストポーチをつけている。

「ローラ」ミセス・グリーンが言った。「こちらは通りの先に住んでるミセス・キャンベル。ここに鍵を忘れてったから捜したいんだって」

パトリシアは愛想よく見えるよう期待しながらにっこりした。

「こんにちは、ローラ」と言う。「はじめまして。お邪魔しないから気にしないで」

ローラは大きな茶色い目をパトリシアからミセス・グリーンへ動かしてから、ベルトに手をやって携帯電話を外した。

「必要ないよ」とミセス・グリーン。「ミセス・キャンベルは知ってるから。前にお宅の掃除に行ってたんだよ」

「ちょっとだけよ」パトリシアは言い、御影石《みかげいし》のカウンタートップをながめるふりをした。「鍵がどこかにあるはずなの」

まだミセス・グリーンに大きな褐色の瞳を向けたまま、ローラは携帯をパチンとひらいてボタンを押した。

「ローラ、だめ！」パトリシアはつい大声を出してしまった。

ローラはふりむいてこちらを見た。黄色いゴム手袋をした手でひらいた携帯を押さえたまま、一度まばたきする。

「ローラ」パトリシアは言った。「本当に鍵を見つけなくちゃいけないのよ。どこにあるかわからないし、しばらく時間がかかるかもしれないの。でも、わたしのせいで面倒なことになったりしないから。約束よ。迷惑料もお支払いするわ」

ハンドバッグは家に置いてきたが、念のため金を持ってくるように、とミセス・グリーンに言われていた。ポケットに手を入れ、持ってきた十ドル札五枚をひっぱりだすと、ローラに近いキッチンの調理台に置いて、一歩離れる。

「ミスター・ハリスはあしたまで帰ってこないし」とミセス・グリーン。

ローラは進み出て札をとり、ウエストポーチに押し込んだ。

「どうもありがとう、ローラ」パトリシアは言った。

ミセス・グリーンとローラはキッチンを去り、掃除機がふたたびうなりだした。小道をくるスリックが見えないかと、パトリシアは裏の窓から外をのぞいたが、誰もいなかった。向きを変え、広い玄関ホールを通り抜けて、ドアの脇の窓から外を見る。アンティーク風に見えるよう、ガラスをたくみに波打たせてあった。スリックのサーブは私道に見当たらない。遅れるのはスリックらしくないが、土壇場で怖気づいたのだとしても、最悪の事態というわけでもないだろう。ふたりで家の中を捜したら、ローラがどう反応するかわからない。

それに、たいしたものはなかった。キッチンの引き出しはからっぽだ。戸棚にはろくに食べ物も入っていなかった。がらくたの引き出しはない。冷蔵庫のドアに害虫駆除業者やピザのデリバリーのマグネットシートの広告が貼ってあったりもしない。カウンタートップには、トースターもミキサーもワッフルメーカーも、ジョージフォアマンのグリルもなかった。家じゅうどこも同じだった。二階へ行こうと決意する。もし個人的なものがあるとすれば、そこに隠してある可能性が高い。

カーペットを敷いた階段を上りはじめると、掃除機の騒音が下で遠ざかっていった。閉めきったドアが並ぶ二階の廊下に立ったとき、急におそろしい間違いを犯す瀬戸際にいる気がした。ここにいるべきではない。まわれ右して立ち去るべきだ。なにを考えていたのだろう？　『青ひげ』の話が頭に浮かぶ。花嫁は夫からあるドアの向こうを見るなと言われたが、もちろん見てしまい、以前の花嫁たちの死体を発見したのだ。この話の教訓は、夫を信頼し、決して穿鑿《せんさく》するなということだ、と母は言った。しかし、真実を知るほうがいいのではないだろうか。パトリシアは主寝室に向かった。

主寝室は熱いビニールと、もう二年たっているはずだが、新しいカーペットのにおいがした。ベッドはきちんと整頓してあり、四つの柱のてっぺんにパイナップルの彫刻が飾られていた。窓際に肘掛け椅子とテーブルが置いてある。テーブルの上にはノートが一冊。どのページも空白だ。ウォークインクローゼットをのぞいてみた。どの衣類も、ブルージーンズでさえドライクリーニングの袋に包まれており、クリーニングの化学薬品のにおいがした。

パトリシアは寝室を捜索した。櫛、ブラシ、歯みがき粉、フロス、しかし処方薬はない。バンドエイドとガーゼはあるが、部屋の主について教えてくれるような手がかりはひとつもない。シーラントと石膏《せっこう》ボードの香りがした。流しとシャワーは乾いていた。廊下に戻って、さらに試してみた。

部屋から部屋へとまわり、からのクローゼットをあけ、からの引き出しの中を見る。なにもかも塗りたてのペンキのにおいがした。どの部屋もがらんとしており、こだまが響いた。どのベッドも注意深く整えられ、新品同様の枕カバーをつけた装飾的な枕が載っている。この家は見捨てられたような感じがする。

「なにか見つかりました？」声がかけられ、パトリシアは空中にとびあがった。

「ああびっくりした」とあえぎ、片手を胸の中心にあてる。「死ぬほどこわかったわ」

ミセス・グリーンがドアのところに立っていた。

「なにか見つかりましたか？」と繰り返す。

「全部からっぽです」とパトリシア。「スリックはまだきてませんよね？」

「ええ」とミセス・グリーン。「ローラはキッチンでお昼を食べてます」

「ここにはなにもありません」とパトリシア。「無意味ですよ」

「この家の全部になんにもなかったんですか？」とミセス・グリーン。「どこにも？　ちゃんと見たのは確かですか？」

「どこもかしこも見ました」とパトリシア。「ローラが気を変えないうちに帰ります」

「そんなはずはないですよ」とミセス・グリーン。

その頑固さに、パトリシアは一瞬苛立ちを感じた。「わたしが見逃がしたものが見つかるんだったら、ぜひやってみてくださいな」

ふたりはすっくと立ったままにらみあった。落胆でパトリシアは怒りっぽくなっていた。わざわざこんなことまでしたのに、なにも見つからなかった。前へ進む道はないのだ。

「やってみたんですから」とうとう、そう言った。「スリックがきたら、わたしはわれに返ったって伝えてください」

ミセス・グリーンの脇を通りすぎ、階段へ向かう。

「あれはどうなんです？」ミセス・グリーンが後ろで言った。

げんなりして向き直ると、ミセス・グリーンがのけぞって廊下の天井を見つめていた。より具体的には、廊下の天井の小さな黒いフックに視線をそそいでいる。そのフックを目印にすると、周囲に蝶番を白く塗った長方形のドアの線がかろうじて見分けられた。パトリシアはキッチンから箒《ほうき》を持ってきて、柄についた紐を通す穴を使い、フックをひっかけた。ふたりでひっぱると、ばねがきしむ音とともにペンキがひび割れ、長方形のへりが黒く太くなったかと思うと、屋根裏のドアが落ちてきて、そこにとりつけられた金属の梯子《はしご》が広がった。

使われていない場所の乾いたにおいが廊下におりてきた。

「あがってみます」パトリシアは言った。

支柱をぐっとつかみ、ガタガタと音をたてて梯子を上っていく。体が重すぎて、梯子段を踏み抜きそうな気がした。やがて頭が天井を抜け、暗がりの中に入った。

目が慣れると、完全な闇ではないとわかった。屋根裏は家の端から端まで続いており、両側に鎧窓《よろい》がある。日の光が射し込んでいた。暑くてむっとしている。天井の通りに面した側はむきだしで、梁とピンク色の断熱材があるだけだった。裏のほうにぼんやりした形のものがごちゃごちゃと置いてある。

「懐中電灯ありますか?」と下に呼びかけた。

「ほら」ミセス・グリーンが答えた。

キーホルダーからなにか外してくれたので、二、三段おりて受け取った。青緑色の小さな長方形のゴムだ。煙草のライターぐらいの大きさだった。

「横を押してみてください」とミセス・グリーン。

先端のちっぽけな電球が弱々しい光を放った。

なにもないよりましだ。

パトリシアは天井へあがった。

床は埃だらけで、ゴキブリ退治の毒やネズミの糞、乾いた糞の堆積物、ハトの羽毛、あおむけになったゴキブリの死骸、アライグマのものらしい大きめの排泄物の山などに覆われていた。パトリシアはがらくたの山に向かって歩き出した。涼しい空気が両側の通気口から吹き抜けていった。足の下で白い粉がベニヤ板にこすりつけられる。

この屋根裏は死んだ昆虫のような、腐った布のような、湿った厚紙が乾いてかびたようなにおいがした。下の階では、なにもかも有機的なものは丹念に掃除してみがきとられ、洗浄してあった。上のここは家がむきだしになっている。ささくれのある根太、汚れたベニヤ板の床、屋根板の下で露出したベニヤ板に鉛筆で書いた建築の寸法。懐中電灯で裏のほうにある品物の山を照らすと、これはミセス・サヴェージの人生の墓場だと気がついた。

以前老婦人の居間で見た箱やトランクやスーツケースの上に、毛布やキルト、シーツがかかっていた。ゴキブリの卵が散らばり、きたならしいシーツやブランケットはごわごわして悪臭を放ち、隙間という隙間にべとべとの蜘蛛《くも》の巣が張っている。

ピンク色のキルトのねばつく端を持ちあげると、腐った木材パルプがぶわっと舞いあがった。その下の床に、水でだめになったペーパーバックのロマンス小説が入ったダンボール箱が置いてある。ネズミが片隅をぼろぼろにかじっており、明るい色をしたペーパーバックの中身が床にこぼれだした。なぜこんなごみを全部新しい家に持ってきたのだろう。違和感があった。この隅々までなにもない新築の家全体で、これだけが間違いといわんばかりに目立っている。

毛布のどこにさわっても、嫌悪感で皮膚がぞわぞわした。汚れや白いゴキブリ退治の毒、ネズミの糞で覆われているのだ。箱の山をよけて毛布が途切れるところまで歩いていった。そこでは煉瓦の煙突が床を突き抜けて天井までのびている。その隣に並んでいる古いスーツケースの列には見覚えがあった。まわりを囲んでいる家具は古い家にあったものだ――卵がびっしりついた蜘蛛の巣ですっぽり包まれたスタンド、座面がかじられてネズミの巣になったロッキングチェア、表面の化粧板がたわんで割れたクロスストレッチャー・テーブル。

どこから始めていいかわからなかったので、スーツケースをひとつずつ持ちあげていった。中はからだったが、最後から二番目のものだけ違った。なんとしても動かない。パトリシアはもう一度やってみた。床に根を生やしているようだ。鼻から汗をしたたらせながら、茶色くて側面が硬いサムソナイトのスーツケースをひっぱりだす。使われずにこわばった掛け金をまずひとつ、続いて次のも外すと、中身の重みでぱかっとひらいた。

防虫剤の薬品臭が顔に襲いかかり、目に涙がにじんだ。ミセス・グリーンに借りた懐中電灯を押すと、つめこまれていたのは白い防虫剤が点々とついた黒いビニールシートで、それが床に転がり出したのだとわかった。ビニールの一部をひっぱってどかすと、白く濁った瞳がこちらに光を反射した。

指の感覚が失せ、懐中電灯が暗くなってビニールの中に落ちた。パトリシアはあとずさり、床に張ってあるベニヤ板のふちを踏みそこねた。片足が二本の根太のあいだの空間を突き抜ける。後ろ向きに倒れかけて両腕をふりまわし、ぎりぎりでなんとか天井の上の梁《はり》をつかんで体を支えた。

かろうじてパニックを抑え、スーツケースの中に手をのばした。指で懐中電灯を探り、ぎゅっと押す。またあの瞳が浮かびあがり、いまやそのまわりの顔も見分けがついた。ドライクリーニングの透明なビニール袋に包まれている。袋の中には時を経て黄色と茶色に変わった白い粒も見えた。塩だ。防虫剤があったのはにおい消し用だった。塩は死体を保存するためだ。死骸の顔の皮膚は濃い褐色で、ぴんと張りつめていた。ひっぱられた唇が歯をむきだしにして、ぞっとするような笑顔を作っている。だが、それでもフランシーンだとわかった。

胸の動悸が激しくなり、手に血がまわってじんじんする。パトリシアは自分を抑え、懐中電灯を消えるままにしておいた。するりとポケットにおさめると、サムソナイトのスーツケースを苦労してもう一度閉じる。固い掛け金をねじり、取っ手を両手でつかんで梯子のほうへひきずった。床の上をすべらせていくと、じゃりじゃりと大きな音がした。

スーツケースをたぐりよせ、ひとあし進んではひっぱり、もう一歩進んで、屋根裏の梯子までの距離の半分ほどじりじりと引いていく。肩が燃えるように熱く、背骨の根もとが折れたような気分だったが、ようやくはねあげ戸の開口部までたどりついた。下の清潔な部屋が見えたときには、全身に安堵の念が走り抜けた。

スーツケースをここに置いて、ミセス・グリーンを連れてこよう。ふたりがかりでこれを家から出そう。ためらったりするものか。そのまま車で警察署へ運んでいくのだ。パトリシアは向きを変え、最初の一段に足をかけた。下の階で複数の声が聞こえ、機械的に足をひっこめたのはそのときだった。

「ミセス・グリーン」遠くで男の声が言った。次の部分は聞きそこね、そして――「……驚いた」

ミセス・グリーンがなにか聞き取れないことを口にした。続いてジェイムズ・ハリスの答えの末尾が耳に届く。「……早く家に帰ってきたんだ」

第三十章

腕と脚をびりびりと電気が走り抜け、パトリシアはその場にくぎづけになった。

「……切りあげていい」ジェイムズ・ハリスが言っている。「……二階に行って少し休みたい」

おそろしい考えが頭に浮かんだ――いまにもスリックが裏口に歩いてきてノックするかもしれない。自分の命を救うためだとしても嘘のつけないスリックだ。パトリシアに会いにきたと言うだろう。聞き取れない声がして、それからジェイムズ・ハリスが言った。「今日はローラがここに？」

パトリシアは下を見やった。心臓が打つ勢いであばらにあざが残りそうだ。ローラが客用寝室のドアのところに立ち、雑巾を片手にこちらを見あげていた。

「ローラ」とささやきかける。

ローラはゆっくりとまばたきした。

「梯子を閉じて」パトリシアは懇願した。ローラはじっと見つめるだけだった。「お願い。梯子を閉じて」

ジェイムズ・ハリスがミセス・グリーンになにか言っていたが、パトリシアには聞こえなかった。体じゅうの神経がローラに集中し、理解してくれと切実に願っていたからだ。それから、ローラが動いた。誰にでも伝わるしぐさで手のひらを上に向け、黄色いゴム手袋をはめた腕をさしのべたのだ。

パトリシアはもう一枚の十ドルを思い出した。ポケットに手をつっこみ、人差し指の爪を裏側にまげながら札をひっぱりだす。下へ投げるとひらひらと舞い落ち、ローラの手にちょうどおさまった。

下の階ではジェイムズ・ハリスが言っていた。「誰かここに寄ったかな？」

ローラは身をかがめ、梯子の底の部分をつかんでひっぱりあげた。今回はばねがきしまなかったが、勢いがよすぎた。パトリシアはしゃがみこみ、両手をのばしてはねあげ戸を受け止めると、静かなパタンという音とともにそっと閉じた。

あの男が二階にくる前にスーツケースを戻しておかなければならない。立ちあがって右足をスーツケースの下にさしこみ、重みに骨が押しつぶされるのを感じつつ持ちあげた。足を前に動かして、スーツケースをおろすときには靴を緩衝材として使い、前後にゆらしながら一歩ずつ運ぶ。音は大きかったが、ひきずったときほどではなかった。勢いよく足を動かすと、ひとあしごとに向こう脛にあざができ、手首が脈打ち、スーツケースが足の甲をこすって皮がむけた。のろのろと屋根裏の端までたどりつくと、サムソナイトのスーツケースをもとの場所にすべりこませる。そのとき、床一面に防虫剤が散らばり、屋根裏の薄暗い光を受けて真珠のように輝いているのが見えた。

防虫剤をすくいあげ、ほかに置く場所がなかったので、ポケットに押し込む。頭がくらくらした。気が遠くなりそうだ。あの男がどこにいるか確認しなくては。根太から根太へと進んではねあげ戸まで戻り、ゴキブリの死骸を三匹払いのけて床に膝をつくと、ざらついたベニヤ板に耳を近づけた。

寝室のドアが開閉するこもった音が聞こえた。屋根裏の梯子がある部屋のドアをローラがしめてくれていますように。すると、そのドアがひらく音がして、真下で足音が響き、心臓がぎゅっと締めつけられた。カーペットのパイルに梯子の跡が残っていないだろうか。それからまた足音がして、ドアがしまった。

すべてが静かになった。パトリシアは体を起こした。全身の関節が痛む。どうやってここから出たらいい？　なぜあの男は昼間に移動したのだろう。そうすることが可能なのは知っているが、よほどせっぱつまったときしか危険を冒さないはずだ。どうして急いで帰ってきたのだろう。パトリシアがここにいるのを知っているのだろうか。それに、スリックが現れたらどうなる？

かすかな声が階下から浮かんできた。

「……次にまたきて……」

ふたりを帰しているのだ。遠くで決定的なバタンという音がした。玄関のドアが閉じた音だろう。この家に取り残されてしまったのだ。ジェイムズ・ハリスと。しばらくあたりは静まり返っていたが、やがてはねあげ戸のすぐ下から歌うような声が漂ってきた。

「パトリシア」ジェイムズ・ハリスは節をつけて言った。「ここにいるのは知っている」

体が凍りついた。あがってくるつもりだ。悲鳴をあげたかったが、唇からほとばしってしまう前に食い止めた。

「見つけに行くぞ、パトリシア」歌うような声が響く。

梯子を上ってくるはずだ。すぐにもばねがのびる音がして、ふちに沿って光が明るくなるのが見えるだろう。あの重たい足音が梯子の段を踏みしめるのが聞こえ、頭と肩が屋根裏に現れて、正面から視線を向けてくる。口がにやりと大きくひらき、そしてあれが、あの黒く長いものが喉から突き出てくるのだ。閉じ込められてしまった。

下で寝室のドアがひらき、続いて別のドアがひらいた。クローゼットのドアがガタガタと開閉し、近づいては遠ざかった。それから、ある寝室のドアが力まかせにしめられ、パトリシアはぎくっとした。別の寝室のドアがあく。

向こうが屋根裏を思い出すのは時間の問題だ。隠れ場所を探さなくては。

パトリシアは懐中電灯をぎゅっと押し、床を見渡して、自分の存在を暴露してしまったかどうか確かめようとした。ゴキブリ退治の白い毒の上には、スーツケースをひきずった跡だけでなく足跡も残っている。しゃがみこんで、ゆっくりと慎重に動くよう注意しながら、手のひらで毒をさっとなでつけた。ざらざらした白い層は薄くなったものの、なめらかに戻った。ずきずきする背中に耐え、うずくまって床を軽く払いながら後退していく。スーツケースの列に行きついたところで立ちあがった。懐中電灯で自分の作業を点検し、満足する。

列を観察すると、フランシーンの死体が入ったスーツケースの埃がこすれてとれているのがわかった。ゴキブリ粉とネズミの糞をすくいあげ、それを使ってスーツケースを汚す。よく見なければごまかせるだろう。

立つと無防備になった気がしたので、しぶしぶ布で覆われたミセス・サヴェージの遺品の山の奥に伏せた。きたないベニヤ板の床に片耳を押しつけ、下で振動している家の音を聞く。ドアがあいたりしまったりしている。足音もする。それから、なにも聞こえなくなった。静けさに不安が募る。

腕時計を確認する――四時五十六分。あまり静かなので催眠状態に誘い込まれた。ここにいればいい、こんなところを捜しはしないだろう、必要なだけ待ち、耳をすますのだ。暗くなったら向こうも家を出るだろうから、こっそり出られる。強くなろう。賢くなろう。無事でいよう。

ばねがきしむ音とともにはねあげ戸がひらき、屋根裏の反対側の端に光があふれた。

「パトリシア」ジェイムズ・ハリスは段をあがりながら大声で言った。足の下でばねがぎしぎし鳴った。「ここにいるのはわかっている」

パトリシアは箱の上を覆ったきたない毛布を見やり、下にひそんでも役に立たないと悟った。家具は少なすぎて身を隠せない。山のこちら側にまわってきたら見えてしまう。逃げる場所はなかった。

「行くぞ、パトリシア」梯子のいちばん上に到達したとき、ジェイムズ・ハリスはうれしげに呼びかけた。

そのとき、屋根裏の端、床に張ったベニヤ板が途切れるあたりに、衣類が積みあげてあるのが目についた。箱がいくつか割れて口をひらいている。吐き出された中身が巨大な山を作っていた。

あの山にもぐりこめたら身を隠せる。パトリシアは姿勢を低くしたまま這い寄った。腐った布地の悪臭で鼻の中がひりひりした。喉の奥から吐き気が突きあげる。梯子を上ってきた足音が止まった。

「パティ」屋根裏の中央からジェイムズの声が言った。「話をする必要がある」

体重でベニヤ板がきしむのが聞こえた。

パトリシアは積み重なった山のごわごわしたふちを持ちあげ、その下に頭からすべりこんだ。邪魔された蜘蛛が逃げ出し、布地からこぼれたゴキブリの卵が顔にばらばらと降ってくる。ムカデがぽとりと落ちて、喉のくぼみでもぞもぞ動いた。ジェイムズ・ハリスが屋根裏の床を横切ってくるのが聞こえ、胸のむかつきをこらえて奥へもぐった。頭の上にかかった毛布を乱さないよう気をつけて動く。足音が近づく――もう積み重なった箱のふちまでやってきた。パトリシアは腐った衣類の山の下へ足を引き込み、息を殺して横たわった。

虫がざわざわと体を這いまわっているし、ネズミの巣をかき乱したことにも気づいた。爪の生えた足が腹の上でくねり、腰の上でもだえた。悲鳴をあげたい。口をぎゅっと引き結び、体を覆う饐えたにおいの布地にダニとゴキブリとネズミが這いまわっているのを感じながら、鼻から浅く小さく呼吸した。

ひからびた虫の残骸が顔に載っていたが、払いのける勇気はなかった。蜘蛛が指の関節を這っていく。決して動かないようにじっとしていた。もう一歩近づいた音がして、アン・サヴェージの箱の上にかかっている毛布を持ちあげ、下をのぞいているのがわかった。自分の姿が透明になっていると思い込もうとする。

「パトリシア」ジェイムズ・ハリスが気軽な口調で言った。「どうしてうちの屋根裏に隠れているんだ？　ここでなにを捜している？」

どうやってフランシーンの死体をスーツケースに入れたのだろうか。たぶん、中におさまるように、あの大きな手で死体の腕を折り、肩を砕き、肘を押しつぶし、脚の関節を外してねじり、ばらばらにしなければならなかっただろう。それほど力がある男なのだ。その男がすぐそこに立ちはだかっている。

腐った布の山がばさばさと動いた。なにも残らなくなるほど小さく小さくなれ、と念じる。なにかが細い脚をやさしく顎にのばしてきて、毛の生えた脚がそっと唇をくすぐりながら移動していった。ゴキブリの触角が長い毛のようにふわりと小鼻のふちをかすめる。金切り声をあげたかったが、体が石でできているふりをした。

「パトリシア」ジェイムズ・ハリスが言った。「見えるぞ」

（お願い、お願い、お願いだから鼻の中に入らないで）声に出さずゴキブリに訴える。

「パトリシア」すぐそばでジェイムズ・ハリスが言った。足が突き出ていたらどうしよう？　見られてしまったら？　「遊びの時間は終わりだ。俺が昼間外に出るのはどんなにつらいか知っているだろう。いまはあまり機嫌がよくないし、ゲームをしたい気分でもないんだ」

ゴキブリが鼻を通りすぎ、頬骨の上をよぎった。ぎゅっと目をつぶる。腐った生地の破片が入ったせいで、瞼の内側がざらざらした。ゴキブリが顔を進んでいくのがあまりにもくすぐったくて、頬から払い落とさなければ気が狂いそうだ。ゴキブリは顔の側面を這いおりて、外耳道を触角でつつきながら耳を乗り越えたあと、ぬくもりに引き寄せられ、耳の中へがさごそと脚をつっこみはじめた。

（ああ神さま）パトリシアはうめきたかった。

（お願い、お願い、お願い……）

触角がゆれ、耳の奥を探るのを感じ、背筋がぞっとして喉に胆汁がこみあげてきた。舌を口蓋に押しつけると、苦い液体が鼻腔にあふれるのがわかった。いまやその脚は耳の内部にある。翅《はね》がひらひらと外耳道のてっぺんにあたり、ゴキブリの体が耳の中に押し込まれた。

「パトリシア！」ジェイムズ・ハリスが叫んだとき、なにかが勢いよく動いて上に倒れてきた。もう少しで悲鳴をあげるところだったが、ぐっとこらえる。ゴキブリがいっそう深く、体の四分の三まで耳に入り込み、脚がもっと奥をひっかいた。まもなくひっぱりだせなくなるだろう。ジェイムズ・ハリスが家具を蹴り倒し、毛布が動くのがわかった。

それから、大きく床を踏み鳴らして足音が離れていき、ばねがきしんだ。ゴキブリがもっと奥へもぐりこもうと翅をぱたぱた動かしたが、そこでつまってしまった。前脚が脳の脇をかすめているような気がしたし、ジェイムズ・ハリスは下へ行ったふりをしているだけだろう。そのあと、バタンと音がして床が振動し、静かになった。こちらの出方をうかがっているに違いない。

パトリシアはゴキブリが耳の奥にもぐらないうちにつかもうと左手を構え、耳をすまして、ジェイムズ・ハリスがぼろを出すのを待った。しかしそのとき、ずっと離れた下の階で、ドアが勢いよくしまる音がした。

衣類の山の下から急いで這い出す。ネズミの糞が体から雨あられと落ちるのを感じつつ、必死で耳を探ったが、手が届かなかった。あわてふためいたゴキブリがもぞもぞ動き、耳の奥へ押し入る。その体ごと耳のやわらかい組織をつかみ、耳をぐっとふさいだ。なにかがバリバリと砕けてはじけ、外耳道の奥に温かい液体がにじみ出た。ゴキブリのつぶれた死骸をひっぱりだし、温かいべとべとしたかすを小指でかきだす。

蜘蛛が髪から首に這いおりた。ぴしゃりと叩き、毒蜘蛛のクロゴケグモでなければいいが、と願う。パトリシアはようやく動きを止めた。古着の山を見やり、たとえジェイムズ・ハリスが戻ってきたとしても、絶対にもう一度あの下にもぐったりするものか、と決意する。

家の裏に面している鎧窓が薄暗くなり、港に面している側の向こうが明るくなっていく様子を見守った。やがて光が薔薇《ばら》色に、続いて赤に、そして橙《だいだい》色に変わって消えた。体がふるえはじめた。どうやって外に出よう。あの男が一晩じゅう家にいたらどうする？　うっかりこちらが眠り込んでしまったあとで戻ってきたら。カーターが家に電話してきたら。ブルーとコーレイは母親がどこにいるか知っているだろうか。

腕時計を確認する。六時十一分。太陽が沈み、屋根裏から熱が吸い取られていくあいだ、頭の中で考えがぐるぐるまわり続けていた。喉が渇いて空腹で、こわくてたまらないうえ、ひどく汚れている。とうとう、温めようとして朽ちた服の山に足をつっこんだ。

ときどき居眠りしては、がくんと頭が落ち、勢いよく首が動いて目を覚ます。ジェイムズ・ハリスはこないかと聞き耳をたて、ふるえが止まらない。ついに腕時計を見るのをやめたのは、一時間はたったと思って確かめるたび、五分しか過ぎていなかったと発見するからだ。

スリックはどうしただろう。なぜジェイムズ・ハリスは早く帰ってきたのか、どうして昼間外に出る危険を冒したのか。冷え切ってうまく働かない頭の中で、そうした考えがどんどん動きをゆるめ、ひとつにとけあう。その瞬間、スリックだとひらめいた。

パトリシアがここにいると伝えたのはスリックだ。だからこなかったのだ。キリスト教徒としての価値観が規則をまげることに耐えられず、フロリダにいるジェイムズ・ハリスに電話をかけたのだろう。そして、パトリシアはなにかを見つけた。捜していたなにか、フランシーンを発見したのに、スリックは気にもとめなかった。ジェイムズ・ハリスは危険だと言われたことなど聞き流し、自分の純白の魂のことしか心配していなかったのだ。

腕時計を見る。十時三十一分。七時間もこの屋根裏にいる。あと七時間ぐらいはここで過ごさなければならないに違いない。どうしてスリックは裏切ったのだろう。友人同士のはずなのに。またもや頼れるのは自分だけになったらしい。

下の物音を特定するには数分かかった。何度も繰り返し床から伝わってくる。パトリシアは鼻をぬぐって耳をすましたが、なんなのかわからなかった。やがて音は止まった。

「なんだ?」ジェイムズ・ハリスがどなった。遠く離れて壁にさえぎられていても、なおパトリシアはびくっとした。

それは電話の鳴る音だった。階下を走っていく足音が響く。玄関のドアがひらいてバタンと閉じた。ふっと静かになる。

パトリシアは座り直した。動悸が激しくなり、歯がカチカチ鳴っている。続いて鳥肌が立った。誰かがはねあげ戸の向こう側をひっかいている。またあの男があがってくるのだ。小穴を見つけてはねあげ戸をひきおろしている。もうへとへとで寒すぎて動けないし、隠れるのも無理だ。そのときだった。あたかも世界の終わりが訪れたかのように、はねあげ戸に細い隙間ができ、ばねがギーッと鳴って、ジェイムズ・ハリスが梯子を上ってきた。

第三十一章

「パトリシア？」キティがささやいた。

キティがジェイムズ・ハリスとなにをしているのか、パトリシアには理解できなかった。

「パトリシア？」キティがもっと大きな声で呼んだ。

パトリシアは肘で押して体を起こし、両手をついて、積み重なった箱の上からのぞいた。キティは屋根裏の中央に立っていた。ひとりで。

「キティ？」と声をかける。ひからびた舌が貼りつき、音が出にくかった。

「ああ、よかった」とキティ。「死ぬほどこわかった。ほら、きて」

「あいつはどこ？」パトリシアはたずねた。思考が緩慢で頭がうまく働かない。

「出かけた」とキティ。「さあ、急いでよ。あいつが戻ってくる前に行かないと」

パトリシアは床を押して立ちあがり、よろよろとキティに近づいた。膝がふるえ、背骨がきしみ、血流が一気に戻ってきた脚がしびれてじんじんする。

「どうやって？」と問いかけた。

「グレイシャス・ケイが火事になったんだよ」とキティ。「ミセス・グリーンが電話してきて、あんたを連れ出せって」

「あの人はどこ？」パトリシアはろれつのまわらない舌を動かし、ひきあげ戸に手をのばした。

キティはパトリシアの手首をつかんで体を支えてくれた。

「あたしはまずブルーとコーレイをシーウィーに連れ出しておいたよ」と言い、パトリシアがいちばん上の段に足を乗せるのを手伝った。「お母さんは州の北部にいる病気のいとこのところへ行くことになったからって言ってね。ふたりともハニーと一日じゅう蟹を捕ってた。映画を山ほど借りてきたし。ふたりのベッドも用意してきたから。いま大いに楽しんでるところだよ」

キティはパトリシアの両足を最上段に乗せたあと、向きを変えて梯子をおりていくのを手伝ってくれた。途中で頭が廊下に出ると、清潔なにおいに涙が出そうだった。

「どうしてグレイシャス・ケイが火事になったの？」とたずね、部屋がぐらりとまわったので梯子にしがみつく。「ミセス・グリーンはどこ？」

「どっちの質問も答えは同じ」とキティ。「たぶんあの人、はじめて法律を破ったんじゃないかな。先に進んで」

「だめ」とパトリシア。「これを見てもらわないと」

自分を叱咤してまた梯子を上っていく。

「屋根裏は前にも見たことがあるよ」キティが後ろから呼びかけた。「パトリシア！　時間がないんだってば」

パトリシアは屋根裏の床に膝をつき、出入口からキティと顔を合わせた。

「あなたがこれを見なかったら、全部無駄になっちゃう」という。「今度もみんな、わたしの頭がおかしいんだって言うのよ」

「誰もあんたがおかしいなんて思ってないよ」とキティ。

パトリシアは暗がりの中に入っていった。ややあって梯子がきしみ、キティがはねあげ戸から姿を現した。

「真っ暗じゃない」と言う。

パトリシアはポケットから懐中電灯を引き出し、キティの足もとを煙突のところまで照らしてやった。その場所にサムソナイトのスーツケースをひっぱりだし、横たえる。

「トランクは前に見たことがあるけど」とキティ。

「これを持ってて」パトリシアは懐中電灯を渡した。「こっちに向けて、ぎゅっと押して」

キティに明かりを持っていてもらい、ロックをひねって外した。スーツケースをひらいて黒いビニールをめくる。今回は、フランシーンのみひらいた目やむきだしの歯も、おそろしいとは感じなかった。悲しいだけだ。この屋根裏で長いことひとりぼっちだったのだから。

「うっ！」キティがぎょっとして叫び、懐中電灯が消えた。一度、二度、えずくのが聞こえ、なにかどろりと肉っぽいものを吐き出す。一拍おいて光が戻ってきて、スーツケースの中身を照らし出した。

「フランシーンよ」とパトリシア。「下へ運ぶのを手伝って」

蓋をしめてもう一度ロックする。

「証拠を動かしちゃだめだよ」キティが言い、パトリシアはたちまち、ばかなことを言ったという気分になった。当然だ。警察にここでフランシーンを見つけてもらう必要がある。

「でも、見たでしょう？」と問いかける。

「見たよ」とキティ。「絶対に間違いなく見た。裁判で証言する。でも、行かないと」

ふたりはスーツケースをもとに戻し、パトリシアはキティに助けられて屋根裏を出た。しかし、屋根裏の戸をしめて二階の廊下を通り抜け、正面の階段のいちばん下にたどりついたとき、ふいに不安になってふりむいた。屋根裏で体が汚れていたからだ。階段に敷いたカーペットが白くなっている。

「うそ」とうめき、脚から力が抜けて床に座り込んだ。

「そんなことしてる暇はないよ」とキティ。「いつ戻ってくるかわからないんだから」

「見て！」パトリシアは言い、カーペットを指さした。

汚れがはっきりと見てとれる。足跡ではなかったが、それに近い。一段ごとにずっと上まで残っており、屋根裏の戸がひらく場所まで続いているに違いない。

「あいつにはわたしだってわかるわ、わたしが屋根裏にいたって」と言う。「わたしたちが警察を連れて戻ってくる前に、スーツケースを始末するはずよ。全部無駄だった」

「時間がないんだって」キティが言い、キッチンと裏口のほうへパトリシアをひっぱっていった。

玄関のドアの鍵音がして、ドアがぱっとひらくところが頭に浮かんだ。つかのま見つめあってから、ジェイムズ・ハリスがこちらへ向かって廊下を走ってくるのだ。フランシーンの入ったスーツケースの隣に三つ並んでいる、からのスーツケースを思い描いた。ぼろぼろになったふたりの死体を待ち受けているのだ。そんな想像をしながら、キティに裏口へひきずられていった。

だが、警察があの屋根裏を捜さなかったら？　キティがこわがってパトリシアの話を裏付けてくれなかったら？　家に侵入したことでなにか細かい規則を破ることになり、そのせいで捜査令状を得られないとしたら？　犯罪ノンフィクションの本ではいつでもそんなことが起きている。ミセス・グリーンが仕事を失うことになったら？　もっといい方法があるはずだ。

次から次へと考えが飛んでいくうち、やがて見覚えのあるパターンで止まった。さっと分析してみると、うまくいきそうだ。どうするべきかわかった。

「待って」と言い、足を踏ん張って立ち止まる。

キティは腕をひっぱりつづけたが、パトリシアはその手をもぎはなし、キッチンのすぐ外から一歩も動かなかった。

「ふざけてるわけじゃないんだよ」とキティ。「行かなきゃ」

「箒を持ってきて、あと掃除機」パトリシアは言い、階段へ向かった。「階段の下の戸棚に入ってると思うわ。カーペット洗剤もいる。わたしは上に戻るから」

「なんのために？？？」キティが問いつめる。

「あいつが戻ってきて誰かが屋根裏にいたことに気づいたら、あのスーツケースを移動して、車でフランシスマリオン国有林へ運んでいって、絶対に見つからないように埋めるわ」とパトリシア。「誰かにあれを屋根裏で見つけてもらう必要があるの。つまり、わたしたちの痕跡を消さなくちゃいけないってことよ。階段を掃除しないと」

「だーめ」キティは荒々しく頭をふり、両手を前後にふってブレスレットをゆらしながら言った。「だめだったら。行くよ」

パトリシアは廊下を引き返し、ふたりとも見たでしょう」

「屋根裏になにがあるか、ふたりとも見たでしょう」

「こんなことやらせないでよ」キティが訴えた。「お願い、お願い、お願い」

パトリシアはぎゅっと目を閉じた。額をかきむしられるように頭が痛む。

「あの人は殺されたのよ」と言う。「わたしたちがあいつを止めなきゃ。これしか方法がないわ」

抗議する隙を与えずに背を向け、二階へ戻っていった。

「パトリシア」キティが一階の廊下から泣き声をあげた。

「掃除用品の戸棚は階段の下よ」パトリシアは手すり越しに呼びかけた。

屋根裏の階段をまたひきおろし、上っていく。何度もスーツケースをあけていると、だんだん気にならなくなってきた。べたべたするビニールをかきわけ、手の甲が軽いものをかすめたり、指がやせこけた脚や前腕をつかんだりするのを感じながらも、しばらくして探していたものを見つけた――フランシーンのハンドバッグだ。ビニールの中からひっぱりだすと、シナモンと古い革のにおいがした。

財布をとりだし、運転免許証を抜いて、注意深く全部をスーツケースに戻す。

「迎えにくるから」とささやきかけ、また掛け金をパチンと閉じた。

階下では、箒と掃除機とカーペット洗剤を持ったキティが見つかった。ペーパータオルのロールとライゾールのカウンター用スプレーも持ち出していた。

「やらなきゃいけないんだったら、やろうよ」とキティ。

ふたりはカーペットにぱらぱらとこぼれた塵を払うと、階段を上って廊下を抜け、はねあげ戸にたどりつくまで、泡の出る洗剤をスプレーしていった。キティが「早く……早く……」とつぶやくなか、五分間放置してから、掃除機で吸い取った。いちばん厄介だったのは掃除機をかけたときだ。車が私道に入り、玄関のドアがひらき、ジェイムズ・ハリスが家の中にやってくる音をかき消してしまうからだ。パトリシアはキティを玄関のドアの脇に立たせて見張りをさせ、ごうごう音をたてて階段を上ったりおりたりしてした。

ついに掃除機を止めると、はねあげ戸の梯子の跡がカーペットのパイルに残っていないことを確かめ、機械をひきずって下へ戻る。ちょうど掃除機のコードを巻きはじめたとき、キティが声をひそめて叫んだ。

「車！」

ふたりは凍りついた。

「入ってくる」キティが言い、こちらに駆け戻ってきた。「行こう！　行こう！」

ヘッドライトが玄関ホールをさっと照らし、パトリシアは痛む手首でいよいよ速くコードを巻いた。箒と掃除機を廊下の戸棚に入れて戸をしめる。外で車のドアがバタンと鳴った。

ふたりはぶつかりあいながらキッチンのドアを通り抜け、戸棚の下の明かりに照らされている裏口をめざした。足音がざくざくと玄関ポーチの階段を上ってくる。

「ペーパータオル！」と言って、パトリシアは動きを止めた。

廊下をふりむくと、ペーパータオルのロールが手すりの親柱の根もとに置いてあった。ひどく遠く見える。玄関ポーチを足音が横切った。なにも考えずにロールのもとへ走る。廊下の先にある玄関の外で足音が響き、鍵がガチャガチャ鳴るのを耳にしながら、ペーパータオルをつかんだ。ジェイムズ・ハリスが鍵を落とし、ガシャンと音をたてた。パトリシアは廊下を駆け戻り、鍵が玄関のドアにはまる音を聞きつつ、ホルダーにペーパータオルをかけなおした。キティが裏口をあけておいてくれ、急いで走り抜けたとき、玄関のドアがひらくのがふたりの耳に届いた。裏口をそっとしめ、できるかぎり静かに裏口の階段をおりていく。

背後で家じゅうの照明がつきはじめた。

裏庭に行きつくなり駆け出し、排水溝の脇の小道を全力疾走した。暗すぎてパトリシアがあやうく溝に落ちそうになったものの、ピットストリートにとめてあったキティのキャデラックにたどりついた。ふたりとも前の座席にすべりこみ、パトリシアはエンジンが始動した轟音にとびあがった。ジェイムズ・ハリスに聞こえたはずはない、と自分をはげます。

アドレナリンの昂奮が抜けてきた。べとべとの体をふるわせ、吐き気をこらえながら、前ポケットに手をさしいれて、フランシーンの運転免許証を引き出す。パトリシアは目の前にそれを掲げた。

「勝ったわ」と言う。「ようやく勝った」

第三十二章

「あの人、酔っぱらってたんです」パトリシアは息をはずませ、目をみひらいて、無邪気に驚いている声で受話器に話しかけた。「ほら、男の人がパーティーでやるでしょ、得意そうに自慢話をしてたんですよ。わたしは主人からそんなに離れるつもりはなかったのに、どんどん遠くへ押しやられる感じで」

　自分の演技に引き込まれてしまい、言葉を切ってごくりと唾をのみこんだ。フランシーンの運転免許証をポケットからとりだし、手の上でひっくり返す。電話の向こうで、ミセス・グリーンがじっと耳をすましているのが聞こえた。

「隅に追い込まれたみたいになったときに」と続ける。「誰にも聞こえないぐらい小さい声で言われたんです。何年も前に、家の掃除をしていた女の人に腹を立てたことがあるって。お金を盗まれたんだと思いますけど、その辺はあんまりはっきりしなくて、刑事さん。でも〝その女は片付けた〟って言ってました。それは間違いなく憶えてます。まあ、最初はどういう意味かわからなくて、今度その人に会ったら訊いてみなくちゃって答えたんですよね。そうしたら、うちの屋根裏にあがってスーツケースの中を見ないかぎり、二度と会わないだろうなって言われて。ほら、すごくばかげて聞こえたから、つい笑っちゃいました。笑われると男の人ってどんなふうになるかご存じでしょ。顔を真っ赤にして、お財布に手をつっこんでなにかひっぱりだしたんです。それを目の前に突き出して、俺が嘘をついてるって言うならこれはどういうことだって。あのね、刑事さん、こわくなったのはそのときなんです。それがフランシーンの運転免許証だったから。だって、そんなものを持ち歩く人がいます？　あの人がフランシーンになにかしたんじゃないなら、どこで手に入れたんですか？」まるで耳をかたむけているかのように間をおく。「ええ、そうです。免許証はそのままもとの場所に戻しました。相当飲んでたから、わたしに見せたことも憶えてないかもしれません」

口をつぐんで待つ。

「いまのでうまくいくと思います？」ミセス・グリーンがたずねた。

「捜索令状とかそんなものをとらなくってもいいんです。警察があの家に寄って、財布の中を見せてくれって頼むだけですみますから。まさかこれが入ってるとは思わないし、当然見せるはずです。そうしたら次は屋根裏を捜したいって話になって、あいつが断る。警察は誰か見張りに残して捜査令状をとりに行くはずです。それでフランシーンが見つかる」

「いつです？」ミセス・グリーンは問いかけた。

「今度の土曜日、スクラッグス家の農場で牡蠣を焼くパーティーがあって」とパトリシア。「六日後ですけど、混み合うし、みんなが参加して飲んでるでしょうから。いちばんいい機会です」

どうやって財布に入れるか、まだ思いつかないが——そもそも財布を持ち歩いているかどうかも知らないのだ——気を抜かずによく観察していよう。キティの牡蠣パーティーは一時半に始まる。早いうちに財布に入れられれば、その日の午後には警察に電話できるだろう。牡蠣パーティーにやってきて、その場で財布の中を見たいと頼むことさえありうる。そうすれば、一週間もたたないうちにすべての決着をつけられるかもしれない。

「いろいろ失敗しそうですけどね」とミセス・グリーン。

「もう時間がないのよ」とパトリシア。

すでに月末だ。目当ての晩はハロウィーンだった。


ハロウィーンの日の午後四時ごろ、玄関の呼び鈴が鳴りはじめた。アラジンやジャスミン、ティーンエイジ・ミュータント・ニンジャ・タートルズ、チュチュを着て背中で羽をはためかせている妖精などが際限なく流れ込んできて、パトリシアはあらまあと感心してみせた。

子どもたちには食べ切りサイズのバターフィンガーとサンメイドのレーズンを用意してあり、その後ろで赤い使い捨てカップを手にしている父親たちには、ジャックダニエルがあった——母親が家にいてハロウィーンのキャンディを配る一方、父親は子どもたちをトリック・オア・トリートに連れ出しているのだ。父親の飲み物を満タンにしようと、誰もが玄関のドアの陰になにかしら瓶を置いていた。影が長くなり、オールドビレッジに日が沈むにつれ、父親たちはどんどん声をはりあげ、楽しそうな様子になっていった。

カーターはその中にいなかった。パトリシアがトリック・オア・トリートへ行きたいかどうか訊いたとき、コーレイはこちらをにらみつけ、ばかにしたように一度だけ鼻を鳴らした。ブルーのほうは、トリック・オア・トリートなんてガキが行くんだろ、と言った。子どもたちをふたりとも連れていく必要がないなら、空港からまっすぐオフィスへ行って、月曜日の仕事を進めておくよ、とカーターは言ったのだ。

七時ごろブルーが一階にきて、ドッグフードの戸棚をあけ、紙の買い物袋をとりだした。

「トリック・オア・トリートに行くの？」パトリシアはたずねた。

「行くよ」とブルー。

「なんの仮装するの？」心をひらいてもらおうとして、訊いてみる。

「連続殺人犯」と返事がきた。

「もっとおもしろいのになりたくないの？」と訊く。

「ほんのちょっと時間があれば、一緒になにか考えられるわ」

ブルーは背を向けて家族コーナーから出ていった。

「十時までに帰ってきなさい」と呼びかけたとき、玄関のドアがバタンとしまった。

バターフィンガーが足りなくなったので、ものすごくがっかりしたビーバスとバットヘッドにレーズンの一箱目をやったとき、電話が鳴った。

「キャンベルです」と応答する。

答えはなかった。いたずら電話だろうと考えて切ろうとしたとき、誰かがずるずると湿った音をたてて息を吸い込み、しゃがれた声で言った。

「……私……」

「もしもし？」パトリシアは訊き返した。「こちらはキャンベルですが？」

「私……」声がまたぼんやりとつぶやき、パトリシアは相手が女だと気づいた。

「誰なのか言わなければ切るわ」

「私……」女は繰り返した。「……私、音はたてなかった……」

「スリック？」パトリシアはたずねた。

「私、音はたてなかった……私、音はたてなかった……」スリックはしゃべり続けた。

「どうなってるの？」と問いかける。

あのあとスリックは電話をかけてこなかった——見捨てたことを謝るためにも、パトリシアが無事か確かめるためにも——それだけで、パトリシアが家に侵入したのをジェイムズ・ハリスに知らせたのはスリックだったと悟るのには充分だった。あの男が早く帰ってきたのはスリックのせいだ。パトリシアはもはやスリックなどどうでもよかった。

そのとき、スリックが泣き出した。

「スリック？」パトリシアはたずねた。「どうしたの？」

「……私、音はたてなかった……」スリックは繰り返しささやき、パトリシアの腕に鳥肌が立ってきた。

「やめて」と言う。「こわいんだけど」

「私」スリックはうめいた。「私……」

「どこにいるの？」パトリシアは問いかけた。「家にいるの？ 助けがいる？」

もうスリックが受話器の前で苦しげに息をつく音は聞こえなかった。電話を切ってかけなおすと、話中音につながった。無視しようかと考えたが、できなかった。スリックの声に不安がこみあげ、なにか暗いものが胸の中でざわめいている。パトリシアはハンドバッグをつかみ、サンルームでシート型柔軟剤《ジェントルブリーズ》のコマーシャルを流しているテレビにくぎづけになっていたコーレイを見つけた。

「キティのところへ行ってこなくちゃいけないの」と言い、嘘というのはつけばつくほどすらすら出てくるものだ、と気づく。「誰かきたら出てくれる？」

「んー」コーレイはふりむかずに答えた。

これはたぶん十七歳語で「うん」の意味だろう。

オールドビレッジの通りは子どもと親のパレードでぎゅうづめだったので、人混みを通り抜けるのにひどく時間がかかった。父親たちは気持ちよく酔っぱらっているらしく、足取りが重くなり、キャンディの袋に手をつっこむ頻度もあがっている。スリックになにがあったのか想像もつかない。家に行かなくては。時速十五マイルで群衆の中をのろのろと進んでいく。玄関ポーチにジャック・オ・ランタンが二個ちらちらと光っているジェイムズ・ハリスの家を通りすぎてから、マカンツドライブへまがり、ブレーキを踏んだ。

ピットストリートとマカンツドライブのかどにはキャントウェル一家が住んでいた。毎年ハロウィーンには、木からぶらさがったにせの死体や発泡スチロールの墓石、植え込みに針金で縛りつけた骸骨などで前庭がいっぱいになる。三十分ごとに玄関ポーチに置いた棺桶からドラキュラの扮装をしたミスター・キャントウェルが現れ、一家で十分間のショーを演じている。狼男が前列の子どもたちにつかみかかり、ミイラは金切り声をあげて逃げる小さな女の子たちによろよろと近づく。いぼが生えたにせの鼻をつけたミセス・キャントウェルは、ドライアイスをつめこんだ大釜をかきまわしては、食べられるグリーンスライムとグミの芋虫をお玉ですくって人々にさしだす。最後に全員が「モンスター・マッシュ」に合わせてダンスしてから、キャンディを大量に配って幕切れとなる。

その家を囲む人波が歩道にあふれだして通りをふさいでいた。顔がぴくっとひきつる。スリックだけだろうか？　スリックの家族はどうなのだろう？　なにかがおかしい。行く必要があるのだ。パトリシアはブレーキから足を離すと、マカンツドライブの反対側にあるシモンズ家の前庭の端に乗りあげ、人々に道をあけてもらおうとライトを光らせた。その交差点を抜けるのに五分かかった。続いて速度をあげてコールマンブールバードへ向かい、ジョニードッズ大通り《ブールバード》で時速五十マイルを叩き出す。それでも遅すぎる気がした。

クリークサイドに乗り入れ、トリック・オア・トリートを楽しむ人々をぬって、なるべく急いで進む。ペイリー家の私道には車が二台とも止まっていた。なにが起こったのかわからないが、家族全員の身にふりかかったようだ。玄関ポーチにキッチンの腰かけが置いてあり、そこに白い蠟燭《ろうそく》が立って炎をゆらめかせていた。その隣にボウルがあって、オレンジ色の活字で〝いたずら《トリック》？　その通り。ご褒美《トリート》？　神のお恵みによるものだけ！〟と書かれたパンフレットが入っている。

パトリシアは呼び鈴に手をのばし、動きを止めた。もしジェイムズ・ハリスの罠だったら？　まだ中にいたら？

取っ手をひねってみると掛け金が外れ、音もなくドアがひらいた。パトリシアは息を吸い込んで内部に踏み込んだ。後ろ手にドアをしめて立ち、視覚と聴覚に神経を集中する。生き物の気配に耳をすまし、ひとつでも謎を明かす手がかりはないかと細部に目をこらす――堅木の床に落ちた血の一滴、衝撃を受けて斜めになった絵、陳列棚のひとつに入ったひび。なにもない。玄関ホールの分厚いカーペットをそろそろと進み、奥の増築部分につながるドアを押しあける。とたんに人々がわめきはじめた。

体の筋肉という筋肉がぱっと行動に移った。顔をかばってぱっと両手があがる。パトリシアは悲鳴をあげようと口をひらいた。そのとき、わめき声が笑いに変わった。手の向こうで、部屋の中央にある長いディナーテーブルを囲み、リーランドといちばん上の子のＬＪ、グリア、タイガーがこちらに背を向けてみんなで笑っているのが見えた。パトリシアのほうを向いているのはグリアだけだった。

グリアはパトリシアに気づいて笑うのをやめた。ＬＪとタイガーがぱっとふりむく。

「ああびっくりした」グリアが言った。「どうやって入ってきたの？」

モノポリーのボードがテーブルの真ん中に置いてある。スリックはその場にいなかった。

「パトリシア？」リーランドが本気で当惑した声を出し、笑顔を作ろうとしながら立ちあがった。

「おかまいなく」パトリシアは言った。「スリックから電話があって、家にいるのかと思ったの」

「二階にいるよ」とリーランド。

「ちょっとだけ行ってくるわ」とパトリシア。「どうぞ、遊んでて」

なにも言われないうちに部屋を出ると、カーペットを敷いた階段を急いで上った。二階にあがると、どちらへ行ったらいいかさっぱりわからなかった。主寝室へのドアが少しあいたままになっている。

寝室の電灯は消えていたが、隣のバスルームの明かりはついていた。パトリシアはその中に入った。

「スリック？」そっと呼びかける。

シャワーカーテンがさごそ動き、見おろすとスリックがバスタブに横たわっていた。口紅はこすれて汚れ、マスカラが筋になって顔を流れ落ち、髪はあちこちかたまって突き出ている。スカートが引き裂かれ、スカシカシパンの形のイヤリングは片方しかついていなかった。

ふたりのあいだの軋轢《あつれき》はすべて消え失せ、パトリシアはバスタブの脇に膝をついた。

「なにがあったの？」とたずねる。

「私、音はたてなかった」スリックは恐怖に目をみひらいてしゃがれ声を出した。

懸命に言葉をかたちづくろうとして、唇が音を出さずに動く。両手がひらいたり閉じたりしている。

「スリック？」パトリシアは繰り返した。「なにがあったの？」

「私……」スリックは言いかけてから、唇をなめてもう一度試みた。「私、音はたてなかった」

「救急車を呼ばなくちゃ」パトリシアは言い、立ちあがった。「リーランドを呼んでくるわ」

「私……」スリックの言葉は次第に小さくなり、ささやきに変わった。「私……音は……」

バスルームのドアまで歩いていくと、背後のバスタブからばたばたと手を動かすこもった音がして、スリックがかすれた声を出した。「だめ！」

パトリシアはふりかえった。スリックは両手で関節が白くなるほど強くバスタブのふちをつかみ、頭をふっていた。片方だけのスカシカシパンのイヤリングが左右に勢いよくゆれる。

「知らせちゃだめ」

「怪我してるのに」パトリシアは言った。

「知らせちゃだめ」スリックは繰り返した。

「スリック！」リーランドが下の階で呼んだ。「大丈夫か？」

「スリックはパトリシアと目を合わせ、ゆっくりと頭をふった。パトリシアは視線をそらさずにそっと寝室へ出ていった。

「平気よ」と大声で返事をする。

「スリック？」リーランドが言い、その声から階段を上ってきているのがわかった。

スリックが頭をもっと激しくふった。パトリシアは片手をあげると、廊下を走っていき、階段のてっぺんでリーランドの前に立ちはだかった。

「どうしたんだい？」リーランドは二段下で止まってたずねた。

「具合が悪いの」と答える。「わたしがそばについていて、大丈夫かどうか確認するわ。パーティーを邪魔したくなかったんですって」

「そいつはわけがわからないな」とリーランド。「きみがここまでわざわざくる必要はなかったのに。家族がすぐ下にいるんだから」

そのまま一歩進もうとしたが、パトリシアは行く手をふさいだ。

「リーランド」とにこやかに言う。「スリックは子どもたちと楽しんでほしいんですって。スリックにとっては、あの子たちに……キリスト教徒としてハロウィーンとの結びつきを持ってもらうことが大事なのよ。ここはわたしにまかせて」

「様子が見たいんだ」リーランドは言いながら手すりにかけた手を上に動かし、必要なら押しのけてでも行く気があることを示した。

「リーランド」パトリシアは声を低めた。「女性の問題なのよ」

女性の問題というのがどう受け取られるかわからなかったが、リーランドの体から力が抜けた。

「わかった」と言う。「だが、本当に体調がよくないようなら教えてくれるね？」

「もちろんよ」とパトリシア。「子どもたちのところへ戻って」

リーランドは向きを変えて下へ戻っていった。その姿が増築部分に入っていくまで待ってから、バスルームへ駆け戻る。スリックは動いていなかった。パトリシアはバスタブの横に膝をつき、身を乗り出してスリックに腕をまわした。脚の力の弱々しさに驚きながら、ひっぱって立ちあがる。そのあとバスタブから一本ずつ足を出してやった。

「知らせちゃだめ」とスリック。

「ひとことも口にしなかったわ」とパトリシア。

スリックの片方だけのイヤリングを外し、バスルームのカウンターに載せる。

「もう一個も出てくるから」と安心させてやった。

バスルームのドアをロックしてから、スリックのセーターを頭から脱がせ、ブラジャーのホックを外す。スリックの胸は白く小さかった。背をまるめてうずくまり、骨の浮いたあばらに張りのない乳房がぶらさがっている様子は、羽をむしられた鶏を思い出させた。

トイレに座らせて、スカートのウエストに指を入れる。後ろが破れていたので、ファスナーをおろす必要はなかった。破れた部分は縫い目に沿ってではなく、スエード生地をまともに引き裂いていた。そんなことができるほど力のあるものとは、いったいなんなのだろう。

スカートをひっぱりはじめると、スリックは身を縮め、両手で脚の付け根を覆った。

「どうしたの?」パトリシアは訊いた。「スリック、どうしたの?」

スリックは頭をふり、パトリシアは胸がどきっとするのを感じた。自分の声をゆっくりと落ち着かせることに集中する。

「見せて」と主張したが、スリックは首をふる動きを速めた。「スリック?」

「知らせちゃだめ」スリックはうめいた。

パトリシアはスリックの細い手首をとって引き離した。最初は抵抗されたが、やがてぐったりと力が抜けた。パトリシアはスカートをおろした。ショーツが破れている。それをひきはがし、尻を持ちあげた。スリックは太腿をぎゅっと閉じた。

「スリック」パトリシアは看護婦の声を使った。「見る必要があるの」

スリックの膝をこじあける。はじめは薄いブロンドの毛のあいだからなにが出てきているのかわからなかったが、すぐにスリックの腹部の筋肉が痙攣し、黒いゼリー状のものが膣から流れ出てきた。ぷんと漂った悪臭は、夏に道端にほうりだされて腐ったものを思わせた。その流れは止まらなかった。強烈なにおいを放つ粘液がきりもなくあふれだし、便座の蓋にぷるぷるした黒い池を作っていく。

「スリック？」パトリシアは問いかけた。「なにがあったの？」

スリックは視線を合わせた。下瞼のふちで涙がふるえていた。おびえきった様子に、パトリシアはかがみこんで抱きしめた。腕の中でスリックは身をこわばらせたままだった。

「私、音はたてなかった」と言い張る。

パトリシアは目がひりひりするほどバスルームに消臭剤をスプレーしてから、シャワーを出した。自分のブラウスを脱いで、スリックがバスタブに戻るのを助け、勢いよくほとばしる熱い湯の下で体を支えてやる。洗面用タオルでスリックの顔の化粧を落とし、肌がピンク色になるまでこすってから、できるだけたくさん石鹼を使ってスリックの脚のあいだを洗った。

「力んで」シャワー越しにスリックに指示する。「トイレに行くときみたいに」

最後に残った黒いしずくがいくつか水に落ち、渦を巻いて広がり、くるくると排水口に吸い込まれていくのが見えた。セントアイブスのシャンプーを一本まるごと使ってスリックの髪を洗ったので、終わるとバスルームには湯気と花の香りがたちこめていた。スリックが裸でふるえながら立っているあいだに自分の体を拭き、また上を着て、そのあとスリックにバスローブを着せてベッドに寝かしつけた。ベッドサイドテーブルに水を一杯置く。

「さあ」とスリックに言い渡した。「なにがあったのか話してもらうわ」

スリックは目を大きくしてこちらを見あげた。

「話して、スリック」とパトリシア。

「私がこんな仕打ちを受けるんだったら」スリックはささやいた。「あなたはいったいどんなことをされるの？」

「誰に？」パトリシアはたずねた。

「ジェイムズ・ハリスよ」

第三十三章

「あなたの写真にお祈りしたの」スリックはささやいた。「あの切り抜きや写真のそばに座って、助言をくださいって祈ったのよ。あの男はグレイシャス・ケイにすごい大金をつぎこんで、リーランドの友だちになったし、うちの家族と一緒に教会にきたけど、あの写真を見て切り抜きを読んだら、どうしていいかわからなくなって。あの写真はあいつよ。あなたも見て知ってるでしょ」

顎がふるえはじめ、涙がひとしずく片頬をつうっと流れ落ち、ベッドサイドのスタンドの光を受けて銀色にきらめいた。

「タンパのあの男に電話したの」スリックは言った。「主は私がそうすることをお望みだと思ったから。切り抜きや写真がここにあることがわかったら、向こうがこわくなってオールドビレッジを出ていくだろうって思ったの。ばかだった。私、あいつを脅そうとしたのよ。すぐ出ていかなければみんなに写真と切り抜きを見せるって言ってやったの」

「あいつはわたしのせいだって知ってるの、スリック？」パトリシアは問いかけた。

スリックが水のグラスにさっと目をやったので、渡してやる。すると二口がぶがぶ飲んでまたグラスをこちらに戻し、目をぎゅっとつぶってうなずいた。

「ごめんなさい」とスリック。「本当にごめんなさい。きのうの朝電話して、あなたが家に侵入しようとしてるって教えたの。隠してるものが見つかっちゃうわよって。だから立ち去ることを選ぶしかないのよって言ってやったわ。どこへ行くか私に知らせておけば、グレイシャス・ケイが投資の利益を分配するときに小切手を送るけど、タンパを離れて二度と帰ってこないでってね。あの男はお金がほしいんだと思ったのよ、パトリシア。自分の評判を気にすると思ったの。写真と切り抜きはあいつが絶対に戻ってこられないようにするための保険だって伝えたわ。私がこれを解決したら、すごく喜んでもらえると思ったの。ものすごくうぬぼれてた」

　前触れもなくスリックは自分の顔をひっぱたいた。パトリシアはその手をつかもうとしたがやりそこれ、スリックはふたたび叩いた。次のときはその手を押さえることができた。

「おごれる者」スリックは目を怒らせ、蒼白な顔で鋭くささやいた。「教会は改革パーティーをひらきたがらなかったから、今日は子どもたちを家にいさせて家族の時間を過ごしたの。みんなでモノポリーをやってて、タイガーとＬＪは今回だけは喧嘩してなかったし、私はパークプレイスにホテルを置こうとしてたところだったわ。なにもかも安全だって気がした。私はちょっと席を立ったとき、お金を一緒に持っていったの。置いていったらリーランドに盗《と》られちゃうって思ってるふりをしてね。そうすると子どもたちが喜ぶのよ。下のトイレは水が止まらないから、バスルームを使いに二階へ行ったの」

　室内を見まわして、ドアが閉じ、窓がしまっていて、カーテンが引いてあるのを確かめる。両手をふりはらおうとしたので、パトリシアはいっそう強く手首を握りしめた。

「私の聖書」スリックが言った。

　ベッドサイドテーブルに置いてあるのが見えたので、渡してやる。スリックは胸にテディベアのように聖書を抱きしめた。また話せるようになったのはしばらくあとだった。

「きっと二階の窓から入ってきて待ち伏せしてたのね。なにがあったのかわからないの。廊下を歩いてたら、いきなりカーペットの上にうつぶせになってて、背中になにか重いものが乗りあげて、押さえつけられてた。耳もとで、音をたてたら、ほんの一回でも音をたてたらって言われて……あれは誰なの？　家族全員を殺してやるって言われたの。あれは誰なの、パトリシア？」

「想像もつかないほど悪いものよ」とパトリシア。

「背中が折れるかと思った。ものすごく痛かったわ」スリックは唇に片手をやり、指で強く押さえた。額に深い皺が寄る。「リーランドしか知らなかったのに」

聖書を両手でつかんで目を閉じる。つかのま唇が動いて無言の祈りを唱え、それからふたたび話し出した。ささやくような声だった。

「襲われたとき、モノポリーのお金がカーペットじゅうに散らばったの。私、鼻の先にあるあのオレンジ色の五百ドル札をじっと見てた。そのあいだじゅうそれに集中してたわ。あいつは音をたてるなって言い続けた。音はたてなかったけど、家族の誰かが捜しにくるんじゃないかってこわくてこわくて、とにかく終わらせていなくなってほしかった。ただ終わってほしかったの。だから抵抗しなかったのよ。そうしたら終わったわ。中で出されたの」

スリックの顔がくしゃりとゆがんだ。関節が赤と白のまだらになるほど力をこめて、聖書を握りしめる。パトリシアは次の質問をするのがいやだったが、知る必要があった。

「写真は？」と問いかける。「切り抜きは？」

「どこにあるか聞き出されたの」スリックは答えた。「ごめんなさい。本当にごめんなさい。私のうぬぼれで。ばかばかしいうぬぼれで」

「あなたのせいじゃないわ」とパトリシア。

「ひとりでできると思ったの」とスリック。「私のほうが強いと思った。でも、あいつより強い人なんていないわ」

前髪の先端が汗で濡れていた。頬がぶるっとふるえる。スリックは強く息を吸い込んだ。

「どこが痛いの？」パトリシアはたずねた。

「脚のあいだ」とスリック。

パトリシアは羽根布団を持ちあげた。ローブの股間のあたりに黒いしみがついていた。

「病院に行かないと」とパトリシア。

「私が話したらみんな殺されるわ」スリックが言った。

「スリック……」パトリシアは言いかけた。

「みんな殺されるわ」とスリック。「お願い。きっと殺される」

「あいつになにをされたかわからないのよ」とパトリシア。

「朝になってもまだ血が出てたら行くから」とスリック。「でも救急車は呼べないわ。外で見張ってたらどうするの？　私がどうするか確認しようとして待ってたら？　お願いよ、パトリシア、あの男にうちの子たちを傷つけさせないで」

パトリシアは温かいタオルをとりに行って、スリックをできるだけきれいに拭いてやり、流しの下に生理用ナプキンを見つけ、ネグリジェに着替えるのを手伝った。一階におりて、リーランドを脇に連れていく。

「どうしたんだ？」と訊かれた。「あいつは大丈夫かい？」

「ひどい生理痛なの」とパトリシア。「でも、あしたにはよくなるだろうって。ただ、客用寝室で寝たほうがいいかもね。ひとりにしておいてあげないと」

リーランドはパトリシアの肩に手をかけ、目をのぞきこんできた。

「さっき食ってかかってすまない」と言う。「だが、万が一スリックになにかあったら、どうするかわからないんだ」

外はひっそりと暗かった。ポーチの蠟燭は燃えつきている。クリークサイドのトリック・オア・トリートに出た人々はずっと前に家に帰ったに違いない。パトリシアは家の横をきびきびとまわり、スリックの下着とローブとだめになった服をごみに捨てて、袋の下までぐいぐい押し込んだ。それからボルボのところへ走っていき、乗り込んだあとドアを全部ロックした。スリックの言う通りだ。あの男がまだ外にいるかもしれない。

いったん車を動かすと、いくらか安心できた。内心に怒りがわきあがって体がはじけそうだ。動作がせかせかとあわただしくなっている気がした。感情が抑えきれない。どこかほかのところへ行かなければ。

ジェイムズ・ハリスに会う必要がある。

正面に立ってその行為を糾弾してやりたかった。いま行く意味がある場所があるとしたら、そこだけだろう。ありったけの自制心を使い、ちらほら残るトリック・オア・トリートの人々を大きくよけて、慎重にクリークサイドを通っていった。ジョニードッズブールバードに出たので、アクセルを床まで踏み込む。

オールドビレッジではまた速度を落とした。通りはほぼ無人だった。燃えつきたジャック・オ・ランタンが玄関ポーチに置いてある。ボルボのエアコンの吹き出し口から冷風がひゅうひゅう出てきた。ピットストリートとマカンツドライブのかどで車をとめる。キャントウェル家の前庭には誰もおらず、明かりはすべて消えていた。道をまがってジェイムズ・ハリスの家へ向かうと、車が通りすぎるさい、木々にぶらさがった死体がくるくるまわって追いかけてきて、包帯を巻いた腕をこちらへのばした。

ジェイムズ・ハリスの自宅が左側にぬっと現れた。悪意に満ちたばかでかい建物をあおいで、パトリシアは暗い屋根裏とフランシーンの孤独な死体が入ったスーツケースを思った。スリックのおびえて取り乱したまなざしが浮かぶ。鋭くささやいた言葉がよみがえった。

〝私がこんな仕打ちを受けるんだったら、あなたはいったいどんなことをされるの？〟

いますぐ子どもたちがどこにいるのか知りたい。ふたりの安全を知らなければ、という切迫した思いに襲われ、パトリシアは家へと急いだ。

私道に車をとめて玄関のドアに走っていく。ジャック・オ・ランタンがひとつ燃えつきて、もうひとつが玄関の階段に叩きつけられていた。つぶれた汁ですべりながら、ポーチの階段を駆けあがった。ドアをひらいてサンルームまで突っ走る。コーレイはいなかった。二階へ急いで、コーレイの寝室のドアをぱっとひらく。

「なに？」ベッドにあぐらをかいて《スピン》（米国の大手音楽雑誌）の上にかがみこんでいたコーレイが叫んだ。

無事だった。パトリシアはなにも言わなかった。ブルーの部屋へ駆けていく。からっぽだ。

一階の部屋をすべて、暗いガレージルームまで確認したが、ブルーはまだ出かけていた。頭がおかしくなりそうだ。裏口に鍵がかかっているのを確かめ、車のキーをつかんだものの、外に捜しに行ったとき帰ってきたらどうする？　それに、ジェイムズ・ハリスが外にいるのにコーレイをひとり残していけるはずがない。

カーターに電話しないと。家に帰ってきてもらう必要がある。ふたりいれば対処できる。玄関のドアがひらく音にとびあがってから、パトリシアは玄関ホールへ走っていった。ブルーがちょうど後ろ手にドアをしめたところだった。

パトリシアは息子を引き寄せて体に押しつけた。相手は一瞬かたまり、すぐに身をくねらせて腕の中から抜け出した。

「なんだよ？」と訊いてくる。

「無事でほっとしただけ」パトリシアは言った。「どこにいたの？」

「ジムのとこだよ」という返事だった。理解するのに少しかかった。

「どこ？」と問い返す。

「ジムのとこ」ブルーは言い訳がましく答えた。「ジム・ハリスのうち。なんで？」

「ブルー」とパトリシア。「いま、本当のことを言ってもらうのがとっても大事なの。今晩ずっとどこにいたの？」

「ジム。の。うち」ブルーは繰り返した。「なんでそんなこと気にするんだよ？」

「それで、あの人も一緒にいたの？」パトリシアはたずねた。

「うん」

「一晩じゅう？」

「そう！」

「どこかで出ていったり、一分でも姿が見えなくなったりしなかった？」と問いかける。

「トリック・オア・トリートの連中がチャイムを鳴らしたときだけだよ」とブルー。「待ってよ、なんで？」

「正直に答えてもらう必要があるのよ」とパトリシア。「何時にあそこへ行った？」

「さあ」とブルー。「家を出たすぐあとだよ。飽きてたんだ。誰もうまいキャンディはくれないし。本物の仮装をしてないからだってさ。そしたらジムに会って、あんまり楽しくなさそうだなって言われて、プレイステーションで時間つぶしたらって中に呼んでくれたんだ。どっちみちジムといたほうがいいしさ」

ジェイムズ・ハリスがスリックになにをしたか考えれば、絶対にブルーの言葉通りだったはずがない。

「よく思い出してほしいの」と言う。「あの家に入ったのが正確に何時だったか知る必要があるのよ」

「七時半ぐらいかな」とブルー。「なんだよ、どうしてそんなこと？　『バイオハザード』を一晩じゅうやってたよ」

嘘をついている。事態の重大さを理解していないのだ。また犬にスプレーで色を塗ったようなものだと思っているのだろう。パトリシアはものわかりのいい声を出そうと努力した。

「ブルー」じっと息子に視線をすえて言う。「ものすごく大切なことよ。たぶん、あなたがこれまでに言った中でいちばん大切なこと。嘘をつかないで」

「嘘なんかついてない！」ブルーはどなった。「ジムに訊けよ！　ぼくはあそこにいたし、ジムもいたよ。なんで嘘なんかつく？　どうしていつもぼくが嘘をついてると思うんだよ？　まったく！」

「嘘をついてるとは思ってないわ」つとめてゆっくり呼吸しながら答える。「でも、混乱してるんじゃないかと思うの」

「ぼくは！　混乱！　してない！」ブルーは叫んだ。

パトリシアは糸にからまってしまったような気がした。まるでひとことと口にするたびにどんどん事態が悪くなっていくようだ。

「今晩たいへんなことが起きたの」と言う。「それにジェイムズ・ハリスが関係してたのよ。そのあいだじゅうあなたと一緒にいたなんて、絶対に信じられないわ」

ブルーは強く息を吐き出し、玄関のドアをふりかえった。パトリシアはその手首を握った。

「どこにいくつもり？」

「ジムのとこに戻るんだよ！」ブルーは声をあげ、逆にこちらの手首をつかんだ。「あそこならいつでもぎゃんぎゃん言われたりしないからさ！」

息子のほうが力が強い。押さえつける指が皮膚にめりこみ、骨を圧迫して前腕にあざを残した。パトリシアは手首から指を外し、相手が同じようにしてくれることを願った。

「本当のことを話してくれないと」

ブルーは手首を離し、軽蔑しきった目つきを向けてきた。

「どうせなにを言ったって信じないんだろ」と言う。「病院に戻されればいいのに」

憎悪が熱気のように肌からたちのぼってくる。パトリシアは思わず小幅にあとずさった。ブルーが前進したので、身を縮めてよける。するとブルーは向きを変え、階段を上りはじめた。

「どこにいくの？」と訊く。

「宿題を終わらせるんだよ！」肩越しに大声が返ってきた。

寝室のドアがバタンと閉じるのが聞こえた。カーターはまだ帰ってこない。時間を確認する——もうすぐ十一時だ。ドアを全部点検し、すべての窓に鍵がかかっていることを確かめる。庭のライトをつけた。ほかにできることはないか考えようとしたが、なにも出てこなかった。パトリシアはコーレイとブルーの様子をのぞいてからベッドに入り、十一月の読書会の本を読もうとした。

〝本を読めば、自分をもっと好きになれるかもしれない……〟と書いてある。〝耳をかたむけたり、書き出したり、声に出して感じていることを表現したりすることによって……〟

気がつくと、読んだ単語をひとつも思い出せないまま三ページ読んでいた。実際になにかについて書いてある本を読んでいたときが恋しかった。もう一度読んでみる。

〝心を落ち着ける時間をとってみよう〟とある。〝そうすれば相手をもっと深く理解し、気持ちをくみとって受け入れ、認め合っていけるだろう〟。

パトリシアは部屋の向こうに本をほうりなげ、『ヘルター・スケルター』の本を見つけた。後ろのほうの裁判に関する箇所をひらき、チャールズ・マンソンが死刑を宣告されるところを、寝る前のお話のように何度も何度も読み返した。全員が毎回逃げおおせるわけではない、と自分を安心させる必要があったのだ。目がしょぼしょぼしてくるまでチャールズ・マンソンの処刑について読んでから、眠りに落ちた。

男は火星《マース》から、女は金星《ヴィーナス》から
やってきた

1996年11月

第三十四章

スリックは火曜日にサウスカロライナ医科大学に連れていかれた。水曜日には、見舞客が紙のガウンとマスクを要求されるようになった。

「なにが起きているのか正確にはわかりません」担当医は言った。「自己免疫疾患なのですが、予想より早く進行しています。免疫細胞が白血球を攻撃しており、溶血反応のある赤血球の増え方が望ましくない。しかし、酸素を注入し続け、あらゆるものの検査をおこなっていますから。まだあわてふためく必要はないでしょう」

その診断に、パトリシアは昂奮すると同時にぞっとした。ジェイムズ・ハリスがなにものであるにせよ、人間ではないと裏付けられたからだ。スリックの中に自分の一部を入れたせいで死なせかけているのだ。あの男は怪物だ。一方で、スリックはよくなってもいなかった。

リーランドは毎日六時ごろ病院を訪ねていたが、いつも到着したとたんに帰らなくてはならないようだった。どうしているか訊こうとパトリシアが廊下までついていくと、リーランドは近くに寄ってきた。

「あの診断については誰にも話していないね?」とたずねる。

「わたしの知ってる範囲ではどんな診断もされてないけど」パトリシアは答えた。

リーランドはさらに近寄った。あとずさりしたかったが、すでに壁際に立っている。

「自己免疫疾患だと言っている」リーランドはささやいた。「まわりに言ってはだめだ。エイズだと思われてしまう」

「そんなこと誰も思わないわ、リーランド」とパトリシア。

「もう教会でそう言われているんだ」とリーランド。「その噂が子どもたちにはねかえってきてほしくない」

「わたしは誰にもなんにも言ってないから」間違っていると思うことの片棒を担ぐのを強いられ、パトリシアは浮かない気分で言った。

金曜の朝、スリックの病室のドアには、何度もコピーしすぎて黒い点だらけの掲示が貼られた。発熱や風邪をひいている人との接触があれば入室禁止、と書いてある。

スリックは蒼ざめて見え、さわった皮膚はかさかさで、とくに夜のあいだひとりにされるのをいやがった。看護婦が毛布を持ってきてくれ、パトリシアはベッドの脇の椅子で眠った。リーランドが家に帰ったあと、子どもたちと寝る前のお祈りをできるように電話を支えてやったが、たいていの場合、スリックは顎近くまでシーツをひきあげてじっと横たわっていた。人形のような腕には点滴の針や管であちこち穴があき、白いテープが巻かれている。その日の午後の大部分は発熱に耐えていた。頭がはっきりしているように見えるときは、『ベスト・パートナーになるために　男は火星《マース》から、女は金星《ヴィーナス》からやってきた*47』を読んでやろうとしたが、一段落終わったあと、スリックがなにか言っていることに気づいた。

「なんて言ったの？」パトリシアは身を乗り出してたずねた。

「なんでもいいから……ほかの……」とスリック。「なんでもいいから……ほかの……」

パトリシアはアン・ルールのいちばん新しい本をハンドバッグから出した。

「一九八六年九月二十一日は」と読みあげる。「ポートランドでは暖かくすばらしい日だった——それを言うならオレゴン州全体でそうだった。運がよければ、ノースウエストの冬の雨はたっぷり二か月も先だ……」

事実ときっちりした地理に安心して、スリックは目を閉じたまま耳をかたむけた。眠りはせず、ただ横たわってかすかにほほえんでいる。外の光が薄れて室内の光が強くなり、パトリシアは紙マスクの埋め合わせに声を大きくして読み続けた。

「遅すぎた？」メアリエレンの声にパトリシアが顔をあげると、ドアを押しあけてその姿が現れた。

「起きてるの？」メアリエレンは紙マスクの奥からささやいた。

「きてくれてありがとう」スリックが目をあけずに言った。

「どうしてるかみんな知りたがってるよ」とメアリエレン。「キティもきたがってた」

「今月の本は読んでる？」スリックがたずねた。

メアリエレンはベッドの足のほうにあるどっしりした茶色い肘掛け椅子を引き寄せた。

「ひらく気にもならないんだけど」と言う。「〝男は火星からきた〟？　そりゃちょっと買いかぶりすぎじゃないの」

スリックが呟き込みはじめ、一拍おいて笑っているのだとパトリシアは気づいた。

「私……」スリックがささやいたので、パトリシアとメアリエレンは聞き取ろうと耳をすました。

「私、パトリシアが読んでるのを止めたわ」

「前に読んでた本がなつかしいな、せめて殺人があったのに」とメアリエレン。「最近の読書会の問題は、男が多すぎることだよね。本の選び方なんてぜんぜん知らないし、自分が話すのを聞くのが大好きでさ。一日じゅう自己主張ばっかり」

「その言い方……男女差別してるみたい」スリックが小声で言った。

マスクをしていないのはスリックだけだったので、たとえいちばん弱々しい声でもひときわ大きく響いた。

「少しでも価値のある意見だったら、聞く気はあるよ」とメアリエレン。

スリックのせまい病室に三人でいると、ほかのふたりの不在をより強く感じた。なんだか生存者の会のようだ——最後に残った三人。

「土曜にキティの牡蠣パーティーに行く？」とメアリエレンにたずねる。

「やるならね」とメアリエレン。「あの様子じゃ、中止するかもしれない」

「ハロウィーンから話してないんだけど」とパトリシア。

「暇があったら電話してみて」とメアリエレン。「なにか変なの。ホースが言ってたけど、今週ずっと出かけてなくて、きのうはろくに部屋も出なかったんだって。心配してた」

「ホースはなにがおかしいって言ってるの？」パトリシアは訊いた。

「悪夢だって」とメアリエレン。「やたらお酒を飲んでるみたい。四六時中子どもたちがどこにいるか知りたがってね。子どもたちになにかあるんじゃないかっておびえてる」

そろそろもっと多くの人に知ってもらうべきだ、とパトリシアは決断した。

「メアリエレンになにか話したい？」とスリックに問いかける。「話しておく必要のあることは？」

スリックははっきりと首をふった。

「いいえ」とかすれた声を出す。「お医者さんたちはまだなんにもわからないって」

パトリシアはかがみこんだ。

「ここであいつに危害を加えられることはないから」と静かに言う。「話しても大丈夫よ」

「具合はどうかな？」入口のほうからやさしく気遣うような男の声がした。

パトリシアは肩甲骨のあいだを刺されたかのように背をまるめた。スリックが目をみひらく。ふりむくと、マスクの上の目や紙のガウンの下の体つきは見間違えようがなかった。

「もっと前に見舞いにこなくてすまない」ジェイムズ・ハリスはマスク越しに言い、部屋を横切ってきた。「かわいそうに、スリック。なにがあったんだ？」

パトリシアは立ちあがり、スリックのベッドから相手の体をさえぎった。ジェイムズ・ハリスは正面で足を止め、大きな手を肩に乗せてきた。身をすくめないようにするには、ありったけの気力をふりしぼらなければならなかった。

「ここにいるとは本当にやさしいな」と言ってから、そっとパトリシアを押しのけ、ベッドの手すりに片手を置いて、スリックの上にのしかかる。「気分はどうだ、かわいい人？」

最低な態度だ。パトリシアは大声で助けを求め、警察を呼んで逮捕させたかったが、誰も助けてはくれないのはわかっていた。そのとき、メアリエレンとスリックも口をきいていないことに気づいた。

「話すのはつらいのか？」ジェイムズ・ハリスはスリックにたずねた。

最初に負けるのは誰だろう、三人のうち誰が屈服して社交辞令や会話を口にするだろう、とパトリシアは思った。だが、三人とも断乎として手や足もとを見やり、窓の外をながめ、ひとことも発さなかった。

「邪魔をしている気がするな」とジェイムズ・ハリス。

沈黙が続き、パトリシアは不安より大きな力を感じた──連帯だ。

「スリックは疲れてるの」とうとうメアリエレンが言った。「長い一日だったからね。みんな帰って、少し休ませてあげたほうがよさそう」

全員がさようならを言おうとしたり、ドアに向かおうとしたり、荷物をとろうとしたり、ごちゃごちゃと歩きまわる中で、パトリシアはからからの口に唾を溜めた。これからしようとしていることをやりたくはなかったが、スリックにさよならを言う直前、できるだけ大声で呼びかけた。

「ジェイムズ？」

相手はマスクの上で眉をあげてふりかえった。

「コーレイが車を持っていっちゃったの」パトリシアは言った。「家まで乗せていってくれない？」

スリックがベッドの上で起きあがろうとした。

「あしたまたくるから」パトリシアは伝えた。「でも、家に帰って冷蔵庫に少し食料を入れて、子どもたちがまだ生きてるかどうか確かめないと」

「もちろん」とジェイムズ・ハリス。「喜んで乗せていくよ」

パトリシアはスリックの上に身をかがめた。

「すぐくるわ」と言い、額にキスする。

メアリエレンは、立体駐車場の三階にあるジェイムズ・ハリスの車まで一緒に歩いていくと主張した。その行動はありがたかったが、やがて別れなければならない瞬間がきた。

「あれ」メアリエレンがテレビの下手な役者のように言った。「ここに駐車したと思ったんだけど、また勘違いしたみたいね。行ってよ、あたしはどこに車をとめたか見つけなきゃ」

その姿が吹き抜けの階段のほうへ歩いていくのを見送る。やがてヒールの音だけが聞こえるようになり、それも薄れて、立体駐車場は静まり返った。ドアのロックがカタッと鳴って、パトリシアはとびあがった。取っ手を引いて、気おくれしながら助手席にすべりこみ、ドアをしめてシートベルトをはめる。車のエンジンが起動し、アイドリングが始まると、頭のほうに腕がのびてきた。パトリシアが身を縮めると、ジェイムズ・ハリスはヘッドレストの裏に手をかけ、肩越しにふりかえって駐車した場所からバックした。車は沈黙のうちに出口のスロープをおりていき、係員に料金を払ったあと、暗いチャールストンの街路へ出た。

「こうして一緒にいる時間があってよかった」とジェイムズ・ハリス。

パトリシアはなにか反応しようとしたが、喉に空気が通らなかった。

「スリックのどこが悪いのか、病院でわかったのか？」ジェイムズ・ハリスは訊いた。

「自己免疫疾患」かろうじて口にする。

「リーランドはエイズだと思っている」とジェイムズ・ハリス。「人に知られるんじゃないかとおびえていたよ」

ウインカーを派手に鳴らして左折し、カルフーン通り《ストリート》に入って、古いチャールストン博物館の円柱がまだ立っている公園を通りすぎる。その円柱は墓石を連想させた。

「お互い勝手な思い込みがいろいろあったようだ」とジェイムズ・ハリス。「そろそろ理解しあうべきじゃないか」

パトリシアは声を出すまいと手のひらに爪を食い込ませた。相手の車の中にいるのだ。話す必要はない。

「俺は誰も傷つけたりしない」とジェイムズ・ハリス。「それはわかっているだろう？」

どれだけ知られているのだろう。あの階段をすっかりきれいにしてきただろうか。パトリシアが屋根裏にいたことはわかっているのか、それとも疑っているだけか。一か所見落としたり、なにか忘れてきたり、ばれるようなことをしただろうか？

「わかってるわ」と言う。

「どうしてそんな病気になったのか、スリックには心当たりがあるのか？」と訊かれる。

パトリシアは頬の内側をかみ、やわらかく弾力のある組織に歯がめりこむ感触で警戒心を高めた。

「いいえ」

「きみは？」ジェイムズ・ハリスはたずねた。「どう思う？」

スリックが襲われたのなら、ふたりきりになったいま、なにをされるのか。自分の置かれた立場が身にしみはじめた。危険ではないことを保証しなくては。

「どう考えたらいいかわからなくて」としぼりだす。

「きみは少なくとも、わからないと認めているからな」とジェイムズ・ハリス。「気がついたら俺も似たような状況だった」

「それってどういうこと？」パトリシアは問いかけた。

車は地面を離れ、街の上でなめらかな弧を描くクーパーリバーブリッジをあがっていき、暗い港の上を渡った。道はすいていて、橋の上に数台しか車はいなかった。

恐れていた瞬間がまもなく訪れる。橋の終わりで道路は分岐した。二車線がオールドビレッジのほうへまがっていく。もう二車線は左にそれてジョニードッズブールバードになる。郊外にのびるその道は、小規模なショッピングセンターを過ぎ、クリークサイドを過ぎ、街灯も隣近所もない田舎へと続いて、フランシスマリオン国有林の奥に入っていく。そこには隠れた空き地や伐採道路があって、ときおりトランクに死体の入っている放置された車だの、ビニール袋にくるまれて木の下に埋められた赤ん坊の骸骨だのを警察が発見するのだ。

どの道を通るかで、パトリシアを脅威とみなしているかどうかがわかるだろう。

「あれはリーランドが原因だ」ジェイムズ・ハリスは言った。「リーランドのせいで病気になったんだよ」

考えていたことが空中分解した。なにを言っているのだろう。注意を払おうとしたが、すでに話は続いていた。

「始まりはあのいまいましい旅行だった。知っていたら絶対に勧めたりしなかったんだが。今年の二月、アトランタへ行ったのを憶えているか？　カーターはあのリタリンの会議があった。リーランドと俺は、日曜に医者を何人かゴルフに連れ出して、グレイシャス・ケイへの投資の話をしたんだ。夕食のとき、リノからきた精神科医が、女の子に会いたいかと訊いてきた。ゴールドクラブという場所があって、ニューヨークヤンキースの選手だった男がオーナーだから信頼できるはずだという話だった。俺の好みじゃなかったが、リーランドは千ドル近く使った。それが最初だ。そのあとはどんどん行きやすくなったようだったな」

「どうしてわたしにそんなこと話すの?」パトリシアはたずねた。

「真実を知る必要があるからだ」ジェイムズ・ハリスは答え、ふたりは橋の最後の坂を下っていった。前方で道が分かれている――右か左か。「去年の夏、その女たちに気がついたんだ。リーランドは旅行のたびに別の女といたよ。二、三度行ったアトランタやマイアミのようなところでは、同じ女と会うこともあったな。商売女もいたし、そうじゃないのもいた。どういうことかわかるだろう?」

そこで待つ。パトリシアは視線を道路に向けたまま、ぎくしゃくとうなずいた。車はどちらにも行ける真ん中の車線を走っていた。とうとう完全な自白をするのだろうか。すぐには誰にも話せないと承知しているから。

「そのうちのひとりから病気をもらって、スリックにうつしたんだ」とジェイムズ・ハリス。「なんの病気か知る方法はない。だが、そういうことだったのはわかっている。一度ゴムを使ったかリーランドに訊いたら、ただ笑って『それじゃ楽しめないだろう』と言われた。誰かがスリックの医者に伝えないと」

ウインカーを動かして車線を変更しようとはしなかった――そのまま橋をおりていき、気づかないほどわずかにドリフトして、オールドビレッジへの道路に乗る。背中の筋肉から力が抜けた。

「カーターはどうなの?」少しして、パトリシアはたずねた。

車はコールマンプールバードのゆるやかなカーブを走りながらオールドビレッジへ向かっていた。家々と街灯の列を、それから店やレストランや人々を通過していく。

「あいつもだ」とジェイムズ・ハリス。「すまない」

こんなに傷つくとは予想していなかった。

「わたしにどうしてほしいの？」と問いかける。

「あいつはきみをばかみたいに扱っている」とジェイムズ・ハリス。「カーターは自分がどんなにすばらしい家族を持っているか知らないが、俺は知っている。ずっと知っていたよ。きみの義理のお母さんが亡くなったときにもここにいただろう。いい人だった。俺はブルーが成長するところを見てきた。いまは悪戦苦闘しているが、とても大きな可能性を秘めている。きみはいい人だ。だが、きみの夫はそのすべてを投げ捨てている」

道路の中央にあるオアシスのガソリンスタンドを通りすぎ、本来のオールドビレッジに入った。街灯の間隔がひらくにつれ、車の内部は暗くなっていった。

「リーランドがスリックになにかうつしたのなら」とジェイムズ・ハリス。「カーターもきみに同じことをしているかもしれない。俺が伝えることになって残念だが、知る必要がある。きみには無事でいてほしい。大事に思っているからだ。ブルーとコーレイのことも大切に思っている。きみたちみんな、俺の人生の大きな部分を占めているんだ」

ピットストリートからマカンツドライブにまがったときには、花嫁になってくれと頼んでいる求婚者のように真剣な顔つきだった。

「なにを言ってるの？」パトリシアは感覚を失った唇で問いかけた。

「きみにはもっといい相手がいるはずだ」とジェイムズ・ハリス。「きみと子どもたちには、きみたちの本当の価値を知っている人間のほうがふさわしい」

胃がゆっくりと裏返った。車はアルハンブラホールを通りすぎた。ドアを押しあけてとびおりたくてたまらなかった。アスファルトにぶつかって、切り傷やひっかき傷ができるのを感じたい。それならこの悪夢と違って現実という気がするだろうから。なんとかジェイムズ・ハリスに視線を戻したものの、口をひらく自信がなかった。車が自宅の私道の前にとまるまで、パトリシアは黙っていた。

「考える時間がいるの」と言った。

「カーターになにを話すつもりだ？」ジェイムズ・ハリスはたずねた。

「なにも」パトリシアは答え、表情を作った。「いまはね。これはわたしたちの問題だから」

ドアの取っ手を探り、そのついでにフランシーンの運転免許証を車の床に落として、足で助手席の下へすべりこませる。

財布の中ではないが、二番目にいい場所だ。


暗い中で目が覚めた。どこかの時点でベッドサイドの明かりを消したに違いないが、憶えていない。いまやパトリシアは横たわったまま、おそろしくて動けず、がちがちに身をこわばらせて物音に聞き入っていた。なぜ起きたのだろう。耳をすまして暗闇を探った。カーターがいてくれたらと願ったものの、また別の製薬会社の旅行でヒルトンヘッドへ行っているのだ。

暗い家のあちこちに聞き耳を立てた。やや高い音をたてて熱気がエアレジスタを通り抜け、ブリキのダクトの奥がカタカタ鳴る。その背後で温風が甲高くうなり、バスルームの蛇口から水のしたたる音が響く。

ブルーのことを思った。これ以上ジェイムズ・ハリスの支配下に置かれる前に、どうにかして息子の心を動かさなければ。レイプのことについては嘘をつかれたが、まだ間に合うはずだ。ジェイムズ・ハリスに認めてもらう以上に望んでいるものを与える必要がある。

そのときだった。家のあらゆる物音の陰で、意図的に窓を引きあける音がした。その音が響いたのは暗い廊下の先だった。コーレイの寝室の閉めきったドアの奥から聞こえたので、すぐさま娘が家から忍び出ようとしているのだと気づいた。

パトリシアは自分を責めた。朝コーレイがひどく疲れたような態度だったのも不思議はない。あんなに髪がぼさぼさだったのも。毎晩どこかの男の子と会いに家を抜け出していたのだ。スリックやジェイムズ・ハリスやほかの問題に気をとられすぎて、この家庭にはブルーひとりではなく、ふたりティーンエイジャーがいるという事実を無視していた。普段の日常生活で心配しなければならない危険は山ほどあるのだ。

羽根布団をはねのけてスリッパに足をつっこみ、ぱたぱたと廊下を進んでいく。コーレイのドアの向こう側からは律動的な音がひっそりと響いてきた。ひょっとしたら、コーレイが忍び出ようとしたのではなく、その少年が忍び込んできたのかもしれない。パトリシアはぱっと廊下の明かりをつけ、コーレイの寝室のドアを勢いよくあけた。

最初は、廊下から流れ込んだ光で見えたものが理解できなかった。

白い裸体がふたつベッドに寝そべっている。近いほうはジェイムズ・ハリスのものだとわかった。筋骨たくましい背中と尻が鼓動のように脈打ち、小刻みなリズムで動いている。その体はなめらかな長い脚のあいだにひざまずいていた。平らな腹部と、ひきしまって上を向いた未発達な十代の乳房を持つ、少女の脚だ。男はその内股、恥骨のすぐ隣に口をあてがっていた。コーレイは髪を枕の上に広げたまま、恍惚《こうこつ》としてなかば瞼を閉じ、うっとりとほほえんでいる。一度も見たことのない笑顔だった。

第三十五章

パトリシアは娘にとびつき、肩をゆさぶって頬をぴしゃりと叩いた。

「コーレイ!」と金切り声をあげる。「コーレイ! 起きて!」

おぞましいことに、ふたりはくっつきあったまま動き続け、ふくれあがった血液の袋のように脈打っていた。コーレイが快感に小さな声をもらした。その片手が腹を軽くかすめて下の毛のほうへすべりおりる。手首をつかんで引き離すと、コーレイはもぞもぞ体をくねらせはじめた。パトリシアは娘の脚のあいだからジェイムズの頭をひきぬかなければならなかった。男の顔を見おろしたとき、胃がねじれて警鐘を鳴らした。吐きそうだ。

唇をぎゅっと引き結び、コーレイの熱っぽい手首を離す。ジェイムズの肩をつかんでひきはがそうとしたが、相手はまだしがみついていようともがいた。ばかな真似をしている気がしたものの、パトリシアは床にあったサッカーのスパイクシューズをつかみ、踵の部分でジェイムズの頭を殴りつけた。まぬけなことに、最初の一撃は軽く叩いてしまって無駄になった。しかし、二度目はもっと力が入ったし、三度目はスパイクシューズがガツンと骨に命中した。

コーレイの靴でジェイムズの頭を繰り返し殴りながら、「離れて! 離れて! うちの子から離れて!」と繰り返す自分の声が耳に入る。

ちゅうちゅう吸いあげる湿った音、生肉をふたつに裂く音が室内の静けさを破った。ジェイムズ・ハリスはぽかんと口をあけてこちらを見あげた。目はうつろで、顔の下のほうにある穴からは、人間の器官ではない黒いものがどろりと血を流してぶらさがっている。耳の横に靴をふりあげ、いまにも打ちおろそうとしているパトリシアに視線をあてようとする。

「ええと」とぼんやり言った。

げっぷをすると、顎の下にたれさがった長い管の隅から、血の混じった唾液がしたたった。それから管はひとりでに巻きあがり、血糊がべっとりとついた口の中へ、のろのろとひっこんでいった。

（ああ）パトリシアは思った。（頭がおかしくなっちゃった）ふたたびスパイクシューズをふりおろす。ジェイムズ・ハリスは立ちあがり、片手でパトリシアの手首を、もう片方の手で喉をつかむなり、向かいの壁に叩きつけた。肩甲骨のあいだに衝撃がきた。肺から空気がすっかり叩き出され、舌の根もとがゆるむ。続いて体がのしかかってきた。熱くなまぐさい息を吹きかけられ、前腕が喉もとを押さえつける。相手のほうが力も強く動きも速い。獲物のように制圧され、ぐったりと力が抜けた。

「なにもかもきみのせいだ」ジェイムズ・ハリスが言った声は、液体がからんで聞き取りにくかった。目の前の唇は血まみれだった。熱い血しぶきが顔にかかる。そう、その通りだとわかっている。これは。なにもかも。わたしの。せいだ。わが子をこんな危険にさらし、この存在を家に招き入れたのは自分だ。なにもかも。シックスマイルの子どもたちとブルーに気をとられて、コーレイに対する危険を見抜けなかった。子どもたちをふたりとも、ジェイムズ・ハリスの腕の中へ追いやったのだ。

なんの器官か知らないが、血を吸うために使った管がのみこまれるにつれ、こぶがジェイムズ・ハリスの喉をどんどんおりていく。そこでジェイムズが言った。「これは俺たちの問題だ、ときみは言ったはずだ」

さっき車でそう言ったことを思い出す。あれはただの方便で、たんに時間を稼いで油断させておくつもりだったが、口にしたのは事実だ。その台詞が新たな誘いと受け止められたらしい。ジェイムズをその気にさせたのはこちらだった。自分にとっては当然の報いだ。だが、娘は違う。

「コーレイ」締めつけられた気管からしぼりだせたのはそれぐらいだった。

「きみがあの子になにをしているか見てみろ」ジェイムズ・ハリスは鋭くささやき、ベッドが見えるようにパトリシアの頭をひねった。

コーレイは四肢を体に引き寄せ、胎児のような姿勢になっていた。ショック状態に陥って筋肉が痙攣している。下のマットレスに血が広がっていた。パトリシアは目をつぶり、吐き気がおさまるのを待った。

「母さん？」ブルーが廊下から声をかけてきた。

パトリシアとジェイムズ・ハリスはがっちりと視線を合わせた。ジェイムズは真っ裸で胸もとは血だらけ、パトリシアはネグリジェ姿でブラジャーすらつけておらず、ドアは四分の一ほどあいたままだ。ふたりとも動かなかった。

「母さん？」ブルーがまた呼んだ。「どうかした？」

（どうにか。しろ）ジェイムズ・ハリスが口を動かした。

パトリシアは手をあげ、喉を押さえている手の甲に指先で触れた。その手が離れた。

「ブルー」と言い、ドアを通り抜けて廊下に出る。コーレイの血が顔に点々と散っているのを感じ、どうか見えないようにと祈った。「ベッドに戻りなさい」

「コーレイはどうしたんだよ？」ブルーは廊下に立ったまままたずねた。

「お姉ちゃんは具合が悪いの」とパトリシア。「お願い。そのうちよくなるから。でもいまはひとりにしてあげないと」

気にする必要はないらしいと判断したブルーは、なにも言わずに向きを変え、寝室に引き返してドアをしめた。コーレイの部屋に戻って頭上の電灯をつけると、ちょうどジェイムズ・ハリスが裸で窓台にしゃがみこんでいる姿が目に入った。服をまるめて腹部に押しつけたところは、なにか古い道化芝居の怒った夫から逃げ出す恋人のようだ。

「自業自得だ」と言い捨て、さっと消え失せる。あとに残った窓は、夜を切り取った大きな黒い長方形にすぎなかった。

コーレイがベッドの上でかすかな泣き声をあげた。これまでに幾度となく聞いたことのある、悪夢を見たときの声だ。かわいそうでたまらなくなって、パトリシアは同じ声を返した。娘のところへ行き、内股の傷を確認する。腫れて黴菌《ばいきん》が入っているように見え、おまけにひとつだけではなかった。傷のまわりにあざや刺し傷が重なり、どれもふちが引き裂かれてぎざぎざしている。前にもやられたのだ、と思い至った。何度も。

頭の中をコウモリが飛び交い、金切り声をあげて互いにぶつかりあった。首尾一貫した考えがずたずたにされてしまう。どうやってカメラを見つけて写真を撮り、バスルームに行ったのか、どうやって流しの前でタオルに湯をかけてコーレイの傷をきれいにしてやり、傷薬《バシトラシン》をつけたのか、さっぱりわからない。包帯をしてやりたかったが、このいやらしいものを見たと知らせずに巻くことはできなかった。娘との関係において、その線は踏み越えるわけにいかない。いまはまだ。

なにもかも普通すぎるような気がした。家が爆発したり、裏庭が海に崩れ落ちたり、ブルーがオーストラリアに引っ越すためにスーツケースを持ってドアから出ていったりということを予期していたが、コーレイの部屋はいつものように散らかっていた。一階に行けば、普段通り玄関ホールのテーブルでヨットの形のランプが点灯しており、家族コーナーのソファでうたた寝していたラグタグは尻尾をふりながら頭をもたげ、スイッチをひねるとポーチの明かりはカチッと消えた。

パトリシアは自分のバスルームに入って顔を洗い、タオルでごしごしこすった。鏡は見ないようにした。皮膚が赤くなって皮がむけ、ひりひりしてくるまで洗いまくった。よし。手をのばして左耳が痛くなるほどつねり、耳たぶをねじったが、その感触にも満足した。ベッドにもぐりこみ、絶対に眠れないと知りながら、暗闇の中で天井をながめる。

（なにもかもわたしのせい。なにもかもわたしのせい。なにもかもわたしのせい）

罪悪感と裏切りと吐き気が胸に渦巻いた。パトリシアはなんとかバスルームにたどりつき、嘔吐した。

翌朝は普段と違う対応をしないよう懸命に努力したので、コーレイはいつもと変わらないように見えた――不機嫌で口数少なかった。両手が麻痺したように感じながらコーレイとブルーを学校へ送り出し、そのあと電話のそばに腰かけて待った。

最初の電話は九時にかかってきたが、とる気になれなかった。留守番電話が応答した。

「パトリシア」ジェイムズ・ハリスの声が言った。「いるか？　ふたりで話す必要がある。ここでなにが起きているか、説明しなくてはならないんだ」

雲ひとつなく晴れ渡った十月の一日だった。明るい青空が守ってくれる。それでも電話をかけてくることは可能だ。また電話が鳴った。

「パトリシア」と留守電に話しかけている。「きみはなにが起こっているか理解すべきだ」

さらに三回かかってきたので、三度目にパトリシアは受話器を持ちあげた。

「どのくらいの時間？」と問いかける。

「こっちにきて話を聞いてくれ」と言われた。「なにもかも話す」

「どのくらいの時間？」と繰り返す。

「パトリシア」とジェイムズ・ハリス。「きみに俺の目が見えるところにいてほしいんだ。嘘をついていないとわかるように」

「どのくらいの時間か言って？」とたずねたとき、自分でも驚いたことに、声が割れて顎がひきつった。顎の中心に涙がこぼれた感触があった。口を閉じることができない——体の中で叫び声が出口を求めて吼え猛っている。

「ようやくわかってくれてよかった」とジェイムズ・ハリス。「隠れるのにはあきあきした。このことでゆうべの言葉が変わるわけじゃない」

「なにが？」

「きみのことを大切に思っている」と言う。「きみの家族もだ。俺はまだきみの友だちなんだ」

「うちの娘になにをしたの？」なんとか口から出す。

「きみがあれを見るはめになったのは残念だ」とジェイムズ・ハリス。「きっと混乱しておびえているだろうが、あれは俺の目のこととまったく変わらない——そういう病態というだけだ。俺の臓器のいくつかはうまく働いていない。だからときどき人の循環系を借りて、その血液で自分の血を濾さなければならないんだ。俺は吸血鬼じゃないし、血を飲んでもいない。透析装置を使うのと同じことだ。もっと自然な行為だというだけで。それに、誓って痛みはない。実際、わかるかぎりでは気持ちよさそうだ。わかってくれ、コーレイを傷つけたりするものか。あの子がやると言ってくれたんだ。そのことは知っておいてほしい。俺の病気について伝えたあと、自分から訪ねてきて、助けると申し出てくれた。あの子の意思に反してなにかさせるような真似は絶対にしない、どうか信じてくれ」

「あなたはなんなの？」パトリシアは問いかけた。

「俺はひとりきりだ」とジェイムズ・ハリス。「ずっと長いことひとりぼっちだった」

その声音に含まれているのは後悔ではなく自己憐憫《れんびん》だ、とパトリシアは気づいた。おのれを憐れむカーターの台詞をあれだけ聞いていれば、それ以外の感情に間違うことはありえない。

「わたしたちになにを求めてるの？」

「俺はきみが好きだ」と言う。「きみの家族も好きだ。カーターがどんなふうにきみを扱っているか見ると、猛烈に腹が立つ。俺だったら大事にするものを、あいつは無駄にしている。ブルーはもう俺にずいぶんなついているし、あそこまで力を貸してくれたコーレイには感謝の念しかない。俺たちは合意できるはずだと思いたいんだ」

パトリシアの家族がほしいということだ。一瞬のうちに悟った。カーターにとってかわりたがっているのだ。この男は吸血鬼か、少なくともかぎりなく吸血鬼に近い。何年も前、ミス・メアリーが暗がりで話していた言葉を思い出した。

（いつでも飢えに駆り立てられている。決して奪うことをやめない。ひきかえに魂を捧げてしまい、いまでは食べに食べて、とどまるすべがわからなくなっている）

この男は自分がとけこめる場所を見つけた。手近には食料の供給源があり、共同体の一員として尊敬されるようになった。そしていまや、家族をほしがっている。とどまるすべがわからないから。常にもっと多くを求めるのだ。その理解が心の扉をひらき、コウモリたちがでこぼこの黒い流れとなって飛び去ったあとは、頭の中がすっきりと晴れて静かになった。

年取ったミセス・サヴェージの家がほしかったから奪った。あの写真で自分があやうくなったのでミス・メアリーを殺した。身を守るためにスリックを襲った。ほしいものを手に入れるためなら、この男はどんなことでも言うだろう。際限ないのだ。なにを求めているかパトリシアに知られていると疑った瞬間、子どもたちが危険にさらされるに違いない。

「パトリシア？」ジェイムズ・ハリスは静まり返った中でたずねた。

パトリシアはふるえる息を吸い込んだ。

「考える時間がいるの」と言う。すぐに電話を切れば、声の変化を聞きつけられることはないだろう。

「そこに行かせてくれ」相手の口調が鋭くなった。「今晩だ。直接謝りたい」

「だめ」パトリシアは答え、ふいに汗ばんだ手で受話器を握りしめた。どうにか喉から力を抜く。

「時間が必要なのよ」

「許すと約束してくれ」とジェイムズ・ハリス。

電話を切らなくては。ぞくぞくするほどうれしくなったのは、すぐ警察に電話すべきだと気づいたからだ。警察がこの男の家に行き、運転免許証を見つけて、屋根裏を捜してくれれば、日没までにすべてが終わる。

「約束するわ」

「きみを信頼している、パトリシア」相手は言った。「俺は誰にも危害を加えたりしないとわかっているだろう」

「わかってるわ」と答える。

「俺のことを全部知ってほしいんだ。きみが受け入れてくれる気になったら、いつも一緒に過ごしたい」

パトリシアは落ち着いた冷静な声を保った自分が誇らしかった。

「わたしもよ」

「ああ」ジェイムズ・ハリスが言った。「そういえば切る前に、今朝とんでもないことがあったんだが」

「なに？」茫然と問い返す。

「車の中でフランシーン・チャップマンの運転免許証を見つけた」相手は心底驚いた声を出した。

「フランシーンを憶えているか？　うちの掃除をしていた？　どうしてあんなところにあったのかわからないが、処理しておいたよ。おかしなものだな」

パトリシアは顔に爪を立て、皮膚をかきむしりたかった。あまりにも愚かだ。

「それは変ね」すっかり精彩を欠いた声で答える。

「まあ」とジェイムズ・ハリス。「見つけてよかったよ。説明が難しかっただろうからな」

「ええ」とパトリシア。

「連絡を待っている」と言われた。「だが、あまり長く待たせるなよ」

電話が切れた。

親としての仕事のひとつは、わが子を怪物から守ることだ。ベッドの下、クローゼットの中、暗闇にひそむ怪物から。パトリシアはそれどころか、みずから家に招き入れたうえ、なんでも好き放題に奪っていくのを止められないほど力不足だった。怪物は義母を殺し、夫を誘惑し、娘と息子を手に入れた。

ひとりで止めるには力が足りないが、止めるしかない。頼れる相手はもうあまり残っていなかった。

パトリシアは受話器をとりあげ、ミセス・グリーンに電話した。

「もしもし？」ミセス・グリーンが応答した。

「ミセス・グリーン」パトリシアは言い、咳払いした。「月曜の夜、市内までこられます？」

「どうしてです？」ミセス・グリーンはたずねた。

「うちの読書会にきてほしいんです」

第三十六章

月曜日、昼ごろ気温が急降下し、頭上に黒雲が積み重なりはじめた。木の葉がオールドビレッジの無人の街路をかすめて飛んでいく。橋の上では突風が横殴りに吹きつけ、車が急な車線変更を余儀なくされた。四時には暗くなり、窓が枠の中でガタガタゆれ、ドアがバタンとあいた。風がオークの立木から枝をもぎとり、通りの真ん中に叩きつけた。

スリックの病室では、窓が黒い風に押しまくられてガラスがきしんでいたが、室内は冷蔵庫の中のように空気がひんやりとしていた。

「これって時間がかかる?」メアリエレンがたずねた。「モニカがあしたまでにラテン研究の課題を出すことになってて、トイレットペーパーの芯でパルテノン神殿を作るのを手伝わなくちゃいけないんだけど」

「家から離れてたくないよ」キティが言い、両手を温めようと紙のガウンの下につっこんだ。

キティのガウンは適当に結んであったので、紙の奥に茶色いセーターが見えた。胸もとに銀色のスパンコールをちりばめた手形がふたつついている。メアリエレンはギンガムのブラウスにきっちり結んだ紙のガウンという恰好だ。頭上の固定された電灯は消えていた。明かりはベッドのヘッドボードと流しの上にある蛍光灯の光だけで、部屋は影に満ちていた。スリックはベッドで上体を起こし、紺色の地に水色の三角形をびっしり散らした紺色のカーディガンを肩に羽織っている。パトリシアは化粧に力をつくしたが、スリックは髪の逆立ったかつらをかぶった髑髏のようだった。

誰かがドアを叩き、ミセス・グリーンが入ってきた。

「きてくれてありがとうございます」パトリシアは言った。

「こんにちは……ミセス・グリーン」スリックがにっこりする。

一拍遅れて誰なのか気づき、ミセス・グリーンの瞳に恐怖の色がひらめいたのが見えた。なんとか抑え込み、愛想のいい表情を作る。

「具合はいかがですか、ミセス・ペイリー？」ミセス・グリーンは問いかけた。「体調がよくないそうですね、お大事に」

「ありがとう」とスリック。

ミセス・グリーンが椅子に腰かけ、膝にハンドバッグを乗せると、室内に沈黙が落ちた。風が窓を叩いている。

「スリック」メアリエレンが言った。「会いにきてほしいって話だったけど、不安になってきたよ。秘密の計画でもあるんじゃないの」

「ごめん、みんな」とキティ。「でも、急いでくれないかな？」

ドアがまたひらき、全員がふりむいてグレイスを見た。パトリシアは身を縮めて逃げ出したくなった。

グレイスはスリックにうなずいてみせ、それからミセス・グリーンとパトリシアに気づいた。

「きてほしいという電話をもらったけれど」とスリックに声をかける。「いまはちょっと混み合っているようね。またあとでくるわ」

そのままきびすを返したので、パトリシアは声をあげた。「だめ！」

グレイスは感情のない目つきでふりかえった。

「行かないで」スリックが座ったままぜいぜい息を切らした。「お願い……」

騒ぎを起こすか自分の望まないことをするか、板挟みになったグレイスは、望まないことをするほうを選んだ。メアリエレンとキティのあいだをぬって進み、唯一空いている席、ベッドにいちばん近いところに座ったのだ。スリックとパトリシアで、そのほうが帰りにくいだろうと決めた場所だった。

「さて」長い沈黙のあと、グレイスが口をひらいた。

「ねえ」とメアリエレン。「昔の読書会の集まりが戻ってきたみたいじゃない？　誰かがアン・ルールの本をバッグから出してきそう」

パトリシアは身を乗り出し、『落日の死』*[48]をひっぱりだした。グレイスと、その冗談がわからないミセス・グリーンをのぞいて、みんなぎこちなく笑った。スリックの笑い声は咳の発作に変わった。

「あたしたちがここにいるのって、理由があるんだよね」キティがスリックに言った。

スリックはパトリシアにうなずきかけ、発言権を譲った。

「ジェイムズ・ハリスのことを話し合う必要があるの」パトリシアは言いはじめた。

「行くところがあるのを思い出したわ」グレイスが立ちあがった。

「グレイス、これはどうしても聞いてほしいの」パトリシアは声をかけた。

「私はスリックの電話だったからきたのよ」グレイスは言い、一方の肩にハンドバッグをかけた。「もう二度とこないわ。それでは、失礼するわね」

「わたし、間違ってたわ」パトリシアは言った。その台詞にグレイスは足を止めた。「ジェイムズ・ハリスのこと、間違ってた。ドラッグの売人だと思って、みんなを誤解させたの。ごめんなさい」

グレイスの体からわずかに力が抜け、椅子に背をもたせかけた。

「そう言えるなんてすごいじゃない」とメアリエレン。「でも、わたしたち全員の責任だから。ああいう本を読みすぎて影響されたんだよ」

「あいつはドラッグの売人じゃないわ」とパトリシア。「吸血鬼よ」

キティはいまにも吐きそうな顔をした。グレイスの顔がけわしく怒りをはらむ。メアリエレンは一回だけ笑い声をあげて言った。「はあ？」

「スリック」パトリシアは言った。「なにがあったか教えてあげて」

「私……襲われたの」スリックは言い、たちまちその目が濡れて赤くなった。「ジェイムズ・ハリスに……パトリシアとミセス・グリーンが……カーターのお母さんのものだった……写真を持ってて……そこにジェイムズ・ハリスが写ってるの……一九二八年の……いまと……まるっきりおんなじ姿で」

「本当に行かないと」とグレイス。

「グレイス」とスリック。「もし私たちが……友だちだったことがあるなら……いま聞いてちょうだい」

グレイスはなにも言わなかったが、じりじりとドアのほうへ進むのをやめた。

「私が持ってたのよ……ミセス・グリーンが集めた……その写真と切り抜きを」スリックは続けた。「パトリシアが私のところへきたのは……それで証明できたってミセス・グリーンとパトリシアが思ったから……あの男が悪魔の使いだって……ふたりはあいつの家に忍び込もうって言ってたの……子どもたちに危害を加えてる証拠を見つけようって……でも、私がうぬぼれすぎてたから……あいつのところに行って取引しようとしたの……町から出ていけば……写真を破って秘密を守ってやるって言ったら……襲われて……むりやり……あいつの……ごめんなさい」化粧が流れないように上を向く。パトリシアがまるめたティッシュを渡してやると、スリックは目の下をぬぐった。「あいつが出したもので……病気になったの。あれが私の体の中でなにをしてるか、誰にもわからない……お医者さんたちにもわからなくて……私、あいつにされたことを誰にも言わなかった……だって……黙ってさえいれば……うちの子たちに手を出さないって言われたから」

「ミセス・グリーンとわたしはあの家にこっそり入ったの」パトリシアはスリックから話をひきとって続けた。「フランシーンの死体がスーツケースにつめこまれて、屋根裏に押し込まれてるのを見つけたわ。いまごろは処分してると思うけど」

「悪趣味だわ」グレイスが言った。「フランシーンは人間よ。死んだことをそんな作り話の一部にするなんて、最低だわ」

パトリシアはゆうべ撮った写真をとりだした。コーレイの太腿を写したものだ。フラッシュが青白い肌にできたあざと刺し傷を青黒く示していた。それをグレイスにさしだす。

「あいつはコーレイにこんなことをしたのよ」と言う。

「なにをするつもりだったんだろ？」キティが見ようとしながらそっとたずねた。

「わたしに隠れてあの子を誘惑したの」パトリシアは答えた。「何か月もうちの娘を口説いて、言うことを聞くように仕込んで餌にしたうえ、本人が好きでやってるって思い込ませたのよ。自分は病気で、人を使って血をきれいにしなきゃならないんだってあいつは言ってる。透析みたいにね。相手はうっとりした気分になるみたい。依存症になるのよ」

「シックスマイルの子どもたちに見つかったのと同じ痕ですよ」ミセス・グリーンが言った。

「アン・サヴェージが死んだあとに見つかったってベンが言ってた痕と同じよ」とパトリシア。

「私が黙っていれば、子どもたちのことはほうっておいてくれると思ったの」とスリック。「でもコーレイが被害に遭った。次はこの中の誰が狙われてもおかしくないわ。あいつの渇望には終わりがないのよ」

「前はただ疑ってただけだったわ」とパトリシア。「フランシーンはいなくなった。オーヴィル・リードは自殺したし、デスティニー・テイラーも自殺した。でも、キティとわたしはフランシーンの死体を屋根裏で見つけたのよ。あいつはスリックを襲ったし、うちの娘を襲った。ブルーのことは手なずけてるところよ。わたしを手に入れたがってるの」

「本当にフランシーンの死体を屋根裏で見つけたの？」メアリエレンがキティにたずねた。

キティは紙に覆われた膝を見おろした。

「話してあげて」とパトリシア。

「腕と脚を折って、スーツケースの中に押し込んであったよ」とキティ。

「安全な人なんていないっていう証拠があといくつ必要なの？」パトリシアは問いかけた。「男の人たちはみんな親友のつもりでいるけど、あいつはわたしたちの目の前で、平然とほしいものを全部かすめとってるのよ。行動に出るまでどれだけ待つつもり？　子どもたちが餌食にされてるのに」

「古くさいって言われてもいいけれど」グレイスがぴしゃりと言った。「あなたはまず、あの男が子どもにいたずらしていると警察に伝えたでしょう。それからドラッグの売人だって私たちに話したわね。今度はドラキュラ伯爵だと言っているのよ。その思い込みのせいでみんなひどい目に遭ったわ、パトリシア。私がどうなったか知っていて？」

「わかってるわ」パトリシアは歯を食いしばって言った。「失敗したのはわかってる。ああもう、グレイス、わたしがへまをしたのは承知してるし、それで罰も受けたわ。でも、わたしたちは状況がひどくなったとき逃げたのよ。いまではもう長く待ちすぎて、正攻法でやっつけるのは無理だと思うの。あいつはオールドビレッジにしっかり根をおろしてる気がするわ」

「私は数に入れないでちょうだい」とグレイス。

「お願いだから助けて。土下座してもいいから」とパトリシア。

「まさかほかのみんなも、こんなばかなことを信じているなんて言わないでしょうね？」グレイスはたずねた。

メアリエレンとキティはグレイスと目を合わせなかった。

「キティ」とパトリシア。「フランシーンがなにをされたか見たでしょう。こわかったのはわかるけど、あなたも屋根裏にいたことをあいつが嗅ぎつけるまでにどれだけかかると思う？　家族を狙われるまでにどのぐらいかかると思うの？」

「そういうこと言わないでよ」とキティ。

「本当のことよ」とパトリシア。「もう隠れてはいられないわ」

「みんななにをしてほしいのか、はっきりしないんだけど」とメアリエレン。

「みんながお互いのために目を配ってるところで暮らしたかったって言ってたじゃない」パトリシアは告げた。「でも、目を配ったって、行動しないならなんになるの？」

「こっちは読書会だよ」とメアリエレン。「なにをしろって言うの？　あいつが死ぬまで本を読み聞かせるとか？　呪いの言葉でも吐くとか？　またエドに頼むわけにはいかないし」

「たぶん……そんな状況は越えてるんじゃないかしら」とスリック。

「だったらなんの話をしてるのかわからないな」とメアリエレン。

「この前行動に出ようとしたとき、ひとつ学んだわ」とパトリシア。「男同士は結束するってことよ。男の人たちは、あのときよりもっとあいつと親しくなってるもの。わたしたちしかいないのよ」

グレイスがハンドバッグの肩紐を肩の上に押しあげ、室内を見まわした。

「これ以上ばかげたことにならないうちに、もう帰るわ」と言い、キティとメアリエレンにうなずきかける。「それにふたりとも、後悔するようなことにならないうちに、一緒に帰ったほうがよくてよ」

「グレイス」膝を見つめながら、キティが低く落ち着いた声で言った。「人のことを頭が弱いって思ってるみたいな態度をとり続けるんだったら、ぶったたいてやるから。あたしはあんたと同じ大人の女だし、あの屋根裏で死体を見たんだよ」

「おやすみなさい」グレイスは言い、ドアへ向かった。

パトリシアがうなずいてみせると、ミセス・グリーンがグレイスの前に立ちふさがり、行く手をさえぎった。

「ミセス・キャバノー」と言う。「あなたにとって、あたしはごみくずですか？」

グレイスは最初聞き流してから、驚いた顔をした。そんな反応は誰も見たことがなかった。

「なんておっしゃったの？」尊大な口ぶりで冷ややかに問い返す。

尊大だろうが冷ややかだろうが、ミセス・グリーンにはたいして効き目がなかった。

「あたしのことなんてごみくずだと思ってるんでしょうね」

グレイスは一度ごくりと唾をのみこんだ。憤怒のあまり言葉を並べることもできなかったのだ。

「そんなことは言っていませんから」ようやくそう答える。

「あなたのふるまいは、キリスト教徒の女性の行動じゃありませんよ」とミセス・グリーン。「あたしは何年も前、母親として女としてあなたのところに行って、助けてくれって頼み込みました。あの男がシックスマイルの子どもたちを餌食にしてたからです。頼んだのは簡単なこと、警察に一緒に行って知っていることを話してくれってことだけです。あなたのところに行くために、食べていくための仕事と金を危険にさらしたんですよ。そもそも、うちの子どもたちの名前だって知ってるんですか？」

ミセス・グリーンが答えを待っていることにグレイスが気づいたのは、しばらくたってからだった。

「エイブラハムと」名前を探しながら言う。「あと、リリーだったかしら……」

「最初の子はハリーです」とミセス・グリーン。「その子は亡くなりました。ハリー・ジュニア、ローズ、ヒーン、ジェシー、アーロン。あなたは子どもの数さえ知らないし、こっちだって知ってるなんて期待してませんよ。でも、あたしに借りがあるはずです。あなたは自分の身を守ったけど、シックスマイルの子どもたちのためにはなにひとつしてくれなかった。それだけの価値を認めなかったからね。さて、今度はあなたがたのお子さんが狙われてるんですよ。ミセス・キャンベルのお嬢さんはあなたがたのひとりです。ミセス・ペイリーはお友だちってことになってるんでしょう。ミセス・スクラッグスはフランシーンの死体をあの男の家で見た。友だちを見捨てるなんて、ミセス・キャバノー、あなたはいったいどんな人間なんですか？」

一同はグレイスが顎をふるわせ、歯を食いしばり、首の筋をひきつらせながら、さまざまな感情を味わい、いくつもの反応を検討している様子を見守った。ミセス・グリーンは顎を突き出して見返した。すると、グレイスはその脇を押し通り、ドアをあけて、後ろ手にバタンとしめた。

静寂が漂い、誰も動かなかった。聞こえるのは、窓の目張りの隙間を吹き抜ける風の音だけだ。

「その通りよ」スリックが言った。「私たちみんな……こわくなって、シックスマイルの子どもたちを……自分の子どものために犠牲にしたのよ。私たち……恥をかいたし、おびえてたの。箴言では言ってるわ……〝正しい者が悪い者の前に屈服するのは、井戸が濁ったよう、また泉がよごれたようなものだ（日本聖書協会『聖書　口語訳』箴言二十五章二十六節）〟私たちは屈服した……パトリシアが間違ってるって……信じたかったから。だってそれなら、自分ではなにも……たいへんなことをしなくてすむもの」

次の段階に進めても大丈夫だろう、とパトリシアと判断した。

「〝吸血鬼〟とか〝怪物〟って言葉がふさわしいのかどうかは知らないわ」と言う。「でも、あいつのそういうところを二回見てるし、スリックも一度見てる。わたしたちとは違うのよ。すごく長く生きられるの。力も強いわ。暗い中でものが見えるし」

「自分の意志で動物に命令を聞かせることができるんですよ」ミセス・グリーンが言った。

パトリシアはそちらに目をやった。ふたりとも考えていたのはサワコメネズミのこと、事件のあとで家が何日もにおっていたこと、意識を失って入院したミス・メアリーが傷口にヨードを塗られ、管を通して呼吸していたことだった。パトリシアはうなずいた。

「たしかにその通りね。それに、あいつは人の体に自分の血を通さないと生きられないのよ。吸われた人は中毒になる。いまコーレイは、またあいつに血を吸ってもらうためなら、わたしを背中から刺すことだってやるわ。そのぐらい気持ちがいいのよ。あいつは望むものはなんでも手に入れてきたんだもの、どうして自分からやめるはずがあるの？　わたしたちが止めないと」

「もう一度言うけど」とメアリエレン。「こっちは読書会で、探偵の集まりじゃないんだよ。そんなにわたしたちより強い相手なら、やっても無駄じゃないの」

「あなたは……かなわないと思うの？」スリックがベッドからたずねた。「私は三人子どもを産んだわ……自分の赤ちゃんの頭が出てくるのを感じたこともない男が、私より強い？　私より手ごわい？あいつは自分が安全だと思ってるのよ……あなたみたいに考えてるからだわ……パトリシアを見て、私たちのことをサンシャインスージー（キバナコスモスに似たハルシャギク属の黄色い花）の群れみたいに思ってる……中身まで外側と同じ——親切な南部のご婦人がたってね。言わせてもらうけど……南部のご婦人がたは親切どころじゃないんだから」

長い間があり、やがてパトリシアは口をひらいた。

「あいつには弱点がひとつあるわ。ひとりぼっちだってことよ。ほかの人とつながりがないし、家族も友だちもいない。わたしたちの誰かが車の相乗りで迎えに行くのに遅れたりしたら、みんなが大丈夫か確かめようとして家に顔を出しにくるでしょう。でもあいつは孤立してる。もし完璧に、徹底的にあの男を消し去ることができたら、疑問を持つ人は誰もいないわ。一日二日は厄介かもしれないけど、そんなのすぐ終わるし、最初からいなかったみたいになるはずよ」

メアリエレンは天井に顔を向け、両腕を広げて肩をすくめた。「どうしてここに座って普通のことみたいに話してられるわけ？　女六人だよ。五人かな、グレイスは戻ってこないだろうし。たとえばキティ、あんただって瓶をあけるとき旦那に頼むわけだし」

「そんなことじゃ……ないのよ」スリックが怒りに目を燃やして言った。「これは……夫がどうとか、ほかの人がどうとかいうことじゃないの……私たちのことよ。私たちが……最後までやり通せるかどうかってこと。大事なのはそのことなの……お金でも、外見でも、夫でもないわ……やりとげられると思う？」

「人を殺すんだったら無理」とメアリエレン。

「あれは人じゃありませんよ」とミセス・グリーン。

「聞いて」とスリック。「もしこの町に……がんの原因になる……有毒廃棄物の集積場が……あったら……閉鎖させるまであきらめないはずよ。これだってぜんぜん違わないわ。いま話してるのは家族の安全よ……子どもたちの命なのよ。それを……賭けてもかまわないの？」

メアリエレンは身を乗り出してキティの脚にさわった。膝を見つめていたキティは顔をあげた。

「本当にあの家の屋根裏でフランシーンを見た？」メアリエレンはたずねた。「嘘をつかないでよ。影とかマネキンとかハロウィーンの飾りとかじゃなくて、たしかにフランシーンだった？」

キティはみじめな顔つきでうなずいた。

「目を閉じると、ビニールにくるまれてあのスーツケースに入ってたのが浮かんできて」とうめく。

「眠れないんだよ、メアリエレン」

メアリエレンはキティの顔を観察してから、椅子にもたれた。

「どうやって実行するの？」と問いかける。

「この先へ進める前に」スリックが言った。「見通しを立てる必要があるわ……そうしたら二度と口にしないようにするの……ひとりひとりにそう約束してもらわないと……このあとは絶対に……気を変えちゃだめ」

「アーメン」とミセス・グリーン。

「もちろん」とパトリシアはうなずいた。

「キティ?」スリックが訊く。

「神よ助けたまえ、わかった」キティは一気に吐き出した。

「メアリエレン?」スリックが問いかけた。

メアリエレンはなにも言わなかった。

「次はキャロラインが狙われるわ」とパトリシア。「それからアレクサ。そしてモニカ。あいつがコーレイにしたことをされるのよ。あいつは飢えそのものよ、メアリエレン。食べて食べて、あとにはなにも残らないの」

「違法なことはしないよ」とメアリエレン。

「その域は越えてるわ」とパトリシア。「わたしたちは家族を守ってるのよ。必要ならどんなことだってする。あなただって母親でしょう」

全員がメアリエレンを見つめた。メアリエレンは背筋をこわばらせていたが、やがて闘志が消え、肩をまるめた。

「わかったよ」

パトリシアとスリックとミセス・グリーンは目を見交わした。パトリシアはそれを合図と受け取った。

「みんながほかのことに気をとられてる夜が必要よ。来週はクレムソン大とサウスカロライナ大の試合があるわ。サウスカロライナの全人口が、キックオフから最後のタッチダウンまでテレビに貼りついてる。そのときにしましょう」

「なにをするわけ？」キティがごく小さな声でたずねた。

パトリシアはハンドバッグから白黒のミード作文練習帳をとりだした。

「あいつらについて、手に入るかぎりのものを読んだわ。吸血鬼みたいな連中に関する事柄よ。ミセス・グリーンとふたりで、一致している事実のリストを作ったの。吸血鬼を作る方法と同じぐらい、どうやって止めるかってことについても山ほど迷信があるわ——日光にあてる、心臓に杭を打ち込む、首をはねる、銀」

「ただ悪人なだけで、本物の吸血鬼じゃないって考えてもいいかもね」とメアリエレン。「あのサクラメントの吸血鬼のリチャード・チェイスみたいに、自分が吸血鬼だって思ってるだけかも」

「いいえ」とパトリシア。「もう自分をごまかせないわ。あの男は自然に反した存在で、正しいやり方で殺さないと何度でも戻ってくるだけ。あいつはわたしたちのことを見くびってる。こっちは見くびっちゃだめよ」

プラスチックのコップやストローが並び、天井からはテレビがさげられ、窓台にホールマークのカードが置いてある消毒された病室で、その言葉は突拍子もなく聞こえた。一同は顔を見合わせ、お互いの実用的なフラットシューズや足もとの大きなハンドバッグ、読書用眼鏡にメモ帳とボールペンをながめ、一線を越えたことを自覚した。

「心臓に杭を打ち込まなきゃいけないわけ？」キティがたずねる。「それはやりたくない気がするんだけど」

「杭はなしよ」とパトリシア。

「ああよかった」とキティ。「ごめん、スリック」

「それで殺せるとは思えないの」とパトリシア。「本では吸血鬼は日中寝るって書いてあるけど、あいつは昼間起きてるわ。日の光で目を痛めるし、不快になるみたいだけど、太陽が出てるときに棺桶で眠る必要はないのよ。物語を文字通りに受け取っちゃだめ」

「だったらどうする？」キティが訊く。

「ミス・メアリーのおかげで、どうやって殺すか思いついたの」とパトリシア。「でも、難しい部分は、そういうふうにできる段階まで持っていくことよ」

「面倒なことを言うつもりじゃないんだけど」とメアリエレン。「もしあいつがパトリシアの言う通りの存在だったら——疑り深くて、感覚が鋭くて、動きも速いし力も強いんだったら——そもそもどうやって、なにかできるほど近づくの？」

恐怖がパトリシアの声に張りと力を与えた。「向こうが望んでるものを与えなくちゃ」と言う。「わたしを渡すしかないわ」

第三十七章

カーターには、コーレイがドラッグをやっていると伝えた。コーレイはジェイムズ・ハリスのせいでひどく混乱して具合が悪くなっていたので、すぐに信じてもらえた。カーターにとって最悪の想像のひとつが薬物使用だったことも役に立った。

「これはきみの家系からだ」ふたりでコーレイの衣類をボストンバッグにつめているとき、カーターは言った。「うちの家族にはこんな問題は一度もなかった」

（そうね）と考える。（人を殺して死体を裏庭に埋めただけよね）

許してもらえますように、とパトリシアは祈った。真剣に祈った。そして、カーターと一緒に、地元の精神科兼薬物乱用治療施設のサザンパインズへコーレイを連れていった。

「二十四時間見ていてもらえるんですよね？」と入所管理員にたずねた。

パトリシアの悪夢は、コーレイがほかの子たちと同じ行動に出ることだった。デスティニー・テイラーとデンタルフロス、車の正面に踏み出したオーヴィル・リード、ラターシャ・バーンズと包丁のことが頭に浮かぶ。金がある分最悪の可能性を減らすことはできるが、娘に関して賭けは望まなかった。絶対という保証がほしかったのだ。

コーレイとは話し合いを試みたし、謝ろうともした。懸命に事情を説明しようとしたが、ジェイムズ・ハリスのせいか、それとも両親に受けている仕打ちのせいなのか、コーレイはパトリシアが同じ部屋にいることすら認めようとしなかった。

「こうなる子もいるんですよ」入所管理員が言った。「ある子なんか、入所中母親の鼻を折ったのを見ましたよ。ひたすら殻にこもってしまう子たちもいますしね」

帰ってくると、家の静けさが心に食い込んだ。自分がどれだけ家族に害を及ぼしたか突きつけられる。切迫感があった。決着をつけなければならない。これ以上ひどくなる前に家族を取り戻し、壊れたかけらをつなぎあわせなくては。なにひとつ修復できない状況に達してしまうのは時間の問題だ。

その晩、カーターはオフィスで仕事に没頭するため家を出ていった。三十分後、電話が鳴った。パトリシアは応答した。

「コーレイはどこだ?」ジェイムズ・ハリスがたずねた。

「具合が悪いの」パトリシアは答えた。

「まだ俺と会っていれば、具合は悪くならないだろうに」とジェイムズ・ハリス。「回復させてやれるぞ」

「時間がいるの」とパトリシア。「いろいろ理解する時間が必要なのよ」

「きみがぐずぐずしているあいだ、俺にどうしろと?」と訊かれた。

「がまんしてくれなきゃ。わたしにとっては難しいことなの。これまでの人生全部なんだもの。家族も。知っていることのすべてなのよ」

「早く考えろ」とジェイムズ・ハリス。

「今月末まで」時間を稼ごうとして言う。

「十日やる」と告げて、ジェイムズ・ハリスは電話を切った。

できるだけブルーのそばにいようとはした。パトリシアもカーターもなにか質問はあるかたずね、ブルーのせいではないと言った。医者に大丈夫と言ってもらえれば、一、二週間でコーレイに会えると話したが、ブルーはほとんど口もきかなかった。息子が小さな書斎にあるパソコンでゲームをしているあいだ、パトリシアは隣に座っていた。ブルーはキーボードをカタカタ叩き、画面に現れる色とりどりの形や線を動かした。

「これはなにをするの?」あるボタンについて訊いてから、モニターのいちばん上にある数字を指す。「あれって勝ってるってこと? 点数を見てよ、あんなに高いわ」

「あれはこっちが受けたダメージの量だよ」とブルー。

あなたとお姉ちゃんをもっときちんと守ってあげなくてごめんなさい、と息子に謝りたかった。だが、言いかけるたびに別れのあいさつのように聞こえ、やめてしまった。あと一週間、不安のない生活をさせてやりたい。

覚悟が決まる前に土曜日が訪れ、パトリシアはびくびくしながら目を覚ました。なにかしていようとして、コーレイの部屋を掃除する。ベッドから寝具をはがし、床に散らばった服を残らず集めて洗濯すると、たたんできっちり重ねて引き出しにしまった。ワンピースにアイロンをかけてつるし、雑誌を積み重ね、CDのケースを残らず見つけ出す。カーペットから釣り銭の八ドル六十三セントを回収し、コーレイが帰ってきたときのために瓶に入れておいた。

四時ごろ、カーターが入口に立って作業をながめた。

「試合前の準備を見たければ、もうすぐ出ないと」と声をかけてくる。

リーランドとスリックの子どもたちと一緒に、市内の病院の近くでクレムソン大とサウスカロライナ大の試合を観戦しようと計画していたのだ。

「行って」とパトリシア。「わたしはやることがあるから」

「本当に行きたくないのか?」と訊かれた。「なにか普通のことをするといいだろうに。ひとりで家にこもっていると気分が暗くなるぞ」

「暗くなる必要があるの」パトリシアは答え、〝勇敢な兵士〟の笑顔を見せた。「楽しんできて」

「きみが好きだよ」カーターは言った。

意表をつかれて、パトリシアは一瞬口ごもった。カーターの出張旅行に関してジェイムズ・ハリスから聞いた話をすべて思い返し、どこまで本当だったのだろうと考える。

「わたしも好きよ」なんとかそう返した。

カーターは出かけた。車がバックで私道から出ていく音が響くまで待ってから、パトリシアは死ぬ準備をした。

胃がからっぽになったようだ。全身が疲れ切っている。気持ちが悪くてめまいがするし、そわそわと落ち着かない。まるですべてが漂っていってしまう直前のように、なにもかもうつろな感じがした。

バスルームで新品の黒いビロードのワンピースを着た。きつくて着心地が悪く、いやなところばかり締めつけられる。最近太った部分が気になったので、体に合わせてひっぱりおろし、固定したり縛ったりなでつけたりした。ワンピースは黒猫の皮のようにぴったりと体にくっついていた。脱いだときより着ているときのほうが裸でいる気分だ。

電話が鳴った。パトリシアは受話器をとった。

「ようやくだ」と声がした。

「会いたいの」と言う。「心を決めたから」

長い間があった。

「それで」とうながされる。

「自分のことを大事にしてくれる人といたいって決めたわ」と言う。「六時半までにそっちへ行くから」

アイライナーにアイブロウペンシルを少し、マスカラ、頬紅をいくらか。ティッシュで口紅を押さえ、まるめた赤い紙をごみ箱に捨てる。髪をとかし、ほんのちょっとカールさせてふくらませ、ミス・ブレックのヘアスプレーをかけた。瞼をあけると、ヘアスプレーの霧の細かい水滴が落ちてきて、目がひりひりした。鏡の中の自分を見ると、知らない女が映っている。イヤリングも宝石類も身につけなかった。結婚指輪も外した。ラグタグに餌をやったあと、病院のスリックを見舞いに市内へ行くことになったから、夜は戻らないかもしれない、とカーターにメモを残し、家を出た。

外では冷たい風が木々を激しく叩いていた。ブロック内に車がずらりと並んでいる。すべてクレムソン大とサウスカロライナ大の試合を観にグレイスの家に行くのだ。ベネットは筋金入りのクレムソン大卒業生で、毎年この観戦する会を盛大にひらく。みんなが酒を飲んでいたら、ベネットはどうするだろう、とパトリシアは考えた。また飲み出すのだろうか。

港に黒い強風が吹きつけて、波を白く泡立てた。アルハンブラホールを通りすぎ、駐車場の向こう側、海のすぐそばに目をやると、ミニバンがとまっていた。中に何人かかたまっているのがかろうじて視界に入る。哀れなほど小さく見えた。

(みんな)と考える。(わたしと一緒にいて)

ジェイムズ・ハリスの家は暗かった。ポーチの明かりは消えており、リビングにひとつだけついている照明の光が窓からもれている。そうしたのは、パトリシアが玄関にきたことを誰にも見られないようにするためだ、と気づいた。どの私道も車でいっぱいで、歩いていると家という家から歓声がはじけた。キックオフ。試合が始まった。

玄関のドアをノックすると、ジェイムズ・ハリスがあけた。家の唯一の明かりであるリビングの照明がぼんやりとした光を投げかけ、その姿を照らしている。ラジオからクラシック音楽が低く流れ、ピアノがオーケストラのやさしいうねりに乗っていた。背後でドアの鍵をかけられたとき、胸の内側で心臓がとびはねた。

ふたりとも動かなかった。リビングから射してくる淡い光の中で、向かい合って廊下に立ちつくす。

「あなたのせいで傷ついたわ」パトリシアは言った。「あなたがこわかった。あなたは娘を傷つけた。息子に嘘をつかせた。わたしの知っている人たちを傷つけた。でも、あなたがここにいた三年間は、結婚していた二十五年を全部合わせたより現実だった気がしたの」

ジェイムズ・ハリスが手をあげ、顎の側面を指でたどってきた。パトリシアはひるまなかった。この男が目の前で罵り、声と一緒に娘の血を吐き散らしていたところを思い出すまいとする。その渇望のせいでずっと苦しむだろう娘のことも。

「心を決めたと言ったな」とジェイムズ・ハリス。「さて。どうしたい、パトリシア？」

パトリシアは隣をすりぬけてリビングに入った。通ったあとの空気にふわりと香りが漂う。コーレイの部屋を掃除していたときに見つけたオピウムの瓶だった。いつもならまず香水はつけない。炉棚の前で立ち止まり、ふりかえって相手と顔を合わせた。

「自分の世界がこんなに小さいのにあきあきしたの」と言う。「洗濯、料理、掃除、くだらない本の話をするばかな女たち。もうそれだけじゃ足りないのよ」

ジェイムズ・ハリスは向かいの肘掛け椅子に腰をおろした。両脚を広げ、肘掛けに手を乗せて、じっと観察している。

「わたしをあなたみたいにしてほしいの」パトリシアは言った。そして、声を低めてささやいた。「娘にしたことをわたしにもしてちょうだい」

見られている。そのまなざしが全身を這いまわり、すべてをあばきだす。視線にさらされて不安を感じ、ほんの少しだけ昂奮した。そのとき、ジェイムズ・ハリスが立ちあがり、歩み寄ってくると、面と向かって笑い飛ばした。

勢いよく嘲笑を叩きつけられ、パトリシアはよろめいて半歩さがった。室内にその声がこだまし、めちゃくちゃに壁にはねかえっては閉じ込められ、二重三重に響き渡って耳を襲った。相手は笑いすぎて倒れ込むように椅子に戻り、異様なにやにや笑いを浮かべてこちらを見つめてから、また爆笑した。

どうしていいかわからなかった。自分が小さくなったような気がして、屈辱を感じた。やがて笑い声が徐々に落ち着き、ジェイムズ・ハリスはあはあ息を切らした。

「きみはきっと」空気を求めてあえぎながら言う。「俺のことをついぞお目にかかったこともないほどのまぬけだと思っているんだろうな。売春婦なみに飾り立ててやってきて、自分がどんなに悪人の一員になりたいか、息せききって話して聞かせるだと？　どうしてそう傲慢でいられる？　天才パトリシアにとって、ほかの連中はばかの集団にすぎないのか？」

「それは違うわ」パトリシアは反駁《はんばく》した。「わたしはここにいたいの。あなたと一緒にいたいのよ」

この台詞はまたもや耳ざわりな笑いを誘った。

「いまさら恥をかくだけだし、俺を侮辱しているぞ」とジェイムズ・ハリス。「そんな話をひとことでも信じると思ったのか？」

「嘘じゃないわ！」パトリシアは叫んだ。

ジェイムズ・ハリスはにやりとした。

「いつ義憤に駆られるのかと思っていた」とほほえむ。「見てみろ――ドクター・カーター・キャンベルの妻、コーレイとブルーの母親のパトリシア・キャンベルが、自分の四倍も長く生きている相手よりりこうだと思ったせいで貶《おとし》められるとはな。なあパトリシア、俺はきみを見くびったことなどない。うちに侵入するとスリックに言ったのなら、そうするとわかっていたさ。そして家に入れば屋根裏にあがりこんで、見つかるものはすべて見つけ出すだろうとな。あの運転免許証は囮《おとり》のつもりだったのか？　俺の車に残していって警察に行き、なにを見つけたか言えば、やつらは車をとめてあれを発見し、捜査令状をとる？　哀れな主婦の夢ではそんなことがうまくいくのか。あんな本を読んだせいで、お嬢ちゃんたちの脳みそは本当に腐ったようだな」

脚のふるえが止まらない。パトリシアは暖炉の前の一段高くなった煉瓦に座り込んだ。ビロードのワンピースがずりあがり、腹と腰のまわりがふくらむ。なんともばかばかしく感じた。

「もっとも、俺がこの町に引っ越したのは、住人が途方もないまぬけばかりだったからだ」とジェイムズ・ハリス。「白人で金を持っているやつなら、誰だろうと額面通りに受け止める。コンピューターが出てきてこういう新しいＩＤを使うようになると、どこかに根をおろす必要があったが、おまえのおかげで実にやすやすとできたよ。助けがいると思い込ませさえすれば、かの有名な南部のおもてなしを受けられるというわけだ。みんな金の話をするのは好きじゃないだろう？　下品だからな。だが、いくらかちらつかせてやれば、どいつもこいつも手に入れたいばかりに、その金がどこからきたか訊きもしない。いまじゃおまえの子どもは母親より俺のほうになついている。おまえの旦那は弱虫のあほうだ。そしておまえは道化みたいに着飾ってここにいる。ゲームをしようにも手持ちの札を全部失ってな。俺は長いことこんな経験を積んできた。だからいつでも町から追い出されそうな場合にそなえているんだが、おまえには本気でびっくりさせられたよ。これほど残念な仕掛けとは思わなかった」

パトリシアは体を折りまげて息をしようとつとめ、室内には湿った音がはっはっと規則的に響いた。何度か話し出そうとしたが、そのたびに息切れしてしまう。ようやく言った。「もうやめて」

どこか遠くから、かすかな落胆の叫びがいっせいに聞こえてくる。

「一度は試したさ」とジェイムズ・ハリス。「だが、画家の出来は使う材料で決まるからな。三年前に恥をかかせてやったとき、てっきり自殺するだろうと思ったのに、おまえはそれさえまともにできなかった」

「もうやめて」パトリシアは言った。「いいから全部やめて。もうこれ以上は無理よ。息子はわたしのことを嫌ってる。あの子にとってわたしはこの先ずっと、自殺しようとした頭のおかしい女なの。キッチンの床で痙攣してるところを見つけた相手なのよ。わたしは娘を精神科に入院させた。自分の家族をめちゃくちゃにした。あなたから守れなかった」

腰をおろしたまま身をまるめ、床に向かって言葉を吐き出す。両手が膝に食い込み、声は酸のようにひりひりと耳を焼いた。

「あなたのことを悪党だと思ってた。けだものだって。でもわたしはもっとひどいわ。くず同然よ。わたしはいい看護婦だった。本当にそうだったのに、お嫁さんになりたくて、大好きだった唯一のものに背を向けたのよ。結婚したかったのは、ひとりでいることがこわくてたまらなかったから。わたしはいい妻、いい母になりたかったの。そのために自分の持っているものをすべて投げ出したのに、それでも足りなかった。わたしじゃ足りなかったのよ！」

最後の言葉を叫んだあと、ジェイムズ・ハリスを見あげる。化粧が流れて悲惨な顔になっていた。

「夫はわたしより犬のほうに気を遣うのよ。出かけていって、ほかの男の人たちと一緒に若い女の子と寝てくる。わたしたちはいい奥さんらしく家にいて、夫のシャツを洗ってセックス旅行のための荷造りをしてあげるの。帰ってくる気になった夫が、どこかの女の香水をシャワーで洗い流してから子どもを寝かしつけられるように、いつでも家を暖かくきれいにしておくの。あの人がどこに行くのか、電話の向こうの女の子たちが誰なのか、何年も知らないふりをしてたわ。でも帰ってくるたびに、わたしにさわりもしない、話しかけもしない、わたしのことなんか好きじゃない人の隣で横になって、夫の体から二十歳の体臭なんか漂ってこないふりをするのよ。うちの子たちは親のことを嫌ってる。見てよ。あの子たちは犬に育てられたほうがましだったわ」

指をまげて髪をかきむしり、干し草の山さながらにぐしゃぐしゃに逆立てる。「だからここにきたの」と言った。「残された中で唯一役に立つものをさしだすかわりに、どうか娘を見逃してちょうだい。わたしを受け取って。この体を。捨てるときまで好きに使っていいから、コーレイには手を出さないで。お願い。お願いよ」

「俺と取引できると思っているのか」ジェイムズ・ハリスは問いかけた。「それはへたくそな誘惑かなにかか、娘の体とひきかえに自分の体を提供すると？」

パトリシアは従順に小さくうなずいた。

「そうよ」

座っていると、鼻水がだらりとのびてワンピースの上にたれた。ついに、ジェイムズ・ハリスは言った。

「こい」

パトリシアは立ちあがり、ふらふらと近づいた。

「ひざまずけ」床をさして命じられた。

その足もとの床に膝をつく。ジェイムズ・ハリスは身を乗り出し、大きな手でパトリシアの顎をつかんだ。

「三年前、おまえは俺を笑いものにしようとした。もうこれ以上おまえに尊厳はない。やっとお互い正直になれるな。まず、俺はおまえの人生においてカーターのかわりになる。そうしてほしいのか？」

パトリシアはうなずき、それ以上の答えを要求されていることに気づいた。「ええ」とささやく。

「おまえの息子はもう俺になついている」とジェイムズ・ハリス。「娘のほうは俺のものだ。いまはおまえを手に入れるが、次は娘の番だ。そのつもりがあるか？　娘に一年時間を稼ぐために体をさしだすか？」

「ええ」とパトリシア。

「いつかブルーの番がくる」とジェイムズ・ハリス。「だが、いまのところ、俺はおまえの夫が死んだあとで生活を立て直すのを手伝う家族の友人だ。自然のなりゆきで惹かれ合っただけだと誰もが思うだろうが、おまえは真実を知っている——みじめで情けないぼろぼろの人生をあきらめて、俺の言いなりになる立場を受け入れるということだ。俺はおまえの気を引こうとしている医者でも弁護士でも金持ちママの息子でもない。この世界で唯一無二の存在だ。人間どもの伝説の源にほかならない。そしていまや、おまえに目を向けた。気がすんだら子どもたちを養子にして俺のものにする。だが、おまえはあと一年の自由を稼いでやった。わかるか？」

「ええ」とパトリシア。

ジェイムズ・ハリスは立ちあがると、ふりむきもせず階段を上っていった。

「こい」と肩越しに呼びかける。

一瞬遅れて、パトリシアはついていった。途中で足を止めたのは、玄関のドアのデッドボルトを外したときだけだった。

暗い二階の廊下に出ると、両脇に頑丈な白い壁がそびえ、どちらの側にも閉めきったドアが並んでいた。それから、墓への入口めいた黒い穴が目に入った。主寝室に入っていく。ジェイムズ・ハリスが月明かりの中にたたずんでいた。すでにシャツを脱いでいる。

「脱げ」

パトリシアは靴を脱ぎ捨て、鋭く息を吸い込んだ。冷たい木の床に素足で立っていると、丸裸になった気分だった。無理だと思ったが、止める前に両手が背中で動き出していた。

ファスナーをおろし、ワンピースを床にはらりと落として中から踏み出す。血の足りない部分にどっと血液が流れ、めまいがした。頭がくらくらする。気を失うのだろうか。周囲の暗闇が近々と迫ってきて、壁がひどく遠い気がした。熱に浮かされたようにブラのホックを外してとり、服を蹴って片隅に押しやると、その上にブラジャーをほうりだす。

むきだしの胸と腰と腹に、他人の家のひんやりとした空気を感じた。どこかの家族がなにも考えず歓声をあげたのが窓越しに伝わってきた。貝殻のざわめきや、気のせいかと思うような風に運ばれてきた音と似て、ほとんど聞こえないほどかすかに。

ベッドを示され、歩いていって腰をおろした。月影に黒い輪郭を描く姿が正面に立つ。広い肩と細い腰、たくましい腿に長い脚、力強い顎、頭をすっかり覆う髪。目がある位置を見つけると、ほの白いきらめきが暗がりに映った。視線をそらさず、足を床につけたままベッドにあおむけになる。目の前で両膝をひらくと、この家の涼しい空気が脚の付け根をなでた。風が巻き毛をかすめてもつれを解く。男が脚のあいだに膝をついた。

人生のすべてがこの瞬間に集約された。

ながめていると、相手の顎が見たことのない動き方をした。ジェイムズ・ハリスは脚のあいだから目をあげ、片手で自分の顔の下半分を覆った。

「見るな」

「でも……」とパトリシア。

「これを見たくはないはずだ」

パトリシアは手をのばし、ジェイムズ・ハリスの手をそっとどかした。なにもかも見届けたかった。ふたりの目が合う。それははじめて本心を分かち合った瞬間のように思われた。やがてジェイムズ・ハリスは頭をおろした。顔全体がぱっくりとひらき、口から黒いものがのびてくるのが見えた。言われた通りだ。これを見たくはなかった。パトリシアは後ろに倒れかかり、白く塗ったなめらかな天井を見あげた。吐息が毛をくすぐり、いまだかつて経験したことのない痛みに襲われる。続いて訪れたのは、至上の快感だった。

第三十八章

「パトリシアは大丈夫だと思う?」バックミラーをのぞいてキティがたずねた。

一同はアルハンブラホールの駐車場の端にとめたメアリエレンのミニバンの中にいた。メアリエレンは運転席に座り、キティは助手席に乗っている。ミセス・グリーンは後部に腰かけていた。

「大丈夫だよ」とメアリエレン。「あんたも大丈夫。あたしも大丈夫。ミセス・グリーン、大丈夫?」

「大丈夫ですよ」とミセス・グリーン。

「みんな大丈夫だよ」とメアリエレン。「全員大丈夫」

今回、キティはたっぷり五秒間黙っていた。

「パトリシア以外はね」と言う。

誰もそれには答えられなかった。

「七時ですよ」ミセス・グリーンが暗がりで言った。みんな動かなかった。「もうミセス・キャンベルがやりとげたか、手遅れになっているかです」

衣擦れの音がして、後部のドアがガタッとあいた。

「行きますよ」ミセス・グリーンは言った。

そのままミニバンからおり、ほかのふたりも続く。ミセス・グリーンは後部からイグルーの赤と白のクーラーボックスをとりだし、キティはスーパーのBI‐LOの買い物袋を持った。中に入れた道具がすべってクーラーボックスがガチャガチャ音をたてる。黒っぽい色の服装をした三人は、足早にミドルストリートへまがった。ジェイムズ・ハリスの家の外に三時間も別の車をとめておくより、歩いているところを見られる危険を冒すほうを選んだのだ。なにしろオールドビレッジの住民には、ナンバープレートの番号を書き留めておく習慣があるのだから。

ミドルストリートは暗く長いトンネルさながらに、ジェイムズ・ハリスの家までまっすぐにのびていた。私道から車の列がはみだしている。寒風にコートがあおられた。三人はうつむいて少しずつ進み、葉のない木々や風にざわざわ鳴るパルメットヤシの下をせかせかと歩いていった。

「もうクリスマスプレゼントは買った?」キティがたずねた。

クリスマスと聞いて、ミセス・グリーンが耳をそばだてた。メアリエレンは横目でキティを見やった。

「大きなものは感謝祭後のセールのあいだに買ったよ」とキティ。「でも、みんなのプレゼントは八月に計画しはじめるんだけどね。今年はまだいつもの年より手をつけてないのが多くてさ。ハニーのは簡単、就職の面接用のブリーフケースがいるから。まあ、必要ってわけじゃないけどほしがるだろうなと思って。それにパリッシュはトラクターをほしがってて、どうせ新しいのがいるからってホースが言うから、そっちも片付いてる。レイシーは来年卒業祝いにイタリアに連れていくつもりだから、いまはちょっとしたものがいいし、どっちみちあの子に買ってやるのは楽しいんだよね。メリットにはなにをやろうがレイシーへのプレゼントより大きければ大喜びだし。でも、ポニーにはなにを買ったらいいか悩んでて。男への買い物って別物だしさ。それに新しく会ってる女の子がいて、その子にもプレゼントを渡したほうがいいのかわからないんだよね。ていうか、あたしは買いたいんだけど、そうすると押しつけがましくないかな？」

メアリエレンが顔を向けた。

「いったいなんの話をしてるわけ？」と問いただす。

「知らないよ！」とキティ。

「しっ」ミセス・グリーンが言い、そこで目的地の直前の家を通りすぎたので、三人とも黙り込んだ。

暗くひっそりとした巨大な白い家が眼前に立ちはだかっている。唯一の明かりはリビングの窓からもれていた。三人は通りから私道に入ると、玄関の階段の一段目に腰かけて靴を脱ぎ、下に隠した。冷たい板に足をかけ、ミセス・グリーンを先頭にすばやくポーチへあがっていく。

ポーチの電灯は消えていたので、三人の姿は暗闇にまぎれていたが、それでもキティはびくびくとあたりを見まわし、誰か窓からのぞいていないか確かめようとした。歓声が風に乗ってきて、みんな一瞬凍りついた。それから、キティがリビングの光のあたらないポーチのかどにＢＩ‐ＬＯの紙袋をおろし、ミセス・グリーンがクーラーボックスを注意深くその隣の物陰に置いた。キティは野球用のアルミバットを買い物袋からひっぱりだし、鞘《さや》に入ったハンティングナイフをメアリエレンに渡したが、受け取ったほうは持ち方も知らなかった。台所包丁と似たようなものだろうと判断したおかげで、扱いやすくなった。

「足が凍りそう」キティがささやく。

「しーっ」とミセス・グリーン。

吹き抜ける風が三人のたてる音をかき消すのを手伝った。メアリエレンは慎重に網戸をあけてから、ドアの取っ手をまわしてみた。そのあいだ、キティは念のため脚の脇にバットを構えていた。ミセス・グリーンは金鎚を持ってキティの反対側に立った。

ドアは音もなく簡単にひらいた。

三人は急いで中に踏み込んだ。風でドアがバタンと閉じそうになったのを、メアリエレンがそろそろと枠におさめる。ひっそりとした一階のホールに立ち、ドアから勢いよく吹き込んだ風でジェイムズ・ハリスに気づかれたのではないかと耳をすました。動くものはない。聞こえる音といえば、左側のリビングにあるラジオから波のように流れてくる静かなピアノ協奏曲だけだ。

ミセス・グリーンが暗がりに上っていく階段を指さした。汗ばんだ手のひらで野球用バットのゴムのグリップを握ったキティが先頭に立つ。バットを右肩からまっすぐ上に立て、まず左足、そのあと右足を階段のカーペットにかわるがわる乗せ、横向きに進んだ。ミセス・グリーンが真ん中、メアリエレンがしんがりをつとめた。ナイフを使うような事態にならないうちに敵を倒す必要があるだろう。

ひとあしひとあし、音をたてずにそっと上っていく。下のリビングで男のゆたかな声が響き、ラジオのWSCIチャンネルの『クラシックの黄昏《たそがれ》』の次の選曲を知らせはじめたときには、ミセス・グリーンがとびあがった。どの一歩も一時間はかかっているように感じられた。いまにも暗い階段のてっぺんからジェイムズ・ハリスの声が聞こえてきそうだ。

三人は暗い二階の廊下でふたたび集まった。いたるところに閉めきったドアがある。カタッという音が家じゅうのありとあらゆる部屋にこだまし、それが窓枠をゆらす風の音だと気づく前に、メアリエレンは悲鳴をあげそうになった。

前方に主寝室の入口が暗く立ちはだかっている。そこから液体を吸いあげる音がかすかに聞こえた。忍び寄って入口の真ん中に立つと、明るい月の光がベッドに横たわっているものを照らし出した。

あおむけに寝そべって両腕を頭の上に投げ出したパトリシアが、唇にほんのりと官能的な笑みをたたえ、裸で両脚を広げている。その前で視界をさえぎっているのは、シャツを脱いでしゃがみこみ、背中の筋肉を波打たせたジェイムズ・ハリスだった。血をすする動きに合わせ、肩甲骨が翼のように広がったりひっこんだりしている。頭をパトリシアの脚の付け根に乗せ、左腿を片手でそっと押しひらき、もう一方の手を腹に置いて、白い肌の上で指をくねらせている。

あまりにも貪欲な渇望をまのあたりにして、三人はしびれたように動けなくなった。せまい部屋いっぱいになまぐさい欲望のにおいが濃くたちこめている。

ほかのふたりより早くわれに返ったのはキティだった。バットを握り直して三歩進み、ジェイムズ・ハリスの右のくるぶしに届きそうな位置で左足をとめると、肩からそのまま一気にバットをふりおろした。

バットは大槌が石を打つようにカーンと金属的な音をたててジェイムズ・ハリスの側頭部にあたった。キティは利き手と逆の手を離してバットを一回転させ、あやうくミセス・グリーンの顎にぶつけるところだった。ジェイムズ・ハリスの口から血のかたまりがどっと逆流し、パトリシアの下の毛と腹部に飛び散ったものの、それ以外は中断することなく吸い続ける。

陶然としたパトリシアが昂奮と苦痛にひと声うめいた。キティは左肩がうずいていたが、もう一度バットを叩きつけた。今回は思いきりふりきった。

二度目の一撃は相手の注意を引いた。むしろ引きつけすぎて、ジェイムズ・ハリスはしゃがんだままぱっとふりむいた。目つきは荒々しく、血がだらだらと顔を伝い、顎からぶらさがったものからぼたぼた血がたれている。パトリシアの腿の傷からも血があふれ出た。ジェイムズ・ハリスの腹と肩の筋肉が緊張し、顔面がありえない動きをする。たれさがっていたものが消え失せたのを見て、(やるつもりだ)とキティは思った。たとえ左利きのバッターではなくとも、ほかに選択肢はなかった――バットは左側にあったし、立ち位置を戻すどころか考える余裕さえ与えてもらえないだろう。せいいっぱいバットを返して殴りつけたが、それでは足りないとわかっていた。

そのバットはあばらに命中し、肉を打つ音がパシッと響いた。ジェイムズ・ハリスは腕をおろし、体にあたったバットをつかむと、身をひるがえして部屋の隅に投げ飛ばした。パトリシアが恍惚としてうめき、わけもわからず腿をすりあわせる。ジェイムズ・ハリスが立ちあがり、両手でぐっと肩をつかんできたので、キティは骨と骨がこすれるのを感じた。ひらいた寝室のドアへと後ろ向きに押しやられ、途中で脇をかすめたミセス・グリーンとメアリエレンがくるくるまわって突き飛ばされる。そのままキティは取っ手が壁にめりこむほどの勢いでドアに叩きつけられた。さらに寝室の向こう側にほうりなげられ、よろめいて窓際の隅へ倒れかかる途中で、肘掛け椅子につまずく。その椅子を後ろ向きにひっくり返したとき、ミセス・グリーンが金鎚をジェイムズ・ハリスの頭にふりおろした。

金鎚は頭蓋骨にはねかえり、あっさりと奪い取られた。ミセス・グリーンは悲鳴をあげてあとずさり、なるべく早く逃げようとあわてふためいて部屋の出口へ向かった。そこでメアリエレンに肩からつきあたったので、結局向きを変え、主寝室のバスルームに続くひらいたドアのところに立つ。

メアリエレンはジェイムズ・ハリスとミセス・グリーンのあいだにはさまれた。ジェイムズ・ハリスと目が合い、ズボンを濡らしてしまう。感覚を失った手はどこか遠くにいる別人につながっているようだ。もれた尿と鞘に入ったハンティングナイフが同時に床に落ちた。

ジェイムズ・ハリスはメアリエレンを押しのけ、ミセス・グリーンにつめよった。力強い胸筋が鎧めいて体から盛りあがり、太い前腕が動いて指を鉤爪のようにまげる。ミセス・グリーンはさっと背を向けてバスルームに入ろうとした。トイレのタンクから重い陶製の蓋を外すことができれば、チャンスはある。だが、それどころか床がタイルに変わる敷居の部分につまずいて前のめりに倒れ、床で両膝を強く打ってしまった。

ジェイムズ・ハリスの口からだらりと血がたれ、胸と平たい腹に模様を描いた。凍えそうに冷たいタイルをかきむしってもがいていると、万力のような手に右足首をつかまれた。いとも簡単に寝室へとひきずり戻される。ミセス・グリーンはごろりとあおむけになり、身を守ろうと両腕をあげた。近づいてきたら目を狙おう。しかしそのとき、憤怒の形相が視界に入り、こんなすさまじい嵐の前では自分の腕など小枝にすぎないと悟った。

ジェイムズ・ハリスが身をかがめ、指をまげた手をのばしたとたん、背後からキティが殴りかかった。貨物列車さながらに脚の力で推進し、背中をがんがん叩きながら、体がすっかりバスルームに入るまで押しまくる。その両方に踏みつけられたミセス・グリーンは、腹を踏まれてあざをこしらえ、どちらかに顎を蹴られた。

大きなガーンという音と「ううっ」という声があがり、ジェイムズ・ハリスは流しのふちに腹をぶつけ、タイルの壁に顔からつっこんだ。キティはその背に乗りあげて床に押し倒した。ジェイムズ・ハリスは両腕を下にして崩れ落ちた。力では負けても、キティのほうが五十ポンド重かったのだ。ジェイムズ・ハリスははずみをつけてあおむけになろうとしたが、キティは腰をくねらせて床に押さえつけた。両耳をつかんでタイルに顔をこすりつける。相手は片腕を後ろにまわそうとしたが、キティは払いのけた。

「ナイフ！　ナイフ！」とどなったが、メアリエレンは尿が冷えてきた水溜まりの上で茫然と立っているだけだった。

ミセス・グリーンはバスルームから這い出して安全な寝室へ入った。ジェイムズ・ハリスとキティが格闘し、黒い姿が冷たいタイルの上でもつれあうのをながめる。ジェイムズ・ハリスは両脚をまげ、まるめた背にキティを乗せたまま立とうとした。

「ナイフ、メアリエレン！　ナイフ！」キティがヒステリックな金切り声をあげた。

足もとのナイフを見つめているメアリエレンを目にしたミセス・グリーンは、自分でとりに行くには遠すぎるうえ、ジェイムズ・ハリスがもうすぐ立ちあがってしまうことに気づいた。

「メアリエレン！」名前で呼ぶ。「ナイフをこっちに投げなさい！」

メアリエレンは顔をあげ、ミセス・グリーンを見て、下に視線をやり、ナイフを認めて急にしゃがみこんだ。下手投げでほうってきたので、ミセス・グリーンは生まれてはじめて投げられたものを受け止めた。鞘を押さえているストラップの留め金をパチンと外す。

バスルームでは、キティが片脚をジェイムズ・ハリスの右脚に巻きつけ、くるぶしをひっかけて蹴りつけた。相手は片膝をつき、キティの全体重もろとも膝頭がタイルに激突した。キティは尻の上に座り込んで押さえ込んだ。いまやジェイムズ・ハリスは体の下に左腕を入れ、肘を突っ張ってあばらを支えていた。そこでキティは左手で支えの腕を崩そうとしたが、びくともしなかった。追いつめられて、広くあいた左の脇の下を指先でぐっと突きあげると、ジェイムズ・ハリスはその衝撃で体勢を崩し、牛のばら肉が厚板にぶつかるような音をたてて床に突っ伏した。

もうあまり長くはもたない。

のたうつ体の上で左右に身をよじって重心を保とうとしながら、状況を有利にしそうなものはないかと手をのばす。相手がまた力を奮い起こしているのを感じ、ふいに、いまにも砕けそうな波に乗る紙切れになった気がした。今回は沈んでしまう。

硬いものが手の甲にあたった。意識して頭を働かせる必要もなく、その正体はわかった。ぐっとつかんでひっくり返すと、時が止まったような完璧なタイミングで視界に入った。ジェイムズ・ハリスの弓なりになった白い首筋と、皮膚越しに盛りあがる背骨の連なりが、主寝室の天窓から射し込む月明かりにくっきりと照らし出されている。キティはハンティングナイフを両手で構え、切っ先を突き刺した。

叫び声があがった。音が反響するせまいバスルームでは大音量すぎて、右の鼓膜が振動したほどだ。ナイフが骨をこする感触があった。刃先をひきあげて組織が破れたのを感じ、ふたたび柄をおろしていく。ジェイムズ・ハリスは頭をそらして刃を椎骨《ついこつ》のあいだにはさんだが、キティは立ちあがって全体重を手首にかけ、柄を押し込んだ。ナイフをむりやり脊椎《せきつい》に沈めていくにつれ、鋼鉄の先端が少しずつ骨にこすれてぎしぎし、ざくざく音をたてた。

相手はキティを投げ飛ばそうとしたが、蹴る力はいくぶん弱まっていた。キティが柄に体重を乗せて刃を圧迫すると、床の上でじたばたしはじめる。やがてわめき声がごぼごぼという音に変わり、さらに身をよじりだした。キティは両肘で肩を押さえつけ、背の中心に自分の胸を叩きつけた。ナイフがざくっといやな音をたてて突き抜け、反対側のタイルにあたって、下敷きにした体から力が抜けた。

やった。

静寂の中で聞こえるのは、ごぼごぼいう音と自分の息遣いだけだった。キティはごろりと転がって床におりると、背後を見やった。ミセス・グリーンが片方、メアリエレンがもう一方をつかみ、ふたりでジェイムズ・ハリスの両脚を床に押さえつけている。一階から交響楽団の軽快な音が流れてきた。

「くそばばあ《ビッチ》どもが、俺の動きを抑えることもできなかったくせに」ジェイムズ・ハリスが喉にからむ声を出した。

（なんでいつでもビッチなんだろう）とキティは思った。男たちはその単語に魔法の力でもあると信じているのだろうか。自力で立とうとしたが、助け起こしてくれたのはメアリエレンだった。ミセス・グリーンのほうは、反撃されないようジェイムズ・ハリスの両脚を膝で押さえ続けている。もっと現実感がほしくて、キティはバスルームの明かりをつけた。

たちまち全員の瞳孔が広がり、やがて光に慣れてくる。三人は吸血鬼を見おろした。うつぶせになってあえぎながら、バスルームの床に力なく横たわっている姿を。

さて、ここからが厄介だ。

第三十九章

「クーラーボックスを持ってこないと」キティはバスルームのドアから声をかけた。

本当はグレイスにいてほしかった。あの冷静で見下すような態度で指示を出してくれればいいのに。グレイスに仕切ってもらえばなんでもきちんと処理できる。だが、グレイスが仲間を見捨てた以上、先に進まなければならない。メアリエレンが脇を通り抜けて寝室に入り、明かりをつけた。

「息をしてないよ」と呼びかけてくる。

誰のことを言っているのかわからなかった。アドレナリンが薄れはじめたいま、体じゅうにあざが浮いてきている。首が痛い。目のまわりに青あざができている気がする。

「誰が？」ばかみたいにたずねてから、もちろんメアリエレンが話しているのはパトリシアのことだと気がついた。

向き直ると、ミセス・グリーンをバスルームの床に転がったあの怪物とふたりきりで残し、足をひきずりながら寝室に入った。なにかあったという証拠は、後ろ向きにひっくり返った安楽椅子と、太腿の下の羽根布団に血のしみを広げている裸のパトリシアだけだった。

「上になにかかけようと思ってきたんだけど」メアリエレンが言った。片手をパトリシアの額にぴったり乗せ、片方の瞼を押しあけている。

その下からのぞくのは白目だけだ。パトリシアは生気の抜けた重たい体にすぎなかった。キティは胸が上下しているか確かめようとしたが、それで判断できないことは知っていた。自分のしていることをきちんと理解していないまま、パトリシアの喉をつっつく。

「呼吸してるかどうか、どうやったらわかる？」と問いかける。

「胸に耳をあてたけど、なんにも聞こえなかった」とメアリエレン。

「心肺蘇生法は知らないの？」キティはたずねた。

パトリシアの肩がびくっと動き、体がぐにゃぐにゃとやわらかく痙攣しはじめた。

「そっちは？」メアリエレンが訊き返す。「わたしは映画で見ただけ」

「おまえらが殺したのさ」バスルームから声がこだましてきた。しゃがれていたが、それでも力強くはっきりと響いた。「そいつは死にかけている」

メアリエレンが正面からキティを見た。口をだらりとあけ、眉を半分あげた泣き出しそうな顔をしている。キティは途方にくれた。

「どうしよう？」とたずねる。「九一一に電話する？」

「ううん、転がして……」メアリエレンはキティの両手をとり、パトリシアのぴくぴく動く体の上でせわしなくあれこれ試してみた。「頭を高くするとか。ショック状態なのかも？　わからないけど」

もちろん、心肺蘇生法を知っていたのはミセス・グリーンだった。メアリエレンはおろおろと知っていることを一通り試し、キティはその様子を見守っていたが、次の瞬間、ミセス・グリーンがそっとメアリエレンを押しのけ、両手をパトリシアの肩の下にあてがった。「床におろすのを手伝ってください」と言われる。

キティが足を持ち、ふたりでその体をひきずって、ベッドの横の小さな敷物に落とした。するとミセス・グリーンは、片手をパトリシアのうなじに、もう一方の手を顎にあてて、車のボンネットをひらくように口をぱかっとあけた。

「ブラインドを確認してきてください」とミセス・グリーン。「誰にも見られないように」

なにをするか指示してもらえて、キティは涙が出そうなほどありがたかった。バスルームをのぞくと、ジェイムズ・ハリスはまだ三人が置いてきたまま床に倒れていた。はじめ痙攣しているのかと思ったが、すぐに笑っていることに気づいた。

「ずっと気分がよくなってきた」ジェイムズ・ハリスは言った。「刻々と回復してくるのを感じるな」

キティは家じゅうのブラインドがおりているのを確認した。一階のラジオから流れる交響楽団の音楽を消したかったが、オンオフスイッチを見つけるのは時間がかかりすぎるし、二階に戻る必要がある。この作業を全部やるには人手が足りない。

寝室では、ミセス・グリーンが完璧な胸部圧迫を四回おこなったあと、四回同じリズムでパトリシアの口に息を吹き込んでいた。まるでプールの脇でゴムボートをふくらませているかのように、落ち着き払って整然とその動きを繰り返す。パトリシアの口がだらんとひらいた。痙攣が止まる。あれはいいしるしなのだろうか？

ミセス・グリーンが心肺蘇生法をやめ、キティの心臓も止まった。

「パトリシアは……」と言いかけたものの、喉がからからで声が出なくなっていた。

ミセス・グリーンはポケットからティッシュを出して口をぬぐい、そのティッシュを確認してから、唇の両端を軽く叩いた。

「呼吸してますよ」と言う。

パトリシアの胸があがったりさがったりしているのが見えた。ふたりともメアリエレンに視線を向ける。

「パニックしちゃって」とメアリエレン。「ごめん」

「その傷を圧迫してもらわないと」ミセス・グリーンが言い、パトリシアの太腿を指さした。

ジェイムズ・ハリスがパトリシアの脚からひきちぎった部分は、ぼろぼろでひどい状態だった。樹液のように血がしみでてくる。

「そんなことをしてもなにも変わらない」ジェイムズ・ハリスがバスルームから声をかけてきた。

「いますぐにではなくあとで死ぬだけだ。それがどうした?」

「あいつと話しちゃだめです」とミセス・グリーン。「ぺらぺらしゃべってなにか吹き込もうとしたって、いまはそれしかできやしないんだから。あたしたちは必要なことを忘れずにやらないと。タオルを持ってきて脚を押さえてください」

バスルームに行ったキティは、ジェイムズ・ハリスにつまずき、その両手をよけながら、目に入ったハンドタオルと洗面用タオルをありったけ持ち帰った。メアリエレンがタオルの一枚を四角くたたみ、パトリシアの腿に押しつける。ミセス・グリーンとキティはバスルームに戻った。

「おまえらの壮大な計画はなんだ?」ふたりが体を転がすとジェイムズ・ハリスはたずねた。両腕がなすすべもなくどさりと落ちる。「読書会をして俺を殺すか? 次の集まりには呼んでくれないのか?」

めいめいジェイムズ・ハリスの脇の下をつかみ、体を引き起こして座った姿勢にさせてから、ミセス・グリーンとキティは目を見交わしてうなずいた。(一……二……)

「脚の上から持ちあげて」とミセス・グリーン。
(三)ふたりはその体をひっぱりあげ、大きなジェットバスのふちに腰かけさせた。
「溺れさせても無駄だ」ジェイムズ・ハリスはにやにやした。「試されたことがある」

もうこの男がどうなってもかまわない――死んだも同然なのだから。ふたりが手を離すと、相手は後ろ向きにひっくり返り、四肢をもつれさせてグラスファイバー製のバスタブの底にぶつかった。

「もっとましなことをやらないとな」と言ってくる。

キティがジェイムズ・ハリスの背をバスタブの片側にもたせかけ、脚がまっすぐのびるよう姿勢を整えているあいだに、ミセス・グリーンが邪魔なものをすべてどかした。それからバスルームを出ていき、クーラーボックスと買い物袋を持って戻ってきた。

床に青い防水シートを広げ、塗装用マスキングテープで下に留める。キティはホースの鹿狩りの本を何冊か借り、関連するページをコピーしてきていた。その紙を参照用としてバスタブの上の壁にテープで貼ると、ジェイムズ・ハリスはじっくり見た。

「まさか」衝撃に瞳孔をひらいて言う。「まさかそんな真似はできないだろう。俺は唯一無二の存在だ。この世の奇跡だぞ」

ミセス・グリーンはクーラーボックスから道具を出して並べた。複数の弦鋸《つるのこ》、クロスガードつきの同一のハンティングナイフ十本、弓鋸と替え刃が二パック、ぺしゃんこになった青いナイロンロープ一巻き。手がすべったときに傷ができないよう、ステンレスメッシュの手袋もだ。ふたりとも緑のガーデニング用膝パッドをつけた。

「聞いてくれ」とジェイムズ・ハリス。「俺はまたとない存在だ。何十億も人間がいて、俺のような者はたったひとりだ。本当にそれを殺したいのか？　ステンドグラスの窓を砕いたり……本のつまった図書館を焼いたりするようなものだぞ。おまえたちは読書会のメンバーだろう。焚書《ふんしょ》するような連中じゃないはずだ」

ふたりはジェイムズ・ハリスの靴と靴下を、続いてズボンを脱がし、泡風呂の底に裸で寝かせた。乳首は色が薄く、金色の毛からペニスが逆さまにぶらさがっている。ミセス・グリーンが水を出してちゃんと排水するか確かめた。大きなかけらが排水管から流れ落ちてあとで問題にならないよう、排水口に網をつける。そして、キティにハンティングナイフを一本渡した。

　キティはジェイムズ・ハリスの頭の脇に膝をついた。点線の略図を見やり、ジェイムズ・ハリスの腕に手をのばす。最初の切り込みは肘のまわりにぐるりと刃を入れ、靭帯《じんたい》を切り裂いてからねじりとることになっている。鹿を切り分けるのと一緒だ、とキティは自分に言い聞かせた。

「パトリシアが俺のことを話さなかったのか？」ジェイムズ・ハリスは目を合わせようとしながら言った。「俺は四百年生きている。永遠の命の秘密を知っているんだ。年をとらなくなる方法を教えてやれるぞ。いつまでもいまの年齢でいたくないか？」

　腕の内側のやわらかい皮膚にナイフの先をあてたまま、キティはほとんど息をする勇気もなかった。切っ先が肘の内側をへこませた。

「これは人生で自分より偉大なものと向かい合う唯一の機会だ」とジェイムズ・ハリス。「俺は宇宙の謎だぞ。本気でそんなふうに対応するのか？」

　バスタブに横たわった無力なジェイムズ・ハリスを明るい光が照らしている。理性的で落ち着いた白いタイルのバスルームで、全員の視線を受け、キティは凍りついた。

「まさに」とジェイムズ・ハリス。「まだ取り返しのつかないことはやっていない。ほんの何分か時間をくれれば、俺は新品同様だ。そのあとでどうやって永遠に生きるか教えてやる」

「ほら」ミセス・グリーンが言い、キティの肩に片手を置いて、もう一方の手をさしだした。「隣の部屋で待ってなさいよ。パトリシアから目を離さないようにね」

　キティはありがたくナイフを預けて立ちあがり、ぬくもったステンレスメッシュ手袋をはぎとって渡した。ミセス・グリーンは目を閉じて無言の祈りを捧げた。

「この世界で俺だけが、おまえたちすべてより偉大なんだ」ジェイムズ・ハリスがキティの背に呼びかけた。「知っている誰よりも強くなれるし、もっと長い人生を与えてやる――おまえたちは本当にすばらしいものと顔を合わせているんだぞ」

「それはなんだろうね？」ミセス・グリーンが瞼をあけて問いかけ、深いバスタブの横に膝をついた。手袋をはめる。

「俺だ！」とジェイムズ・ハリス。

「お互いに意見の違いを認め合わないといけないね」とミセス・グリーン。

それが最後の言葉で、次の一時間はジェイムズ・ハリスに話しかけることはなかった。ためらう隙を自分に与えず、ミセス・グリーンは相手の肘の内側にナイフを突き刺した。表面のすぐ下で骨にあたったが、その部分はよけていく。クリスマスのハムから脂肪を切り取っているのだ、と想像すればするほど、悲鳴が響く中での行為と自分自身を切り離しやすくなった。

きれいに整った切り傷はあきらめ、肘を叩き割って靱帯や腱《けん》を切り刻む。ハンティングナイフを鋸のように引き、薄くそいで皮膚を削った。

「聞いてくれ」ジェイムズ・ハリスが早口で言う。「永遠の命への秘密が目の前にあるのに、どぶに投げ捨てているんだぞ。正気の沙汰じゃない」

ミセス・グリーンはその言葉を無視し、ついに肘を骨まで切りひらいた。

「メアリエレン？」と呼ぶ。「パトリシアのことはキティにまかせて。手伝いがいるから」

「諒解」メアリエレンが言い、寝室から入ってきた。

ミセス・グリーンがジェイムズ・ハリスの肩を押さえ、まだつながっていそうな箇所を切り取っているあいだに、メアリエレンは両手で片腕をつかんで左右にねじった。ごりっと軟骨が裂け、小さな音がぽんぽんっと続けざまに鳴って、前腕が外れた。肉の繊維と筋が何本か体につながっていたが、メアリエレンがひきはがせないものはミセス・グリーンが切り離した。メアリエレンはその腕を黒いビニールのごみ袋に落とし、注意深く口を結んだ。たちまち袋がもぞもぞ動き出し、腕が出てこようとした。

「背骨が治ってきたのがわかるぞ」ジェイムズ・ハリスはにやりとミセス・グリーンに笑いかけた。「俺が治らないうちに切れるよう祈るんだな」

メアリエレンの助けを借りて、ミセス・グリーンは手早く作業した。ふたりは左腕の残りを肩のところで切り取り、次に右足、それから右の膝下、さらに腰の下を切り分けた。黒いビニール袋はうごめく山となってバスルームの隅に積みあげられた。筋肉と骨でハンティングナイフの刃が鈍《なま》るたび、ミセス・グリーンはそれをビニール袋に投げ込み、新しいナイフをとりあげた。血糊でぬめってしっかり体をつかめなくなると、メアリエレンはステンレスメッシュ手袋を洗ってきた。

「おまえの息子たちはどこに住んでいる？」ジェイムズ・ハリスはミセス・グリーンに言った。「アイアモだったな？　ジェシーとアーロン。ここから抜け出したら会いに行くとしよう」

左腕と左脚にとりかかるためにうつぶせにされたときにも、ジェイムズ・ハリスはぺらぺらとひとりでしゃべり続けた。しかし、切り取られた部分が増えるにつれ、話す内容はどんどんわかりにくくなっていった。

「俺は招かれていないところには決して行かなかった」とりとめもなく話す。「農場、未亡人の家、ロシア、行ったのは求められている場所だけだ。ルップは自分を使ってくれと言った、目で頼んできた、あいつは俺が自分を生かしておけると知っていたが、まず俺を生かしておかなければならなかった。あの美しい少年はいつまでも憶えているだろうな。あの兵士は顔をひどくやけどしていて、向こうが望んだから願いを叶えてやったんだ。俺は人に頼まれたことをやっただけだ。アン・サヴェージでさえ俺がさしだすものをほしがっていた」

ふたりはひと休みした。ミセス・グリーンの腕はずきずき痛んだ。ひとりでに復活するジェイムズ・ハリスの脊柱という脅威が目の前に立ちはだかっている。あまり時間はなかったが、ひたすら熱い風呂に入って眠りたかった。夜がいつまでも続くように思われた。

「パトリシアはどう？」とキティにたずねる。

「寝てる」まだパトリシアの腿にタオルを押しあてたまま、キティは言った。

メアリエレンはキティがぎこちなく頭をあげている様子を見やった。左目のまわりが紫色のあざになっている。

「ホースになんて言うつもり？」とたずねる。

キティはうなだれた。

「そんなこと考えてもみなかった」

「これが終わったらなんとかしよう」ミセス・グリーンが言った。その自信がキティをなだめた。

「とりあえず、その目に氷をあてておくんだね」

バスルームに戻ると、ふたたびジェイムズ・ハリスの胴体に迎えられた。今度は頭の番だ。この瞬間を恐れていたが、これでようやく黙るのではないかと期待していた。男に関してはひとつ学んだ――しゃべるのが好きらしい。

硬い腱とわずかに残った脊柱にナイフをさしこんでいるあいだも、ジェイムズ・ハリスは話し続けた。

「〝笑顔会〟の連中が俺を捜しにくるぞ」と視線を合わせようとしながら言う。「それがうちの会のやることだからな。あいつらが俺を捜しにきて、おまえがなにをしたか発見したら、おまえも子どもたちも身内もたいへんなことになるな。これが最後のチャンスだ。いまやめれば、ほうっておくように言ってやる」

「誰もあんたのことなんか捜しにこないよ」ミセス・グリーンはこらえきれずに言った。「あんたはひとりぼっちさ。誰も頼る相手がいないし、死んだところで気づかれない。誰も気にしない。あんたはなにひとつ残さないんだよ」

「そこが間違いさ」ジェイムズ・ハリスは言い、血まみれの笑顔をよこした。「おまえたち全員にプレゼントを残していこう。仲間のスリックの機が熟すのを待っていろよ」

くすくす笑い出したので、ミセス・グリーンはナイフでざくりと気管をつらぬいた。そしてメアリエレンと一緒にその髪をつかみ、すぽんと派手な音をたてて頭をひっこぬいた。

そうしてふたりは、何年も前、夕食の席でジェイムズ・ハリスが唾を吐きかけられたあの晩、ミス・メアリーがパトリシアに言ったことを実行した。メアリエレンが生首を持ち、ミセス・グリーンが四インチの太い釘を両目にそれぞれ打ち込んだのだ。ジェイムズ・ハリスの口はついに動きを止めた。そのあとで首をビニール袋につっこみ、口を縛って閉じた。

体から内臓を抜き、臓器や腸を別々の袋に入れる。もうへとへとで胸郭を切断する力がなかったので、できるかぎり肉をとりのぞくだけにして、何ポンドもの脂肪や筋肉を別々の袋につめた。二枚も三枚も袋を重ねて、ジェイムズ・ハリスを普通サイズのごみ箱に入る密封したごみ袋の山に変えてしまった。

作業が終わったとき、バスルームは血の海だった。ミセス・グリーンとメアリエレンは寝室に入っていった。

「終わった?」キティがたずねた。

「終わったよ」とミセス・グリーン。

「車に行ってこなきゃ」メアリエレンが言ってから、注意深くあの敷物をよけて、どさっと床に座り込んだ。「ただ、ちょっとだけ休まないと」

みんな骨の髄まで疲れ切って体がずきずきしていたが、まだ終わりにはほど遠い。ミセス・グリーンはバスルームと寝室を見まわし、メアリエレンがその視線をたどった。キティもだ。

「うわ、最悪、どうしよう」キティがそっと言った。

いたるところが血だらけだ。防水シートを敷いたにもかかわらず、バスルームは真っ赤だった。カウンタートップ、壁、ドア枠、便器。寝室の黒っぽいオーク材にも、横になったパトリシアにかぶせた羽根布団にも血が飛び散り、ドアと壁には血まみれの手形がついている。どれだけ掃除しなければならないか目にして気力が失せ、がっくりと落ち込んでしまった。もう十時近い。クレムソン大とサウスカロライナ大の試合はあと一時間もしないうちに終わるだろう。

「時間が足りないよ」とメアリエレン。

バスルームでなにかがささやいた。三人は顔を見合わせ、床から立ちあがってバスルームのドアの前に立った。ジェイムズ・ハリスの体をつめこんだ黒いビニール袋の山が蛇のようにのたうっている。その動きは力強く怒りに満ちていた。

「目玉に釘を打ち込んでやったのに」ミセス・グリーンが言う。

「あいつは止まらないよ」キティがうめき声をあげた。「だめだった。まだ生きてる」

玄関の呼び鈴が鳴った。

第四十章

「ほっとけば行っちゃうよ」メアリエレンが小声で言った。

今度は二回続けて鳴った。

ミセス・グリーンは手足が冷たくなった。メアリエレンは首の付け根から頭痛が始まるのを感じた。

キティは泣き声をあげた。

「お願い、行っちゃって」とささやく。「お願い、行っちゃって……お願い、行っちゃって……お願い、行っちゃって……」

黒いビニール袋の包みがバスルームでかさこそ音をたてた。ひとつが山から転がり落ち、ドスンと床にぶつかった。ドアのほうへもぞもぞ進み出す。

「電気がついてる」とメアリエレン。「明かりを消すのを忘れてた。シャッター越しに見えるんだよ。家にいるってわかるはず」

呼び鈴が三回続けて鳴った。

「誰がいちばんましな恰好?」メアリエレンがたずねた。三人はお互いを見た。メアリエレンとミセス・グリーンは血にまみれている。キティはいくつかあざがあるだけだった。

「うう、勘弁して」キティがうめいた。

「たぶんジョンソンの家の誰かだよ」とメアリエレン。「きっとビールが切れたんだ」

キティは三回深呼吸し、過呼吸に近い状態になった。それから廊下に出て階段をおり、玄関のドアに近づく。あたりは静まり返っていた。行ってしまったのかもしれない。

呼び鈴があまりやかましく鳴ったので、キティはかぼそい声をもらした。取っ手をつかみ、デッドボルトを動かして、細くドアをあける。

「遅すぎたかしら？」グレイスがたずねた。

「グレイス！」キティは叫び、腕をつかんでひっぱりこんだ。

その声が上の寝室まで届き、ふたりが一階に駆けおりてきた。血みどろのメアリエレンとミセス・グリーンが現れたとき、グレイスの顔から力が抜けた。ぞっとした表情で一同を見る。

「あれは白いカーペットよ」と告げた。

ふたりは凍りつき、階段をふりかえった。血だらけの足跡がカーペットのど真ん中をおりてきている。再度向き直ると、一歩さがったグレイスがなにもかもじっくり観察していた。

「まさか……」と言いかけたものの、最後まで続かない。

「自分で行って見てきて」とメアリエレン。

「どちらかというと見たくないけれど」とグレイス。

「いいえ」とミセス・グリーン。「疑いがあるなら見ておく必要がありますよ。あいつは二階のバスルームにいます」

グレイスは細心の注意を払って階段の血痕を避けながら、しぶしぶ出かけていった。足音が寝室を横切り、バスルームの入口で止まった。長いあいだ静寂が続いた。下に戻ってきたグレイスはおぼつかない足取りで、片手を壁に置いていた。血まみれの女三人をながめる。

「パトリシアはどうしたの？」と問いかけた。

三人はなにが起こったかくわしく伝えた。話を聞いているうちに、グレイスは決然とした表情になり、肩をいからせ、背筋をのばして立った。聞き終わると言う。「なるほどね。それで、あの男の処理はどうするつもりなの？」

「スチュア葬儀社はローパー病院とイーストクーパー病院にコネがあるの」とメアリエレン。「医療廃棄物を早朝と深夜に火葬場で焼くから。うちの車に医療用ごみ袋のでっかい箱を入れてきたんだけど……あれ、動いてるんだよね。あんな状態じゃ持っていけないよ」

グレイスが指で唇をとんとん叩くのを全員が見守った。

「それでもスチュアを使えるわ」と言い、手首の内側を確認する。「試合終了まであと三十分足らずよ」

「グレイス」メアリエレンが言った。乾いた血が顔の上でぱりぱり割れた。「ばらばらの体が入った動く袋をスチュアに持っていくわけにはいかないよ。見られちゃうもの。袋をあけられたら、なんなのか説明できないじゃない」

「地下墓室にベネットと私の骨壺をおさめる壁龕《へきがん》があるの」とグレイス。「共同墓地の奥の東側で、朝日に面してる場所よ。片方に首を、もう片方に残りを入れておけばいいわ」

「だけど、記録があるよ」とメアリエレン。「コンピューター上に。それに、あんたたちふたりが亡くなったときにどうするわけ？」

「記録ぐらい改竄《かいざん》できるでしょう」とグレイス。「ベネットと私のことなら、私たちがあの世に行くまで、まだ先が長いようにと期待しているの。さあ、この家のどこかに箱がないか探しましょう。メアリエレン、あなたとミセス・グリーンは客用寝室でシャワーを浴びてきて。濃い色のタオルを使ってバスタブに置いてくるのよ。せめて着替えは持ってきたんでしょうね？」

「車の中」とメアリエレン。

「キティ」とグレイス。「メアリエレンの車をここに持ってきてちょうだい。私は箱を探すわ。あなたたちふたりは体を洗ってらっしゃいな。通りが人でいっぱいになるまでにせいぜい四十分ぐらいしかないでしょうから、目的を持って進めましょう」

キティが車をまわしてくると、ビニールの中でうごめくばらばらの体をグレイスが箱につめるのを手伝って、玄関のドアまでえっちらおっちら運んでいった。ミセス・グリーンとメアリエレンの体は完全にきれいにはならなかったものの、少なくとも、全身血まみれ、という状態よりはましになっていた。

「試合はあとどのくらい？」みんなで最後のダンボール箱を玄関の前の山に積みあげたとき、グレイスがたずねた。

キティがテレビをつけた。

「……さあ、クレムゾンが時間稼ぎをしようとタイムをかけました……」アナウンサーがわめきたてた。

「五分もない」とキティ。

「じゃあ、まだ道が空いてるうちに車に荷物を載せましょう」とグレイス。

四人はほとんど走るように暗い玄関の階段を上り下りして、箱の山をメアリエレンのミニバンにほうりこんだ。ネズミをぎゅうづめにした箱を運んでいるかのように、内部でジェイムズ・ハリスが動いているのが感じられた。

作業が終わったとき、玄関ホールに立った一同は失敗を悟った。計画では、ジェイムズ・ハリスを地上から抹殺し、忽然《こつぜん》と姿を消したか、荷造りしてドアから出ていったように見せかけるため、家をぴかぴかにしておくことになっていた。だが、箱を積んだ玄関の前には血溜まりができているし、白いカーペットを敷いた階段にはべっとりと血の縞がつき、壁の上にも下にも血のしみが残っている。

手すりでは血だらけの手形が乾きかけており、一階からでも二階の廊下に広がる汚れが見て取れた。おまけに主寝室のバスルームだ。

周囲の家々からすさまじいどよめきがあがった。誰かがエアホーンを鳴らした。試合が終わったのだ。

「こんなの無理だよ」とメアリエレン。「誰かがあいつを探しにきて、ドアをあけた瞬間、殺されたって気がつくよ」

「泣き言はやめて」グレイスがぴしゃりと言った。「あなたは地下室のC24とC25を探してちょうだい、メアリエレン。見つけられるはずよ。あなたとキティがいちばん汚れていないから、ふたりでスチュア葬儀社に運転していって」

「あんたはどうするつもり?」メアリエレンはたずねた。「この場所を焼き払うとか?」

「ばかなことを言わないで」とグレイス。

「ミセス・グリーンと私が残るわ。ふたりとも、これまでの人生ずっと男どもの後始末をしてきたのよ。今回だって変わるものですか」

酔っぱらったフットボールファンが暗い中で互いにわめきたて、呼び交わしながら車に転がり込むと、通りのあちこちでヘッドライトがぱっと点灯した。地面からたちのぼる霧が低く道路を這っている。

「でも――」とメアリエレンは言いはじめた。

「〝もし〟や〝でも〟がキャンディやナッツだったら、毎日がクリスマスよ」とグレイス。「ほら、急いで」

キティとメアリエレンは足をひきずってミニバンに向かった。グレイスはふたりを送り出してドアをしめ、ミセス・グリーンをふりかえった。

「たいへんな仕事ですね」とミセス・グリーン。

「ふたりの分を合わせれば、八十年間家の掃除をしてきたんですもの」とグレイス。「受けて立ちましょう。さあ、重曹とアンモニアとホワイトビネガーと食器用洗剤がいるわ。シーツとタオルは洗濯機に入れて、作業しているあいだにしみこむようにカーペットにスプレーしておかないと」

「タオルとあの羽根布団はシャワーで洗うべきですよ」とミセス・グリーン。「熱湯にして、硬い毛のブラシと塩のペーストでこするんです。それから柔軟剤をたっぷり入れて、乾燥機にかけます」

「カーペットについた血のしみ用に過酸化水素水があるか探してみましょう」とグレイス。

「あたしはアンモニアのほうがいいですね」とミセス・グリーン。

「お湯？」グレイスはたずねた。

「いえ、水で」

「興味深いわね」とグレイス。

真夜中ごろ、メアリエレンがガソリンスタンドの公衆電話から電話してきた。

「終わった」と言う。「C24とC25。ぴったり密閉してきた。データベースは朝消去するから」

「ミセス・キャバノーはシーツにアイロンをかけているところですよ」とミセス・グリーン。「そのあとカーペットを洗浄して、あれこれ片付けて、そうすればおしまいですね」

「どんなふうに見える？」メアリエレンはたずねた。

「ここに誰も住んだことがないみたいに」とミセス・グリーン。

「パトリシアは？」

「眠ってますよ」とミセス・グリーン。「なんの音もたてずに」

「そっちへ拾いに行ったほうがいい？」

「家に帰りなさい」とミセス・グリーン。「この家が公共駐車場だと思わせたくないですからね。車で送ってもらいますよ」

「それじゃ」とメアリエレン。「がんばって」

ミセス・グリーンは電話を切った。

グレイスと一緒にシーツのアイロンかけを終わらせ、羽根布団をベッドに戻し、血痕を見逃していないか家の中を調べる。そのあと、グレイスが歩いて帰り、自分の車を持ってくるあいだに、ミセス・グリーンはパトリシアを一階にひっぱりおろし、ラジオを止め、明かりを消して、玄関を出たあとジェイムズ・ハリスの鍵でドアをロックした。

ベネットは一階のソファで酔いつぶれていたので、ふたりでパトリシアを客用寝室に入れ、グレイスがカーターに電話をかけた。

「スリックの病院へお見舞いに行ってから、結局ここにきて試合を観ることになったの」と伝える。「眠ってしまったのよ。起こさないほうがいいと思って」

「それがいちばんだろうな」カーターは言った。さんざん飲んでいたので、その台詞は〝それぎゃいちばにゃろにゃ〟と出てきた。「きみたち女性陣がなかなかおりしてよかったよ」

「おやすみなさい、カーター」グレイスは言って受話器を置いた。

ミセス・グリーンを家に送っていき、暗い家の前でおろす。

「いろいろ助けてくださってありがとう」と告げた。

「あした」ミセス・グリーンは言った。「車でアイアモに行って、うちの子たちを家に連れてきますよ」

「よかった」とグレイス。

「三年前、あなたは間違ってましたね」とミセス・グリーン。「間違ってたし、卑怯だった。それで人が死にました」

エンジンがアイドリングしているかたわらで、ふたりは車のルームランプに照らされて立ち、じっと見つめ合った。とうとうグレイスは、これまでの人生でほぼ一度も言ったことのない台詞を口にした。

「ごめんなさい」

ミセス・グリーンは小さくうなずいた。

「今晩きてくれて助かりました」と言う。「あたしたちだけじゃできませんでしたよ」

「私たちみんな、自分だけではできなかったわ」グレイスは答えた。


グレイスはパトリシアのベッドの脇に座り、椅子でうとうとした。パトリシアは朝の四時ごろはっと息をのんで目を覚ました。グレイスは汗ばんだ髪を顔からかきのけてやった。

「終わったのよ」と声をかける。

パトリシアはわっと泣き出した。グレイスは靴を脱いでベッドにもぐりこみ、相手が泣きたいだけ泣いているあいだ、隣でやさしくゆすってやった。続いて腹痛に襲われたパトリシアをバスルームへ支えていき、トイレに座って中身を出しきるまでドアの外に立っていた。ようやくトイレの水を流したとたん、パトリシアは便器の前に膝をついて嘔吐した。

グレイスはベッドに戻るのを手伝い、しきりと寝返りを打つ様子を隣に腰かけて見守った。そして最後に『冷血』の本を見つけてきた。

「ホルカム村はカンザス州西部の小麦畑がひろがる小高い平原に位置する」と、やわらかな南部なまりでパトリシアに読んで聞かせる。「ほかのカンザス人が〝あちら〟と呼ぶ寂莫とした地域だ。土地は平坦で、景観は驚くほど開けている。牛馬の群れ、ギリシャの神殿のように優美にそびえる何棟かの白い穀物倉庫が、そこに行きつくはるか手前から視界に入ってくる（トルーマン・カポーティ『冷血』佐々田雅子訳、新潮文庫）」

日が昇るまでそうして読んでやった。

第四十一章

パトリシアは最後に一回だけミス・メアリーに会った。

発熱は二日間続いたので、ただの夢だったのかもしれない。だが、年をとって、カーターがプロポーズしたとき自分が着ていた服も、ブルーの高校の卒業式が天気のいい日で外だったのか雨が降って体育館だったのかも、結婚記念日の日付さえ忘れてしまっても、十一月のある晴れた日の午後、目をあけて乾いたなめらかな手が頬をなでるのを感じ、ベッドの脇に黒い靴が一足立っているのを見たことは、決して忘れなかった。

不恰好で実用的な、踵の低い靴――学校の教師の靴だ。そこからのびる脚は肌色のストッキングを履いており、格子柄の木綿のワンピースの裾まで続いていたが、頭をあげてその上を見るだけの力がなかった。すると靴は向きを変えて寝室から出ていった。そして、パトリシアがいつまでもミス・メアリーに関して思い出すのは、あのつらい夕食でも、グレイスのパーティーのあとで無惨な姿を発見した夜の衝撃でも、水のコップにゴキブリが落ちた件でもなく、警告するために地獄から戻ってくるとは、どれほど息子を大切に思っていたのだろうということだった。

そのあとで、ミス・メアリーが戻ってきたのはカーターに警告するためではなかった、と思い出した。パトリシアに警告するために戻ってきたのだ。

熱は同じ午後のうちにさがった。朦朧《もうろう》として汗ばみ、這い出せないほど深い眠りについていたのに、次の瞬間、すべてがはっきりして、日の光に目をしばたたき、ベッドに起きあがったのだ。肌の汗は乾きかけており、目もよく見えた。トイレを流す音が聞こえ、グレイスがバスルームから出てきた。

「よかった、起きたのね」とグレイス。「水が一杯ほしい？」

「おなかが減ったわ」とパトリシア。

グレイスがなにか持ってくる暇もなく、カーターが部屋に飛び込んできた。

「起きたわ」グレイスが告げた。

「目が覚めてよかった」とカーター。「熱が出ていたんだ。今晩までにさがらなければ、病院へ連れていこうと準備していた」

「平気そうよ」パトリシアは言った。「ただおなかが空いているだけ。ブルーとコーレイはどこ？」

「大丈夫だ」とカーター。「聞いてくれ、どうやら――」それからグレイスの存在を思い出す。「いてくれてありがたいが、よかったら少しうちのとふたりにしてくれないか」

パトリシアがうなずいてみせたので、グレイスは「今日の夕方、また様子を見にくるわね」と言って部屋を出ていった。

カーターはグレイスが座っていたベッドの脇の椅子に腰かけた。

「どうやらグレイシャス・ケイを失うことになりそうだ。ジェイムズ・ハリスがいなくなったせいで、リーランドはあそこを手放すしかなくなった。あいつは大金を第三者預託していたんだが、その一部がなぜかもうそこにないんだ。すでにあの火事のあとから投資家が不安になっている。ジムがいなくなったことを連中が耳にして、リーランドが必要なだけ現金をかき集められなければ、僕らがつぎこんだ分を失うことになる。あいつがどこへ行ったか知らないか？　家はまったくからなんだ」

「カーター」パトリシアは言い、ベッドの上で身を起こした。「いまその話はしたくないわ。いつコーレイを家に連れて帰るか話したいの」

「男がひとり失踪しているんだぞ」とカーター。「ジムはうちの家族にとって大事な存在だ。子どもたちにとっても、あの事業にとってもな。少しでも所在に心あたりがあるのなら、話してもらう必要がある」

「ジェイムズ・ハリスのことはなにも知らないわ」とパトリシア。

もっともらしく聞こえなかったのだろう。カーターはその台詞を、パトリシアがなにか知っている証拠と受け止めた。

「きみの妄想に関することなのか？」とたずね、膝に肘をついて身を乗り出す。「また前後の見境をなくしてジムになにか言ったのか？　パティ、言わせてもらうが、もしきみが今回みんなを困らせる真似をしたんだったら……いったい何家族が影響を受けるか知りもしないくせに。リーランドもそうだし、うちも、ホースとキティも……」

カーターは立ちあがって室内をぐるぐる歩きまわりはじめ、なおもジェイムズ・ハリスや第三者預託口座、なくなった金、自己資金投資のことなどを延々としゃべり続けた。パトリシアはもはやこの男が誰なのかわからなくなったことに気づいた。かつて恋したカーショー出身の物静かな少年は死んでしまった。かわりにいるのがこの恨みがましい他人なのだ。

「カーター」パトリシアは言った。「わたし、離婚したいの」

二日後、パトリシアはベッドからやっとの思いで出て、スリックに会いに市内の病院へ運転していった。到着したときには眠っていたので、腰をおろして起きるのを待った。スリックは血色が悪く、たまに呼吸がひっかかった。いまでは酸素濃度を保とうとして、完全に酸素マスクをつけた状態だ。もう何年も前、眠っているジェイムズ・ハリスに出くわして、死んでいると思ったことがよみがえった。スリックはそんなふうに見えた。

「グレイスがもう……教えてくれたわ」スリックが目をあけて言い、話をするために顔からマスクを外した。「グレイスに……細かいところまで全部話をさせたの」

「わたしもよ」とパトリシア。「あいつにやられたせいで気絶してたから」

「どんなふうに……感じた？」スリックがたずねた。

スリックが相手でなければ、絶対にこんなことは言わなかっただろう。パトリシアは身を寄せた。

「すごく気持ちよかった」とささやいてから、すぐにジェイムズ・ハリスがスリックになにをしたか思い出し、身勝手で無神経なことを口にした気分になった。

「たいていの罪はそうよね」とスリック。

「どうしてあの子たちが自殺したかわかるわ」パトリシアは言った。「なにもかも完全で、安定していて、あったかくて心強いこの感じ。あれをもう一度ほしくてたまらないのに、はるか遠くへ逃げ出してしまって、二度と取り戻せないって気がするのよ。もうそれなしでは生きていたくなくなるわ。でも、そのまま生き続けてると、ずっと苦しいの。なにもかも肌にナイフがあたってるみたいで、関節がずきずきして」

「あの男は……私たちになにをしたの？」スリックはたずねた。「あいつのせいで……人を殺して……なにもかも……裏切って……いまみんな破綻しかけてる……」

パトリシアは点滴の針が刺さっていないほうの手をとった。

「子どもたちは無事よ」と言う。「それが大事なの」

スリックの喉が少しのあいだ動き、それから声を出した。「でも……シックスマイルの……子どもたちは……」

体を流れる血が鉛のように重い気がした。

「全員じゃないけど」パトリシアは言った。「でも、あなたとメアリエレンとキティの子どもたちは無事よ。ミセス・グリーンの男の子たちも。あの男は長いあいだこういうことをやってきたのよ、スリック。やめさせた人は誰もいなかった。わたしたちはやったわ。代償は払ったけど、あいつを止めたのよ」

「私は……どう？」スリックは問いかけた。「私……よくなるの？」

一瞬、嘘をつこうかと思ったが、あれだけのことをともに乗り越えてきて、いまさらそんな真似はできなかった。

「いいえ」と言う。「治らないと思うわ。本当に残念だけど」

スリックの手がぐっと食い込み、握られた指が折れるかと思った。

「なぜ？」マスクの奥からたずねる。

「あいつが死ぬ前になにか言ったって、ミセス・グリーンが教えてくれたの」パトリシアは答えた。「たぶんそうやって自分みたいな存在を作り出すのよ。あなたがされたのはそれだと思うわ」

スリックはじっとこちらを見つめた。瞳が血走って赤くなっている。それからうなずいた。

「体の中で……なにか育ってる……気がするの」と言う。「私が……死ぬのを待ってて……そのあと……孵化するのよ」

喉の下に片手をあてた。

「ここ」と言う。「なにか……新しいものよ……のみこみにくくて……」

ふたりはしばらく黙ったまま、手をとりあって座っていた。

「パトリシア……」スリックは言った。「バディ・バーをあした……連れてきて……遺言状を……変更したいの……火葬して……ほしいから……」

「わかったわ」とパトリシア。

「それと、絶対に……ひとりにしないで……」

「その心配はしなくて大丈夫よ」とパトリシア。

その通りだった。最期までずっと読書会の誰かがついていた。感謝祭の日、スリックの呼吸が苦しげになり、酸素濃度の数値が低下しはじめ、意識を失って二度と目覚めなかったときには、キティがその場にいて『冷血』を読んでやっていた。救急蘇生チームの面々が部屋に駆け込んでスリックを囲み、片隅に押しやられたときでさえ、キティは唇だけを動かしてそっと読み続け、祈りのように本の言葉をささやいた。

スリックの葬儀の数日後、ラグタグが円を描いて歩きはじめた。パトリシアが気づいたのは、部屋の端に沿って必ず左まわりに歩き、決して右まわりにはならないことだ。ときどき入口を通り抜けながらドアにぶつかっていた。パトリシアはドクター・グラウスのところへ連れていった。

「悪い知らせがふたつあるね」ドクター・グラウスは言った。「ひとつめは、ラグタグに脳腫瘍があることだ。今日あしたに死ぬわけじゃないし、苦痛を感じているわけでもないが、この先悪化するだろう。そうなったら連れてきなさい、眠らせてやろう」

ふたつめの悪いニュースは、腫瘍を見つけるための検査に五百二十ドルかかるということだった。パトリシアは小切手を書いた。

帰宅してからブルーに伝えた。最初に言われたのは「コーレイを連れてこないと」だった。

「それは無理だって知ってるでしょ」パトリシアは告げた。

そんなことができるはずがない。サザンパインズに八週間滞在する分を支払い済みだし、セラピストやカウンセラーや医者に診せる一連のプログラムが組んである。そしてみんな、睡眠障害があるうえ落ち着きなく不安そうで、集中力に欠けているから、コーレイの退所の時期を早めるのは軽率だ、と言い続けてくるのだ。だが、きのう訪れたときには、口数は少なかったものの、目つきもはっきりして落ち着いているように見えた。

「母さん」ブルーの言い方は、まるでパトリシアの耳が聞こえにくくなっているかのようだった。「ラグタグはぼくより年上なんだよ。コーレイのはじめてのクリスマスプレゼントだったんだろ。病気だったらラグタグはこわがるよ。コーレイがついてやらなきゃ」

　パトリシアは反論したかった。コーレイのプログラムを中断するわけにはいかない。医師たちがいちばんよく知っているはずだと指摘したかった。コーレイがいようがいまいがラグタグにはわからないし、どうせコーレイはほとんどラグタグを無視していたと言ってやりたかった。そのかわり、コーレイに帰ってきてほしくてたまらないことを自覚して、こう答えた。「そうね」

　ブルーと一緒に車でサザンパインズへ行くと、医師たちの助言に逆らって娘を退所させ、家に連れて帰った。コーレイの姿を見ると、ラグタグは寝そべっていた床に尻尾を打ちつけはじめた。

　その週末、ブルーとコーレイがラグタグのそばにはりついているあいだ、パトリシアは一歩引いて見守った。ふたりはラグタグがそこにいないものに吠えつけばなだめ、ドライフードを食べようとしなければ店に行ってウェットタイプのドッグフードを買ってきた。日のあたる裏庭やソファの上でラグタグのかたわらに座った。日曜の夜、事態が悪化したにもかかわらずドクター・グラウスの診療所はしまっていたが、家族コーナーをぐるぐる歩きまわり、目に見えないなにかに吠えかかったりかみついたりしているラグタグに、ふたりとも夜通し付き添った。低い声で語りかけては、いい子だね、がんばってるね、ひとりぼっちにしたりしないから、と伝えていた。

　パトリシアが一時ごろベッドに入ったときには、どちらもまだ寝ずにラグタグの看病をしているところだった。うろうろするラグタグがそばにくればぽんと叩いてやって話しかけ、これまで見たことがないほど辛抱強くつきあっていた。朝の四時ごろ、はっと目が覚めて忍び足で一階へ行った。ふたりと一匹は家族コーナーのソファに寝そべっていた。コーレイとブルーがそれぞれ外側で眠っている。ラグタグはふたりのあいだに横たわって死んでいた。

三人は力を合わせて家の脇にラグタグを埋めた。子どもたちが泣いているあいだ、パトリシアはふたりとも抱きしめていた。翌日の晩にはカーターが戻ってきた。ふたりは腰をおろして、離婚することになったとコーレイとブルーに報告した。この先どうなるかカーターが説明した。

「これからはこうなる」と告げる。子どもは確実なことを好むから、新しい現実をはっきり知らせるには僕のほうが適任だ、とパトリシアは言われていた。「ピアレイトクルーズの家とビーチハウスは僕のものだ。学校と大学の費用は僕が払うから、心配しなくていい。それに、いつまでも好きなだけ僕とここに住んでかまわない。こうすると決めたのは母さんのほうだから、新しい住居を探すことになる。あまり広くないかもしれないし、マウントプレザントの別の地域になるかもしれないな。車は一台しかないから、きっと友だちと会うときにも借りられないだろう。ひょっとすると、母さんが別の町に引っ越さなければならなくなる可能性もある。別に誰かを懲《こ》らしめるためにこういうことを言っているわけじゃないぞ。ただ、環境がどう変わるか、現実的に考えてほしいからだ」

それから、カーターは週の平日はどちらと一緒にいたいかたずねた。子どもたちはふたりともパトリシアを驚かせた。「母さん」と言ったのだ。

冷血

1997年2月

第四十二章

パトリシアは共同墓地に入り、トートバッグをゆらしながら車からおりた。冬によくある寒さのきびしい日だった。視界に映る空は巨大な青いドームで、へりが白く、天頂にかけてコマドリの卵の青に濃く染まっている。墓標のあいだをまがりくねって続く道を歩いていき、目的の列についたところで芝生にあがった。スリックの墓石まで進んでいくと、靴の下で乾いた芝がぱりぱり音をたてた。

でこぼこの地面を歩くときにはいつものことだが、内腿がずきずきした。コーレイも同じ種類の痛みを感じている。それは娘と分かち合っているものだ。だが、コーレイにずっと続くのを受け入れるつもりはなかった。ふたりはもう専門家の診察を受けはじめていた。ある医師は、コーレイに輸血して合成エリトロポエチンを数回投与すれば、赤血球が増えて痛みがなくなるかもしれないと考えていた。この治療を試す費用はひとり分しかない。パトリシアはそれでかまわなかった。

誰もがすっからかんになっていた。リーランドは年が明けた直後に破産を宣告し、いまはケヴィン・ホークに委託されて家々を販売していた。キティとホースはほぼ全財産を失い、シーウィー農場を少しずつ切り売りしてやりくりしている。カーターがどれだけグレイシャス・ケイにつぎこんだのか知らなかったが、パトリシアの弁護士が養育費を送るよう催促する頻度から判断すると、大金らしかった。

ジェイムズ・ハリスは危機が訪れるのを見越して荷物をまとめ、町からこっそり出ていったのだ、とみんな考えていた。誰もあれこれ訊いたりしなかった。なにしろ捜し出すのはたいへんな作業だし、連れ戻したところで気まずい質問をすることになるだけで、実際に答えを聞きたい者などいない。結局、金持ちの白人が何人か金を失い、貧乏な黒人が何人か家を失った。それが世のなりゆきというものだ。

一月にグレイシャス・ケイへ車で行ってみた。建設機器は片付けられて、いまでは家々の骨組だけが未完成のままわびしく建ち、巨大な骸骨さながらに風雨に浸食されている。パトリシアは舗装道路を通って住宅団地の中心部を抜け、はるばるシックスマイルまで戻った。ミセス・グリーンは息子たちが高校を卒業するまでそばにいるため、アイアモに引っ越していたが、戻ってきた人々もいた。幼い子どもがわらわら集まって、マウントザイオンAME教会の壁に古いテニスボールをはずませている。私道のいくつかに車がとまっているのが見え、一握りの煙突から街路に流れ出た木の煙のにおいが漂っていた。

スリックは死ぬ前に全員のためにプレゼントを用意し、メアリエレンが十二月に車で配ってまわった。パトリシアはもらったピンクのスウェットシャツを広げて胸にあててみた。まぐさ桶で眠っている赤ん坊のイエスの絵がついていたが、その桶はどういうわけか、てっぺんに本物の鈴をつけて、スパンコールをちりばめたクリスマスツリーの下にあった。〝この季節の理由を思い出そう〟と筆記体で記されている。

「あの人、グレイスにもこういうのを作ったの？」パトリシアはたずねた。

「グレイスがこれを着てる写真があるよ」とメアリエレン。「見たい？」

「ショックに耐えきれないと思うわ」パトリシアは答えた。

パトリシアと子どもたちは、グレイスとベネットの家でクリスマスディナーを食べた。皿を片付けたあと、コーレイとブルーが車に先に行っているあいだに、グレイスは残り物の包みを入れた袋をよこした。それから、玄関ホールのテーブルの引き出しに手をつっこんで分厚い封筒をとりだすと、袋の中にさしこんだ。

「メリークリスマス」と言う。「このことについては言い争いをしたくないわ」

　パトリシアは袋をテーブルに置いて封筒をあけた。すりきれた二十ドル札の束がぎっしりとつめこまれていた。

「グレイス――」と言いはじめる。

「結婚したとき」グレイスはさえぎった。「母がこれをくれたの。妻はどんなときでも、万が一に備えて自分のお金を確保しておくべきだと教えてもらったわ。いまはあなたに持っていてほしいのよ」

「ありがとう」パトリシアは言った。「いつか返すわ」

「いいえ」とグレイス。「絶対にやめてちょうだい」

　その金の一部は、コーレイとブルーにちゃんとしたクリスマスを与えるために使った。ジェイムズ・ハリスから受け取ったままの現金二千三百五十ドルに残りの金額を足して、橋の近くに建っている二部屋の完成済みマンションの頭金として払った。いま住んでいるところには寝室がひとつしかなく、ブルーはソファで寝ていたからだ。

　パトリシアは『冷血』の本をトートバッグから出し、スリックの墓石の前に置いた。ねじ蓋のついたケンダル・ジャクソン（カリフォルニア州のワインメーカー）のミニボトルとワイングラスもとりだし、グラスにワインをそそいで本の上に載せる。ひっくり返らないように気をつけてから、この墓参りで習慣になっていることをした。地上にある壁龕まで歩いていき、C24とC25を見つけたのだ。表面は無地で、名前さえ書かれていない。名前が記されることは決してないだろう。

　ジェイムズ・ハリスは何者だったのだろう、とパトリシアはいぶかった。いつからこの国を旅してまわっていたのか。通ったあとに何人死んだ子どもを残してきたのか。カーショーのような小さな町をいくつ吸いつくしてきたのか。誰も知ることはあるまい。あまりに長く生きて、もはや自分でもわかっていなかったのではないだろうか。オールドビレッジにくるころには、きっと長すぎる過去がぼやけてかすみ、永遠の現在に生きていたのだろう。

ジェイムズ・ハリスは誰も残さなかった。子どもも、共有する思い出も、過去のできごとも。誰ひとりあの男の話をする者はない。通りすぎたあとに刻まれたのは苦痛だけで、それも時とともに薄れるだろう。殺された人々のことは悼んでも、その人々を愛した者たちは先へ進む。また恋をして、子どもを生み、年をとり、今度は自分が子どもたちに悼まれる側になる。

ジェイムズ・ハリスは違う。

これが本なら『ジェイムズ・ハリスの謎めいた失踪』という題名になるだろうが、いいミステリにはならない。パトリシアはすでに答えを知っているからだ――ジェイムズ・ハリスの身に起きた謎はパトリシア・キャンベルだと。

だが、ひとりで解決したわけではない。

もしメアリエレンがスチュア葬儀社で働いていなかったら、もしグレイスとミセス・グリーンが家の掃除の達人でなかったら、もしキティがあれほど見事な一撃を食わせなかったら、もしスリックが全員に電話して病室に集まるよう説得しなかったら、もしパトリシアがあんなにたくさん犯罪ノンフィクションを読んでいなかったら、もしミセス・グリーンが断片をつなぎあわせなかったら、もしミス・メアリーが写真を見つけなかったら、もしあの日マージョリー・フレットウェル宅の私道でキティに声をかけられなかったら。

洗濯をしたり食器を洗ったりしているとき、ふと手が止まることがある。どんなに危機一髪だったか思い出すと、恐怖に圧倒されて鼓動が二倍の速さになり、体じゅうの血がふくれあがるのだ。

みんな力では劣っていたし、あの男より頭がよかったわけでも、用意周到だったわけでもない。だが、さまざまな事情が重なって団結し、大勢の人々が失敗したのに成功することができた。自分たちがどう見えるかは知っている。白ワインを飲みながら長々と本について話す、たわいない南部の女たちだ。申し合わせて車に相乗りし、膝小僧をすりむいた子にキスしてやり、あれこれ用を足して、秘密のサンタになり、パートで歯の妖精を務める、実用的なジーンズとはなやかなセーターの一団。（わたしたちのことは好きなように考えればいい）パトリシアは思った。（間違いもしたし、たぶん自分の子どもたちに一生残る傷をつけることになった。サンドイッチを凍らせたり、相乗りの当番を忘れたり、離婚したりもした。でも、肝心なときには最期までやりぬいたわ）

思い切ってぎりぎりまで壁龕に身を寄せ、耳をすました。離れた幹線道路を車が通りすぎていく。もっと近くでは木立の鳥がさえずり、風が枝をざわざわと鳴らしている。そうしたものすべての裏で、なにかひっそりと執拗な音がしていた。ありえないことだとわかっていたが、外界のさまざまな響きの奥に、ビニールにくるまれてのたうち、やみくもに出口を求めて這いずりながら、暗闇で永遠にうごめくもの、たえず自分を解放してくれる弱さを探し求めているものの気配が聞き取れる気がした。

なにもかも変わってしまった。パトリシアは離婚した。友人は死んだ。娘と息子は一抹の影を背負っており、その影がいつまで残るのか、どこまで広がっているのかわからない。シーウィー農場は住宅開発業者に売却されかけている。シックスマイルの住民は散り散りになった。義母は死んだ。自分は夫ではない男とある種のつながりを持ち、そのあとで殺した。

どれひとつ後悔していない。壊されたもののおかげで、残ったものが以前よりはるかに貴重な存在になったのだ。はるかに確乎《かっこ》とした、大切なものに。

パトリシアは壁龕から一歩さがると、ジェイムズ・ハリスの亡骸《なきがら》に背を向け、車のほうへ歩いていった。スリックの墓標の前では足を止めなかった。朝に戻ってきて、ワイングラスと本を持っていこう。だが、いまはまだいい。
読書会に行かなくては。

読書会メンバーへ、楽しい休暇を！＊訳注

マウントプレザント文学会にとってすばらしい一年でしたね、みなさん！

新たな世紀へ向かおうと心構えするにあたってふりかえると、私たちの読書会にとって、十二年目は本当に、これまでの中で最上の年だったと言えるでしょう。未来がなにをもたらすかは誰にもわかりませんが、このお休みの季節に大切な人たちと過ごすとき、一九九九年に読んだ偉大な本に思いをはせて楽しんでもらえたらいいですね。もしよかったら、そして時間があれば、このささやかな詩が記憶をよみがえらせる助けになりますように！

この一年、たくさん知りましたね。
恐怖と脅威、殺人と不安について。
実にひどい母親のテリーザ・クノルについて、
またお互いについても山ほど。

ジャンティ・クピアはみごとな話し手だとわかりました。

フィリップ・カルロの本、『ナイト・ストーカー』[49]に関して。

われらがニコール・デ・ジャクモの導きにより
『決して彼女を離さない』[50]のすばらしい討論もありました。

画家のアンディ・リードは図表や絵を使い
誰の子が本物の『悪い種子』[51]なのか、私たちに疑問を持たせました。

それにケイト・マクガイアが二年にわたってリクエストしたあと
ようやく『夜明けのヴァンパイア』を読めて、みんなほっとしています。

『ろくでなしボーン』[52]を読むよう主張した
モニカ・ヒューレットのおかげでみんな狭心症になりましたが。

「誰も完璧じゃない、だが少なくとも
俺たちはフレッドでもローズマリー・ウエストでもない」と言ったとき
リック・チロットは十月の本をみごとに要約しました。

それからジュリアとキャット、アン・ヘンドリクスの三人姉妹は
『内なる殺人者』[53]についてずいぶん言うことがありましたね。

二十世紀が急いで立ち去るにあたり
伝えることを忘れてはいけません
われらがひいきの文法学者、エイミー・J・シュナイダーにも、ありがとうと。
それに司書ナンバーワン、ベッキー・スプラトフォードも忘れずに。

もちろん、こうした女性たちひとりひとりの裏には男性がいます。たいていどこかに車をとめていたり、なぜテーブルに米がないのかたずねたりしていましたね。今年、とりわけ数人が期待をはるかに超えてくれました。そういうわけで、読書会が野蛮人の群れのごとく自宅に押しかけたとき、よけいな手出しをしないでいてくれたジョシュア・ブライムズ、アダム・ゴールドワーム、ジェイソン・レクラク、ブレット・コーエン、そしてドギー・ホーナーへ大きな抱擁《ハグ》を。
あなたたちがいなかったら、この本を全部読み終わるのは無理でしたよ！

今年特別な軽食を提供してくれたすてきな人たちの何人かも忘れないようにしましょう、たとえばデイヴィッド・ボーゲニクト、ジョン・マガーク、メアリー・エレン・ウィルソン、ジェイン・モーレイ、マンディ・ダン・サンプソン、クリスティーナ・スキラッチ、ミーガン・ディパスケール、ケイト・ブラウン、モリー・マーフィーなど。

最後に、記憶にあるかぎり人生の一部だった大チャールストン文学会に心から感謝します――スージー・バー、ヘレン・クック、イーヴァ・フィッツジェラルド、キティ・ハウエル、クロフト・レイン、ルシール・ケラー、キャシー・ホームズ、ヴァレリー・パパドプロス、ステファニー・ハント、ナンシー・フォックス、エレン・ガワー、そしてもちろん、シャーリー・ヘンドリクス。全員がこの先何年も読み続けてくれますように！
西暦二〇〇〇年を越えて会いましょう！

マージョリー・フレットウェル

＊訳注　念のため補足すると、この「読書会メンバーへ、楽しい休暇を！」は本の制作にかかわった方への著者の謝辞です。

文献

＊1　スティーヴン・W・ホーキング『ホーキング、宇宙を語る――ビッグバンからブラックホールまで』林一訳（早川書房、一九八九年／ハヤカワ文庫NF、一九九五年）
＊2　アラン・ペイトン『叫べ、愛する国よ』村岡花子訳（聖文舎、一九六二年）
＊3　Johanna Michaelsen, *Like Lambs to the Slaughter: Your Child and the Ocoult*, 1988.
＊4　トマス・ハーディ『日蔭者ヂュード』〔上中下〕大沢衛訳（岩波文庫、一九五五年）／『日陰者ジュード』川本静子訳（国書刊行会、一九八八年／中公文庫、二〇〇七年）
＊5　John Bloom and Jim Atkinson, *Evidence of Love: A True Story of Passion and Death in the Suburbs*, 1984.［一九八〇年にテキサスで起きた主婦殺人事件についての犯罪ノンフィクション］
＊6　Edward Keyes, *The Michigan Murders: The True Story of the Ypsilanti Ripper's Reign of Terror*, 1976.［一九六七～一九六九年にミシガン州で起きた若い女性の連続殺人事件についての犯罪ノンフィクション］
＊7　Joan Barthel, *A Death in Canaan: A Classic Case of Good and Evil in a Small New England Town*, 1976.［一九七三年にコネチカット州で起きた十八歳の少年による母親殺人事件についての犯罪ノンフィクション］
＊8　Jerry Bledsoe, *Bitter Blood: A True Story of Southern Family Pride, Madness, and Multiple Murder*, 1988.［一九八四～一九八五年にノースカロライナ州などで起きた裕福な一族内の殺人事件についての

犯罪ノンフィクション

＊9 トマス・ハリス『羊たちの沈黙』菊地光訳（新潮文庫、一九八九年）／〔上下〕高見浩訳（新潮文庫、二〇一二年）

＊10 ティム・カーヒル『第四のジャック――多重人格殺人犯の肖像』北沢和彦訳（徳間書店、一九九三年）〔シリアルキラーのジョン・ゲイシーについての犯罪ノンフィクション〕

＊11 ダーシイ・オブライエン『丘腹の絞殺魔』河合修治訳（中央アート出版社、一九九六年）〔一九七七～一九七八年にロサンゼルスで起きた女性連続殺人事件についての犯罪ノンフィクション〕

＊12 ウィリアム・シェイクスピア『シェイクスピア全集12　タイタス・アンドロニカス』松岡和子訳（ちくま文庫、二〇〇四年）ほか

＊13 Vincent Bugliosi, ***Helter Skelter: The True Story of the Manson Murders***, 1974.〔チャールズ・マンソンとその「ファミリー」による犯罪についてのノンフィクション〕

＊14 トルーマン・カポーティ『冷血』龍口直太郎訳（新潮社、一九六七年）／佐々田雅子訳（新潮文庫、二〇〇六年）ほか

＊15 ロバート・グレイスミス『ゾディアック』イシイシノブ訳（ヴィレッジブックス、二〇〇七年）〔シリアルキラーのゾディアックについての犯罪ノンフィクション〕

＊16 アン・ルール『テッド・バンディ――「アメリカの模範青年」の血塗られた闇』〔上下〕権田萬治訳（原書房、一九九九年）

＊17 Joe McGinniss, ***Fatal Vision***, 1983.〔妻と二人の娘の殺人の罪に問われた元医師についての犯罪ノンフィクション〕

＊18 ロバート・M・パーシグ『禅とオートバイ修理技術』五十嵐美克・兒玉光弘訳（めるくまーる社、一九九〇年）／五十嵐美克訳（ハヤカワ文庫、二〇〇八年）

＊19　ティム・レイターマン&ジョン・ジェーコブズ『人民寺院――ジム・ジョーンズとガイアナの大虐殺』越智道雄監訳（ジャプラン出版、一九九一年）
＊20　ロバート・ジェームズ・ウォラー『マディソン郡の橋』村松潔訳（文藝春秋、一九九三年／文春文庫、一九九七年）
＊21　ヘルマン・ヘッセ『荒野のおおかみ』高橋健二訳（新潮文庫、一九七一年）ほか
＊22　スティーヴン・キング『呪われた町』永井淳訳（集英社、一九七七年／〔上下〕文春文庫、二〇二〇年）ほか
＊23　コーネリアス・ライアン『遥かなる橋――史上最大の空挺作戦』〔上下〕八木勇訳（早川書房、一九七五年／ハヤカワ文庫、一九八〇年）
＊24　アン・ルール『スモール・サクリファイス　上　虐待の連鎖』『スモール・サクリファイス　下　ママがわたしを撃った』曽田和子訳（実業之日本社、二〇〇二年）
＊25　ウィリアム・L・シャイラー『第三帝国の興亡』〔1〜5〕井上勇訳（東京創元社、一九六一年）／松浦伶訳（東京創元社、二〇〇八年）
＊26　ブラム・ストーカー『吸血鬼ドラキュラ』平井呈一訳（創元推理文庫、一九七一年）／田内志文訳（角川文庫、二〇一四年）ほか
＊27　Vincent Courtney, *Vampire Beat*, 1991
＊28　シオドア・スタージョン『きみの血を』山本光伸訳（早川書房、一九七一年／ハヤカワ文庫、二〇〇三年）
＊29　Michael Talbot, *The Delicate Dependency: A Novel of the Vampire Life*, 1982.
＊30　S・P・ソムトウ『ヴァンパイア・ジャンクション』金子浩訳（創元推理文庫、二〇〇一年）
＊31　レイ・ガートン『ライヴ・ガールズ』風間賢二訳（文春文庫、二〇〇一年）

＊32 T. Chris Martindale, *Nightblood*, 1989

＊33 Les Daniels, *No Blood Spilled*, 1991

＊34 Richard Lee Byers, *The Vampire's Apprentice*, 1992

＊35 アン・ライス『夜明けのヴァンパイア』田村隆一訳（早川書房、一九八一年／ハヤカワ文庫、一九八七年）

＊36 アン・ライス『ヴァンパイア・レスタト』〔上下〕柿沼瑛子訳（扶桑社ミステリー、一九九四年）

＊37 Suzy McKee Charnas, *The Vampire Tapestry*, 1980.

＊38 Chelsea Quinn Yarbro, *Hôtel Transylvania: A novel of forbidden love*, 1978.

＊39 Miklós Nyiszli, *Auschwitz: A Doctor's Eyewitness Account*, translated by Tibere Kremer and Richard Seaver, 1960.

＊40 トム・クランシー『いま、そこにある危機』〔上下〕井坂清訳（文春文庫、一九九二年）

＊41 ニコラス・エヴァンス『ホース・ウィスパラー』〔上下〕村松潔訳（新潮社、一九九六年／新潮文庫、一九九八年）〔『モンタナの風に抱かれて』として映画化された〕

＊42 コーマック・マッカーシー『すべての美しい馬』黒原敏行訳（早川書房、一九九四年／ハヤカワepi文庫、二〇〇一年）

＊43 アンディ・マクナブ『ブラヴォー・ツー・ゼロ――SAS兵士が語る壮絶な湾岸戦記』伏見威蕃訳（早川書房、一九九五年）／『ブラヴォー・ツー・ゼロ――SAS兵士が語る湾岸戦争の壮絶な記録』（ハヤカワ文庫、二〇〇〇年）

＊44 ジェームズ・レッドフィールド『聖なる予言』山川紘矢・山川亜希子訳（角川書店、一九九四年／角川文庫、一九九六年）

＊45 ジャック・キャンフィールド＆マーク・V・ハンセン『こころのチキンスープ――愛の奇跡の物

語』木村真理・土屋繁樹訳（ダイヤモンド社、一九九五年）

*46 William Powell, *The Anarchist Cookbook*, 1971.

*47 ジョン・グレイ『ベスト・パートナーになるために――「分かち愛」の心理学』大島渚訳（三笠書房、一九九三年）／『ベスト・パートナーになるために 男は火星《マース》から、女は金星《ヴィーナス》からやってきた』〔新装版〕大島渚訳（三笠書房、二〇一三年）ほか

*48 Ann Rule, *Dead By Sunset: Perfect Husband, Perfect Killer?*, 1995.〔アン・ルールによる一九八六年にオレゴン州で起きた女性殺人事件についての犯罪ノンフィクション〕

*49 Philip Carlo, *The Night Stalker: The Life and Crimes of Richard Ramirez*, 1996.

*50 Ann Rule, *And Never Let Her Go: Thomas Capano: The Deadly Seducer*, 1999.

*51 ウイリアム・マーチ『悪い種子』北村太郎訳（早川書房、一九五六年／ハヤカワ・ミステリ、一九六〇年）

*52 ドロシー・アリスン『ろくでなしボーン』亀井よし子訳（早川書房、一九九七年）

*53 ジム・トンプスン『内なる殺人者』村田勝彦訳（河出文庫、一九九〇年）

実録殺人マニアのための読書会

特殊翻訳家
柳下毅一郎

サウスカロライナ州の郊外町であるマウントプレザントに住む白人有閑主婦たちによる「西洋社会の偉大な本を読む」読書会から追い出されたパトリシアは、不良主婦キティに誘われて実録犯罪本を輪読する意識の低い読書会に参加することになる。悪趣味の極みのような実録犯罪本だが、実のところ、アメリカでは肩の凝らない娯楽として広く受け入れられた存在である。そこにはグロテスクでおぞましい恐怖があり、興味深い人間精神の探求があり、下世話なゴシップの三面記事がある。夕刊紙や女性雑誌を分厚くしたようなもの、と言えばいいのかもしれない。パトリシアたちの読書会はやがて思わぬ方向に転がっていく。だが、ここでは、彼女たちが読む本のうちのいくつかを紹介していきたい。その中のいくつかは、彼女たちの冒険にも深くかかわっているからだ。

John Bloom & Jim Atkinson の *Evidence of Love*（愛の証拠）は一九八〇年にテキサス州であった殺人事件を扱っている。主婦キャンディ・モンゴメリーは教会でベティ・ゴアと出会って友人になるが、その直後、ベティの夫と情事をはじめる。二人は最終的に別れることになるが、その直後、ベティは自宅で斧でめった打ちにされて殺害された。四十一回も打たれていたが、そのうち四十回は、まだ彼女が生きているうちの打撃だったという。キャンディは逮捕されるが、最初にベティから斧で襲われた正当防衛だった、と主張した。裁判では、幼少期のトラウマで怒りの発作が起きてしまうのだというキャンディの主張が認められ、彼女は無罪になった。

Edward Keyes の ***The Michigan Murders***（ミシガン連続殺人）は一九六七年から六九年にかけて、ミシガン州のアナーバー周辺で、若い娘ばかり七人も殺害した連続殺人鬼ジョン・ノーマン・コリンズについてのノンフィクションである。まだ連続殺人鬼なるものが有名になる前の存在ゆえ知名度はさほどでもないが、凶悪性は後年の有名殺人鬼に勝るとも劣らない。少女を誘拐すると暴行して殺害、しばしば死体損壊もおこなった。彼は最後の殺人の一週間後に逮捕され、終身刑を宣告された。

Joan Barthel の ***A Death in Canaan***（ケイナンの死）は一九七三年九月、コネティカット州の小さな町で起きた殺人事件を扱っている。その日、十八歳のピーター・ライリーが帰宅すると、彼を迎えたのはシングルマザーであった母バーバラの惨殺死体だった。警察はピーターを殺人容疑で逮捕した。長時間の取り調べを受け、嘘発見器の結果を突きつけられたピーターは殺害を自白した。だが、ピーターの無罪を信じる町の人々はカンパを募って保釈費用を出し、弁護士を雇った。この事件は全米の注目を集め、アーサー・ミラーからジャック・ニコルソンまで多彩な人々がピーターの支援に声をあげた。ジョーン・バーセルの本にはウィリアム・スタイロンが序文を寄せている。ピーターは七三年の裁判で主として自白を元に有罪判決を受けるが、四年後の再審で無罪が認められた。だが、彼の母を殺した犯人はわからないままである。

Jerry Bledsoe の ***Bitter Blood***（苦き血）はノースカロライナ州郊外の裕福な一家にまつわる恐るべき事件の記録であり、全米でベストセラーになった。一九八四年、豪邸に住む未亡人ドロレス・リンチとその娘が射殺されているのを、家を訪れた人が発見した。自然、唯一の相続人である息子トムに疑惑の目が向いたが、ほどなく彼への容疑は取り下げられる。歯科医のトムは著名な法曹一家の娘スージーと結婚していたが、夫婦仲は冷え切っており、トムは病院の歯科助手の娘と親密になっていた。

事件が迷宮入りかと思われたとき……予想外の展開が次々に起こり、まさしく連続ドラマの趣がある事件だが、実際にテレビドラマ化されている。

ティム・カーヒルの『第四のジャック』はジョン・ウェイン・ゲイシー、一九七二年から七八年のあいだにシカゴで三十三人の少年を殺害した連続殺人鬼についての本である。建築業者だったゲイシーは地元の名士であり、ピエロの格好で福祉施設の慰問をしたことから「キラー・クラウン」と呼ばれるようになる。彼はアルバイトなどの名目で誘いこんだ少年たちを拘束しておいて暴行、痛めつけたのち窒息させるなどして殺した。ゲイシーは裁判では多重人格を主張し、カーヒルもその主張に添うかたちでこの本を発表した。だが、裁判ではゲイシーの主張は認められず、死刑判決がくだされた。彼は一九九四年に処刑されている。

『丘腹の絞殺魔』(ダーシイ・オブライエン)とは「ヒルサイド・ストラングラー」と呼ばれた二人組の殺人鬼、アンジェロ・ブオーノとケネス・ビアンキのことである。いとこ同士の二人は一九七七年から一九七八年にかけてロサンジェルスで十人以上の女性を殺害した。二人組の殺人鬼という珍しいタイプである(単独犯と思われていたので、単数形の「ストラングラー」と渾名がついた。ただし、警察は複数の人間が犯行にかかわっていると知っていたという)。二人は女性を拉致し、暴行したのち絞殺し、死体を車から丘腹に捨てていった。当初、二人のうちでは年長のブオーノが犯行を主導したものと思われていたが、取り調べが進むうちに狡猾で頭のいいビアンキが、粗暴なブオーノを操って犯行を起こしたと考えられるようになった。ビアンキは拘置所内から「ファン」の女の子に頼み、模倣犯罪をさせようとしたことさえある。現場に自分の精液を残せば、冤罪と認められるだろうと考えたのだ。二人はともに終身刑を受けた。

Vincent Bugliosi の ***Helter Skelter***(ヘルター・スケルター)が扱うのはチャールズ・マンソンの〝ファミリー〟によるシャロン・テート惨殺事件、あるいはアメリカ史上もっとも有名な殺人かもしれない。ブリオシ（バグリオーシとも）はLA郡地方検事補としてマンソンを起訴し有罪に持ちこんだ事件の立役者である。本は捜査内容をも含む第一級の資料であり、全米でベストセラーとなった。若い頃から刑務所を出入りしていた詐欺師のマンソンは、十代の少女たちを集めてヒッピー・コミューンを作りあげていた。ブリオシはマンソンが〝ファミリー〟の子供たちを洗脳し、世界最終戦争を引き起こすために無差別殺人を犯させたのだと主張した。マンソンがどこまで〝ファミリー〟メンバーを支配していたのかについては疑問も残る。シャロン・テートらの惨殺現場は、黒人過激派の仕業に見せかけようと考えた〝ファミリー〟メンバーの手によって、血で「ＰＩＧＳ」などの文字が書き殴られる凄惨なものだった。

トルーマン・カポーティによる『冷血』はニュー・ジャーナリズムの源流とされる傑作ノンフィクション。一九五九年十一月、刑務所で出会ったリチャード・ヒコックとペリー・スミスの二人は、カンザス州の農家を襲って一家四人を惨殺する。金目当てで子供までも皆殺しにするというまさしく「冷血」きわまりない犯行だった。カポーティは加害者を含む関係者から長時間にわたって話を聞き、綿密な調査によって事件のすべてを描き出そうとした。とりわけ自分と境遇の似たところがあったペリー・スミスに惹かれていたという。

「ゾディアック」は一九六八年から翌年にかけて四件の事件で最低五人を殺した殺人鬼の名前である。新聞社への声明文で「こちらはゾディアック」と名乗ったことからこの名前で呼ばれることになった。ゾディアックはベイエリア周辺でカップルを襲って銃撃したのである。当時サンフランシスコ・クロニクル紙で漫画家として働いていたロバート・グレイスミスは事件に興味をいだき、『ゾディアック』を執筆する。ゾディアックはたびたび暗号文で声明を送りつけ、世間を騒がせて喜んでいたため、劇場型犯罪者とも呼ばれる。多くのアマチュア暗号解読者がゾディアックの暗号に挑み、そのいくつかは解読されている。グレイスミスの著書は二〇〇七年にデヴィッド・フィンチャーによって映画化された。声明文の中で三十七人を殺害したと吹聴しているゾディアックだが、その正体は今もなお不明である。

アン・ルールは「実録殺人の女王」と呼ばれた大ベストセラー作家である。作品の多くがベストセラーとなり、映像化もされている人気作家だが、扇情的で少々冗長な書きっぷりには賛否が分かれる。シアトル警察につとめたのち実録犯罪作家として名をあげるが、もっとも有名な作品が連続殺人鬼テッド・バンディを追いかけた『テッド・バンディ』であろう。一九七一年、シアトルで「いのちの電話」でボランティアとして働いていたとき、ルールは同僚の一人だったハンサムで内気な大学生と友情を結ぶ。だが、その彼こそが、アメリカでもっとも恐れられた連続殺人鬼、二十人以上を暴行して殺害した男だったのである。この驚くべきめぐり合わせのおかげもあり、本はベストセラーとなった。原題 ***The Stranger Beside Me***（わたしのとなりの見知らぬ人）は誰もが好青年と受け止めたバンディの裏の顔を意味しているが、本書では十二章の章タイトルに掲げられ、パトリシアの「見知らぬ隣人」の正体を暗示する。

ルール作品はさらに数作が読書会に登場する。『スモール・サクリファイス』は『テッド・バンディ』と並ぶルールの代表作である。一九八三年、オレゴン州スプリングフィールドの病院に、ダイアン・ダウンズは血まみれの三人の子供を乗せた車を乗りつけた。三人の子供は銃で撃たれており、七歳の娘はすでに死亡していた。ダイアン自身は左手を撃たれていた。ダイアンはカージャックに遭ったのだと説明したが、あまりに冷静すぎる態度が疑いを呼んだ。ダイアンは恋人との情事の邪魔になる子供を冷酷に殺害したのである。

Dead by Sunset（落日の死）はオレゴンで一九八六年に発生した殺人事件を扱っている。三十七歳の女性が、ハイウェイ上で殺害されているのが見つかったのだ。離婚調停中だった夫が犯人として逮捕された。有罪になった男は、獄中でアン・ルールを論難する電子書籍を出版している。***And Never***

Let Her Go（決して彼女を離さない）で扱われるのはデラウェア州で起きた失踪事件である。一九九六年六月、州知事の秘書をつとめる三十歳のアン・マリー・フェイヒーが忽然と姿を消した。彼女と恋人関係にあった既婚者トーマス・カパーノに疑いの目が向けられる。カパーノは元州司法長官補で、知事や市長に助言をする大物弁護士であった。だが、カパーノの兄弟や別の愛人からの証言があり、死体も凶器も見つからないままに殺人で死刑判決がくだされた。カパーノはフェイヒーを射殺し、遺体を海に捨てたとされる。

Joe McGinniss の ***Fatal Vision***（危険な幻想）は一九七〇年、ノースカロライナ州フォート・ブラッグ基地内で起きた殺人事件についてのノンフィクションである。軍医のジェフリー・R・マクドナルド大尉の妻と二人の子供が殺害され、大尉が殺人犯として起訴されたのだ。マクドナルドは四人組の侵入者に襲われたのだと主張した。捜査は難航し、法手続きは二転三転したが、一九七九年に有罪判決がくだされた。ただし、この本には興味深い後日談がある。ジョー・マギニスはマクドナルドに依頼されてこの事件の取材をはじめた。だが、調べているうちにマクドナルドが真犯人だと考えるようになり、有罪判決が出たあとに ***Fatal Vision*** を出版した。だが、それまでは、情報を引き出すために、マクドナルドを無罪だと考えているような態度を取っていたのである。騙され、裏切られたと感じたマクドナルドは契約違反だとマギニスを訴えたのだ。この訴えからジャーナリズムの倫理について考察するのが『ジャーナリストと殺人者』（ジャネット・マルカム、小林宏明訳、白水社）である。

「人民寺院」は一九五五年にインディアナポリスで設立され、六〇年代にカリフォルニアに移ったキリスト教系新興宗教である。教祖ジム・ジョーンズは共産主義とキリスト教信仰を折衷し、社会を改善しようと訴え、全盛期には二万人もの信者数を誇った。だが乱脈な経理やジョーンズの心霊治療などの問題が追及されるようになると南米ガイアナに移住し、そこに楽園を築くと言い出す。一九七七年、ジョーンズは信者を連れてガイアナに〝ジョーンズタウン〟を拓いた。一九七八年十一月十七日、サンフランシスコから教会を視察に来た下院議員が離脱した信者を連れて帰国しようとしたとき、人民寺院のメンバーは議員やジャーナリストらを襲撃して殺害した。その後ジョーンズは信者に青酸入りクールエイドを飲ませ、九百人あまりの信者全員が集団自殺した。ティム・レイターマン&ジョン・ジェーコブズの『人民寺院』は、この全記録である。ガイアナなどという地名が出てくることは普通ないのだから、カーターもパトリシアが「ガイアナの小さな町での生活を書いたすばらしい本」を読んだと言い出した時点で気づくべきだったろう!

本作の著者グレイディ・ヘンドリクスはサウスカロライナ州チャールストン生まれである。作家になる前はジャーナリストとしてプレイボーイなどに執筆していた。ニューヨーク・アジアン・フィルム・フェスティバルの創設メンバーの一人であり、ニューヨーク・サン紙で映画評論を書いていたこともある。要するに映画マニアである。それもゲテモノホラーを好むタイプの。ニューヨーク・アジアン・フィルム・フェスティバルではJホラーや韓国映画などを紹介していたという。

二〇〇九年にクラリオン・ワークショップに参加後、二〇一二年にSF小説 *Occupy Space* とファンタジー *Satan Loves You* でデビュー、以後ホラーを中心にキャリアを重ねている。本作が日本初紹介となる。読んでいただけた方にはすでにおわかりのように、ストレートではなく少しひねったホラーが持ち味であるようだ。二〇一七年にはノンフィクション *Paperbacks from Hell: The Twisted History of '70s and '80s Horror Fiction* を発表。モダン・ホラー以降のペーパーバック・ホラーの歴史を概説して翌年ブラム・ストーカー賞ノンフィクション部門を受賞した。小説以外にも映画やテレビの脚本に多数携わっている。なお、本作もテレビ・シリーズ化の企画があるようだ。

訳者略歴　早稲田大学第一文学部卒，英米文学翻訳家　訳書『紙の魔術師』チャーリー・N・ホームバーグ，『仮面の帝国守護者』サバア・タヒア，『ミス・エルズワースと不機嫌な隣人』メアリ・ロビネット・コワル（以上早川書房刊），『ピラネージ』スザンナ・クラーク他多数

吸血鬼《きゆうけつき》ハンターたちの読書会《どくしよかい》

2022年4月20日　初版印刷
2022年4月25日　初版発行

著　者　グレイディ・ヘンドリクス
訳　者　原島《はらしま》文世《ふみよ》
発行者　早川　浩

発行所　株式会社　早川書房
東京都千代田区神田多町2－2
電話　03-3252-3111
振替　00160-3-47799
https://www.hayakawa-online.co.jp

印刷所　精文堂印刷株式会社
製本所　大口製本印刷株式会社

定価はカバーに表示してあります
ISBN978-4-15-210126-6 C0097
Printed and bound in Japan
乱丁・落丁本は小社制作部宛お送り下さい。
送料小社負担にてお取りかえいたします。